빠짜딴뜨라

다섯 묶음으로 된 왕자 교과서

빤짜딴뜨라

현진 옮김

인연
아름다운인연

서문

『빤짜딴뜨라』를 수식하는 말은 다양하다. 그 중에 가장 널리 회자되는 말은 '세계 최초의 우화집' 혹은 '고전 산스끄리뜨 언어학의 보고'다. 이런 명성만큼이나 긴 시간에 걸쳐 다양한 지역에서 유사한 편집본들이 넘쳐났다. 물론 후대로 갈수록 이야기의 양이 불어나고 편집의 형태도 좀더 가독성 있게 변했다. 하지만 이 책의 저본은 '최초'의 판본이다. 굳이 '최초'의 판본을 선택한 이유는 애초 『빤짜딴뜨라』의 저술 동기 때문이다. 『빤짜딴뜨라』는 '어리석은 왕자들을 가르치기 위한 교육서'라는 뚜렷한 목표를 가진 우화偶話 모음이다. 후대의 판본들은 그 내용이 늘어나거나 세련되게 편집되긴 했지만 '우화로 엮은 왕자교육서'라는 본디의 목적에서는 어느 정도 벗어나 있는 것이 사실이다.

　그렇다면 그 다섯 장의 내용을 살펴보자.

　제1장 「우정의 파괴」에서는 선악과 시비를 모두 감싸 안은 채 표현하는 인도인들답

게 세상의 냉혹한 실정을 있는 그대로 내보여 준다. 그래도 버리지 말아야 할 희망은 제2장 「우정의 성취」에서 서술하고 있다. 이어지는 제3장에서는 '정치'가 무엇인지 까마귀와 올빼미의 전쟁을 통해 이야기하고 있으며, 제4장과 제5장에서는 조금은 평범한 이야기들이지만 그래도 세상의 물정을 일러 주는 듯한 내용들로 마무리되어 있다.

위와 같은 다섯 장의 이야기들은 단순한 우화들의 나열이 아니다. 지도자로서의 인성 계발을 위한 치밀한 구조를 지니고 있다. 이런 까닭에 원래의 판본에 다채로운 인도 설화들을 더해 놓은 덕용판본들은 오히려 『빤짜딴뜨라』의 가치를 희석시키는 측면이 있다.

이 책의 산스끄리뜨 원서는 고전 산스끄리뜨의 제법 초기에 나오기도 했거니와 왕자들의 교육서로 저술되었다는 내용에 걸맞게 문장 또한 공을 들여 다듬어진 까닭인지 산스끄리뜨 언어학에서 제법 비중 있게 언급되는 책 가운데 하나이다. 인도철학을 연구하는 이들이 『우빠니샤드』를 공부하고 요가의 깊은 의미를 탐구하고자 『요가쑤뜨라』를 펼치고자 할 때도 어차피 수천 년 동안 인도문화를 실어 나른 중심 언어인 산스끄리뜨는 피해 가지 못할 대상이다.

그런 의미에서 산스끄리뜨 원전으로부터 시도된 이 책의 번역은 여기에 수록된 세계 최초의 우화를 단순히 원전의 날것으로 보여드리고자 하는 데에 있지는 않다. 그렇다고 우리 고유의 설화로만 인식되었던「별주부전」등이 벌써 3세기경에 저술된 것으로 간주되는 이 책에 수록되어 있다는 것을 말씀드리려는 것도 물론 아니다. 애초에 제1차 산스끄리뜨 교재의 하나로 원문과 우리말 번역을 비롯하여 문장 분석 및 단어 설명까지 포함된 형태로 책의 출간이 기획되었다가 이런저런 이유로 무산된 뒤에 원고로만 머물렀었는데, 이번에 조계종출판사의 임프린트인 '아름다운인연'의 도움으로 우리말 번역본이 이렇게 책으로서 모습을 드러내게 되었다.

　　이 책이 나오게 된 것은 범어연구소에 개설된 산스끄리뜨 및 빠알리어 강좌에서 한때 함께 공부한 인연이 있었던 조계종출판사 출판사업부장 이상근 님의 조언에 힘입은 바가 크다. 산스끄리뜨와 빠알리어 어학 교재들에 대해 비상업적인 법공양 출판만을 고집하고 있던 차에, 출판사를 통한 번역본 출간과 동시에 연구소에선 예전처럼 어학 교재로 편집하여 법공양으로 출판을 겸하면 되지 않겠냐는 의견에 기인한 것이기 때문이다.

　　그리고 무엇보다, 별 주목을 받지 못하는 불교경전의 기초 어

학 분야에서 이렇게 오랫동안 다른 마음을 먹지 않을 수 있는 데
는 교종본찰 봉선사 사부대중의 변함없는 관심과 배려는 물론,
조계종 교육원의 교육아사리 시스템에 의한 체계적인 지원이 큰
힘이 되었다.

　　단순히 대승경전의 원전어로서, 혹은 인도철학을 익히려는 이
들에게 필요한 인도의 고대 언어로서 뿐만이 아니라 '산스끄리뜨'
라는 언어는 이미 예전부터 우리의 문화 깊숙이 들어와 있다고
할 수 있다. 남의 것을 조금 더 아는 용도로서가 아니라 결국엔
우리 것을 보다 더 정확히 아는 데 사용될 언어인 산스끄리뜨, 그
언어의 향기가 이 책을 통해 전해졌으면 한다.

불기 2561(2017)년 4월
봉선사 범어연구소　현 진

목차

해 제

『빤짜딴뜨라』

인도의 신화와 역사에 등장하는 수많은 신들 가운데 중심은 바로 각각 창조와 유지 및 파괴를 담당하는 브라흐마(Brahmā), 위식누(Viṣṇu), 쉬와 (Śiva)다. 이 중에서 가장 널리 사랑 받고 있는 신神을 하나만 꼽으라면 단연 위식누이다. 위식누라는 이름은 '널리 퍼지다(√viṣ)'는 어원에서 왔다. 어원처럼 위식누는 인도의 다양한 계급, 계층 어느 누구도 소외 시키지 않고 고루 퍼진 공기처럼 인도인의 생활 깊숙한 곳까지 그 그 림자를 드리우고 있다.

그렇다면 문학은 어떤가? 인도문학에서 흡사 위식누와 같은 존재 는 무엇일까? 아마 대개는 『라마야나』를 꼽기 주저하지 않을 것이다. 인도는 물론 비슷한 문화를 공유하고 있는 이웃나라들까지, 문학을 넘 어 정치와 역사에 이르기까지 대서사시 『라마야나』가 끼친 깊은 영향 에 토를 달 사람은 별로 없어 보인다. 하지만 인도와 이웃나라를 넘 어 그 영향력이 끼친 범위를 세계로 확장해 본다면 『라마야나』도 아마 『빤짜딴뜨라』를 넘어서진 못할 것이다.

『빤짜딴뜨라』는 전 세계적으로 약 200종 이상의 판본이 존재한다.

인도 내의 지역어까지 포함해서 지금까지 약 60개 이상의 언어로 번역되어 소개되었다. 페르시안 의사에 의해 번역돼 서양으로 소개되기 시작한 것도 이미 6세기 중엽부터였다. 1천 년도 훨씬. 그 이전부터 『빤짜딴뜨라』는 이야기꾼들의 낭송을 통해 다양한 계급, 계층의 사람들을 즐겁게 해주었을 것이다. 이 작은 책 『빤짜딴뜨라』는 비록 만달라 산을 쥐고 흔드는 위싀누의 무공 같은 면은 지니지 못했다 하더라도 모든 이들의 가슴에 시원한 그늘을 드리워 준 위싀누의 성품 같은 면은 분명 지녔다고 해도 무방하리라 본다.

티베트의 민담에서 주인의 아들을 뱀으로부터 구해 놓곤 오히려 주인에게 맞아 죽는 몽구스의 이야기나, 영국 웨일즈 지역의 민담에 늑대를 물리치고 주인의 아들을 구하지만 역시 주인에게 죽임을 당하는 개의 이야기. 가까이는 우리나라 민담에 나오는 토끼와 거북의 이야기처럼, 그냥 '옛날이야기'로만 알고 있던 우화들이 실은 철저하게 계획된 형틀을 가지고 이야기를 풀어 나가는 논설 형식인 『빤짜딴뜨라』에서 나와 각 지역에 토착화된 것으로는 선뜻 여겨지지 않을 것이다. 물론 이 책의 이야기들도 독창적인 창작물이 아닌, 당시 이미 성립되었던 『자따까』나 『마하바라따』 등에서 그 대강의 근간을 찾을 수 있다.

'다섯 장으로 된 논설'이란 의미의 『빤짜딴뜨라(Pañcatantra)』는 그 제목이 말하는 바와 같이 단순한 이야기의 묶음이 아니라 일정한 원칙을 가진 논설(tantra)로서, 각 장마다 주제를 가지고 그에 맞는 이야기를 전개해 나가는 형식을 취하고 있다. 그래서 『빤짜딴뜨라』는 전통적으로 순수문학으로 취급되기보다는 '샤스뜨라(śāstra)'라고 불리는 체계적인 논설로, 더 정확히는 '니띠샤스뜨라(nītiśāstra)'라고 불리는 통치학이나 정치학에 해당하는 논설로 취급된다.

『빤짜딴뜨라』에는 의인화된 동물이 등장한다. 이런 식의 이야기 전개는 거의 기원전 10세기까지 그 근원이 올라가는 인도문학의 큰 특징 중 하나다. 『찬도갸(Chāndogya) 우빠니샤드』에 등장하는 백조의 대화처럼 초기 우빠니샤드 속에서도 보이는 것은 물론, 부처님의 전생 설화를 기록한 『자따까(Jātaka)』에서 보다 풍부하게 접할 수 있다. 『자따까』는 성불成佛을 이룬 부처님의 공덕은 금생에 일시에 이루어진 것이 아니라 장구한 생에 걸쳐 이뤄진 것임을 알려 주는 데, 스스로 동물로 등장하거나 또는 동물과 함께 대화하며 과거 한 생 한 생 공덕을 쌓아 왔음을 일러 준다. 특히 『자따까』가 만들어 놓은 방식은 이후 대서사시 『마하바라따』로 이어지며 계속 발전해 간다. 『빤짜딴뜨라』가 『자따까』와 『마하바라따』의 방식을 답습한 것인지 아니면 민간에 잔존하는 이러한 이야기 방식을 그 스스로 더욱 발전시킨 것인지 확실치 않지만 여하튼 그 전개 방식은 거의 흡사하다.

인도인은 인간이 삶을 살아가며 추구하는 세 가지 가치를 전통적으로 도리道理(dharma)와 풍요豊饒(artha) 및 욕락欲樂(kāma)으로 요약한다. '도리'는 이 세상의 이치로 여기는 법法(dharma)에 대한 추구이며, '풍요'는 이 세상의 물질에 대한 추구로서 왕의 의무를 비롯해 왕국의 통치와 백성에 관련된 제도 등이 포함되며, '욕락'은 문학과 예술을 기반으로 특히 숨김없는 성性적인 쾌락이 비중 있게 언급된다. 『빤짜딴뜨라』
는 문학의 형식을 빌려 왕의 의무와 왕국의 통치에 대한 기본 개념을
피력함으로써 장차 왕이 될 왕자들로 하여금 세상의 이치를 온전히 깨
달을 수 있도록 추구하고 있으므로, 이렇게 추구되는 전통적인 가치관
과도 맥락을 같이하고 있다.

지은이, 지은 시기, 책 이름

이상적인 군주의 표상 라마(Rāma)가 등장하는 서사시 『라마야나
(Rāmāyaṇa)』는 저자 왈미끼(Vālmīki)가 책의 서두에 등장해 성인 나라다
(Nārada)로부터 들은 왕자 라마의 행적을 우연히 터득한 운율에 맞추어
미려한 시구로 읊는 것으로 시작한다. 또 대서사시 『마하바라따』는 심
지어 저자 위야사(Vyāsa)가 이야기의 처음에 직접 개입해 주인공들의
태생적인 부친이 되며, 그러한 입장에서 그들의 이야기를 코끼리 형
상의 신 가네샤(Gaṇeśa)에게 들려주어 기록하게 하는 것으로 시작된다.
『빤짜딴뜨라』 또한 그와 비슷한 형식으로 이야기가 시작되는데, 어리
석은 세 왕자들을 교육시키기 위해 고민하던 마힐라로빠(Mahilāropya) 왕
국의 왕 아마라샥띠(Amaraśakti)에 의해 초빙된 노구의 브라만 위싀누샤
르만(Viṣṇuśarman)이 왕자들을 맡으며 그들에게 다섯 장으로 이루어진 이
야기들을 들려주는 것으로 교육을 한다는 내용을 서두에 담고 있다.

이와 같이 왈미끼나 위야사, 위싀누샤르만 등이 실질적인 저자이며
후기에 작품들이 다시 편집되면서 편저자들에 의해 존경의 의미로 그

첫머리에 그들의 내용이 삽입된 것인지, 아니면 그들 자체가 또 다른 실질적인 저자에 의해 창작되거나 또는 단순히 역사에서 빌려 온 인물들인지는 확실치 않다. 하지만 다른 두 책의 저자는 그나마 역사에 다른 기록이 분명히 존재하는 인물인 반면에 『빤짜딴뜨라』의 저자 위식누샤르만의 경우 다른 곳에서 그와 관련된 내용을 찾을 수 없다는 점에서 혹자는 후자의 경우에 더 비중을 두기도 한다. 심지어 인도 남부에 잔존하는 교정본이나 동남아시아 지역에 남아 있는 일부 판본의 경우 그 저자를 와수바가(Vasubhāga)라는 전혀 다른 인물로 언급하고 있기도 하다. 아무튼 이러한 전개 방식 또한 역사와 신화의 경계가 모호한 정도를 지나 거의 무시되어 버리는, 인도에서 나타나는 또 다른 특색이라 할 수 있다.

이런 저자의 정체성만큼이나 『빤짜딴뜨라』의 저작 연대 및 저작 발원지 또한 분명하지 않다. 다만 최초의 번역본이 중동 지역에서 550년경 출현한 것을 고려해 볼 때 대략 최초 저작 연대를 최고 서기 100년경 이후에서 최소 500년경 이전으로 짐작해 볼 수 있는 정도이다. (이러한 사실을 근거로 학자들은 『빤짜딴뜨라』의 최초 성립 시기를 일반적으로 약 3세기 정도로 추정한다.)

이 책이 애초 어느 지역에서 저술되었는지에 대해서도 이견이 있다. 헤텔(Hertel)은 카시미르 교정본의 책 이름이 원래의 서명에 보다 가까워 보이는 'Tantrākhyāyika'를 채용하고 있다는 점을 들어 그곳을 저작 지역으로 보고 있는데 반해, 에저톤(Edgerton)은 내용에 많은 부분들이 남서부 인도의 풍경을 묘사하고 있다는 점을 들어 그곳을 저작의 발원지로 본다.

이 책이 비록 민담의 내용을 포함하고 있지만 그 형식에서 분명히 체계적인 논설인 샤스뜨라의 모습을 지키고 있으므로 산스끄리뜨로 저작되었으리란 것에는 별다른 이견이 없다. 그러나 이 점에 있어서도 이견이 전혀 없는 건 아니다. 『빤짜딴뜨라』는 다양한 판본과 더불어 다소 다른 몇몇의 책 이름을 지니고 있으며, 또한 동일한 책 이름으로도 상당한 차이를 지닌 판본이 존재하는데, 일반적으로 산스끄리뜨로 저작된 서적들은 그 책 이름이 거의 동일하다는 점을 놓고 볼 때 최초의 『빤짜딴뜨라』가 산스끄리뜨로 저작되었는지에 대해서도 의문의 여지가 남아 있다.

가장 널리 쓰이는 책 이름인 'Pañcatantra'는 'pañca(다섯) tantra(논설)'이란 의미를 지니고 있으며, 이에 비해 원래의 책 이름에 보다 가까운 것으로 여겨지는 책 이름들 가운데 'Tantrākhyāyika'는 'tantra(논설) ākhyāyi(이야기) ka(작은)'란 의미를, 'Pañcākhyānaka'는 'pañca(다섯) ākhyāna(이야기) ka(작은)'란 의미를, 'Tantropākhyāna'는 'tantra(논설) upa(친근한) ākhyāna(이야기)'란 의미를 지니고 있다. 이러한 책 이름들을 종합해 볼 때 '다섯 장으로 이뤄진 이야기 논집' 정도가 저자가 의도하고자 했던 원래 책 이름의 의미가 아니었을까 짐작해 볼 수 있다.

장별章別 구조와 줄거리

모두 다섯 장으로 이루어진 『빤짜딴뜨라』는 그 분량과 내용 면에서 균등하게 분할되어 있지 않다. 모든 면이 제1장에 치중된 구조를 지니고 있다. 우선 분량을 보더라도 제1장이 전체의 45퍼센트 정도를 차지하고 있고, 제2장과 제3장이 엇비슷하게 25퍼센트 내외의 분량을 차지하고 있으며, 나머지인 제4장과 제5장은 모두 5퍼센트 내외의 작은 분량으로 이뤄져 있다. 결국 마키아벨리즘(Machiavellism)을 추구하는 논설답게 한 대신大臣의 속성을 통해 정치의 실상을 속속들이 드러내 놓은 제1장이 기실은 이 책 전체의 내용을 대변한다고 볼 수 있다. 제2장의 화목과 조화에 대한 이야기는 언뜻 첫 장에 대한 보완적인 의미가 있는가 싶지만, 결국 제3장에서 원래의 색채를 강조한 냉엄하고도 처절한 정치 세계의 본 모습을 여과 없이 보여 주고 있다. 제4장과 제5장은 그저 그러한 내용들을 마무리하는 정도에서 끝을 맺고 있다.

이야기 전개의 구조는 이른바 '중복되는 창문틀' 형식을 취하고 있다. 각 장마다 하나의 커다란 이야기 틀이 있으며, 그 이야기가 진행되는 중간에 이야기 안에서 또 다른 이야기가 들어서고, 심지어 그 중복되어 들어선 이야기 속에 등장하는 인물이 다시 이야기를 풀어놓음으로써 3중의 중첩 구조를 지니기도 한다. 물론 가장 큰 이야기 틀은 전체 5장에 걸쳐 위식누샤르만이 세 왕자들에게 들려주는 형식이다.

이야기의 시작인 제1장은 인간의 신분인 거상巨商 와르다마나까가 장사를 위해 인근 나라로 떠나는 것으로 출발한다. 거상의 짐수레를 맡은 소 가운데 한 마리가 사고로 홀로 숲에 남게 된다.(여기까지는 단지 인간은 인간으로 짐승은 짐승으로 존재하는 현실세계가 묘사된다.) 그러다 숲에 홀로 남겨진 소와 다른 동물들 사이에 사건이 발생하는데 그때부터 자연스럽게 독자는 그 소에 의해 인도되듯이 현실세계에서 벗어나 모든 동물들이 의인화되어 이야기가 전개되는 판타지의 세계로 빠져들게 된다. 그렇게 2장과 3장을 거쳐 4장의 마지막까지 판타지의 세계를 다니던 독자는 제5장의 첫머리에 접어들면서 갑자기 인간의 세계로 나오게 된다. 한 브라만이 낮잠을 자듯 상상의 나래를 펴다가 보릿가루를 덮어쓰고 상상의 세계에서 벗어나는 얘기를 접하며 독자도 함께 판타지의 세계를 완전히 벗어나게 된다. 그러고는 전혀 의인화되지 않은 동물과의 이야기를 거쳐 사람들만의 이야기로 대단원을 맺는다. 이처럼 구조를 볼 때 『빤짜딴뜨라』는 단순히 이야기들을 나열한 이야기집이 아닌, 엄정한 구조를 가지고 말하려는 내용을 정연하게 펼치고 있는 논설임을 알 수 있다.

'우정의 파괴'라는 부제를 지닌 제1장에 앞서 이야기는 마힐라로빠국의 왕궁에서 자신의 미덥지 않은 세 왕자에 대한 교육을 대신들과 걱정하는 아마라샥띠 왕으로부터 시작된다. 대신들은 저명한 브라만 위식누샤르만을 왕에게 천거하게 되는데, 노구를 이끌고 왕의 부름에 응한 샤르만은 일정 기간 내에 왕자들에 대한 교육이 성과를 내지 못한다면 자신에 대한 어떠한 수모도 감수하겠노라는 약속을 한 후 왕자들을 건네받는다. 이후 샤르만은 왕자들에게 재미있게 각색된, 그러나 엄정한 정치의 현실이 포함된 이야기들을 들려줌으로써 본격적인 교육에 들어가게 된다.

그렇게 시작된 제1장의 첫머리는 일단 인간세계의 상태로 전개되는데, 마힐라로빠라는 도시에 사는 거상 와르다마나까는 장사를 위해 마투라로 떠나며 두 마리의 소에 짐수레를 끌게 하였다. 그러나 도중에 부상을 입은 '싼지와까'라는 소를 숲속에 남겨 놓게 되는데, 그렇게 상단商團과 떨어져 홀로 기력을 회복한 싼지와까는 드디어 판타지의 세계로 발을 들여놓게 된다. 그 숲속에는 '삥갈라까'라는 그곳의 사자왕이 '까라따까'와 '다마나까'라 불리며 신임을 받지 못하는 세습 대신인 두 자칼을 비롯한 모든 숲속의 짐승들을 거느리고 살아가는 왕국이 있었다. ― 인도의 민담에서도 자칼은 항상 사자의 하수인으로서 먹이를 조달하는 등의 일을 맡곤 한다. ― 이제는 기력을 회복한 싼지와까가 큰 울음소리를 내자 인근에서 물을 먹으러 강의 둔덕을 내려서던 사자는 처음 듣는 소리에 두려움을 느끼고 발길을 돌린다. 그 모습을 두 대신이 보게 되고 그 가운데 다마나까가 그 연유를 궁금해 하자 까라따까는 호기심을 갖다가 죽음을 맞은 방정맞은 원숭이의 이야기를 들려주며 그를 만류한다. 이렇게 이야기 속에 또 다른 이야기가 전개되는 형식을 갖는다. 친구의 만류도 뿌리치고 사자를 찾아가 그 연유를 묻자 주저하던 사자는 결국 무엇인가 두려운 존재의 목소리에 대해 말하게 되고 그 말을 들은 다마나까는 자신이 무엇인지 알아보고 해결하겠노라고 큰소리를 치고 나온다. 그것이 단순한 소라는 것을 안 다마나까는 그를 사자왕에게 인도하여 같이 지내게 해 줌으로써 신하로서 조금의 신임을 회복한다. 하지만 결국 너무 가까워진 싼지와까와 삥갈라까의 관계 때문에 도리어 왕으로부터 더욱 철저히 외면당하는 신세로 전락하게 된다. 이에 자신이 만들어 놓은 그 둘의 관계를 스스로 계략을 동원하여 갈라서게 함으로써 사자 삥갈라까는 소 싼지와까를 죽이기에 이르며, 결국 그렇게 해서 신임을 얻은 다마나까는 삥갈라까를 보좌하여 왕국을 이끌어 나간다는 이야기이다. 물론 그들의 대화 사이에 자신의 말을 뒷받침하거나 정당화할 많은 이야기들과 여러 구절의 시구로 읊어지는 격언들이 등장한다.

사자왕은 그리 명민하지 못한 성격으로 묘사된다. 어쩌면 올바른 교육을 받지 못하고 왕좌에 오르면 겪을 수 있는 왕자들의 처지라고도 볼 수 있다. 그리고 모든 가치의 기준을 자기 개인의 복락과 연결지어 행동하는 신하 다마나까가 이야기의 흐름을 이끌어 가고 있듯이, 제1장에서 이야기의 주인공은 분명 왕이 아닌 신하로서 다마나까이다. 그럼에도 그 이야기를 들려주는 대상은 오히려 앞으로 왕이 될 왕자들이란 점에서 본래 의도했던 교육의 효과는 배가될 수가 있다. 만약 동일한 이야기를 신하나 신하가 될 자에게 들려주는 입장이라면 그것은 교육이 아니라 단지 자신의 복락에 충실하기만을 가르치는 철저한 계략의 지침서밖에 되지 않았을 것이다. 그래서 더욱 『빤짜딴뜨라』가 민담집이 아닌 왕의 교육 지침서, 즉 특정한 논설인 니띠샤스뜨라가 되는 까닭이 여기에 있다.

'우정의 성취'라는 부제를 지닌 제2장은 까마귀와 새앙쥐 및 거북과 사슴 등 네 마리의 동물들이 어떻게 난관을 뚫고 우정을 쌓아 가는지를 이야기하고 있다. 먼저, 비둘기를 친구로 둔 새앙쥐가 어려움에 빠진 비둘기 무리를 구해 주는 것을 지켜본 까마귀는 그 명민한 새앙쥐에게 요청하여 친구를 맺고 함께 거북이 사는 곳으로 옮겨가 살게 된다. 그 뒤 물가로 물을 마시러 온 사슴과 함께 모두 넷이서 친구가 된 후 새앙쥐로부터 왜 그가 고향을 버리고 이곳까지 왔는가에 대해 이야기를 듣게 된다. 여기서 '중복되는 창문틀'의 형식을 좇는 이야기는 중첩에 중첩을 더하는데, 새앙쥐의 이야기 속에 승려가 등장하고, 이야기 속의 승려는 다시 어느 브라만 부부의 이야기를 하면 그 이야기 속의 브라만 부부는 또다시 욕심을 부리다 죽게 된 어느 자칼의 이야기를 하니, 무려 네 단계의 중첩된 이야기 구조를 지니고 있는 셈이다. 아무튼 그렇게 네 마리의 동물들은 사슴이 사냥꾼에게 포박되고 그를 구하는 도중에 거북이 다시 사냥꾼에게 붙잡히는 등의 어려움을 맞아 서로 힘을 합쳐 기지를 발휘함으로써 모든 어려움을 물리치고 함께 행복하게 살게 된다는 내용이다.

연약한 네 동물이 서로 연합하여 자신들을 보호하고 강력한 상대를 물리치는 힘을 발휘한다는 주제를 지닌 이 장에서, 까마귀는 날짐승 가운데 연약한 자를 대표하고, 생쥐는 땅속 짐승 가운데, 거북은 땅과 물을 오가는 짐승 가운데, 그리고 사슴은 길짐승 가운데 연약한 자를 대표한다.

제1장이 왕국의 내부에서 일어날 수 있는 문제를 다룬 것이라면, 제2장은 왕국의 외부인 왕국 간의 문제를 다룬 것으로 볼 수 있다. 다른 왕국을 지배하는 강력한 왕국이 되지 못하는 약소 왕국의 입장에서 어떻게 처신해야 하는가를 보여 주는 셈이다. 첫 번째 장이 그러했듯이 이 장 또한 이야기를 듣는 자로서 초빙된 것은 배타적으로 오직 '왕자들'이란 사실은 어쩌면 당연하다 할 수 있다.

　'까마귀와 올빼미의 전쟁'이라는 부제를 지닌 제3장은 올빼미와 까마귀라는 두 새 무리를 등장시켜 왕이 될 조건과 왕이 전쟁을 수행하며 다뤄야 할 전략 등을 설명하고 있다. 예전 한때 올빼미가 새들의 왕으로 선출이 확정될 즈음 왕이 될 조건들을 들며 까마귀가 반대하는 바람에 실패로 돌아간 일로 앙심을 품고 있던 올빼미 무리들이 결국에는 까마귀 무리들을 공격하여 커다란 피해를 입히게 된다. 이에 까마귀왕은 대신들과의 대책회의에서 싸울 것이냐 항복할 것이냐 도망갈 것이냐 등을 놓고 설전을 벌이게 되는데, 그 가운데 연로한 한 대신이 스스로 나서서 거짓으로 적에게 투항함으로써 적의 동정을 살피고 그 정보를 이용하여 되레 올빼미 무리들을 섬멸하게 된다는 이야기이다. 밤에만 주로 활동하는 올빼미는 악의 상징으로 간주되고 그들의 일그러진 듯한 얼굴 모습 또한 악마들의 모습으로 표현되며, 그에 따라 까마귀와 올빼미의 대결은 자연스럽게 선과 악의 대결을 대변한 것이 된다.

　첫 번째 장에선 왕의 입장에서 파악해 두어야 할 신하라는 대상의 정체성에 대해 피력하였고, 다음 장에서 대외적인 선린 외교 관계에 대해 그 대강을 말했다면, 이 장에서는 전쟁이라는 피할 수 없는 상황에 직면하였을 때 대내적으로 그리고 대외적으로 어떤 선택들이 있을 수 있으며 어떤 상황들이 발생할 수 있는가를 여러 대신들을 통해, 그리고 적의 동정을 통해 밝히고 있다. 끝으로는 대승의 공을 세운 원로 대신의 입을 통해 왕이 갖추어야 할 조건 등을 피력하고 있다. 왕은 충언을 하는 신하를 등용해야 하고, 신하의 충언에 귀를 기울여야 함을 말하는 동시에, 그것이 충언인지 간언인지도 함께 통찰해야 하는 책임이 있다는 것을 말하고 있다. 어쩌면 이 장에 이르러 이야기를 듣는 자로 초청된 이는 '왕'이라는 제한된 신분에서 확대되어 왕과 더불어 왕국을 다스려 가는 '신하'라는 신분까지 이어진 듯한 느낌을 준다.

'가졌다 잃음'이라는 부제를 지닌 제4장은 우리에겐 「별주부전」이나 「토끼전」으로 너무나 친숙한 이야기다. 다만 거북 대신 악어가 등장하고 토끼 대신 원숭이가 주인공이 되어 전개된다. 이 책의 등장인물 가운데 유일하게 짝을 가진 동물로 나오는 악어는 물가에서 사귄 원숭이 친구를 아내 악어의 등살에 못 이겨서 잡아먹기 위해 데려오다가 심장을 놓고 왔다는 원숭이의 기지에 오히려 속임을 당해 잡았던 그를 놓아주게 된다. 그리고 '경솔한 행위'라는 부제를 지닌 제5장은 판타지의 세계에서 빠져나와 인간의 생활 모습을 그리는데, 브라만의 아내가 남편의 경솔한 언행을 경고하고 결국에는 그 경솔함으로 인해 벌어진 일을 나무라는 과정에서 각각 한 편의 이야기들이 낭송되며 대단원의 막을 맺고 있다.

　이 두 장의 경우에는 그 자체 분량도 현저히 적을 뿐 아니라 앞의
세 장과는 확연히 다른 시각에서 이야기가 펼쳐진다. 제4장의 이야기
는 이제까지 견지해온 통치학 유형의 니띠샤스뜨라 논설조를 벗어나
어느 정도 민담의 요소를 가미하여 왕으로서 갖추어야 할 개인적인 위
기 대처 능력을 피력하였다면, 제5장은 그 배경부터 동물의 세계에서
인간의 세계로 옮겨지고 아울러 앞장과 비슷한 유형으로 개인의 인성
에 관해 언급하고 있다. 이 두 장은 전체 『빤짜딴뜨라』의 입장에서 보
아 어쩌면 부록의 성격으로 여겨도 될 정도로 보여, 비록 전체의 내용
이 그리 길지 않다 하더라도 분명 계획을 갖춘 글이라는 사실을 뒷받
침해 주고 있다.

판본과 출판

『빤짜딴뜨라』에 대한 기존의 모든 판본과 번역본 등을 종합하여 1924
년 에저톤(Edgerton)은 원본으로 추정된다고 여기는 『빤짜딴뜨라』의 산
스끄리뜨 원문을 발표하였다. 1930년엔 다시 인도 중부 도시 뿌네(Pune)
에 소재한 한 출판사를 통해 '『빤짜딴뜨라』의 가장 오래된 산스끄리
뜨 판본'이란 부제를 달아 다시 출판하게 되는데, 본 번역서는 그 판
본을 저본으로 삼고 있다. 에저톤은 뿌네 판본의 서문에서 "누구라도
이 판본을 여타 판본과 비교해 본다면 이것이 가장 오래 된 『빤짜딴뜨
라』 판본임은 물론 문학적으로 가장 뛰어난, 즉 가장 멋지고 가장 산뜻

하면서도 가장 정련된 것임을 단번에 알아볼 수 있을 것이다."라고 하였다. 이렇게 쓴 이유는 아마도 문학 작품에서 원본原本이란 것이 교정이란 미명 아래 내용이 꾸며지고 분량이 불어난 그 아류본亞流本들보다 대개는 나은 모습으로 남아 있기 때문일 것이다. 그러나 현재까지 총 200여 종의 판본이 존재하였고 그 가운데 상당 부분이 남아 있음에도 불구하고 딱히 '최초의 원본'이라고 할 만한 것은 사실 일실逸失된 상태이다.

올리벨레(Olivelle)에 따르면 인도 지역에 잔존하는 대표적인 판본은 크게 인도 북서부 판본류와 인도 남부 판본류로 나뉜다. 카시미르 지역을 중심으로 하는 인도 북서부 판본은 그 대표적인 것이 1199년 자이나교 승려에 의해 세상에 알려진 'Tantrākhyāyika'란 제목을 지닌 것인데, 그 규모는 에저톤의 편집본과 비슷하다. 그리고 남부 판본류를 대표하는 것은 'Southern Pañcatantra'라는 제목을 지닌 것으로서 현존하는 가장 짧은 분량의 내용을 갖춘 『빤짜딴뜨라』인데, 에저톤은 이 책이 75퍼센트 이상에 해당하는 원래의 산문 부분이 남아 있는 것으로 여겨 'Tantrākhyāyika'보다 훨씬 원본에 근접하는 것으로 보았다. 이 'Southern Pañcatantra'에 근거한 판본 가운데 언급할 만한 주요 판본으로는 두 가지가 있다. 하나는 산문 부분이 제거된 대신 운문 부분이 강화된 형태의 네팔(Nepal) 판본이며, 다른 하나는 인도 북부 벵갈 지역의 작가 나라야나(Nārāyaṇa)에 의해 'Hitopadeśa'란 책 이름으로 널리 알려진 판본이다. 히또빠데샤는 5개가 아닌 모두 4개의 장章으로 구성되어 있으며, 네팔본과 더불어 두 책 모두 제1장과 제2장의 위치가 서로 바뀌어 있다.

앞에서 밝힌 바와 같이, 『빤짜딴뜨라』는 인도를 여행한 부르죠(Burzöe)라는 페르시안 의사에 의해 당시의 팔라비 어語(Pahlavi)로 약 550년경에 이미 번역되어 'Karaṭaka and Damanaka'란 책 이름으로 인도 외부에 처음 소개되었다. 비록 이 책은 일실되어 남아 있지 않지만 바로 이 책에서 다시 번역된 것으로 추정되는 고대 시리아 어語(Syriac)본이 19세기 중엽에 다시 발견되어 현재까지 전하며, 마찬가지로 팔라비 어語본에서 750년경 이븐 알 무카파(Ibn al Moquaffa)에 의해 번역된 아랍 어語(Arabic)본이 'Kalilah wa Dimnah'란 책 이름으로 남아 있다. 부르죠는 애초 번역할 때 몇 장章 정도에 해당하는 분량을 『마하바라따』에서 옮겨오고 몇몇 인도 민담도 추가한 것으로 여겨진다. 특히 무카파는 그 번역본에서 원서의 형식 및 원문의 내용에 구애받지 않고 전체를 서문 4장과 본문 15장으로 재구성하고 다시 본문에서 '다브샬림' 왕과 현자 '바이다바' 간의 대화체 형식을 빌어 이슬람적 사상은 물론 무카파 자신의 철학과 정치사상 및 사회 개혁 의지를 투영시킨 거의 창작에 버금가는 내용으로 발전시켰는데, 아랍의 수사학과 페르시아의 과장법을 비롯하여 그리스의 논리와 인도의 지혜까지 모두 수용한 방대한 저서가 되어 버린 『Kalilah wa Dimnah』는 『천일야화』와 더불어 아랍문학의 걸작으로 평가받고 있다. 이렇게 매우 이른 시기에 아랍 지역을 중심으로 수차례 다양한 언어로 번역이 거듭된 『빤짜딴뜨라』는

그 이후 유럽 전역에 걸쳐 더욱 다양한 언어를 통해 지속적인 번역과
소개가 이루어졌다.

산스끄리뜨
이름과 함께 살펴보는
등장인물들의 성격

인도문학에서 거의 기원전 10세기부터 나타나기 시작한, 동물을 의인화시켜 이야기의 주인공으로서 내용을 이끌어 가게 하는 방식이 발달한 까닭은 아마도 그보다 훨씬 이전 인도사회에 전반적으로 정착된 사성계급四姓階級(varṇa)은 물론 그 하부구조까지 세밀하게 정체성을 정의하고 있는 자띠(jāti)의 영향이 적지 않은 것으로 생각된다. 브라만 (brāhmaṇa)은 마누법전 등에 언급된 대로 이미 고정된 정체성의 브라만이어야 하며, 수드라 가운데서도 아히르(ahir)는 소를 치고 우유를 짜내다팔며 소가죽을 취급하는 일을 해야 하는 등, 자띠는 매우 상세하고도 획일적으로 정리되어 있었다. 또 그에 속하는 사람들의 인성人性까지 규격화해 놓다시피 한 사회계급은 작가들로 하여금 자신의 글에 인간을 등장시켜 그 인간에게 자기만의 상상력을 불어넣을 공간을 매우 협소하게 만들어 놓고 말았다. 이에 동물을 등장시키되 사람들이 그 동물에 대해 평소 가지고 있던 선입관 정도를 고려하여 주인공으로 내세운다면 - 사자는 항상 자칼이라는 부하를 거느리는데 심지어 그가 사자를 위해 먹거리를 구하기도 한다는 속설이 있으며, 제1장은 그러한 자칼인 다마나까가 사자 삥갈라까를 신하로서 보좌하며 이야기가 진행된다. - 작가는 상상력을 훨씬 넓은 공간에서 발휘할 수 있는 셈이니, 결국 인도문학에서 의인화된 다양한 동물들의 등장은 수요에 의해 공급이 창출된 셈이다.

『빤짜딴뜨라』에는 도입부에 이 책이 쓰인 과정을 설명하는 과정에서 저자 등이 등장하는 것 외에 중간의 몇 곳과 마지막 장에 이르러 인간이 이야기의 주인공으로 등장한다.

: 사람

* 위쉬누샤르만(Viṣṇuśarman) – viṣṇu(유지의 신) śarman(브라만 신분) : 『빤짜딴뜨라』 저자
* 아마라샥띠(Amaraśakti) – amara(불멸의) śakti(능력) : 마힐라로빠 왕국의 왕
* 와수샥띠(Vasuśakti) – vasu(부귀) śakti(능력) : 왕자 Ⅰ
* 우그라샥띠(Ugraśakti) – ugra(무시무시한) śakti(능력) : 왕자 Ⅱ
* 아네까샥띠(Anekaśakti) – aneka(하나가 아닌) śakti(능력) : 왕자 Ⅲ

우선 도입부에 등장하는 저자의 경우 그가 역사적인 인물인가에 대한 의문과 더불어 그의 이름에서도 그저 '평범한 현인' 정도의 느낌을 전달받을 수 있다. 왕과 세 왕자의 경우 그 성격이나 활동들이 이 책에 등장하지는 않으며, 왕이나 왕자의 신분을 표현할 수 있는 평범한 이름을 지니고 있다. 와수(vasu)의 경우 일곱으로 구성된 신중神衆을 가리키는 말이기도 하다. 이름의 끝에 '샤르만'이 붙을 경우 그의 신분이

브라만임을 나타내는데, 그 뜻은 '행복' 또는 '안식처'를 의미한다. 절
대존재인 브라흐만(Brahman)을 추구하는 사람이란 의미에서 '브라만'이
란 신분의 명칭이 나왔으며, '브라흐만'을 절대 행복이나 절대 안식처
라고 일컫기도 한다.

: 사람

• 와르다마나까(Vardhamānaka) – vardha(증가) māna(존경) ka(놈)

  : 1장의 거상

• 다르마붓디(Dharmabuddhi) – dharma(법) buddhi(지혜) : 1-10의 상인

• 두싀따붓디(Duṣṭabuddhi) – duṣṭa(썩은) buddhi(지혜) : 1-10의 상인

와르다마나까는 이야기가 시작되는 서두에 등장하는 상인이다. 바
이샤의 신분으로서 여타 계급들에 비해 표현이 다소 자유로운 상인 계
급은 많은 이야기들 속에 주인공이나 주요 인물로 등장하곤 한다. 상
인은 다르마붓디와 두싀따붓디의 경우처럼 주로 두 부류의 성격으로
묘사되는데, 올바른 법(dharma)을 쫓아 그것을 지키고 실행하려는 측과
선악의 구분 없이 오직 재물의 축재에 집착하는 측이 그것이다.

: 사람

• 데와샤르만(Devaśarman) – deva(신) śarman(브라만 신분)

  : 1-3.1 및 5장의 브라만

- 쏘마샤르만(Somaśarman) – soma(신주) śarman(브라만 신분) : 5-1의 브라만
  상상 속의 아들

『빤짜딴뜨라』의 이야기 속에 등장하는 브라만들은 그리 명민하지 못한 성격으로 나온다. 1-3.1의 브라만은 돈을 사기꾼에게 잃고 남의 집안일이나 엿보다가 사람 목숨 구하는 데 일조하는 정도로 표현되며, 5장의 브라만들은 성급한 성격으로 인해 자신의 아들을 구한 몽구스를 죽여서 일을 그르치거나, 탁발로 얻은 보릿가루 한 줌에 상상의 나래를 펴다 결국 그 보릿가루를 뒤집어쓰고 정신이 드는 우스꽝스러운 모습들뿐이다. 이러한 점을 들어 『빤짜딴뜨라』의 저자가 브라만이 아닌 다른 신분으로 여겨지기도 한다.

 : 사람

- 아샤다부띠(Āṣāḍhabhūti) – āṣāḍha(6~7월) bhūti(생) : 1-3.1의 사기꾼
- 브리핫스픽(Bṛhatsphij) – bṛhat(큼직한) sphic(엉덩이) : 2-1의 승려
- 쭈다까르나(Cūḍākarṇa) – cūḍā(타래머리) karṇa(귀) : 2-1의 승려

'유월생'이라는 자유로운 이름을 지닌 것처럼 신분의 굴레에서도 자유로울 것 같은 아샤다부띠는 분명 매우 낮은 신분에 속하는 자로 보인다. 두 승려 또한 그 이름에 신체의 특징 정도만 언급된 것으로 보아서 브라만의 신분으로 수행의 단계에 들어간 자가 아니라 당시 불교

를 비롯한 신흥종교의 떠돌아다니는 수행자들로 여겨진다. 책의 마지막 이야기 속에 등장하는 승려들 또한 이들과 유사한 신분으로 생각되는데, 전체 이야기를 마무리지으며 하필이면 승려들을 타살하는 것으로 끝맺는 것은 작가의 신분이 최소한 기존 바라문교 계통의 인물이라는 것을 보여 준다.

그 외에도 이야기 속에 등장하는 사람들로는 사냥꾼이나 이발사, 직공 및 그들의 아내, 뚜쟁이 그리고 목수와 그의 아내 등이 있는데, 그들 모두 이야기 속에서 그 내용의 흐름에 수동적으로 이끌려 가는 평범한 등장인물 정도에서 크게 벗어나지 않는다. 이발사나 직공은 아주 미천한 계급에 속하는 사람들로서 그 신분으로 인해 예견될 수 있는 다소 천박한 성격들로 나오며, 짐승이나 새를 잡는 사냥꾼 또한 마치 동물 가운데 악어나 멧돼지가 위험과 불길함을 상징하듯 그들은 악의 화신처럼 등장한다. 또한 여인들의 경우는 마지막 장에서 성급한 브라만 남편에게 훈계하는 아내 역을 제외하고는 모두 행실이 좋지 못하거나 아예 뚜쟁이로 나타나는 등 사악한 여인들뿐이다. 기껏해야 브라만 남편이 데려온 새앙쥐 딸을 아무 말 없이 받아 양육하는 아내 역이 있는데 그것은 아내 역으로서보다 새로 입양한 딸에 대한 어머니 역인 까닭에 악녀惡女로 발전되지 않았을 뿐이다. 이 외에 동물 가운데 유일하게 한 쌍으로 등장하는 악어 아내의 경우에도 남편 악어가 새로 사귄 원숭이 친구와 지내다 늦게 들어오는 것에 앙심을 품고 어리숙한 남편을 부추겨 원숭이를 잡아먹으려는 악처로 묘사되고 있다.

: 개구리 / 거북

- 개구리 거미발(Jālapāda) – jāla(거미) pāda(발)

  : 3-8의 (뱀에게 잡아먹히는) 개구리왕

  개구리는 뱀이 가장 좋아하는 먹이로 민담 등에 전한다. 이야기 속의 개구리
  는 그저 단순하고 어리석은 성격으로만 묘사된다.
- 거북 느즉뱅이(Mantharaka) – manthara(느린) ka(놈)

  : 2장의 주요 등장 동물 가운데 하나
- 거북 소라목(Kambugrīva) – kambu(소라) grīva(목) : 1-8.1의 멍청한 거북

거북은 느린 행동 때문에 멍청한 이미지는 있을지라도 현명한 성격
으로 묘사되는 경우는 드물다. 『빤짜딴뜨라』의 악어와 원숭이 이야기
가 우리나라에서 토착화된 「토끼전」에 나오는 거북 또한 그와 성격이
그리 다르지 않다. 그럼에도 2장의 경우는 느리다는 행위가 보여 주는
또 다른 면인 충직이나 우정과 더불어 물과 땅을 오가며 사는 동물이
란 점에서 현명한 성격까지 겸해 묘사되고 있다.

 : 고양이

- 엉겨붙은귀(Dadhikarṇa) – dadhi(응고) karṇa(귀) : 3-2.2의 교활한 고양이

교활한 고양이의 인상은 어느 지역에서나 대동소이하다. 모든 지
혜는 외부로부터 지혜로운 소리를 듣고 그것을 내부로 받아들여 자신

의 것으로 만드는 것에서 출발한다는 인도의 사상에서, 아무리 오랫동안 기르더라도 성에 차지 않으면 주인도 할퀴고야 마는 고양이는 마치 귀가 엉겨 붙어 밖의 소리를 듣지 못하는 동물로 여겨질 수도 있을 법하다.

: 까마귀

- 가볍게내려앉는놈(Laghupatanaka) - laghu(가벼운) patana(착륙) ka(놈) : 2장의 까마귀

- 구름빛깔(Meghavarṇa) - megha(구름) varṇa(색깔) : 3장의 까마귀왕

- 뒤로나는놈(Āḍīvin) - ā(거꾸로) ḍīvin(날다) : 3장의 까마귀 대신

- 솟구쳐나는놈(Uḍḍīvin) - ud(위로) ḍīvin(날다) : 3장의 까마귀 대신

- 앞으로나는놈(Praḍīvin) - pra(앞으로) ḍīvin(날다) : 3장의 까마귀 대신

- 어울려나는놈(Saṁḍīvin) - saṁ(함께) ḍīvin(날다) : 3장의 까마귀 대신

- 오래사는놈(Ciramjīvin) - ciram(오래) jīvin(살다) : 3장의 까마귀 노대신

인도에서 까마귀에 대한 인식은 우리나라와 사뭇 다르다.

우리나라의 경우 예전에는 인간과 아주 친근한 존재였지만 삼신할미가 모든 새들에게 각자의 역할을 분담할 때 모두들 꺼려하는 죽음을 전하는 일을 솔선해서 맡으면서부터 불길한 존재로 여겨졌다는 민담도 있다. 아무튼 그리 언뜻 마음이 가는 동물은 아니다. 그러나 『빤짜딴뜨라』 내에서 유일하게 두 장章에 걸쳐 이야기의 중심 동물로 등장

하는 까마귀는 3장에서 올빼미가 밤과 어둠 및 악을 대변하는 데 반해 낮과 밝음 그리고 선을 대변하는 새로 나오며, 2장의 경우도 진정한 우정을 얻기 위해 굶어 죽는 것도 흔쾌히 여기는 새로 나온다. 조상에게 제례를 지낸 뒤 내어놓는 것도 까마귀밥(kākabali)이며, 지금도 시골은 물론 도심에서도 터를 잡고 사는 대표적인 조류 가운데 하나이다. 주로 이야기 속에서는 영리하고 호기심이 많으며 동시에 잔인하기도 한 성격으로 묘사된다. 3장의 까마귀들은 그 정치적 성향에 어울리는 이름이 붙어 있다.

 : 물고기

- 기지자(機智者, Pratyutpannamati) : 1-8.2의 세 물고기 가운데 하나
- 선지자(先知者, Anāgatavidhātṛ) : 1-8.2의 세 물고기 가운데 하나
- 숙명자(宿命者, Yadbhaviṣya) : 1-8.2의 세 물고기 가운데 하나

일반적으로 이야기에 등장하는 물고기는 여타 동물들에 비해 그 자체가 특정한 성격을 지니고 있지 않은 경우가 대부분인데, 『빤짜딴뜨라』 속에서도 그저 사람의 역할을 대신하여 의인화되었을 뿐 물고기로서 그 이상의 어떠한 특성을 갖추고 있지는 못하다. 인도신화에서 위쉬누의 두 번째 화신으로 세상을 대홍수로부터 구한 물고기 '맛쓰야' 또한 그저 마누의 손에 들어와 성장하였다가 마누를 태운 배를 높은 곳으로 끌어다 줌으로써 세상을 구한다는, 다른 화신들의 경우에 비해

다소 밋밋한 구조를 지니고 있는 것과 일맥상통한다.

 : 백조

- 살찐놈(Vikaṭa) – vi(떨어진) kaṭa(가다) : 1-8.1의 호수의 백조
- 야윈놈(Saṅkaṭa) – saṁ(함께) kaṭa(가다) : 1-8.1의 호수의 백조

인도문학은 물론 인도사상을 다루는 문헌에서 백조는 절대존재 브라흐만의 신성을 상징하는 것으로 표현되는데, 그 자체를 밝은 빛으로 여기는 브라흐만의 드러난 모습을 새하얀 백조(또는 야생 거위)에 비견한 것이다. 그래서 백조는 특정한 속성을 지닌 것으로 묘사되기보다는 숭고한 정신처럼 순수하고 때가 묻지 않은 존재로 표현된다. 1장의 이야기 속에서도 구조를 요청하는 다소 멍청한 거북에게 아무 조건 없이 도움의 손길을 내민다.

 : 뱀

- 더딘독(Mandaviṣa) – manda(느린) viṣa(독)

『빤짜딴뜨라』에 등장하는 뱀인 코브라는 많은 신화에 등장하는 것과 같은 일반적인 성격을 보인다. 개구리를 교묘한 책략으로 잡아먹거나 주인의 아들을 물려는 등 단순히 민간에서 느끼는 정도로 묘사되는 것에 그치고 있다.

: 벼룩

- 톡톡쏘는놈(Ṭiṇṭibha) : 1-6의 왕의 침대에 날아 들어온 벼룩

그리 특정된 성격을 지니지 않은 채 그의 일반적 성격에 맞는 한 편의 이야기에 등장한다.

 : 비둘기

- 화려한목(Citragrīva) – citra(빼어난) grīvā(목) : 2장의 비둘기왕

비둘기가 평화를 상징하는 것은 물론 서양의 이미지이며 인도문학에서는 그러한 특성이 나타나지 않는다. 인간의 뇌리에 선악의 어느 것으로도 대변되지 않고 순수한 야생 조류로 남은 채, 단지 인간 가까이서 군집 생활을 한다는 것으로 인해 조금은 현명한 동물로 묘사될 뿐이다.

 : 사슴

- 점박이몸(Citrāṅga) – citra(점박이) aṅga(몸) : 2장의 주요 등장 동물 가운데 하나

길짐승 가운데 나약한 성격을 대변하는 사슴은 아름다운 여인의 눈매가 사슴의 눈망울로 묘사되듯이 순수함과 평화, 안정을 상징하는 동물로 표현된다. 산스끄리뜨에서 사슴을 뜻하는 므리가(mṛga)는 '사냥

하다(mrgayate)'라는 말과 같은 어원을 지닐 만큼, 『빤짜딴뜨라』에서도 사슴이 등장하는 곳에는 반드시 사냥꾼이 등장하여 평온에는 항상 혼란이 함께한다는 사실을 말하고 있다.

: 사자

- 삥갈라까(Piṅgalaka) - piṅgala(붉은) ka(놈) : 1장의 숲속의 사자왕
- 거만(Madonmatta) - mada(중독) un(심한) matta(거만) : 1-5의 토끼에게 속임 당하는 사자왕

사자는 이론의 여지없이 동물의 왕으로 인식되는 유일한 동물로서, 그의 적수는 코끼리 정도가 있을 뿐이다. - 북방으로 올라오면 호랑이가 그 자리를 대신한다. - 사자는 용감하고 지혜로운 성격으로, 동시에 거만하거나 또는 많은 경우에 어리석은 속성마저 지닌 것으로 묘사되는 까닭에 인간의 왕을 동물로 의인화시킨 것으로는 절묘한 배치가 되는 셈이다. 1장의 삥갈라까는 스스로 지도력을 갖추지 못한 채 교활한 신하에 의해 이리저리 끌려다니는 어리숙한 왕으로, 또한 그 속의 이야기에 등장하는 거만이란 사자왕은 토끼의 속임수를 판별하지 못하는 어리석은 왕으로 등장한다.

: 새

- 자고새(Kapiñjala) : 3-2.2에서 토끼와 함께 고양이에게 잡아먹히는 자고새

- 물꿩(Tiṭṭibha) : 1-8의 바다와 겨루는 물꿩

비록 현실의 독수리와 같은 맹조류나 신화의 가루다 같은 존재도 있지만 대부분의 경우 새는 '연약한 부리'라는 이미지로 허약함을 상징한다. 3장에서는 토끼와 함께 고양이의 교활함을 간파하지 못하고 잡아먹히기도 하지만, 1장의 경우처럼 자기 자신의 힘으로서만 아니라 스스로 동원할 수 있는 외부 세력을 이용하여 거대한 적을 굴복시키는 지략을 발휘하기도 한다.

 : 소

- 난다까(Nandaka) - nanda(행복) ka(놈) : 1장에서 거상의 수레를 끄는 소
- 싼지와까(Saṁjīvaka) - saṁ(함께) jīva(사는) ka(놈)

  : 1장에서 거상의 수레를 끄는 소

인도신화에서 쉬와의 탈것으로 나오며 힌두교에서 가장 신성시하는 소는 인도사회와 문화에서 그런 대접을 받게 된 연유로 상인과 자이나교 등 신흥종교의 역할이 지대하였다. 기존의 바라문교에서는 유목 생활 당시부터 내려오던 방식대로 다수의 제례에 대량의 소를 희생해 왔다. 그런 까닭에 서서히 농경사회로 자리를 잡아가던 인도의 농민들은 그러한 소의 희생에 불만을 품게 되었다. 이에 불교와 자이나교 등 신흥종교들이 일어나며 거상巨商들의 협조 아래 무분별한 소의

희생제를 단순한 '불살생不殺生'이라는 기치 아래 거부함은 물론 더 나아가 특히 암소의 보호를 내세우자 수많은 농민들로부터 환영을 받게 된다. 한때 그러한 이유들로 민중들의 품에서 멀어진 듯한 바라문교가 힌두교의 색채로 정착함과 동시에 소에 대한 숭배를 천명함으로써 예전의 세력을 회복하는 데 큰 도움을 받게 되었으며, 더 나아가 단순한 소의 보호를 넘어 그를 쉬와의 탈것으로 설정하여 숭배하는 지경에 이르게 되었다. 소는 우리나라와 마찬가지로 인도사회에서도 인간을 위해 모든 것을 희생하는 동물로 인식된다. 농경사회에서 노동력은 물론 우유의 공급은 육식이 일반화되지 않은 인도사회에서 중요한 먹거리 역할을 오래전부터 맡아 왔으며, 심지어 우유를 위시하여 우유로 만들어지는 '다히'라는 요구르트와 '기'라는 버터 및 소똥과 소 오줌 등 다섯 가지를 정물淨物로 여겨 제관祭官이 의례에서 그 혼합물을 마시기도 하였다. 1장에 나오는 두 마리의 소 또한 거상과의 관계에 있어 단순히 수레를 끄는 동물의 단계를 넘어서 죽었다고 여겨지는 소를 위해 장례 의식까지 치러 주는 친근한 사이로 묘사되고 있다.

: 악어
• 나약해빠진놈(Kṛśaka) - kṛśa(나약한) ka(놈) : 4장에서 원숭이의 심장을 탐하던 멍청한 악어

악어는 종종 아리따운 연꽃이 피어 있는 연못의 그늘에 몸을 숨긴

'위험'으로 표현된다. 그래서 우리의 「토끼전」에서 거북이 지니는 이미지와는 사뭇 다르게 그의 등장 자체가 이미 '위험'이라는 복선을 내포하고 있다. ‑ 우리나라에서 거북의 이미지는 항상 곤경에 빠진 인간을 구해 주며 용왕의 충실한 신하로 주로 묘사된다.

 : 올빼미

- 적을짓이기는자(Arimardana) ‑ ari(敵) mardana(짓이기다) : 3장의 올빼미왕
- 담벼락귀(Prākārakarṇa) ‑ prākāra(담벼락) karṇa(귀) : 3장의 올빼미 대신 Ⅰ
- 불눈(Dīptākṣa) ‑ dīpta(불타는) akṣa(눈) : 3장의 올빼미 대신 Ⅱ
- 붉은눈(Raktākṣa) ‑ rakta(붉은) akṣa(눈) : 3장의 올빼미 대신 Ⅲ
- 코삐뚤이(Vakranāsa) ‑ vakra(굽어진) nāsā(코) : 3장의 올빼미 대신 Ⅳ
- 험악한눈(Krūrākṣa) ‑ krūra(험악한) akṣa(눈) : 3장의 올빼미 대신 Ⅴ

올빼미는 인도문학에서 주로 까마귀의 상대로서나 아니면 그 자체만으로도 악과 무지를 상징한다. 이유는 야행성이라는 점과 낮에 잘 보지 못한다는 속설로 늘 밤이나 어둠에 연결되기 때문인데, 그 이면에는 구부러진 부리가 주는 ‑ 코가 부리에 달렸으니 코가 되기도 한다. ‑ 인상도 한몫을 한다. 까마귀 대신들과 마찬가지로 올빼미 대신들의 경우도 그들의 이름에 정치적 또는 성격적 성향이 담겨 있다.

: 원숭이

- 주름진얼굴(Valīvadanaka) - valī(주름) vadana(얼굴)ka(놈) : 4장의 악어의

  친구 원숭이

많은 야생 원숭이가 존재하는 인도에서 그 존재는 호기심을 가득
품은 눈매로 인간에게 친근하면서도 변덕스럽지만 그럼에도 제법 지
혜를 갖추었거나 혹은 어리석은 성격으로 묘사된다.

 : 이

- 슬금슬금기어가는년(Mandavisarpiṇī) - manda(천천히) visarpiṇ(기어가다) :

  1-6왕의 침대 이

그리 특정된 성격을 지니지 않은 채 그의 일반적 성격에 맞는 한 편
의 이야기에 등장한다.

 : 자칼

- 긴울부짖음(Dīrgharāva) - dīrgha(기다란) rāva(울음)

  : 2-1.1.1의 활에 맞아 죽은 자칼

- 까라따까(Karaṭaka) - karaṭa(불신) ka(놈) : 1장의 다마나까 동료 대신

- 다마나까(Damanaka) - damana(마부) ka(놈)

  : 1장의 내용을 이끄는 세습 대신

자칼은 아프리카와 남부 유럽 및 아랍과 인도에 걸쳐 분포된 개과의 포유동물로, 몸은 승냥이와 여우의 중간형을 띠고 있다. 인도문학에서 나타나는 자칼의 성격은 우리의 간교한 여우의 이미지에 '앞잡이'라는 이미지가 더해진 것으로 표현된다.

　인도 민담에서 자칼은 특히 사자의 앞잡이가 되어 그의 권세를 이용해 연약한 동물들을 잡아다 사자에게 바치는 척하며 실제로는 자신의 실속만 채우는, 탐관오리와 같은 역할로 많이 묘사된다. 1장 내용의 중심에서 활약하는 다마나까 또한 그렇게 전형적으로 탐욕스럽고 교활한 자칼에 속하는데, 그의 동료로 나오는 또 다른 자칼인 까라따까의 경우는 그런 고정된 이미지에서 벗어나 조금은 특이한 속성을 지닌 것으로 묘사되어 있기도 하다.

 : 쥐

　• 황금생쥐(Hiraṇyaka) - hiraṇya(황금) ka(놈) : 2장의 주요 등장 동물 가운데
하나

　동서양을 막론하고 쥐는 인간의 생활에 해악을 끼치는 동물이라는 인식과 함께 부지런함, 명민함을 지닌 동물로 인식된다. 어쨌든 그 부지런함 덕분인지 이야기 속에서 황금 덩어리를 소유하게 된 황금생쥐는 그 황금 덕분에 어디든지 뛰어오르는 능력이 굉장한 힘을 발휘하는데, 인간의 능력이 재물에 따라 증감되고 좌우되는 듯한 현실을 비유

한 것으로 보인다.

 : 코끼리
- 네개의상아(Caturdanta) - catur(넷) danta(상아) : 3-2.1의 코끼리왕

코끼리는 사자의 유일한 적수로서 힘세고 용감하며 고귀한 동물로 여긴다. 코끼리는 그 성격이 묘사될 때 야생인 경우와 길들여진 경우가 판이하게 다른데, 야생의 경우는 포악하고 예측이 힘든 행위를 하는 것으로 여기는 반면, 길들여졌을 때는 온순하고 모든 힘든 일을 맡아 거뜬히 처리하며 현명하기까지 한 동물로 묘사된다. 그러나 이야기 속에서 호수에 물을 마시러 가느라 많은 토끼들을 상하게 한 코끼리들은 단지 그 몸집이 말해 주듯 섬세하게 주위를 살피지 못하는, 조금은 우둔한 존재로 나타난다.

 : 토끼
- 기다란귀(Dīrghakarṇa) - dīrgha(기다란) karṇa(귀)
  : 3-2.2에서 고양이에게 잡아먹히는 토끼
- 뾰쪽주둥이(Śilīmukha) - śilī(화살) mukha(입) : 3-2.1의 토끼왕
- 승리(Vijaya) - vijaya(승리) : 3-2.1의 코끼리왕을 혼내 주는 토끼

토끼에 대한 인식은 우리나라의 그것과 비교할 때 그리 다르지 않

다. 작고 연약한 이미지, 그러나 꾀를 내어 자기보다 큰 상대를 멋지게 제압하는, 그러면서도 그 꾀를 남을 괴롭히는 데 사용하지는 않는 착한 동물 정도의 엇비슷한 이미지에서 『빤짜딴뜨라』의 이야기도 진행된다.

이 외에 이야기 속에서 의인화되거나 또는 단순한 역할로나마 등장하는 동물들로는 개와 게 및 낙타, 당나귀, 두루미, 레오파드, 멧돼지, 몽구스, 양, 그리고 염소 등이 있다. 그 가운데 대부분은 이야기 속에서 그리 발전되지 못하고 단순한 성격으로 묘사되는데, 당나귀는 두 번이나 연거푸 속는 멍청이로, 멧돼지는 난폭함과 아울러 불길함을 상징하는 정도로 나올 뿐이다. 그 가운데 염소는 이야기 3-3에서처럼 제례에 바치는 신성한 동물로 여긴다. 속설에 따르면, 고대 아리안 족은 적과의 전쟁에서 승리한 후 그 적의 두개골로 제례를 올렸다고 한다. 그 후 인간의 두뇌 모습과 가장 흡사한 염소의 머리를 제례에 대신하게 되었으며, 이마저도 근대에 이르러선 타원형의 모습에 역삼각형 세 점이 선명하여 사람의 얼굴을 연상케 하는 야자의 속 알맹이로 그것을 대신하게 되었다고 한다. 염소에 반해 개는 그 접촉마저 삼가야 할 매우 부정不淨한 동물로 묘사되는데, 신화에 나오는 대표적인 경우로는 죽음의 신 야마가 데리고 있는 눈이 넷 달린 개가 있다. 그 개는 인간세계를 다니며 죽을 만한 사람을 찾아내 야마에게로 데리고 온다고 한다. 같은 경우지만 인도에서는 오래전부터 지금의 세상이 지옥과 다름없고 죽어서 가닿을 세상이 오히려 천국으로 묘사되기도 하는 까닭에, 대서사시『마하바라따』마지막 부분에서는 빤다바의 다섯 형제를 천국으로 인도하는 동물이 개로 나오며, 그에 근거하여 지금도 힌두교를 신봉하는 인도네시아 발리 지역에선 개를 천국으로 인도하는 상서로운 동물로 여긴다.

일러두기

1. 본서는 1924년 프랭클린 에저톤(Franklin Edgerton)에 의해 원본으로 추정되는 『빤짜딴뜨라』 최고본最古本이 편집 발표된 것을 1930년 인도 중부 도시 뿌네(Pune)에 소재한 'Oriental Book Agency'에서 출판한 산스끄리뜨로 된 서적(영역英譯 포함)을 기본서로 삼았다. 현재 통용되는 다양한 판본들은 그 분량에 있어서도 거의 3배 가량 편차를 보이는데, 가장 오래된 것으로 간주되는 본 판본은 그 가운데 가장 작은 분량에 속한다. 본문에서 오탈자라 여겨지는 부분은 여타 서적을 참조하고 내용에 근거하여 수정하되 그 해당 부분을 적시하지는 않았다.

2. 번역된 문장의 지나친 윤문은 본서의 우선된 의도인 '인도를 글로 읽기'에서 다소 멀어질 수 있는 까닭에 가능한 직역을 중심으로 하되, 그럼에도 본서가 이야기집인 까닭에 우리글과 지나친 편차를 보이는 수동문 등은 최소한으로 윤문되었다. 온전한 직역은 본서와 함께 전자 출판될 교재용 빤짜딴뜨라에 수록될 예정이다.

3. 본문에 사용된 산스끄리뜨의 한글 표기는 범어연구소 제정의 '산스끄리뜨 한글 표기(안)'에 따른다.

4. 간단한 주석 내용은 본문의 해당 문단 밑에 각주로 첨부하였으며, 각주 가운데 다소 긴 설명이 필요한 항목에 대해서는 해당 각주 끝에 손(☞) 표시를 달아 꼬리주석〔尾注〕으로 정리되어 있음을 나타내었다. 꼬리주석은 가나다순으로 정리하여 부록으로 첨부되어 있다.

5. 본서는 범어연구소에서 시행하는 산스끄리뜨와 빠알리어 교재 편찬 작업의 일환으로 기획된 산스끄리뜨 교재 『빠짜딴뜨라』의 한글 번역판이다. 산스끄리뜨 어학 학습 교재로 사용될 수 있도록 산스끄리뜨 원문과 직역으로 된 한글 번역을 비롯하여 원문의 문장 분석 및 단어 해석 등이 수록된 『빠짜딴뜨라』는 범어연구소에 의해 본서의 출판과 동시에 전자 출판 등으로 공개될 예정이다.〔문의:sanskritsil@hotmail.com〕

6. 해제와 꼬리주석 등에 나오는 산스끄리뜨 인물명, 신(神)명, 지명, 도서명의 시작은 대문자로 표기하였다. 하지만 본문은 이를 적용하지 않았다.

머리말

0.001   마누[1]를 위해, 와짜스빠띠[2]를 위해, 슈끄라[3]를 위해,
빠라샤라[4]와 그의 아들을 위해, 학식을 갖춘 짜나꺄를 위해,
그리고 모든 제왕학帝王學의 저자들을 위해 경배를 드리나니.

0.002   위식누샤르만이 이 세상 모든 정치학의 정수를
통틀어 살피고 이 다섯 권의 논설을 지었으니,
나는 수승한 그의 학문에 경배를 드리노라.

이런 이야기가 있다.

---

1   마누(manu) : 최초의 인류라 일컬어지는 '마누'. ☞ 屈 '마누' & '마누법전'
2   와짜스빠띠(vācaspati) : vācas(목소리)+pati(지배자)에서, 목소리의 신을 가리킨다
3   슈끄라(śukra) : 마족魔族의 왕인 발리(bali)의 제관祭官이자 아수라들의 스승이며, 우샤나스
     (uśanas)란 이름으로 민법과 율법의 제정자로 알려져 있다.
4   빠라샤라(parāśara)는 대서사시『마하바라따』의 저자인 위야사(vyāsa)의 아버지로,『다르마샤스
     뜨라(dharmaśāstra)』등 성전문학聖傳文學인 스므리띠(smṛti)의 저자이기도 하다.

옛날 옛적, 저 먼 남쪽 나라에 '마힐라로빠'[5]라 불리는 도시가 있었다. 그곳에는 모든 기원자들의 바람을 들어 주는 '깔빠'나무[6]와 같고, 찬란한 왕관의 보석에서 뿜어져 나온 빛줄기가 발아래까지 뻗쳐 있으며, 모든 예술과 정치를 섭렵하고 통달한 '아마라샥띠'[7]라는 왕이 있었다. 그리고 그에게는 '와수샥띠'[8]와 '우그라샥띠'[9] 및 '아네까샥띠'[10]라 불리는 아주 어리석은 세 왕자가 있었다. 언젠가 왕은 정치에는 아둔한 그들을 보며 답답한 마음에 대신들을 불러 논의하였다.

"여러분도 아시다시피, 이처럼 나의 세 아들은 매우 어리석다.

0.003   아들로 태어난들 좋을 게 뭐 있나?
        똑똑하지 못하고 올바르지 못하다면.
        암소라도 그따위면 무엇에 쓰겠는가?
        우유도 짜지 못해, 새끼도 낳지 못해.

0.004   오히려 유산流産이 나았을 걸,

---

5   마힐라로빠(mahilāropya) : mahilā(여인)＋āropya(건줄만한)이란 뜻으로, 도시의 이름으로 쓰여 '여인의 아름다움에 건줄만한 아름다움을 갖춘 도시'란 의미를 지닌다.

6   태초에 우유의 바다를 저어 생겨난 다섯 그루의 '소원을 들어주는 나무' 중 하나. ☞ 🔖'소원의 나무'

7   아마라샥띠(amaraśakti) : amara(없어지지 않는) ＋ śakti(힘)

8   와수샥띠(vasuśakti) : vasu(풍부한) ＋ śakti(힘)

9   우그라샥띠(ugraśakti) : ugra(강력한) ＋ śakti(힘)

10 아네까샥띠(anekaśakti) : aneka(다양한) ＋ śakti(힘)

하늘 기운 내렸대도 관계하지 말 것을.

오히려 사산死産이 나왔을 걸,

딸내미로 태어났으면 오히려 좋았을 걸.

그때 마침 왕비는 불임이나 될 것이지.

남집살이 고생길이 나왔으면 나왔지

미남에 잘생기고 부유하며 건장해도

덜떨어진 아들들은 아무래도 아닌 것을.

그러니 그들의 아둔함을 깨우칠 무슨 방법이 없겠는가?"

그러자 한 신하가 말했다.

"폐하! 기본적인 교육[11]은 열두 해에 걸쳐 이뤄집니다. 그래서 올바른 교육이 이뤄진다면 그로 인해 도리道理와 풍요豐饒 및 욕락欲樂[12]에 관한 것을 깨우칠 수 있을 것입니다. 그러나 그 교육은 매우 심오하여 똑똑한 사람도 감당하기 어렵거늘 하물며 이해가 더딘 경우라면 더 말해 무엇하겠습니까? 그렇지만 신들께서도 도우신 듯 이 문제를 해결하기에 마침맞은 브라만이 있으니, 모든 통치학의 정수를 잘 알고 있기에 많은 학자들에게도 그 명성이

---

11 넷으로 구분된 브라만의 생활주기 가운데 학생기(學生期)를 말한다. ☞ 주 '브라만의 생활주기'

12 인간이 삶을 살며 추구하는 세 가지 가치를 전통적으로 도리道理(dharma)와 풍요豐饒(artha) 및 욕락欲樂(kāma)으로 들고 있으며, 이후 해탈解脫(mokṣa)이 추가되었다. '도리'는 이 세상의 이치로 여기는 법(dharma)에 대한 추구이며, '풍요'는 이 세상의 물질에 대한 추구로서 왕의 의무를 비롯하여 왕국의 통치와 백성에 관련된 제도 등이 포함되며, '욕락'은 문학과 예술을 기반으로 특히 숨김없는 성性적인 쾌락이 비중 있게 언급된다.

자자한 '위싀누샤르만'[13]이란 자입니다. 그를 불러들여 그에게 왕자들의 교육을 맡기도록 해보십시오."

그래서 한 대신이 그를 초빙하여 왕에게 안내하였다. 그는 브라만의 격식을 갖추어 왕을 위해 축원의 게송을 읊은 뒤 자리에 앉아 선정에 드니, 평온하게 자리하고 있는 그에게 왕이 말했다.

"브라만이여! 그대가 나를 도와 저 어리석은 왕자들이 정치에 대해 그 누구보다도 뛰어난 이들이 되게 해주시오. 그러면 그대에게 존경은 물론 많은 재물을 드리리다."

이렇게 왕이 말하자 '위싀누샤르만'은 일어서서 왕에게 아뢰었다.

"폐하! 저의 사자후 같은 일갈—喝을 들어보십시오.

'나에게 재물은 한낱 물거품일 뿐!'

저의 나이 이미 여든, 모든 감각기관마저 제 기능이 사라져 어떠한 욕락도 남아 있지 않은데 한낱 물거품 같은 재물이 무슨 소용이 있겠습니까? 아무튼 폐하를 위해 왕자들의 교육을 맡도록 하겠습니다. 그러니 오늘 이 날의 약속을 기록에 남겨 두십시오. 만약 제가 6개월 안에 왕자들로 하여금 통치학을 깨닫도록 가르치지 못한다면 폐하께서 제게 본때를 보여주는 것으로서 1백 하스따[14]를 물러나게 하셔도 좋습니다."

이 예상치 못한 브라만의 약속을 듣고 모든 신하들과 함께 왕은

---

13 위싀누샤르만(viṣṇuśarman) : viṣṇu(神 '위싀누'의) + śarman(기쁨) – 위대한 신 위싀누의 기쁨. 이름에 '샤르만(śarman)'이 들어간 사람은 그 신분 계급이 브라만(Brāhmaṇa)임을 나타낸다.

14 하스따(hasta) : 인도 고대의 길이 단위로서, 팔꿈치에서 중지 끝에 이르는 길이가 1하스따이다. '100하스따를 물러나다'라는 말은 우리 표현의 '100걸음을 물러나다'라는 말에 해당한다.

놀라움과 기쁜 마음을 감추지 못하였으며, 커다란 존경심으로 '위식누샤르만'에게 세 왕자를 건네주었다. 그러자 그는 이야기 형식을 빌어 '우정의 파괴', '우정의 쟁취', '까마귀와 올빼미의 전쟁', '가졌다 잃음', '경솔한 행위'등 다섯 권의 논설을 마련하여 왕자들에게 통치학을 이해시키기 시작하였다.

…머리말이 끝났다.

우정의
파괴

이제, '우정의 파괴'라는 첫 번째 장이 시작된다. 그 첫머리를 여는 찬가이다.

1.001 사자와 황소 사이 숲속에서 자라나던 위대한 우호의 감정은
       모략꾼에 탐욕스런 여우에 의해 여지없이 무너져 내렸다.

왕자들이 말하였다.
"그것은 무슨 이야기죠?"
위식누샤르만이 말하였다.

○ 옛날 옛적, 머나먼 남쪽나라에 '마힐라로빠'라 불리는 도시가 있
   었다. 그곳에는 올바르게 부를 일구며 살아가는 '와르다마나까'[15]

---

15 와르다마나까(vardhamānaka) : vardha(증장하는) + māna(존경) + ka(~ 것, ~ 者) - 상대하고 있으

라는 이름의 거상巨商이 있었다. 한번은 그에게 이런 생각이 들었다.

"지금 비록 가진 게 많더라도 조금 더 재물을 불리도록 해야겠다. 이런 말도 있지 않은가?

1.002 지니지 못한 재산은 지니도록 애써야 하며,
이미 지닌 것은 주의 깊게 살펴 지켜야 한다.
지켜진 재산은 더욱더 증식시켜야 하며,
한껏 증식된 것은 가치 있게 쓸 이에게 내놓아야 한다.

'가진 것이 없으면 재물을 벌어들이기', '벌어들인 재물은 지키기', '지켜진 재물은 증식하기', '증식된 재물은 가치 있게 쓸 이에게 내어놓기'라는 것이 이 세상을 올바르게 살아가는 방법일 것이다. 그러니 재물을 벌어들이지 못한 경우는 정말 아무것도 아니요, 벌어들였더라도 온전히 지키지 못하면 엄청난 불행을 겪으며 이내 잃어버리고 말 것이며, 증식되지 않는 재물은 비록 아껴서 사용하더라도 마치 높디높은 '안자나'16 산山도 줄어들 듯 머지않아 사라지게 될 것이다. 그리고 사용할 기회가 생겼을 때 사용하지 않는 재물은 손에 넣지 못한 재물과도 같으니, 손에 넣은 재

면 존경심을 불러일으키는 사람

16 안자나(añjana) : 특정한 나무 또는 거대한 산의 이름. '안자나'는 동시에 상처의 치료나 여인의 화장에 쓰이는 안료를 가리키기도 하는데, 그러한 안료는 처음엔 산처럼 쌓여 있더라도 쓰다보면 어느 틈엔가 다 써버림을 나타내며, 개미언덕이 순식간에 커져 버리는 것의 반대 의미로 사용된다.

물을 지키고 늘려서 적절히 사용하도록 해야만 하겠다. 그래서 이런 말도 있었던 게지."

1.003 손에 넣은 재물의 기부는 재산의 확실한 보호나 진배없다.
마치 못 속에 고여 있는 물의 배출이 그러하듯.

이렇게 생각한 그는 '마투라'[17]에서 팔 물품들을 모아 길일吉日인 15일에 장로들의 허락이 떨어지자 장사를 위해 그 도시로 출발하였다. 물품 수레의 선두 명에는 '난다까'[18]와 '싼지와까'[19]라 불리는, 자신이 아끼던 두 마리의 황소로 하여금 지게 하였다. 그런데 그들이 커다란 숲에 막 도달하였을 때 산속 멀리 있는 커다란 폭포수가 흘러내려 형성된 개흙에 선두의 두 소 가운데 싼지와까가 빠져들었다. 불행히도 한 다리를 다치고 아울러 수레의 과중한 무게에 짓눌려 멍에가 부러지니 싼지와까는 그 자리에 주저앉고 말았다. 그 모습을 지켜보던 거상 와르다마나까는 큰 슬픔에 빠져 사흘 동안 그곳에 머물며 상황을 살폈으나 그래도 싼지와까는 쉽사리 건강을 되찾지 못하였다. 그러자 숲속에 불길한 기운이 있다고 여긴 그는 싼지와까를 돌봐 줄 몇몇 상인을 남긴 채 전체 상단商團을 보호하고자 예정대로 마투라로 서둘러 출발하였다.

---

17 마투라(mathurā) : 델리의 남동쪽 야무나 강변의 도시. 고대 인도의 경제 중심지이자, 유지의 신인 위쉬누의 화신 끄리쉬나의 탄생지로 알려진 힌두교의 주요 성지 가운데 하나이다.

18 난다까(nandaka) : √nand(기쁘다) + aka(~ 것) - 기쁘고 즐겁게 해주는 것

19 싼지와까(saṁjīvaka) : saṁ√jīv(회생시키다) + aka(~ 것) - 죽음으로부터 회생시켜 주는 것

그런데 바로 다음날 싼지와까를 돌보라고 남겨 두었던 그들마저 숲에 불안을 느끼고 이내 뒤따라와 와르다마나까에게 거짓을 고하였다.

"주인님! 싼지와까가 죽었습니다. 그래서 저희들이 화장하여 적절히 처리했습니다."

그 말을 들은 와르다마나까는 더욱 애석한 마음이 들어 싼지와까를 위해 장례의식을 다시 거창하게 치러 준 뒤 재차 길을 떠났다. 그때 싼지와까는 물기를 머금은 매우 서늘한 바람이 온몸을 엄습하자 실낱같은 목숨에 그래도 어떻게든 정신을 차리려고 일어나 느릿느릿 '야무나'[20] 강의 둔덕으로 다가갔다. 그리고 그곳에서 에메랄드 빛 여린 풀잎의 새순을 뜯어먹으며 몸을 추스르더니, 드디어 며칠 만에 살찐 등살을 회복하여 위풍당당하고도 강인한 쉬와의 황소[21]가 되었다. 그러고는 매일같이 개미무덤의 언덕을 뿔끝으로 휘저어 긁으며 울부짖곤 하였다.

그때 그곳에서 그리 멀지 않은 숲속에는 모든 동물에게 에워싸인 '삥갈라까'[22]라는 사자가 어떠한 두려움도 없이 스스로의 용맹으로 일군 왕국에서 자신을 뽐내며 행복하게 살고 있었다.

---

20 강가 강의 수많은 지류 가운데 최대의 규모인 야무나 강은 히말라야 산맥에서 발원하여 델리 부근을 거쳐 강가 강의 본류에 합류하기까지 1370킬로미터에 이르는 강으로서, 인도 북서부의 젖줄이다.

21 소원을 들어 주는 암소로서 쉬와 신의 탈것인 '난디(nandi)'를 가리킨다.

22 삥갈라까(piṅgalaka) : piṅgala(붉은 갈색) + ka(~ 것) - 붉은 갈색을 띤 것

1.004 한적한 숲속에서 '왕'이란 표식도 없고
어떻게 다스리는지 통치학도 알지 못하지만
매우 위엄 있는 존재인 백수의 왕에게 있어서는
그저 '왕'이라는 말 한마디가 대단한 효과를 지닌다.

1.005 사자왕의 취임식이니, 백수왕의 정화淨化 의식이니.
모든 짐승들이 모여 그렇게 치르지는 않았지만
오직 스스로의 노력으로 성취된 힘에 의해 이뤄진
그의 왕권은 모든 짐승들에겐 절대적인 왕권이다.

한번은 그가 갈증에 목이 말라 야무나 강기슭으로 내려갔다. 그
런데 난데없이 뇌성벽력이 떨어지듯 예전엔 들어본 적도 없는 듯
한 싼지와까의 울부짖는 소리가 멀리에서 들려왔다. 그것을 듣고
는 너무나 심장이 떨려 물도 마시지 못한 채 물러 나와, 둥근 무
화과나무 그늘에 몸을 숨기고 네 겹의 만다라[23]로 에둘러진 상태
에서 숨을 죽인 채 조용히 머물러 있었다. '네 겹의 만다라로 에
둘러진 상태'란 바로, 사자, 사자의 추종자, '까까라와', '낑위릿
따'라고 하는 만다라들이다. 촌락과 도시는 물론 한적한 부락 및
산야와 숲에 이르는 모든 지역에 걸쳐 오직 한 마리의 짐승이 백
수의 왕으로서 자리하고 있으니, 그것이 사자이다. 사자의 추종

---

23 만다라는 힌두교의 밀교(Tantrism)와 불교의 밀교(Vajrayāna)에서 종교적인 수행 시 수행을 보조
하는 용도로 사용하는 것으로서, 정해진 양식 또는 규범에 따라 그려진 도형을 가리킨다. 본서
에서는 왕권의 보호를 위해 설정된 물리적 또는 추상적 권역을 가리킨다. ☞ 주 '왕의 권역'

자는 곧 사자의 신하들이요, 까까라와들은 신하와 백성들의 중간 계급에 해당하는 무리들이며, 낑위릿따들은 바로 모든 지역의 백성들이다.

사자에겐 세습 각료로서 '까라따까'[24]와 '다마나까'[25]라고 불리는 두 여우가 있었다. 그들은 서로 이런저런 이야기를 나누던 중이었는데 삥갈라까의 이상한 행동을 보고 다마나까가 말했다.

"어이, 까라따까! 군주 삥갈라까께서 물을 마시기 위해 가더니만 무슨 까닭인지 멈칫하네?"

까라따까가 말했다.

"그게 우리하고 무슨 상관이 있냐?"

그러고 나서 말했다.

1.006   상관없이 이일 저일 관여코자 하는 이는
         쐐기 뽑다 죽어 나간 원숭이가 될 것이다.

다마나까가 말했다. "그게 무슨 소리야?"

그가 말했다.

---

24   까라따까(karaṭaka) : 까마귀. 본서에서는 개과의 동물 3종의 총칭인 자칼을 가리키는데, 가로
      줄무늬자칼과 검은등자칼은 아프리카 중남부, 황금자칼은 중동·인도에 분포되어 있다.

25   다마나까(damanaka) : damana(굴복시키는) + ka(~ 것) - 적을 굴복시키는 전사戰士

1-1 쐐기와 원숭이

어느 곳에 한 도시가 있었는데, 그 근교에 부유한 상인이 사원을 건축하고 있었다. 어느 날 그곳에서 일하던 일꾼들이 십장을 비롯하여 정오에 맞춰 식사하기 위해 시내로 들어갔다. 그때 그곳에는 한 목수가 아르주나 나무 기둥을 반쯤 벌려 놓은 채 그 한 가운데를 도구로 고정시키려고 카디라 나무로 된 쐐기를 꽂아 놓았었다.

마침 그곳 숲속에 사는 몸집이 큰 원숭이 무리가 나무며 사원의 꼭대기며 숲의 여기저기를 제멋대로 나돌다 그곳까지 왔다. 그런데 제 운명이 다했던가? 그 가운데 천성이 경솔한 한 원숭이가

〈 The Monkey and the Carpenter 〉
1375년~1385년 / 이스탄불 토프카 피궁 박물관 소장

바로 그 나무기둥에 걸터앉았다가 나무의 벌어진 틈에 축 늘어진 음낭이 놓이게 되었는데, 목수가 "구멍을 파는데 쓰는 쐐기가 어떻게 어울리지 않게 여기에 있지?"라며 두 손으로 그것을 잡아 훅 뽑아 버렸다. 쐐기로 무엇을 고정시켜 놓았다가 그것이 뽑혔을 때 무슨 일이 일어날 것인가… 누가 미주알고주알 말해주지 않더라도 당신은 분명 알 수 있을 것이다.

…첫 번째 이야기가 끝났다.

"그래서 내가 '지혜로운 이는 상관없는 일에 신경 쓰지 않는다'고 말한 게야. 군주가 먹다 남긴 것만으로도 우리 둘을 위한 먹거리는 늘 넘쳐 나지 않는가?"

다마나까가 말했다.

"어떻게 자넨 매사에 먹거리만 들먹이나? 무언가 특별난 것을 추구하는 자라면 누구나 절대자에게 지극히 정성을 다한다네. 그래서 이런 좋은 말[26]이 있지 않은가.

1.007   친구를 돕자거나 외적을 물리치려
현명한 사람들은 왕의 도움을 필요로 하나니,
그런 이는 오로지 배를 채우는 것으로 만족하지 않는다네.

1.008 어떤 이가 살아갈 때 많은 이가 살아갈 수 있다면
그는 참으로 사는 것이리라.
두루미도 연약한 부리로 스스로의 배 정도는 채우지 않는가?

그리고 또한,

1.009 약간의 힘줄과 비계만 남았을 뿐 살점 한 점 없는
한 조각 더러운 짐승의 뼈를 가지고 개는 만족해한다.
심지어 그것이 그의 굶주림을 채워 주지 못하더라도.
자신의 무릎에까지 이른 여우도 놓아 주지만
사자는 경우에 따라 코끼리도 공격한다.
모든 사람은 비록 어려움에 빠지더라도
자신의 천성에 어울리는 결과를 원하기 마련이다.

1.010 개는 먹이를 주는 사람을 위해 땅 위를 뒹굴고 꼬리를 흔들며
발아래 내려서서 얼굴과 배때기를 드러내 보이기도 한다.
그러나 뛰어난 코끼리는 끈기 있게 지켜보다가
수백 번의 간청 끝에야 겨우 먹이를 든다.

1.011 자신의 지혜와 노력의 산물을 먹는 이,
그는 이 세상에 훌륭하게 먹는 사람이다.
개도 자기 꼬리를 열심히 흔들었기에
그래서 얻어진 먹이를 먹는 것일 뿐이다.

1.012 역경에 도전하여 성공한 사람들이
모든 이를 위해 살아가는 부끄럽지 않은 삶,
그것이 이 세상의 참된 삶이라 현명한 이들은 말한다.
까마귀도 내던져진 먹이를 배불리 먹으며 오래도록 살아간다.

1.013 가볍게 넘쳐 버리는 조그만 실개천,
가볍게 흘러넘치는 생쥐의 손아귀.
손쉽게 만족하는 하찮은 놈은
아주 조그만 것으로도 쉽사리 만족한다.

1.014 선악의 개념이 결여된 지성을 소유하고
성스러운 수많은 성전聖典은 도외시하며
배만 채우려는 그저 단순한 욕망을 지닌 자.
짐승 같은 그가 짐승과의 차이는 과연 무엇인가?

1.015 육중한 수레를 멍에하고 풀을 뜯으며
평탄한 곳이나 거친 곳에서 쟁기를 끌고
신성한 태생으로 세상을 위해 봉사하는 위대한 황소.
그 위대한 황소는 인간의 모습을 한 짐승과는 무엇인가 다르다.

까라따까가 말했다.
"아무튼 우리 둘은 제삼자인데 그 일이 우리에게 무슨 상관이 있
겠는가?"
다마나까가 말했다.

"친구여! 어느 정도 시간이 지나면 상관없던 사람이 상관있는 사람이 되기도 한다네. 그래서 이런 말도 있지 않은가?

1.016 위대한 이, 선망을 받는 이, 하찮게 취급되는 이.
이 세상엔 그 누구도 다른 누구 때문에 그렇게 되진 않는다.
그 사람을 위대하게 만들고 하찮은 이로 만드는 것,
이 세상에서 그것은 오직 자신 스스로의 행위이다.

1.017 산 정상에 돌을 올려놓기는 무엇보다 어렵고
올려놓은 돌을 굴려 내리기는 무엇보다 쉽듯이,
이 세상에서 신망을 얻기와 비난을 받기는
바로 그처럼 어렵거나 또는 손쉬운 법이다.

"친구여! 그러니 누구나 자기 성품대로 일을 하기 마련이지.
까라따까가 말했다.
"그렇다면 이젠 어떻게 할 생각인가?"
다마나까는 말했다.
"분명, 저 군주 삥갈라까는 두려움에 떨고 있으며, 그리고 덩달아
두려움에 떠는 수행원들 또한 어쩔 줄 모르고 있을 것이다."
까라따까가 말했다.
"어떻게 그것을 아는가?"
다마나까가 말했다.
"이런 경우에 무엇을 더 알 필요가 있겠는가? 이런 말이 있지.

1.018 박차나 꼬챙이로 재촉하면 말이나 코끼리도 움직이듯
드러내어 언급된 의미라면 짐승들도 알아들을 수 있나니.
언급되지 않은 것도 현명한 사람은 추리해내는 까닭은
다른 이의 태도에 근거하여 인식하는 이해력의 결과이다.

그러니 두려움에 동요하는 그에게 가서, 바로 오늘 내가 지혜의
힘으로 그를 굴복시킬 것이다."
까라따까가 말했다.
"친구여! 그대는 섬김의 도리를 알지 못하고 있네. 어떻게 그를
'굴복'시킨단 말인가?"
다마나까가 말했다.
"친구여! 어떻게 내가 섬김에 대해 알지 못하겠는가? 나는 아랫
사람으로서 지켜야 될 모든 도리를 알고 있다네."
그러고 나서 말했다.

1.019 능력이 있는 사람들의 경우에 무엇이 과중한 짐일 것이며,
추진력 있는 사람들의 경우에 무엇이 요원한 것이겠는가?
훌륭한 지식을 갖춘 이들의 경우에 어디가 타국他國일 것이며,
뛰어난 언변을 갖춘 이들의 경우에 그 누가 타인他人이겠는가?

까라따까가 말했다.
"군주께선 아마도 적절치 못한 간섭이라 하여 그대를 무시할 것
이다."
다마나까가 말했다.

"그럴 수도 있겠지. 그렇더라도 아랫사람이라면 반드시 군주의
곁에 있어 드려야 한다네."
그러고 나서 말했다.

1.020 지혜가 부족하거나 성품이 천박하거나 심지어 낯선 이라 하더라도
왕은 오직 가까이 있는 사람의 의견을 받아들이게 마련이며,
군주나 여인이나 비열한 자들은
대개 자신 가까이 머물러 있는 자를 끌어안기 마련이다.

1.021 분노와 자비의 실체를 받아들이며
항상 가까이 머물러 있는 아랫사람,
그는 자신을 내치려는 왕에게 야금야금 기어오르기 마련이다.

까라따까가 말했다.
"그러면 그곳에 가서 뭐라 말할 텐가?"
다마나까가 말했다.

1.022 어떻게 응하는가에 따라 어떻게 대응할지 결정될 것이니,
대답이란 참으로 어떻게 묻는가에 따라 달라지기 때문이다.
단비의 혜택으로 결실을 맺어 생긴 씨앗으로부터
또 다른 씨앗이 생겨나는 것처럼.

그리고 또,

1.023   잘못된 계획의 적용에 따르는 재난과
홀륭한 계획이 적용된 결과인 성공은
정치 원리와도 연관되어 미리 그 조짐을 드러내기도 하는데
현명한 사람들은 그것을 미리 알고 지적해 낸다.

그리고 나는 상황에 어울리지 않게 말하진 않을 것이다.

1.024   상황에 어울리지 않는 이야기라면
비록 '브리하스빠띠'[27]가 말하더라도
오직 지성에 대한 멸시와 경멸로 이어질 것이다.

1.025   참으로 홀륭한 언변가라면
잘못된 장소가 아닌 곳에서, 잘못된 시기가 아닌 때에,
적합한 의미를 지닌 것을, 효과가 없지 않다 여길 때,
그가 품고 있는 이야기를 풀어 놓는다.
그래서 그의 이야기는 의미를 지니게 된다.

그리고 또,

1.026   어떤 무엇으로 삶을 잘 꾸려 가게 된다거나

---

27 브리하스빠띠(bṛhaspati)는 웅변과 지혜의 신으로서 신들의 스승이자 신들을 위한 제관祭官이기
도 하다. 그리고 목성(Jupiter)에 대한 인도식 명칭이기도 한데, 힌두신화의 성자로서 사람들을
신에게로 인도하는 안내자로 인간의 가까이 다가와 있기도 하다.

어떤 무엇으로 그 집단에서 훌륭한 이들의 인정을 받는다면
그러한 장점은 그 장점을 지닌 이에 의해
가꾸어져야 하고 보전되어야 한다.

까라따까가 말했다.
"마치 뭇 산들처럼 스스로는 천성적으로 거칠고 주위엔 항상 사
악한 이들로 가득 차 있으며, 그저 신하들의 결점이나 헤집으며
협잡꾼이나 모여드는 제왕들에게 참으로 호의를 얻기란 어렵다.
왜냐면…"

1.027 똬리를 틀고 앉은 양 호사스러움에
비늘로 둘러싸인 양 갑옷을 차려입고
무엇이나 공격하려는 양 자비도 없이 잔혹하며
스멀스멀 기어가는 양 협잡심이 꿈틀거리고
목을 부풀려 위협하는 양 권위를 떨치며
맹독이 먹히는 양 간언이 먹혀드는,
제왕들은 마치 코브라와도 같다."

다마나까가 말했다.
"그렇긴 그렇다. 그렇더라도,

1.028 참으로 솜씨 좋은 사람들은
맹독도 별 탈 없이 마시고 여인들과 더불어 즐기기도 하며
그리고 제왕도 재주껏 모신다.

그리고 또,

1.029 그 누구의 어떤 기질이 되었건 간에
바로 그것으로 그 사람에게 나아가서
현명한 이는 신속하게 자신의 통제권으로 끌어들인다."

까라따까가 말했다.
"그대의 여정이 상서롭기만을 바랄 뿐이네! 부디 마음먹은 대로
성취되기를…"
다마나까는 까라따가를 배웅하고 천천히 삥갈라까가 있는 곳으
로 갔다. 그러자 멀리서 다가오는 그를 보고 삥갈라까는 호위병
들에게 말했다.
"주저하지 말고 빗장을 치우도록 하라! 그는 오랫동안 우리와 함
께 한 대신大臣의 후손이다. 왕실 출입이 제한되지 않은 그는 참
으로 두 번째 만다라를 향유하는 자이다."
그래서 다마나까는 삥갈라까에게 다가가 인사를 올리고 삥갈라
까가 가리킨 자리에 앉았다. 그러자 삥갈라까는 번쩍이는 손톱의
광채에 휩싸인 자신의 오른손을 다마나까의 어깨에 올리며 정중
히 말하였다.
"평안하셨던가? 어찌 오랜만에 그대를 보는구려."
다마나까가 말했다.
"족하足下[28]께선 제가 보필해 드려야 할 만큼 허술한 점은 어디고
없으십니다. 다만 필요한 경우라 적절한 시기에 아랫사람으로서
말씀드려야 되겠기에 제가 이렇게 오게 되었습니다. 제왕의 경우

엔 그 누구든 데려다 부리지 못할 이유가 없지 않습니까?"
그리고 말했다.

1.030 이쑤시개면 이쑤시개, 귀이개면 귀이개,
아니면 날이 곧게 선 풀잎으로라도.
오, 왕이시여! 군주의 경우엔 무엇으로든 못할 일이 없습니다.
하물며 그것이 언변과 솜씨를 갖춘 사람이라면 얼마나 좋겠습니까?

그리고 또.

1.031 굳건한 품성을 지닌 이라면 비록 경멸은 줄 수 있더라도
그 인내력의 미덕은 참으로 씻어 버리기 불가능하다.
흡사 불의 경우 비록 거꾸로 들고 있더라도
그 불길들이 절대로 아래로 향하지 않는 것처럼.

1.032 화려함을 드러내는 공작[29] 꼬리 같은 뱀이
발바닥에 밟히고도 웬일인지 순하다면

---

28 '족하'라는 개념은 중국과 인도에도 모두 사용되었으나 그 의미는 차이가 있다. 중국은 각하閣
下 전하殿下 등과 같이 존경을 표시하는 등급의 하나임에 반해, 인도는 상대의 가장 미천한 부
분[발바닥]이 나의 가장 고귀한 부분[정수리]보다 나음을 가리키는 극존칭에 해당한다.

29 그 정확한 명칭이 인도공작(Indian Blue Peafowl)인 공작새는 인도의 국조國鳥이다. 인도 왕조 가
운데 공작을 왕실의 상징으로 삼기 시작한 것은 마우리야 왕조인데, '마우리야'가 곧 '공작'이
란 뜻이다. 인도에서는 예로부터 공작새의 깃털을 힘과 건강 및 권위를 상징한다고 여겼다.

과연 독이 없어 그 놈이 그런다 할 수 있겠는가?

"그러기에 왕이시여!

1.033 왕국에 대해서나 국민에 대해서나
항상 가늠하고 계신 분이 되십시오!
그들 속사정을 얼마만큼 아느냐에 따른
영화榮華가 가능할 뿐입니다.

그래서 이런 좋은 말이 있습니다.

1.034 농부는 좋고 나쁜 모든 씨앗을 함께 섞어 심더라도
싹이 트는 것을 보고 성장할 씨앗의 좋고 나쁨을 안다.

그래서 항상 분별력을 지닌 군주로 되어 있어야 합니다.
그리고 그렇게,

1.035 하인이나 보석은 오직 제 용도로 사용되어야 하나니,
그저 '나는 그렇게 할 수 있다!' 하여
정수리에 장식될 보석을 다리에 묶을 수는 없기 때문이다.

1.036 금장식의 보석함에 들어앉을 귀한 보석이
차가운 주석朱錫통에 덩그러니 담겼다고
그 보석이 투덜거리거나 반짝이지 않을 것은 아니지만

보석의 사용자는 세공자細工者를 비난하게 될 것이다.

1.037 이 사람은 똑똑하고 저 사람은 헌신적이며,
저 사람은 그 둘을 갖췄는데 이 사람은 어리석다.
아랫사람을 이렇게 판별할 수 있는 왕은
그 수하에 쓸 만한 이가 가득 차게 될 것이다.

1.038 동등하지 않은 것과 동등하게 비교되거나,
동등한 것과 견주어 동등한 대우가 거절되거나,
대우는 받았으나 그릇된 일에 고용이 된다면,
이러한 세 가지 이유로 아랫사람은 고용주를 떠나게 된다.

또한, 저희는 폐하를 대대로 모셔 온 신하로서 어떤 재난 속에서
도 변함없이 따르고 있습니다. 그러기에 저희들에겐 다른 어떤
길도 존재하지 않습니다. 이것은 모든 각료들의 생각입니다. 그
래서 이런 말이 있습니다.

1.039 달리 갈 길이 존재하는 고귀한 이라면
오른손과 왼손의 차이[30]가 존재하지 않는 그런 곳에서
그 누가 잠시라도 머물려고 하겠는가?

---

30   오른손은 청정과 올바름을 의미하고 왼손은 부정과 그릇됨을 의미한다. ☞ 㽥 '정과 부정'

1.040 군주가 아랫것과 견주어서 차이를 두지 않고 똑같이 행동하면
그러한 경우 노력하는 유능한 이의 의욕은 저하되기 마련이다.

1.041 말과 코끼리의 경우나,
쇠와 나무토막과 돌과 면솜이나 물의 경우나,
여자와 남자의 경우.
그 차이는 실로 엄청난 차이이다.

오히려 특별히 이렇게 말하기도 합니다.

1.042 천근의 돌을 어깨로 옮기려고 열망하는 어리석은 이는
설령 그것을 정말 옮겼더라도 피로에 지쳐서 파멸로 치닫는다.

1.043 손쉽게 옮길 수 있는 엄지 굵기의 연꽃 빛깔 보석을 가지고,
식별이 있는 사람이라면
다만 그것으로 최상의 이익을 얻지 못하겠는가?

그러므로 군주의 가치가 어떠하냐에 따라 아랫사람의 우수성은
드러날 수 있습니다. 어떻게?라고 물으신다면,

1.044 말〔馬〕, 무기, 서적, 류트(현악기), 언변, 그리고 남자나 여자는
만난 사람의 능력 차별에 따라
필요 없는 것이 되거나 요긴한 것이 되기도 한다.

게다가 '이 놈은 자칼이다!'라고 가늠하여 저를 경멸하신다면 그
것 또한 적절치 않습니다. 왜냐면,

1.045 위식누가 멧돼지[31]의 모습이라 하여,
위대한 선인[32]이 사슴뿔을 지녔다 하여,
여섯 얼굴 지닌 쓰깐다[33]가 염소의 모습이라 하여,
훌륭한 현인들이 어찌 그들을 숭배하지 않았겠는가?

그리고 또한,

1.046 붙박이 태생으로 세습적인 아랫사람이
항상 더 낫고 온당한 각료인가?
그것이 늘 그런 것은 아닙니다.

그래서 참으로,

1.047 붙박이 태생의 쥐라 하더라도 그것이 해롭다면 박멸되어야 하지만
쓸모 있는 고양이라면 다른 사람에게 선물로 부탁하기도 한다.

1.048 아주까리, 빈다풀, 아르까풀, 날라갈대,

---

31 위식누 신의 네 번째 화신인 와라하(varāha)를 말한다. ☞ 卍 '위식누'
32 사슴에게서 태어난 뿔을 지닌 성인을 말한다. ☞ 卍 '릐싁야싁렁가(ṛṣyaśṛṅga)'
33 쉬와의 아들로서 여섯 개의 머리와 열두 개의 팔을 지녔다고 한다. ☞ 卍 '쓰깐다(skanda)'

엄청 많이 모아 놓은들 대들보로 사용될 수 없듯이,
그처럼 무지한 자들로는 아무런 쓸모가 없다.

1.049 추종자가 무슨 소용이겠는가? 유능하지 않다면.
재능 있는 자가 무슨 소용이겠는가? 해악을 끼친다면.
충성스러우며 재능 있는 저를
왕이시여! 응당 되돌아볼 가치가 있습니다.

그리고 또한,

1.050 왕의 무분별 때문에 어리석은 측근이 형성되며,
그들의 기세 때문에 그 주위에 똑똑한 이가 모여들지 않게 된다.
왕국이 현인들에게 버림받을 때
어떠한 정치적 수완도 효과적이지 못하며,
정치적 수완이 못쓰게 되었을 때
왕과 더불어 그 집단은 힘없이 무너진다.”

뺑갈라까가 말했다.
“친구 다마나까여! 그렇게 말하지 마시게나! 자네는 우리들의 오
랜 세습 대신世襲大臣일세.”
다마나까가 말했다.
“폐하! 드려야 할 말씀이 있습니다.”
뺑갈라까가 말했다.
“무엇이든 말하고자 하는 것을 말해보시게!”

다마나까가 말했다.

"군주께서 물을 마시기 위해 가시더니 무엇 때문에 물은 마시지 않고 마치 놀라신 듯 이곳으로 물러 나와 계십니까?"

뺑갈라까는 속내를 숨기기 위해 말하였다.

"다마나까여! 별 이유가 없다네."

다마나까가 말했다.

"폐하! 말씀하실 것이 없다면, 그러면 되었습니다."

그러자 뺑갈라까는 그 말을 듣고 생각해보았다.

'저놈이 내 속내를 알고 있네? 그 참, 쓸 만한 놈이구먼. 그러면 이놈에게 무엇을 숨기겠는가? 그에게 내 속내를 털어놓아야겠다.'

그러고는 말하였다.

"오, 다마나까여! 멀리서 들려오는 엄청난 저 소리를 들어보라!"

다마나까가 말했다.

"군주시여! 분명히 들리는 소리가 있긴 있습니다만, 그것이 어떻다는 것입니까?"

뺑갈라까가 말했다.

"친구여! 나는 이 숲에서 떠날까 하네. 무슨 까닭이냐면, 전대미문의 어떤 존재가 이곳에 들어온 것 같다네. 예전에 들어보지 못한 그의 엄청난 소리가 들리지 않는가? 그는 저 소리에 걸맞은 존재가 분명할 터이고, 그런 존재에 걸맞은 용맹을 지닌 놈이 분명할 것일세. 그래서 아무튼 이곳에 머물러 있어서는 안 될 것 같네."

다마나까가 말했다.

"왜 한낱 소리 때문에 군주께선 두려움을 일으키십니까? 그것은 타당치 않습니다. 그리고 또한,

1.051 　제방이 물에 의해 무너지듯
만뜨라도 보호되지 않으면 무너지기 마련이며,
뒤에서 하는 몇 마디 말 때문에 우정이 무너지듯
어리석은 자는 그 몇 마디 말에 무너진다.

그러니 단지 저 소리 때문에 선조로부터 물려받은 이 숲을 단념하는 것은 적절하지 않습니다. 이 세상에는 참으로 다양한 소리들이 들립니다. 그러나 그것들은 오직 단순한 소리일 뿐이니 두려워할 거리가 아닙니다. 말하자면 마치 천둥이나 플루트나 류트나 북이나 장구나 종이나 수레나 문짝이나 기계 등의 소리가 들리는 것과 같을 뿐입니다. 그러니 그것들 때문에 두려워하실 필요는 없습니다."
그러고 나서 말했다.

1.052 　애초에 그것은 살점으로 가득 찬 것이라 생각했지만
안쪽으로 들어가서 안 것은 그저 가죽과 나무토막 뿐.

뼁갈라까가 말했다. "그게 무슨 소리인가?"
다마나까가 말했다.

1-2 여우와 팀파니북

옛날 옛적, 굶주림에 바싹 야윈 몸을 한 어떤 여우가 먹이를 구하려고 이리저리 서성이다 숲에서 두 군대가 무리지어 싸웠던 싸움터를 보게 되었다. 그리고 그곳에서 엄청나게 큰 어떤 소리를 들었다. 그러자 두려움에 떨리는 가슴으로 그는 생각했다. "이게 뭐지? 정신이 하나도 없네. 이건 누구의 소리지? 어디서 나는 소리지? 그리고 도대체 무슨 종류인 게야?" 그래서 여기저길 살피더니 결국에는 산봉우리 모양의 팀파니북[34]을 보게 되었다.

그러자 그것을 보며 생각했다. "이 소리는 이놈이 내는 소리인가? 아니면 다른 것에 두들겨 맞아 나는 소리인가?" 그때 그 북은 바람에 흔들린 나뭇가지 끝에 부딪히면 소리를 내었으며, 그렇지 않으면 조용히 있었다. 그래서 그는 그것을 더 자세히 알고자 가까이 가서 호기심에 제 손으로 양쪽 입구를 두들겼다. 그리고 생각했다. "와! 오랜만에 엄청난 먹거리가 내 손에 들어왔네. 이건 분명 풍부한 살과 기름과 피로 골고루 채워져 있을 게야." 그래서 팀파니북의 입구를 찢고 들어갔다. 그런데 거죽이 워낙 딱딱해서 겨우 어금니가 상하지 않을 정도였다. 게다가 그 안에서 그는 어떤 것도 찾아내지 못하였다. 그곳을 빠져나와 겸연쩍은 듯 속으로 웃으며 말했다.

"애초에 그것은 살점으로 가득 찬 것이라 생각했건만 안쪽으로

34　케틀드럼(Kettledrum)이라고도 불리는 팀파니(Timpani)북은 구리나 청동으로 몸통을 만들고 송아지 가죽으로 된 울림판을 금속 테로 고정시켜 만든 북이다.

들어가서 알고 보니 그저 가죽과 나무토
막뿐일세."

…이렇게 두 번째 이야기가 끝났다.

"그래서 제가 말씀드리려는 것은, 그저 단
순한 소리 때문에 겁을 먹을 필요는 없단
것입니다. 아무튼 그게 무엇인지 알기 원
하시면 제가 소리 나는 그곳으로 가보겠
습니다."

삥갈라까가 말했다.

"그대는 그것 가까이 갈 수 있겠단 말인

⟨ The Fox and the Drum ⟩
1370년~1374년 / 이스탄불대학교 도서관 소장

가?"

"물론입니다!"라고 다마나까가 말했다.

뻥갈라까가 말했다.

"만약 그렇게 그대가 거기로 가겠다면… 오로지 그대에게 행운이
따르길 바라네!"

다마나까는 그에게 절을 하고 싼지와까의 소리를 쫓아 길을 나
섰다.

다마나까가 나가자 두렵고 혼란스러운 마음의 뻥갈라까는 생각
해보았다. "이런! 내가 무슨 짓을 한 게야? 저놈에게 믿음만 줘
버리고 게다가 내 속마음까지 알려 줘 버린 게 되잖아. 어쩌면 저
다마나까만 양쪽으로 이득을 챙겨 버렸고 나만 엉망이 된 것만
같네. 어떤 이들은 이렇게 말을 하지.

신임을 받았다가 불신을 받은 사람, 퇴짜를 맞은 사람,

왕에게 노여움을 산 사람, 탐욕스러운 사람, 몰락한 사람,

자신의 이익을 위해 제 발로 뛰어든 사람들은

교활한 방법으로 자신의 어려움을 회피할 가능성이 있다.

지나치게 궁핍하여 고통을 받는 사람,

함께 부름을 받았다가 내몰린 사람,

같은 예술가지만 솜씨와 꾸밈에서 굴욕적인 취급을 받은 사람,

귀양살이로 한이 서린 사람,

고만고만한 이들 때문에 사라져 간 사람,

명예가 실추된 사람, 해야 될 일을 지나치게 많이 맡은 사람,

왕의 혈족으로서 왕좌를 추구하는 사람들은 설령 긴밀한 관계에

있더라도 그들 자신의 천성은 어디 가지 않으며,
그리고 모든 면에서 책략을 강구하며 지낸다.

그러니 저놈이 혹시 '나의 명예가 실추되었다' 라고 생각하게 된다
면 아마도 내게 변질된 성향을 드러낼 수 있을 것이다. 아니면 저
놈 혼자로는 나약한 까닭에 힘을 지닌 누군가와 연합하여 절대로
나의 수중에 들어오지 않을 것이다. 그러면 결국 나는 몰락하고
말지 않겠는가? 그러니 아무튼 저놈의 의도를 확실히 알 때까지
어디 다른 곳으로 자리를 옮겨 있어야겠다." 그렇게 마음먹고 다
른 곳으로 자리를 옮긴 삥갈라까는 다마나까가 지나간 길을 바라
보며 홀로 지켜보고 있었다.

다마나까는 싼지와까가 있는 곳으로 가서 정황을 살핀 뒤 그것이
소라는 것을 알게 되자 기쁜 마음으로 삥갈라까에게 되돌아왔다.
삥갈라까 또한 아무 일도 없는 양 조금 전의 그 장소로 되돌아 와
있었다. '그렇지 않으면 저 다마나까는 저놈과 그 측근은 겁이 많
은 놈일세!'라고 생각할 것이다.' 다마나까도 삥갈라까가 있는 곳
으로 되돌아와 절을 하고 자리에 앉았다.

삥갈라까가 말했다. "그래, 뭐 좀 알아보았는가?"
다마나까가 말했다.
"군주님의 은혜 덕분으로 잘 알아보았습니다."
삥갈라까가 말했다.
"있는 사실 그대로 잘 알아보았다는 것인가?"
다마나까가 말했다. "예, 있는 사실 그대로 잘 알아보았습니다."
그가 말했다.

"있는 사실 그대로 보이진 않았을 것이다. 그 이유는, 그대는 중요한 인물이 아니고 게다가 힘도 없으니 그대에겐 그 누구도 적대감을 드러낼 필요가 없기 때문일 것이다. 왜냐하면,

1.053 부드럽고 나지막이 완전히 엎드린 풀들은 건드리지 않고
태풍은 오직 우뚝 솟은 나무들만 뽑아 버린다.
위대한 사람의 힘은 위대한 사람들에게만 작용을 하듯이.

그리고 또한."

1.054 발정난 코끼리의 관자액[35]을 탐내어 미친 듯 윙윙거리며
말벌들이 발바닥으로 관자놀이를 짓밟더라도
코끼리는 엄청난 괴력을 지녔지만 성을 내지 않으니,
코끼리는 비슷한 힘을 지닌 이들에 대해서만 성을 내기 때문이다.

다마나까가 말했다.
"군주께서 그렇게 말씀하실 것을 저는 애초에 이미 알고 있었습니다. 그러므로 더 말씀드려 무엇하겠습니까? 그놈을 바로 이곳 당신의 발밑으로 데려오겠습니다."

---

35 코끼리는 발정기에 머리의 관자놀이에서 단맛이 나는 액液이 분비되며, 이를 얻고자 벌꿀이 몰려든다고 한다.

그러자 그것을 듣고 삥갈라까는 흔쾌히 말했다.

"당장에 그렇게 하도록 하라!"

다마나까는 다시 가서 싼지와까에게 조롱하듯 말하였다.

"가자! 가자! 가엾은 황소야! 삥갈라까 군주께서 네게 화가 단단히 나셨다. 그러니 너는 겁도 없지! 왜 자꾸만 이유도 없이 울부짖느냐!"

그것을 듣고 싼지와까가 말했다.

"친구여! 내게 화가 나셨다는 그 삥갈라까는 누구인가?"

그러자 다마나까는 놀란 듯 박장대소하고 그에게 성을 버럭 내며 말했다.

"어떻게 삥갈라까 군주도 모르냐? 아무튼 결국엔 알게 될 것이다. 무화과나무로 에둘러진 곳에 모든 동물들에게 보좌되는 백수들의 참된 왕으로서 높은 긍지를 지닌 군주이신 위대한 사자 삥갈라까께서 그대를 기다리니 빨리 가세나."

그것을 듣고 싼지와까는 이제 죽은 것이나 진배없다고 여기며 매우 낙담하며 말했다.

"만약 내가 반드시 가야 한다면, 그러면 내게 목숨을 보장해 줄 자비 정도는 베풀어주시게나."

다마나까는 "그렇게 해보도록 하지!"라고 말하고 사자에게 가서 낱낱이 아뢴 뒤에 그를 위해 허락을 얻어 내었다. 그러고는 곧 일을 성사시켜 그 싼지와까를 삥갈라까가 있는 곳으로 데려왔다. 싼지와까는 삥갈라까에게 정중히 예를 올리고 그의 앞으로 조심스레 자리를 잡았다. 그러자 삥갈라까는 살이 쪄서 토실토실하고 길쭉하며 번갯빛의 장신구로 치장된 손톱이 번쩍이는 자신의 오른손을 싼지와까의 어깨에 올리며 정중히 말하였다.

"그래, 평안하신가? 그대는 어찌하여 이 한적한 숲으로 오셨는가?"

그렇게 질문을 받은 싼지와까는 있는 그대로 거상인 와르다마나까의 무리로부터 떨어졌던, 앞서 일어난 자신의 모든 일을 말씀드렸다. 그러자 그것을 듣고 삥갈라까가 말했다.

"오, 친구여! 걱정할 필요가 없소이다. 나의 세력으로 보호가 이뤄지는 이 숲속에서 원하는 대로 지내도록 하시오! 그리고 그대는 항상 내 곁에서 머무르도록 하시오. 왜냐하면, 이 숲은 항상 커다란 위험이 도사리고 있으며 수많은 흉포한 존재들로 가득 차 있기 때문이오."

〈 Dimna Brings Shanzaba a Message from the Lion to Come to His Court 〉
1374년~1382년 / 이스탄불 토프카 피궁 박물관 소장

싼지와까가 말했다.

"군주께서 명령하신 그대로 따르겠습니다."

그렇게 말하고 삥갈라까는 모든 동물들에게 에워싸여 야무나 강변으로 내려가 마음껏 물을 마시고 마음대로 어슬렁거리다 다시 숲속에 있는 그의 처소로 돌아갔다.

그때부터 삥갈라까와 싼지와까는 서로에게 호감을 가지고 매일 많은 시간을 함께 보내게 되었다. 그리고 싼지와까로부터 도시에 대한 수많은 이야기를 듣게 되어 얻은 지식 덕분에, 더욱이 숲에서만 지냈던 까닭에 무식했던 삥갈라까는 짧은 시간에 온갖 지혜를 갖추게 되었다. 길게 말해 무엇하겠는가? 결국엔 오직 삥갈라까와 싼지와까 둘만이 비밀스런 일들을 논의하게 되었으며, 다른 모든 동물 무리들은 멀찌감치 떨어져 있게 되었다. 그러다 보니 그저 용맹스럽게 살육만을 행하며 많은 사냥감을 거둬들이던 사자는 점점 온순해져 갔고, 그로 인한 식량이 부족하게 되어 까라따까와 다마나까는 그저 배고픔에 고통스러워하며 상의를 하게 되기에 이르렀다. 그래서 다마나까가 말했다.

"까라따까여! 우리 둘은 이제 끝났다. 이젠 무엇을 어떻게 해야 한단 말인가? 싼지와까를 삥갈라까 곁으로 데려온 잘못을 내 스스로 저질렀으니… 그래서 이런 말이 있는 게지.

1.055 　여우는 숫양들의 싸움으로 인해,
　　　나는 '아샤다부띠'로 인해,
　　　뚜쟁이는 직조공織造工으로 인해,
　　　세 가지 재앙은 스스로 초래한 것일 뿐.

까라따까가 말했다. "그게 뭔데?"

그가 말했다.

1–3.1[36] 탁발승과 사기꾼

옛날 옛적, 어떤 곳에 '데와샤르만'[37]이라는 탁발승[38]이 있었다.
그는 많은 사람들이 보시한 훌륭하고 특이하며 다양한 비단들을
알뜰히 모은 까닭에 얼마 되지 않은 기간에 엄청난 돈을 모으게
되었다. 그리고 그는 평소에 그 누구도 믿지 않는 성품을 지니고
있었다. 그런데 한번은 '아샤다부띠'[39]라는 사기꾼이 그의 돈주머
니 안에 들어 있는 그 돈을 눈치 채고 "어떻게 하면 저 돈뭉치를
내가 가질 수 있을까?"하고 생각하며 그를 위해 정성을 다 바치
더니, 결국에는 그리 오래지 않아 그의 신뢰를 이끌어 내었다.
그러다 언젠가 그 탁발승은 성지를 순례하는 기회에 아샤다부띠
와 함께 길을 떠나게 되었다. 그리고 도중에 어떤 숲속에 있는 강
의 둔덕에서 돈뭉치 곁에 아샤다부띠를 남겨 두고 홀로 물을 마
시기 위해 자리를 비웠다.

---

36 중첩된 창문 구조의 이야기 전개방식 : 인도 고전에서 이야기 전개 방식의 전형적인 형틀은
'중첩된 창문 구조' 형식을 지닌다. 이야기A 속에 이야기B가 전개되고, 그러는 가운데 다시 이
야기B 안에 이야기C가 펼쳐지는데, 이야기C가 종결된 후에 이야기B가 끝맺음 되고는 이야기A
로 옮겨온다. 이야기의 중첩 횟수에는 제한이 없다.

37 데와샤르만(devaśarman) : deva(신) + śarman(기쁨) - 신의 기쁨

38 '탁발승'의 원어인 빠리브라즈(parivrāj)는 정확히 '유행승(遊行僧)'을 가리킨다. 사제인 브라만
이 임주기(林住期)에 숲속에 들어가 공양을 받으며 수행하다가 그 숲을 떠나 탁발하며 여러 곳
을 편력하는 상태의 수행자를 말하는데, 이는 불교를 비롯한 신흥종교의 사문(沙門)식 수행으
로부터 영향을 받아 후기에 정착된 수행자의 한 형태에 해당한다.

39 아샤다부띠(āṣāḍhabhūti) : āṣāḍha(양력 6.15~7.15) + bhūti(태어난) - 아샤다 달에 태어난 이

1-3.2 숫양과 여우'

그리고 그는 그곳 늪의 둔덕에서 숫양의 엄청난 싸움을 목격하였다. 지칠 줄 모르고 맹렬하게 싸우는 그 둘의 맞부딪친 뿔에서 많은 피가 솟아 나와 땅에 떨어졌는데, 그 핏덩어리를 보고는 버려진 살점으로 잘못 안 한 마리의 어리석은 여우가 그것을 탐내는 어리석은 마음에, 숨을 고르느라 간격을 벌리고 떨어져 있는 두 숫양의 사이로 뛰어들었다. 그 순간 다시 그 두 마리 숫양이 충돌하여 부딪치자 그 여우는 다섯 원소[40]로 분해되어 죽어 버렸다.

그래서 놀라움에 휩싸인 탁발승이 '숫양의 싸움으로 인해 여우가 …'라고 말했던 것이다.

…세 번째의 둘째 이야기가 끝났다.

물을 마시고 다시 자리로 돌아온 데와샤르만은 돈뭉치의 알맹이만 가진 채 달아난 아샤다부띠를 볼 수가 없었고, 오직 내팽개쳐둔 석장錫杖과 불쏘시개와 물병과 거름망[41]과 칫솔가지[42]만을 보게 되었다. 그리고 생각했다. "아샤다부띠가 어디 갔지? 어이쿠! 이

---

40   태초에 地·水·火·風·空의 다섯 원소가 생겨나 이들이 결합하여 하나의 생명체를 이루었다 여기며, 생명이 다하면 하나의 생명체에서 단지 원래의 다섯 가지 원소로 돌아가는 것일 뿐이라 여긴다.

41   불교 승단의 비구육물比丘六物 : 세 가지 승복인 승가리, 울다라승, 안타회 및 발우, 깔개인 니사단, 그리고 물을 걸러 먹는 녹수낭漉水囊 등이다.

42   한역漢譯은 '양지楊枝'로서, 부드러운 버드나무 가지 끝을 잘게 씹어서 편 후에 칫솔처럼 사용한다.

〈 The Ascetic and the Robe 〉
1374년~1382년 / 이스탄불 토프카 피궁 박물관 소장

거 도둑맞았구나."

그래서 침울한 마음에 "그리고 나는 아샤다부띠에 의해…"라고 말했던 것이다.

…세 번째의 첫째 이야기가 끝났다.

1-3.3 직조공과 뚜쟁이

이제 돈주머니엔 깨어진 물그릇만 남은 데와샤르만은 아샤다부띠의 종적을 찾아 헤매다 해가 질 무렵 어떤 마을에 당도했다. 마을로 들어서던 그는 입구의 한적한 곳에 사는 직조공을 보고 하룻밤 머물 수 있도록 부탁하였다. 그 집주인은 그를 위해 집 한 켠에 머물 곳을 내어 주었다. 저녁이 되자 그 직조공은 자기 아내에게 말했다.

"나는 마을에 가서 친구들과 술을 한잔하고 올 테니 당신은 집에서 조신하고 있으시오."

이렇게 말하고 그는 마을로 갔다. 그러자 행실이 나쁜 그의 아내는 득달같이 달려 온 뚜쟁이에게 선동되어 몸치장을 하고 인근에 있는 정부情夫에게 가기 위해 길을 나섰다. 그러던 와중에 그녀의 남편이 취해서 횡설수설하며 비틀비틀 흐트러진 옷차림으로 마을에서 돌아왔다. 그를 보자마자 재치 있는 그녀는 잽싸게 장신구를 떼어 놓고 원래 입었던 옷을 입은 채 발을 닦고는 잠자리에 들 준비를 하였다. 직조공은 집으로 들어서자 곧 그녀를 야단치기 시작하였다.

"야, 이 화냥년아! 네가 무슨 짓을 했는지 친구들이 다 얘기해 주었다. 오냐! 오늘 한번 호되게 당해봐라!"

이렇게 말하고 그녀의 몸에 몽둥이찜질을 안긴 뒤 기둥에 밧줄로 그녀를 묶어 두고 잠이 들어 버렸다. 그러는 사이 뚜쟁이인 이발사의 아내는 직조공이 잠에 곯아떨어진 것을 보고 다시 돌아와 이렇게 말하였다.

"저기… 자네와 만나지 못해서 불길에 타 버려 거의 죽을 지경으로 엄청나게 몸이 단 사람이 있다네. 그러니 내가 여기 당신의 자리에 묶여 있고 당신은 풀어 줄 테니, 얼른 가서 '데와닷따'를 즐겁게 해주고 재빨리 돌아오게나!"

이렇게 이발사의 아내는 그녀를 결박에서 풀어 주고 정부에게 보냈다.

그렇게 되었을 때 술이 조금 깬 직조공은 비틀거리며 일어나서 또 그녀에게 욕을 하기 시작하였다. 그러자 곤혹스런 마음에 잘못 말을 내뱉을까 봐 겁이 난 뚜쟁이는 아무 대답도 하지 않았다.

그는 점점 더 그녀에게 심한 욕을 하게 되었는데, 그래도 그녀가 대답을 하지 않자 더욱더 성이 나서 "거만한 년! 이젠 내 말에 대꾸조차 않는구나!"라고 말하며 일어서서 날카로운 흉기로 그녀의 코를 잘라 버렸다. 그러고 나서 말했다.

"너는 이 꼴이 되었으니 이제 누가 거들떠나 보겠냐?"

이렇게 말하고 다시 또 곯아떨어졌다.

그제야 되돌아온 직조공의 아내가 뚜쟁이에게 물었다.

"무슨 일이 있었어요? 이놈이 깨어나서 무슨 말을 하던가요? 말해보세요, 말해보세요!"

그러자 뚜쟁이는 벌을 받은 코를 내보이며 성을 내며 말하였다.

"봐라! 이 꼴이 무엇인지. 어서 풀어 주기나 해라! 가야겠다."

그래서 그녀를 풀어 주자 뚜쟁이는 코를 가지고 가 버렸다. 직조공의 아내는 다시 앞서처럼 자신을 어설프게 묶어 놓았다. 그리고 직조공이 다시 깨어나 또 다시 그녀에게 소리쳤다. 그러자 그녀는 성을 내며 뻔뻔스럽게도 이렇게 말하였다.

"어이구 나쁜 놈! 그 누가 이렇게 정숙한 여인을 망가뜨릴 수 있단 말이냐? 세상을 지켜 주시는 사천왕[43]들이여, 제 말을 들어주시오! 만약 내가 젊은 남편을 버려두고 외간남자를 마음에라도 생각했다면 천벌을 내리실 것이요, 그렇지 않다면 그 진실로 인해 원래처럼 망가지지 않은 얼굴이 되게 해주시오!"

43　사천왕의 산스끄리뜨는 'lokapāla'로서 '세상의(loka) 보호자(pāla)'를 뜻하며 일반적으로 사방의 세상을 지켜 주는 신에 대한 통칭으로 쓰이므로 불교의 사대천왕四大天王과 일맥상통한다.

⟨ The Ascetic and the Robe : The Madam's Stratagem Backfires ⟩
1370년~1374년 / 이스탄불대학교 도서관 소장

그렇게 말하고는 다시 또 그에게 말했다.

"봐라! 야 이 사악한 놈아! 내 얼굴이 바로 이처럼 되었잖느냐!"

그러자 그녀의 거짓말에 마음이 흔들린 그 바보는 호롱불을 밝혀 멀쩡한 얼굴을 하고 있는 마누라를 보게 되자 눈이 휘둥그레져 정열적인 입맞춤을 하고, 기쁜 마음에 그녀의 결박을 풀어 주고 발아래 엎드렸다가 힘차게 안아서 침대로 들어올렸다. 탁발승은 처음부터 이 모든 상황을 모두 조용히 지켜보고 있었다.

한편 그 뚜쟁이는 손으로 피가 흐르는 두 콧구멍을 막은 채 자기 집으로 돌아가 생각했다.

"이 일을 어떡하지? 어떻게 해야 이 엄청난 일을 숨길 수 있으려나?"

그러던 가운데 이발사인 남편이 새벽쯤 밖에서 돌아와 그 아내에게 말했다.

"여보! 면도기통 좀 가져다 주시오! 왕궁에 일이 있소."

그러자 그녀는 집안에 서서 면도기만 꺼내어 밖으로 던져 주었다. 면도기를 통째로 건네 주지도 않고 그것도 집안에 선 채 면도기만 던져 주자 성이 난 이발사는 아내에게 면도기를 냅다 되던져 버렸다. 그러자 그녀는 고통스런 괴성을 목청껏 지르며 손으로 콧구멍 한쪽을 문질러 묻힌 피가 뚝뚝 떨어지는 코를 땅에 내던지며 말했다.

"사람 살려! 사람 살려! 저 사악한 놈 때문에 잘못도 없는 내가 불구가 되었다네!"

그래서 그 난리 통에 마을 사람들이 몰려오고 이내 나졸들까지 달려오게 되었으며, 명백하게 드러난 상황을 본 나졸들이 그에게

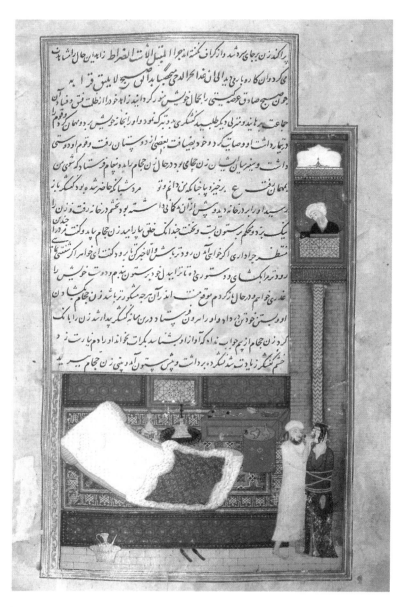

〈 The Ascetic and the Robe : The Cobbler Cuts Off the Nose of the Bareber's Wife 〉
1375년~1385년 / 이스탄불 토프카 피궁 박물관 소장

⟨ The Ascetic and the Robe : The Ascetic Reveals All to the Judge ⟩
1370년 ~ 1374년 / 이스탄불대학교 도서관 소장

몽둥이찜질을 가한 후에 녹초가 된 그를 꽁꽁 묶어 그녀와 함께 포청으로 데려갔다. 그리고 포청에서 재판관들이 심문이 진행하였다.

"어떻게 이 엄청난 일을 남도 아닌 자신의 아내에게 저지르게 되었는가?"

여러 차례 심문하였으나 어떤 답변도 내놓지 못하자 재판관들이 그를 창끝에 꿰어 내다 거는 형벌에 처하였다. 그러자 형장으로 끌려가려는 그를 보고 불쌍한 생각이 들어 모든 실정을 지켜보았던 탁발승이 앞으로 나아가 포청의 재판관들에게 말했다.

"이 죄 없는 이발사에게 창끝에 꿰는 형벌에 처하지 마십시오! 그 이유인 즉, 세 가지 놀라운 이야기를 들어보십시오."

1.056 　여우는 숫양들의 싸움으로 인해,
　　　나는 '아샤다부띠'로 인해,
　　　뚜쟁이는 직조공으로 인해.
　　　세 가지 재앙은 스스로 초래한 것일 뿐.

　　　그래서 상황을 알게 된 재판관들은 이발사를 풀어 주었다.
　　　…세 번째의 셋째 이야기와 모든 세 번째 이야기가 끝났다.

　　　"그래서 내가 '여우는 숫양의 싸움들로 인해…'라고 말했던 것
　　　이다."
　　　까라따까가 말했다.
　　　"그럼 이젠 어떻게 하는 것이 적절하다 생각하는가?"
　　　다마나까가 말했다.
　　　"친구여! 어떤 상황이라도 현명한 자에겐 솟아날 구멍이 분명 존
　　　재한다. 그래서 이런 말이 있다.

1.057 　무너진 위상의 재기를 위해,
　　　다가오는 기회의 쟁취를 위해,
　　　비참한 처지가 되는 것을 방지하기 위해,
　　　그런 경우에 이뤄진 조언이 참으로 가장 뛰어난 조언이다.

　　　지금 뻥갈라까는 엄청난 재난에 처해 있다. 그러니 싼지와까를

떼놓아야겠다. 왜냐하면?"

1.058 혼란스러움 때문에 왕이 재난과 마주쳤을 때
　　　　충복들이라면 전적典籍에 나와 있는 방식대로
　　　　노력을 곁들인 보호를 감행해야 한다.

까라따까가 말했다.
"우리들의 삥갈라까께서 어떤 재난에 처했단 말인가? 이 세상엔
그저 일곱 가지로 된 왕의 재난이 존재할 뿐인데. 그러니까 그것
은."

〈 Dimna Expresses His Jealousy of Shanzaba to Kalila 〉
1391년/ 프랑스 국립도서관

1.059 여인네들, 노름, 사냥, 음주, 그리고 다섯 번째로는 언행의 가혹함, 그리고 엄청난 형벌의 혹독함, 그리고 재물에 의한 폭력.

다마나까가 말했다.
"친구여! 그것은 일곱 갈래로 나눠 놓은 '집착'이라 불리는 한 가지 재난이 될 뿐이다."
까라따까가 말했다.
"그것들이 어떻게 단지 한 가지 재난이 되어 버리는가?"
다마나까가 말했다.
"이 세상에는 참으로 모든 것의 뿌리가 되는 다섯 가지 재난이 있다네. 그러니까 말하자면, 결핍과 폭동과 집착과 고뇌와 실정失政이 그것들이라네."
까라따까가 말했다.
"무엇이 그것들의 특성인가?"
다마나까가 말했다.
"군주와 신하와 국가와 성채城砦와 국부國富와 군대 및 동맹 가운데 비록 어느 하나라도 결핍되었을 때 일어나는 가장 으뜸이 되는 재난을 '결핍'이라 이해하면 될 것이요, 나라 안팎의 백성들이 제각기 또는 모두 함께 들고 일어날 때 그 재난을 '폭동'이라 생각하면 될 것이다. '집착'은 앞서 언급되었으니, 바로 여인네와 노름과 사냥과 음주 등을 말한다네. 그 경우에도 여인네와 노름과 사냥 및 음주라는 것들은 욕망에 의해 일어난 부류일 뿐이며, 언어의 난폭함 등은 분노에 의해 생성된 부류일세. 그 가운데서도 욕망에 의해 생성된 것들로 인한 재난은 분노에 의해 생성된 것들보다 더 큰 위험이 존재한다네. 욕망에 의해 생성된 부류는 손쉽게 이해되겠지만, 분노에 의해 생성된 것이 종류는 비록 세 가지뿐이지만 아마 특별히 설명해야 알아먹을 수 있을 것일세. 다른 이를 해코지하려는 생각 때문에 적절히 고려하지도 않고 있지도 않은 잘못을 언급하는 것이 '언어의 난폭함'이요, 무자비하고 적절치 못한 사형과 구류와 체형體刑을 집행하는 것은 '형벌의 혹독함'이며, 동정심도 없이 타인의 재물을 탈취하고자 하는 탐욕이 곧 '재물의 가혹함'이라네. 이렇게 일곱 부류로 된 집착이라는 재난이 존재한다는 것일세.

'고뇌'는 다시 여덟 부류로 나눠지는데, 사고, 불, 물, 질병, 역병, 콜레라, 기근, 폭우 등이 그것들이라네. 홍수는 물론 한발 역시 폭우에 속하는 것일세. 수많은 괴로움을 가져오는 까닭에 이들 재난은 '고뇌'라는 이름을 얻게 된 것일세. 이제 '실정'에 대해 이야기해보겠네. 화친과 전쟁과 공격과 수비와 동맹과 양면책 등의 여섯 가지 요소들의 경우 그 적절한 상황에 부합되지 않는 명령을 왕이 시행할 때, 즉 화친책이 적절할 때 전쟁을 행하고 전쟁이 당연할 때 화평책을 시행하는 등, 바로 그렇게 나머지 요소들에 있어서도 잘못된 정책으로 행동하면 그 재난은 '실정'이 되는 것이지. 그러므로 아무튼 저 싼지와까를 삥갈라까에게서 떼어놓아야겠어. 왜냐하면, 램프가 존재하지 않으면 빛은 존재하지 않을 것이기 때문이야."

까라따까가 말했다.

"그대는 힘도 없으면서 어떻게 그들을 떼어놓을 수 있겠는가?"

다마나까가 말했다.

"친구여! 수단을 생각해 봐야지. 그래서 이런 말이 있지 않는가?"

1.060 수많은 노력으로 불가능한 것도
한 가지 계략으로 그것은 가능하다.
암까마귀는 황금목걸이로 코브라를 처치하였다.

까라따까가 말했다. "그건 또 무슨 이야기인가?"
그가 말했다.

1-4 까마귀와 뱀

옛날 옛적 어떤 곳에 나무가 한 그루 있었는데, 그곳에는 까마귀 한 쌍이 살고 있었다. 그런데 그들의 새끼들이 태어났을 때 날갯짓도 하지 못하는 가여운 것들을 나무 틈새를 타고 올라온 코브라가 먹어 버렸다. 그래서 그들은 낙담하여 인근의 나무 밑동에 살고 있는 친근한 친구 여우에게 물어보았다.
"친구여! 이런 일이 벌어졌는데 이제 어떻게 했으면 좋을 것 같으냐? 늙은 우리는 새끼들이 죽는 바람에 말이 아니라네."
그는 말했다.
"그렇다고 너무 낙담만 해서는 안 되네. 분명 탐욕스런 그놈을 특별한 수단 없이 죽이지는 못할 것이야."

1.061 좋은 놈, 나쁜 놈, 어중간한 놈,
이것저것 가리지 않고 많은 물고기를 먹어치우더니
지나친 탐욕에 두루미는 결국 게에게 물려서 죽었다.

두 까마귀가 말했다. "그게 무슨 말인가?"

그가 말했다.

1-4.1 두루미와 게

옛날 옛적, 어떤 곳에 다양한 물고기들이 살고 있는 연못이 있었다. 그리고 그곳에 터전을 잡은 어떤 두루미는 이제 나이가 들어 물고기를 잡을 능력이 없기에 그저 연못의 둔덕으로 올라가 아주 외롭고도 쓸쓸히 서 있었다. 연못에서 많은 물고기들에게 둘러싸인 한 마리 게가 말했다.

"아저씨! 오늘은 왜 예전처럼 먹거리 사냥을 하지 않습니까?"

두루미가 말했다.

"나는 물고기를 잡아먹고 사는 새이다. 그러니 솔직하게 너희들에게 말하겠다. 지금까지 내가 너희들을 잡아먹고 생명줄을 이었는데, 이제 예전과 같은 나의 좋은 시절은 끝이 난 것 같다. 그래서 그저 슬픔에 잠겨 있는 것이다."

그가 말했다.

"아저씨! 무슨 말씀이세요?"

두루미가 말했다.

"오늘 이 호수 인근을 지나가던 어부들이 '이 호수는 많은 물고기들이 사는 것 같으니 내일 이곳에 그물을 던져야겠다'고 하더니, 다른 한 사람이 '도시 근처에 아직 가보지 못한 다른 호수들이 있으니 그곳을 먼저 가보고 여기는 다음에 오도록 하자'고 말하더라. 그러니, 친구야! 너희들이 큰일났지만 나 또한 먹거리로 있던 너희들이 없어지기 때문에 큰일이다. 그래서 내가 오늘은 그 걱정 때문에 음식을 멀리하고 있는 것이다."

게는 얼른 가서 물고기들에게 소식을 전했다. 그리고 함께 모여든 모든 물고기들은 두루미에게 가서 이렇게 말했다.

"어려움이 닥쳤으니 어떻게든 그것을 벗어날 방도를 찾아야 하는데, 그러니 그대가 우리를 구해 주어야겠소."

두루미가 말했다.

"나는 한낱 새일 뿐인데 어찌 인간에게 대항해서 감당해 낼 수 있겠는가? 아무튼 이 호수로부터 깊디깊은 다른 호수로 너희들을 하나하나 차례대로 옮겨 주도록 하마."

그러자 그저 눈앞에 닥친 죽음이 두려워 그를 믿어 버린 물고기들은 '어르신! 형제여! 아저씨! 나를, 나를 맨 먼저 건너가게 해 주시오!'라며 앞다투어 말했다. 사악한 마음을 지닌 두루미는 차례대로 그 물고기들을 하나씩 옮겨 그리 멀지 않은 곳에 있는 바위 위에 내던져서 차례대로 먹고는 매우 만족스러워 하였다. 죽음이란 두려움에 낙담한 게도 자꾸만 그를 졸랐다.

"아저씨! 나도 이 죽음의 문턱에서 구해줘야 되지 않겠습니까?"

이미 사악한 영혼이 되어 버린 두루미는 생각했다. "단조롭게 물고기의 살점만으론 이제 질렸다. 예전에도 맛보지 못했던 요놈의 살점을 맛보아야겠다." 그래서 게를 하늘 높이 들어 올려 날아가 물이 있는 곳은 모두 지나친 뒤 막 그 살육이 이뤄졌던 바위에 내려 앉히려고 할 바로 그때, 앞서 먹어치운 물고기 뼈 무더기를 보고 게가 생각했다. "저 나쁜 놈이 교묘하게 물고기들을 먹어치웠구나. 그러면 이제 나는 어떻게 해야 하지?"

1.062 공격을 당했을 때 아무런 탈출구도 볼 수 없다면
지혜로운 이는 적과 더불어 싸우다 죽는다.

게가 집게발로 무엇이든 움켜쥘 수 있다는 사실을 간파하지 못한
두루미는 어리석게도 그 집게발에 머리가 끊어지고 말았다. 게
는 연꽃의 기다란 줄기 같은 두루미의 목을 가지고 천천히 천천
히 물고기들이 있는 그곳 연못으로 돌아왔다. 그러자 그들이 말
했다.
"형제여! 그 아저씨는 어디에 있는 게야?"

그래서 그는 말했다.

"그놈은 다섯 원소로 분해되어 죽어 버렸다. 이것이 그 나쁜 놈의 머리이다. 그의 속임수에 많은 당신들 무리가 잡아먹혔다. 그래서 내가 이렇게 죽여 버렸다."

…네 번째의 첫째 이야기가 끝났다.

"그래서 내가 '많은 물고기들을 먹고…'라고 말한 것이다."

그러자 두 까마귀가 여우에게 말했다.

"그럼 우리들은 이제 어떻게 하면 좋겠는가?"

그가 말했다.

"어떤 부유한 왕이나 대신의 황금목걸이를 가져다 그 뱀의 나무 구멍에 놓도록 하게! 그러면 그것을 찾으려는 사람들이 그 코브라를 죽일 것일세."

이렇게 말하고 여우는 떠났다. 이제 두 까마귀는 그 말을 듣고 황금목걸이를 찾으려고 하늘 높이 날아올랐다. 암까마귀가 어느 연못에 이르러 보니 어떤 왕의 후궁이 황금목걸이와 진주목걸이 등 옷가지 장신구 등을 물가에 풀어놓고 연못 한가운데에서 물놀이를 하고 있었다. 그래서 암까마귀는 황금목걸이를 하나 채어 가지고 공중으로 천천히 날아오르는 모습을 보여 주며 자신이 머무는 자단나무숲으로 되돌아왔다. 그러자 후궁의 시종들과 내시들은 황금목걸이를 훔쳐 가는 까마귀를 보고 몽둥이를 가지고 재빨리 따라갔다. 암까마귀는 뱀의 구멍에 황금목걸이를 던져 놓고 멀찌감치 물러 나와 있었다. 시종들이 막 그 나무에 기어 올라갔을 때 마침 구멍으로 들어간 코브라는 성을 내어 후드를 펼치고

있었으며, 결국엔 그들에게 몽둥이로 맞아 죽어 버렸다. 그렇게
한 뒤 그들은 황금목걸이를 되찾아 연못으로 돌아갔다. 한 쌍의
까마귀 또한 그 이후로는 매우 행복하게 살았다.

…네 번째 이야기가 끝났다.

"그래서 내가 '계략으로 그것은 가능하다…'라고 말했던 것이다.
그러므로 이 세상에서 어떠한 것도 영리한 사람들의 경우에 불가
능이란 존재하지 않는다. 그래서 이런 말이 있다."

1.063   어떤 누구라도 똑똑한 자라면 힘이 자신의 것이지만
어리석은 자라면 힘이 어떻게 그의 것이 되겠는가?
보라! 거만한 사자가 어쩌다 토끼에게 굴복하게 되었는지.

까라따까가 말했다. "그게 무슨 말이야?"
그가 말했다.

1-5 사자와 토끼

옛날 옛적, 어떤 숲속에 '거만'[44]이란 이름의 사자가 있었는데, 그
는 항상 다른 동물들을 마구 잡아먹었다. 그러자 모든 동물들이
함께 모여 의논한 뒤 백수의 왕에게 아뢰었다.

"폐하! 별다른 이유 없이 모든 동물들에 대한 살육이 마구잡이로

---

44   '거만'의 산스끄리뜨 마돈맛따(madonmatta)는 술이나 독에 취해 거만하거나 불손해진 상태를 말한다.

행해지니 군주의 내생來生만 어지럽힐 뿐, 달리 무슨 소용이 있겠습니까? 물론 저희가 파멸에 이를 뿐만 아니라 군주께서도 결국에는 먹거리가 부족하게 될 것이니, 그것은 군주나 저희 모두에게 불행일 뿐입니다. 그러므로 군주께서 만족하실 수 있도록 저희들이 군주의 식사를 위해 저희 종족에서 태어난 자들을 하나씩 돌아가며 매일 바치도록 하겠습니다.

사자가 말했다.

"그렇게 하도록 하라!"

그때부터 사자는 그들이 보내온 동물을 매일 하나씩 먹으며 지냈다.

바야흐로 여러 종족의 차례를 거쳐 토끼 종족의 순서가 되었다. 그러나 다른 토끼들에 의해 등이 떠밀린 한 토끼는 생각했다.

"죽음의 아가리로 들어가면 그걸로 끝이다. 이제 나는 어떻게 해야 되겠는가? 아무튼 영리한 이라면 무엇인들 불가능하겠는가? 그러니 저 사자를 계략을 써서 죽여 버려야겠다."

그래서 그는 식사 시간을 넘겨 느릿느릿 사자에게 갔다. 배고픔에 목소리까지 초췌해진 사자는 격노하여 위협하듯 그에게 말하였다.

"나를 이토록 성나게 했는데 죽음 외에 달리 무슨 방도가 있겠는가? 너는 오늘 바로 끝장이다. 말해 봐라! 네가 뭣 때문에 늦었는지!"

그러자 토끼는 정중하게 절을 하고 아뢰었다.

"군주시여! 이것은 저의 잘못이 아닙니다. 제가 오고 있는 길에 다른 사자가 길을 가로막고 저를 잡아먹으려 하였습니다. 그래서

제가 '나는 군주인 '거만'사자님에게 먹이가 되기 위해 가고 있다'
고 말했습니다. 그러자 그가 '그 '거만'은 도적 같은 놈이다. 그러
니 그에게 가서 말을 전하고 오너라! 우리 둘 가운데 누구든 용맹
을 겨뤄서 왕이 될 것이요, 그렇게 왕이 된 자가 모든 동물을 잡
아먹게 될 것이다'라고 말했습니다. 그래서 제가 군주님께 말씀
드리기 위해 오게 되었습니다.”

그 말을 듣고 사자는 격노하여 말하였다.

“나의 힘으로 완전히 장악된 이 숲속에 어떻게 다른 사자가 있을
수 있단 말이냐? 어서 가서 내게 그 불한당 놈을 보여다오!”

토끼가 말했다. “그렇다면 그곳으로 함께 가시죠! 군주께 그를 보
여드리겠습니다.”

토끼는 사자를 데리고 깨끗한 물이 있는 우물로 가서 그에게 '보
세요!'하며 우물 안을 들여다보게 하였다. 그러자 멍청한 사자는
물 가운데 비친 자신의 모습을 보고 '저 놈이 나의 적수구나!'라
고 여겨 엄청난 화를 내며 커다란 포효를 놓았다. 그러자 그 울리
는 메아리로 인해 곱절이나 더 큰 포효가 우물에서 일어났다. 사
자는 울려 나온 포효 소리를 듣고 '이놈은 나보다 더 강한 놈이
구나'라고 여기고 멈칫하다 이내 그를 덮치듯 우물로 뛰어들었으
며, 그리고 다섯 원소의 분해로 나아가 죽음에 이르게 되었다.

다른 모든 동물들을 기쁘게 한 토끼는 그들에게 칭찬을 받으며
숲속에서 예전처럼 행복하게 살아가게 되었다.

…다섯 번째 이야기가 끝났다.

“그래서 내가 '어떤 누구라도 똑똑한 자라면 힘이 자신의 것이지

بدیدآواز دادکه ازکجا می آیی وحال وحوش جست کفت درصحبت من خو کوشی
فستاده بودند در راه شیری پسندکنم غدای ملکت ... انفساً تی تمو د دخبارا اند
وکفت اینکار کا پسنت وصیدان من اویلیزکه قوت وشوکت من زیاد
ومن نشستم تا تراخبر کنم شیر بخاست وکفت او را بمن نمای خرکوش مش
ایستاد و شیر را بسر جایی بزرک برد کصفای آب وی جو بنین صور تنما نمودی
واوصاف جمع مریک بردی نمردی

وکفت در ین جا پست و من ازوی پی ترسم اکر ملک مراد بر گیر دحصم را بد و
نمایم شیر او را بر کرفت و در چاه که چنت خیال خود دت ... وآن خرکوش در آن چاه پید

اورا کرداشت وخو درا دافکند غوطی نخو ر دنفس خونخوار و جان شیرین یابک سپرد

만…'이라고 말한 것이다."

그 말을 듣고 까라따까가 말했다.

"그렇다면 가서 시도해 보도록 하게! 아무튼 일이 잘되어서 그대
가 마음먹은 대로 되길 바라네."

그래서 다마나까는 삥갈라까에게 가서 인사를 하고 자리에 앉
았다. 사자가 말했다.

"그대는 무슨 일로 오셨는가? 그대를 오랜만에 뵙는구먼."

그가 말했다.

"폐하! 제가 시급하다 여기는 것이 있어서 군주님에게 말씀드리
려고 왔습니다. 이것은 아랫사람의 바람을 위해서가 아니라, 무
엇보다 차후에 닥칠 재앙에 대한 두려움 때문에 말씀드리는 것입
니다. 그래서 참으로."

1.064   내각內閣에 입각入閣하지 못한 현명한 이들이 무엇을 말한다면
그러한 말들은 '애착'이란 물을 주는
애정의 가장 훌륭한 기반이다.

그의 언변이 믿을 만하다 생각하여 삥갈라까는 그에게 정중하게
물어보았다.

"그대는 무엇을 말하려는 것인가?"

그가 말했다.

"사실 저 싼지와까는 군주에 대해 마음에 악의가 있습니다. 언젠가 그는 제게 믿음이 생겼다고 여기고 접근하여 '나는 세 가지 힘[45]을 지닌 삥갈라까의 정황을 알아보게 되었다. 그러니 그를 죽이고 내가 스스로 왕국을 장악할 것이다'라고 말했습니다."

청천벽력 같은 그 말을 듣고 삥갈라까는 마음이 떨리고 혼란스러워 아무 말도 하지 못했다. 그러자 다마나까가 그의 모습을 보고 이렇게 말했다.

"참으로 저 한 명의 대신을 지나치게 키워 주는 엄청난 실수를 폐

---

45   세 가지 힘은 지위地位(prabhutva)와 고문顧問(mantra) 및 무용武勇(utsāha)을 말한다.

⟨ Dimna Tries to Turn the Lion Against Shanzaba ⟩
1370년~1374년 / 이스탄불대학교 도서관 소장

하께서는 저지르셨습니다. 그래서 이런 말이 있습니다.

1.065 대신大臣과 왕王이 하늘 높이 치솟으면
부富의 여신은 두 발을 공고히 한 채 버티고 선다.
그러나 그녀도 여인인 까닭에 견디지 못하고
두 짐 가운데 힘에 겨운 하나를 내려놓게 된다.

1.066 제왕帝王이 권력을 지닌 한 명의 대신大臣만을 총애하면
교만해진 대신은 권력에 도취된 마음을 일으키게 되며,
그러다 나태해진 그는 정사를 보좌할 의욕을 상실하게 된다.
나태해진 그의 마음에 독립하려는 욕구가 자리하게 되며,
그러다 자유를 갈구하던 그는 왕의 생명을 해치려고 하게 된다.

1.067 독으로 오염된 음식과 흔들리는 이빨의 경우,
그리고 사악한 대신의 경우는
뿌리째 뽑아 버리는 것이 오히려 낫다.

그리고 그는 지금 거침없이 모든 행위를 자기 마음대로 하고 있
습니다. 그러면 어떻게 하는 것이 적절하겠습니까? 그러니 또."

1.068 매우 충성스럽더라도 눈여겨보아야 하나니
소임 동안 재물의 손괴를 입힌 대신이라면.
눈여겨보지 않았다간 그는 왕을 파멸시킬 것이다.

그러자 그 말을 듣고 사자가 말했다.

"참으로 예사롭지 않은 나의 충복이 어떻게 나에 대해 돌변할 수 있겠는가?"

다마나까가 말했다.

"폐하! '충복이다. 충복이 아니다'라는 것은 중요하지 않습니다. 그래서 이런 말이 있습니다."

1.069 왕의 위엄을 바라지 않는 사람은 존재하지 않는다.
다만 능력이 없는 자들이나 비천한 이들이 왕을 섬길 뿐이다.

사자가 말했다.

"친구여! 그렇더라도 그에 대한 나의 마음은 변함이 없다. 무슨 이유인가 하면."

1.070 비록 많은 잘못으로 훼손되었다 하더라도
자신의 몸은 그 누구라도 소중하지 않겠는가?
비록 많은 실수를 저질렀다 하더라도
사랑스러운 자는 사랑스러울 따름이다.

다마나까가 말했다.

"그러기에 그것이 바로 폐하의 결점입니다. 군주로서 모든 동물의 무리를 내버려 두고 그에게만 관심을 가지고 계시니 그러한 그가 이제 왕권을 넘보고 있는 것입니다. 그리고 또,

1.071 제왕이 어떤 이에게만 지나친 관심을 드러내면
그가 아들이거나 자신의 식솔이거나
그는 행운의 핵심을 앗아가 버린다.

게다가 '이 분은 실로 엄청난 분이구나!'라고 여기며 폐하를 섬길
것이라 여기신다면 그것 또한 참으로 잘못된 생각입니다. 왜냐면,

1.072 발정 난 코끼리가 무슨 소용이 있겠는가?
코끼리가 해야 하는 일들을 하지 않는다면.
높은 위치에서건 낮은 위치에서건
해야 할 일을 하는 자가 훨씬 나은 놈이다.

그러기에 참으로 폐하! 그것은 올바른 방법이 아닙니다."

1.073 훌륭한 이들의 조언을 지나치고
형편없는 것만 뇌리에 남겨 둔 자는
마치 아무 음식이나 먹는 환자처럼 살아남기 힘들다.

1.074 누구든 친구들의 고매하고 지혜로운 영향권에 존재하지 않는 자,
그는 머지않아 정당한 지위에서 추락하여
적들의 영향권에 떨어지게 된다.

1.075 비록 달갑진 않지만 좋은 결말을 방해하지 않는 말을
말하는 자와 듣는 자가 존재하는 그곳은

수많은 행운들이 기꺼이 머문다.

1.076 오랜 충복을 멀리하는 것으로 빈객들에게 경의를 표하지 말라!
왕국을 파괴하는 원인인 그것에 비견될 만한
그 어떤 질병도 존재하지 않기 때문이다.

사자가 말했다.

1.077 누구라도 예전에 '뛰어나다'고 공개적으로 언급된 적이 있다면
그 후에 자질이 결여되었다고 그를 비난해서는 안 된다,
만약 그가 여전히 약속을 지키는 사람이라면.

"더욱이 내가 그에게 안전에 대한 약속을 해주고 이곳으로 오라
하였으며, 그래서 그를 데려와 보살피고 있다. 그런데 어떻게 그
놈이 은혜도 모르고 나를 해코지하겠는가?"
다마나까가 말했다.

1.078 악한 자는 천성을 드러내기 마련이나니
비록 융숭하게 대접을 받고 있다 할지라도.
땀을 내고 기름을 바르는 등 갖은 애를 쓰더라도
결국 구부러지는 개의 꼬랑지처럼.

그리고 또,

1.079 요구되지 않았더라도 말해야 할 것은 말해야 하나니
그의 좌절을 바라지 않는다면.
오직 이것이 훌륭한 이들의 법法일 뿐
그렇지 않다면 잘못된 것이라 여겨진다.

"또한, 그러기에 이런 말도 있습니다.

1.080 혈족이나 친구나 왕이나 스승의 경우
그들이 다른 이에 의해 잘못된 길로 가는 것은 방지되어야 한다.
그런데 만약 마음을 돌이키기 불가능하다면
그의 마음을 따르도록 해야 한다.

그는 분명 배신자입니다. 아무튼,

1.081 하지 않아야 될 일을 하려는 친구들은
뜻있는 이들이 그들을 문제된 상황에서 격리시켜야 한다.
스승다운 이들의 이러한 행위에 대해
덕 높은 이들은 뚜렷하고도 분명히 언급하고 있나니,
이것이 덕 높은 이들에 의해 명확히 언급된
완벽하게 스승다운 이들의 행위이다.
훌륭하지 못한 이들의 행위가 그렇지 않은 반면에.

1.082 누구라도 그 행위가 순수한 이,
그는 다정하여 다른 이를 악마로부터 보호해 준다.

남편에게 순종하는 그녀가 진정 좋은 아내이다.
누구라도 덕이 높은 이들에 의해 존경을 받는 이,
그가 바로 현명한 이다.
중독을 일으키지 않는 부귀가 참다운 부귀이다.
욕망에 의해 좌우되지 않는 자가 참으로 행복한 자이다.
조언助言함에 있어 거리낌이 없는 그가 진정한 친구이다.
감각기관에 의해 고통을 받지 않는 이가 참된 사람이다.

1.083 불길에 머리를 두고 뱀의 침대에서 잠을 자는
친한 친구를 지나칠 순 있어도
재난이 고개를 드는 친한 친구는 그냥 지나칠 수 없다.

그래서 그것이 무엇이든 저 싼지와까와 관련된 재난은 족하足下
에게 세 가지 손실을 초래할 것입니다. 이제 수도 없이 제가 말씀
드렸음에도 또한 족하께서 저의 말을 내팽개치고 족하의 뜻대로
하신다면, 그러면 나중에 잘못되었을 때 소인의 잘못이라 말씀하
지 마셔야 합니다. 그래서 이런 말이 있습니다."

1.084 제왕이 욕망에 몰입되어 의무와 상황을 가늠하지 못하면
제멋대로 제 맘대로 마치 발정 난 코끼리처럼 헤매게 된다.
자만심에 부풀렸다 추락하여 깊은 비탄에 빠졌을 때
바로 그때 자신의 잘못된 행위는 알지 못한 채
그 모든 잘못을 아랫사람에게 전가시킨다.

사자가 말했다.

"친구여! 이 같은 상황일 때 어떻게 그를 질책해야 되겠는가?"

다마나까가 말했다.

"어찌 질책하기만 해야 하겠습니까? 어느 것이 좋은 방법이겠습니까?"

1.085 버림받은 적은 모해하기 위해

또한 무력적인 공격을 위해 서두르기 마련이다.

그러기에 버려야 될 적은

말에 의해서가 아니라 행위에 의해 이뤄져야 한다.

사자가 말했다.

"그는 무엇보다 풀을 먹는 짐승이고 우리는 육식동물이다. 그러기에 어떻게 그가 나를 모해할 만큼 강력하단 말인가?"

다마나까가 말했다.

"바로 그렇습니다. 그는 초식동물이고 족하께선 육식동물입니다. 그러니 그는 먹거리가 되어야 하고 족하께선 그 먹거리를 즐기셔야 합니다. 그는 비록 족하께 직접 해코지를 하지 않더라도 다른 방법을 통해 어려움을 일으키게 될 것입니다."

사자가 말했다.

"그에게 무슨 힘이 있어서 제 힘으로 해코지하거나 아니면 다른 방법을 통해 해코지하겠는가?"

그가 말했다.

"족하께선 무엇보다 끊임없이 수많은 난폭한 코끼리나 황소나 버팔로나 멧돼지나 호랑이나 레오파드와의 싸움에서 발톱과 이빨로 인해 입은 상처들로 온몸이 얼룩덜룩합니다. 그는 그럼에도 항상 족하와 가까이 지내며 똥오줌을 흩뿌리고 있는데, 그렇게 되면 병균들이 생겨날 것입니다. 그것들은 항상 족하의 몸 가까이 있기 때문에 상처의 틈새를 따라 몸 안으로 침투할 것이며, 그렇게 된다면 족하께선 바로 끝장입니다. 그래서 이런 말이 있습니다."

1.086 미지未知의 성격을 지닌 자를 위해
누구라도 안식처를 내주어서는 안 된다.
'슬금슬금기어가는년'이 '톡톡쏘는놈'의 잘못으로 죽게 되었다.

삥갈라까가 말했다. "그게 무슨 이야기인가?"
그가 말했다.

1-6 이와 벼룩

옛날 옛적, 어떤 왕의 침실에 온갖 좋은 것들을 모두 갖춘 유일무이한 가치를 지닌 침대가 있었다. 그곳 침대 한구석에 '슬금슬금기어가는년'이라는 이〔蟲〕가 살고 있었는데, 그녀는 가끔 왕의 피를 맛보며 그 행복을 오랫동안 만끽하고 있었다. 그러다 한번은 '톡톡쏘는놈'이라는 벼룩이 바람에 날려와 그 침대에 떨어졌다. 그는 매우 좋은 이불에 두 개의 베개를 갖추고 강가 강의 모래톱만큼이나 넓으며 매우 부드럽고도 향기로운 냄새를 지닌 그 침대를 보고 매우 만족하였다. 그것을 만져 보며 끌리는 마음에 이리저리 서성이던 그는 어쩌다 '슬금슬금기어가는년'에 의해 발견되었다. 그러자 그녀가 말했다.

"당신은 어디서 이 어울리지도 않는 이곳으로 오게 되었소? 어서 여기에서 떠나세요!"

그가 말했다.

"부인! 내가 사실 브라만과 끄샤뜨리야와 바이샤와 슈드라[46] 들이라면 한둘이 아니라 다양하게 그들의 피를 맛보았소. 그러나 그들은 거칠고 끈적끈적하여 만족스럽지 못하며 형편없는 것들이었소. 그런데 이 침대의 사용자의 피는 의심의 여지없이 매력적인 감로수에 필적할 것이오. 항상 의사들의 노력으로 생약이 시술되어 바람과 담즙과 담[47]이 조절되기에 건강한 까닭에, 그리고 걸쭉하고도 부드러운 국물을 비롯하여 돌설탕과 당밀과 석류와 세 가지 매운 향신료[48] 및 소금이 곁들여진 뭍에서 나고 물에서 나고 하늘에서 나는 정력에 좋고도 귀한 고기들로 강화된 음식들로 만들어진 그의 피는 장로불사약 같으리라 생각되오. 그래서 그 달콤하고도 잘 보전된 피를 당신 덕분에 내가 맛보게 되길 바라는 것이오."

그러자 그 '슬금슬금기어가는년'이 말했다.

"당신처럼 쏘는 듯이 뜨거운 불길 같은 입을 가진 자들의 경우 그

46　인도의 사성四姓으로서, 사제계급, 무사계급, 평민계급, 노예계급이다. ☞ 주 '사성계급'

47　신체의 균형을 유지해주는 3가지 기본적인 요소 : 풍風(vātawind) 농즙濃汁(pittabile) 염담豔痰(kaphaphlegm)

48　세 가지 매운 향신료 : 후추, 고추, 생강.

것은 불가능하니, 이 침대에서 썩 꺼지세요!"

그러자 그는 그녀의 두 발 아래 엎드려 거듭 간청하였으며, 결국 친절한 그녀는 "그렇게 하라!"고 허락하였다.

"그런데 당신은 적절하지 않은 때나 그의 너무 민감한 부분은 물지 말아야 합니다."

그가 말했다.

"나는 낯설기 때문에 언제가 그의 적절한 시간인지 알지 못하겠소."

그러자 그녀가 말했다.

"그대는 그가 술을 마시고 피로가 몰려와 잠이 든 경우나 사랑의 유희 끝에 깊은 잠에 빠진 경우에, 물더라도 천천히 그리고 부드럽게 물어야 할 것이오. 만취하거나 피로하여 잠에 곯아떨어졌을 때는 갑작스레 깨어나진 않을 것이오."

그리고 그녀가 말한 것처럼 그날 바로 그렇게 왕이 행동하였으며, 그렇게 첫날 저녁이 되었을 때 허기에 고통스러워하던 그는 일러 준 적절한 시간을 무시한 채 왕이 잠자리에 들자마자 바로 그의 엉덩이를 물어 버렸다. 그러자 왕은 마치 불길에 덴 것 같은 느낌에 벌떡 일어나 말했다.

"어이쿠! 무엇엔가 물렸다. 누가 와서 찾아보도록 하라!"

그래서 벼룩은 왕의 말을 듣고 놀라서 침대로부터 내려와 다른 틈새로 들어갔다. 왕의 명령으로 등불을 가지고 달려온 침실 근위병들이 능숙하게 수색하며 침대의 천을 들추자 그 속에 숨어 있던 '슬금슬금기어가는년'이 발견되었으며, 죽임을 당하였다.

…여섯 번째 이야기가 끝났다.

"그래서 제가 '미지未知의 성격을 지닌 자를 위해…'라고 말한 것입니다."

이야기를 마쳤을 때 뼁갈라까가 말했다.

"친구여! 그가 나쁜 의도를 지녔다는 것을 내가 어떻게 알 수 있겠는가? 그리고 그는 싸우는 방식이 어떠한가?"

다마나까가 말했다.

"보통 때라면 그는 느긋하게 폐하 가까이 다가올 테지만, 만약 그가 뿔을 앞세워 치려고 덤비려는 듯 혹은 싸우려는 듯한 자세로 온몸을 떨며 폐하 쪽 방향을 쳐다보고 접근한다면, 폐하께서 그것은 '분명 악의를 지니고 있다!'라고 아셔야 합니다."

그렇게 말하여 사자에게 그릇된 마음을 심어 준 다마나까는 싼지와까에게 갔다. 그는 그에게도 느릿느릿 나아가며 풀이 죽은 듯한 모습을 내보였다. 그러자 그가 정중하게 말했다.

"친구여! 어디 불편한가?"

다마나까가 말했다.

"어찌 종복들에게 행운이란 것이 있을 수 있겠는가? 왜냐하면,

1.087   타인에게 의존하는 행운이란
항상 그 마음에 불만이 가득 차 있을 뿐이다.
제왕의 종복들인 경우 결국은
그 자신들의 삶에 대해서도 불신하게 된다.

그래서 이런 좋은 말이 있다네.

1.088 선생들과 제왕들은 흡사한 성격들이니,
그들의 경우 확실히 친근함이나 우정은 존재하지 않는다.
비록 오랜 기간 노력으로 인해 쌓은 공헌일지라도
단 한 번의 격노로 인해 일순간 마치 먼지처럼 사라지게 된다.

그리고 또,

1.089 그 어떤 이가 많은 재력을 지니고도 거만하지 않을 수 있겠는가!
그 누구의 불행이 완전히 사라져 버릴 수 있겠는가!
그 누구의 마음이 여인들에 의해 산산이 부서지지 않겠는가!
그 누가 참으로 왕들이 친애하는 자이겠는가!
그 누군들 죽음의 문턱을 넘어서지 않을 수 있겠는가!
그 어느 거지가 존경받는 지위로 올라갈 수 있겠는가!
악인의 그물에 떨어진 그 어떤 누가 행복하게 지낼 수 있겠는가!

그래서 아무튼."

1.090 어느 때가 적절한 때인가? 어떤 친구들이 있는가?
어디가 적절한 곳인가? 어떤 지출과 수입이 있는가?
그리고 나는 누구인가? 그리고 무엇이 나의 힘인가?
자꾸만 이렇게 생각해보아야 한다.

마음에 의도한 바가 있는 그의 말을 듣고 싼지와까가 말했다.
"친구여! 그렇다면 이제 무엇을 어떻게 해야 하겠는가?"

그가 말했다.

"이 경우에 비록 왕의 신뢰에 대해서는 왈가왈부하지 말아야 하겠지만, 그럼에도 그대는 단지 나를 믿었기에 이곳에 오게 되었으며, 그리고 지금 이곳에 이렇게 머무르고 있다. 그러니 그대에게 관계되는 일이라면 내가 반드시 언급을 해야 마땅하다고 생각한다. 다름이 아니라, 군주 뻥갈라까는 그대를 해치려는 의도를 가지고 있다. 그는 오늘 '싼지와까를 죽여서 나의 측근들에게 그 고기를 즐기도록 하겠다'라고 말했다."

그 말을 듣고 싼지와까는 매우 큰 슬픔에 빠졌다. 다마나까가 말했다.

"이런 경우 무엇을 어떻게 해야 할지, 지체하지 말고 그 방책을 생각해야만 한다."

본디 믿을 만한 다마나까가 언급한 것이기에 더욱 참담한 마음에 커다란 두려움을 느낀 싼지와까는 말했다.

"이런 적절한 말이 있다."

1.091 여인들은 나쁜 남자들에게 유혹되며,
왕은 주로 하잘것없는 인간들을 키우기 마련이다.
재물은 수전노守錢奴의 창고에만 쌓이며,
비의 신은 하릴없이 산과 바다에 빗줄기를 뿌린다.

그리고 이렇게 생각했다.

"오호통재라! 내게 이 무슨 날벼락인가! 그리고 또,

1.092 즐겁고자 하는 왕이 누군가의 노력으로 즐거워졌다면
참으로 그것이 무슨 특별난 일이겠는가?
대접을 받고 있음에도 적대감을 드러내는
그가 유례없이 특별난 놈일 뿐이다.

그래서 아무튼 이런 일은 어쩔 도리가 없구나.

1.093 참으로 누구라도 원인을 지적하고 성을 낸다면
그 원인이 사라졌을 때 그는 확실히 달래진다.
그렇지만 근거 없는 미움을 품는 마음이라면
어떻게 다른 사람이 그를 달랠 수 있겠는가?

그래서 이런 좋은 말이 있는 것일 게야.

1.094 수련水蓮의 새싹을 찾아
밤에 별빛인지 식별하지 못하고 속아
무수히 반사되는 별빛을 쪼던 백조는
대낮에 비록 하얀 수련일지라도
별이라 의심하여 다시는 쪼지 않는다.
나쁜 이에게 놀란 사람은
믿을 만한 이에게 대해서도 해악을 염려한다.

또한,

1.095 '잘못'은 참으로 아무런 이유도 없이 일어나지 말란 법이 없지만
'화'는 그러나 어떤 이유에 영향을 받지 않고는 일어나지 않는다.
뛰어나게 총명하며 오랜 동안 모든 성향과 마음이 파악된 사람은
진실과 본질에 대해 충분한 고려도 없이 버림받지는 말아야 한다.

그리고 또."

1.096 제왕의 경우 의사醫師나 왕사王師나 각료들이 좋은 얘기만을 한다면
그는 건강과 법과 재물로부터 신속하게 멀어진다.

그리고 말했다. "군주 뻥갈라까에 대해선 내가 어떤 방책을 세워
야 하겠는가?"
다마나까가 말했다.
"친구여! 이유 없이 해코지하고 다른 이의 결함이나 캐는 왕은 늘
존재하기 마련이다."
그가 말했다. "그것은 그렇다. 그래서 이런 좋은 말이 있다.

1.097 헌신적인 사람들의 경우나 협조적인 사람들의 경우나
우호적이거나 유익한 행위에 스스로 열중하는 사람들의 경우나
봉사와 거래의 정수를 아는 사람들의 경우나
변절과는 거리가 먼 사람들의 경우라도
'성취'는 가능할 수도 있고 아닐 수도 있지만
'재난'은 조금이라도 잘못 되었을 때 반드시 일어난다.
그러한 까닭에 바다의 경우처럼

제왕의 경우 그에 대한 봉사는 항상 두렵다.

그리고 그것은 천성 그 자체이다."

1.098 다정한 이들의 호의라 하더라도 증오로 나아가기도 하며
어떤 이들이 사기를 치려고 획책하더라도
그저 행복에 가 닿기도 한다.
존재로서 고정된 것이 하나도 없는
제왕들의 마음은 파악되기 어려운 까닭에
왕을 받드는 법은 가장 이해하기 힘드나니
정신적인 수행자들의 경우라도 이해할 수 없는 것이다.

1.099 미덕은 미덕을 아는 사람들에게 있어서 비로소 미덕이 되나니,
그것들이 미덕과 상관없는 사람에게 닿으면 죄악이 될 뿐이다.
참으로 좋고도 달콤한 물을 나르는 강은
바다에 가 닿으면 마시기 적합하지 않게 되듯이.

1.100 아주 작은 미덕이라도
미덕이 일어나는 숭고한 사람들에게 있어선 증장된다.
마치 순백의 설산 정상에 가 닿은 달의 새하얀 빛줄기처럼.

1.101 사람들 가운데 미덕이 결핍된 사람들에게 있어선
아무리 많은 미덕이라도 이내 사라지고 만다.
마치 칠흑 같은 산의 정상으로 한밤중에 떨어지는 달빛처럼.

1.102 수많은 은혜도 사악한 사람들에게 있어선 이내 사라지며,
수많은 명언도 어리석은 사람들에겐 이내 사라지기 마련이다.
수많은 좋은 말도 그 말에 따르지 않는 이에겐 이내 사라지며,
수많은 지혜도 지지부진한 이에겐 이내 사라지기 마련이다.

1.103 선물은 받을 가치가 없는 사람에게 있어선 이내 사라지며,
이득은 생각과 지혜가 없는 자에겐 이내 사라지기 마련이다.
호의는 그것을 모르는 사람에게 있어선 이내 사라지며,
공손함은 그 가치를 모르는 자에겐 이내 사라지기 마련이다.

1.104 광야에서 울부짖기, 죽은 몸 어루만지기, 마른 땅에 연꽃 심기,
귀머거리 귀에 대고 중얼거리기, 개꼬리 구부리기,
소금기 있는 오랜 불모지에 비 내리기, 봉사 얼굴에 치장하기.
그러한 것들은 오직 어리석은 사람들이 시도할 뿐이다.

1.105 단향나무 숲엔 뱀이 숨어 있고
연꽃이 핀 연못엔 악어가 숨어 있듯이
우리가 행복을 즐길 때 사악한 이들은 늘 시기하나니,
어디에 온전히 자유로운 행복이 존재할 수 있겠는가?

1.106 '께따끼'관목灌木들은 가시들로 덮여 있고
수련水蓮은 진흙에서 생겨나며
창녀들은 포주와 함께하기 마련이나니,
어디에 흠이 없는 보석이 있을 수 있겠는가?

다마나까가 말했다. "실로 저 군주 벵갈라는 애초엔 말이 부드러웠는데 결국엔 독毒에 비견되는 마음을 지닌 자라는 것을 결국 나도 알게 되었다."

싼지와까는 잠시 생각을 해본 뒤 말하였다.

"친구여! 그것은 참으로 그렇다. 나도 그것을 경험했었다. 그러니까,

1.107 촉촉한 눈빛에 멀리서 손을 치켜들며
절반의 자리를 내어 주고 정열적으로 깊은 포옹을 하며
덕담의 인사를 건넬 땐 준비된 답변만 하며
속으론 숨겨진 독을 지녔지만 겉으론 달콤함으로 가득 찬,
악인들에게 그러한 행위들을 배운 그는 능숙한 사기꾼이며
참으로 독특하고도 극적인 행위를 하는 자이다.

1.108 비록 처음엔 정중함과 달콤함과 겸손이라는
그럴싸한 꾸밈을 갖추었지만
그러다 또한 다채로운 언술의 화사함으로 실속 없이 장식되었으며
비방과 무례와 경멸로 더럽고도 구역질나는 감정을 지닌,
결국엔 나쁜 일을 목적으로 비천한 신분의 동료들을 불러들이는
그를 너로부터 멀리 떨어져 있게 하라!

오호통재라! 어찌 풀을 먹는 내가 고기를 먹는 저 사자 무리와 함께 할 수 있겠는가? 그래서 이런 좋은 말이 있는 것이구나.

1.109 불길 같이 빛나던 해가 우뚝 솟은 서산西山의 정상에 닿았을 때
　　　꿀에 갈증이 난 꿀벌은 정신없이 연꽃으로 들어갈 뿐
　　　땅거미가 져 그 안에서 갇히게 됨을 헤아리지 못하듯,
　　　결과 하나만을 목마르게 원하는 사람은 파멸을 생각하지 못한다.

1.110 연꽃의 꿀도 들이키지 않고 새롭게 핀 수련水蓮도 버려 두고
　　　천연의 아름다움을 지닌 향기 짙은 재스민도 제쳐 둔 채
　　　멍청한 벌꿀들은 코끼리들의 관자놀이 수액을 얻으려
　　　스스로를 괴롭힌다.
　　　세상은 바로 그렇게 취하기 쉬운 것을 버려둔 채
　　　그저 주사위[49] 던지기에 몰두한다.

1.111 신선한 꿀의 진액을 즐기고자 갈망하던 말벌들은
　　　관자놀이 가장자리로 막 흘러내리는
　　　발정 난 코끼리들의 액을 즐기다
　　　그의 귓바퀴가 일으키는 바람결에 부상을 당해 땅에 떨어지면
　　　그때서야 연꽃 봉우리에서 노닐던 때를 기억하게 된다.

　　　그렇지 않으면 이것은 오직 덕목을 갖춘 이들의 결점이다. 그렇
기 때문에,

49　코끼리의 관자놀이를 가리키는 말과 노름에 쓰이는 주사위를 가리키는 말은 산스끄리뜨에서
　　동일한 '까따(kaṭa)'이다.

1.112 나무의 경우 쌓인 제 과일에 제 가지가 절단되며,
공작의 경우 펼친 제 꼬리에 제 걸음이 굼뜨게 된다.
혈통을 지닌 명마라도 날렵하게 움직이면
소처럼 짐이나 나르게 되니,
자질을 지닌 사람에게 있어서
그 자질이란 것은 참으로 적敵이 될 뿐이다.

1.113 대부분의 제왕들은 자질을 지닌 사람을 유별나게 외면하며,
대부분의 여인들은 욕망으로 인해
사악하고 어리석은 이들에게 빠져든다.
'명성이란 그가 지닌 덕목 때문에 얻어진 것이다' 라는 말은
위선적인 칭찬일 뿐이니,
대부분의 사람들은 그 사람의 참된 상태를 신경 쓰지 않기 때문
이다.

1.114 우리에 갇혀 좌절한 채
창백하고 가련한 얼굴을 하고 있는 사자들로,
갈고리에 찢겨진 관자놀이를 하고 있는 코끼리들로,
주문呪文에 길들여져 움직임이 없는 뱀들로,
후원자도 없이 불운한 현명한 자들로,
그리고 운명에 상처를 입은 용사들로,
숙명은 마치 마음에 기꺼운 장난감을 가지고 흔들듯 놀이를
한다.

그래서 비천한 범주의 안에 떨어진 나의 생명은 결코 어디에도 존재하지 않는 것이 되어 버렸다. 그래서 이런 말이 있는 것이다."

1.115 비열한 마음으로 거짓된 삶을 사는 모든 수많은 영특한 사람들은 잘못을 잘못되지 않은 것으로 행할 수 있다.
낙타에게 있어서 까마귀를 비롯한 자들이 그러했듯이.

다마나까가 말했다. "그것은 어떻게 된 거지?"
그가 말했다.

1-7 사자의 신하와 낙타

옛날 옛적, 어떤 숲속에 '거만傲慢'이라 불리는 사자가 살고 있었다. 그의 신하는 셋으로, 표범과 까마귀와 여우였다. 한번은 그 숲을 거닐고 있던 그들이 상단商團의 행렬에서 벗어난 낙타를 보았다. 그리고 일찍이 보지 못했던 그의 우스꽝스러운 모습에 사자가 의아하게 생각하며 말했다.
"저 이상한 놈에게 물어 보아라! 그가 누구이며 어디서 왔는지?"
그래서 정황을 알아본 까마귀가 말했다.
"저것은 '이야깃거리'라 불리는 낙타입니다."
그래서 그들은 낙타에게 사자에 대한 신뢰를 전해주고 그를 사자가 있는 곳으로 데려왔으며, 낙타 또한 있는 사실 그대로 자신이 대상의 행렬에서 이탈되었던 일을 이야기하였다. 그러자 사자는 그에게 안전을 보장하고 신변을 보호해주리라 약속해주었다. 그러던 중 한 번은 사자가 야생의 코끼리와 싸우다 상아에 몸을 다쳐 동굴 속에서만 지내게 되었으며, 그래서 며칠이 지나자 그들 모두에게 식량이 떨어지는 어려움이 닥치게 되었다. 그래서 의기소침한 그들에게 사자가 말했다.

"나는 이 상처의 고통 때문에 예전처럼 그대들의 식량을 마련하기 적당치 않다. 그러니 너희들도 자신들을 위해 어떻게든 해보아라!"

그러자 그들이 말했다.

"족하足下께서 이렇게 계시는데 저희 자신들을 돌보는 것이 무슨 중요한 일이겠습니까?"

사자가 말했다.

"그래, 그것은 훌륭한 종복인 그대들이 취할 수 있는 올바른 행위이자 나에 대한 헌신이기도 하다. 너희들 말 잘했다! 그대들은 멀쩡하고 나는 불편하니, 이런 상황이라면 그대들이 나의 먹거리를 마련해 오도록 해야겠다!"

그들이 아무 말도 하지 못하고 있자 사자가 말했다.

"그러한 겸손이 무슨 소용이 있겠느냐? 어떤 무엇이든 찾아보도록 하라! 내가 너희 같은 그런 상황이면 너희들은 물론 나 자신을 위해서라도 목숨을 유지할 먹거리를 찾아낼 것이다."

그렇게 말을 들은 그들은 바로 일어서서 숲속으로 들어가 돌아다니기 시작하였다. 그러나 어떤 것도 눈에 뜨이지 않자 바로 포기하고, '이야깃거리'를 향한 사악한 음모를 꾸미기 시작하였다. 그래서 까마귀가 말했다.

"저 군주가 우리에게 이 일을 떠맡겼을 그때, 벌써 우린 망한 게야!"

나머지 둘이 말했다.

"어떻게 하지?"

그가 말했다.

"할 수 없다! 저 '이야깃거리'를 죽여서라도 어떻게 연명을 해야 되지 않겠냐?"

둘이 말했다.

"그는 우리를 믿고 가까워져 우리의 터전에까지 왔으며, 그리고 이렇게 친구로 지내고 있다."

그가 말했다.

"풀을 먹는 짐승은 육식동물들과 어울리지 않는 관계야!"

그러자 둘이 말했다.

"군주께서도 그의 안전을 약속했었다. 그러니 그것은 적절치도 않거니와 불가능한 것이다."

다시 또 까마귀가 말했다.

"그렇다면 내가 가보고 올 때까지 너희들은 여기 있어 보라!"

이렇게 말하고 까마귀는 사자가 있는 곳으로 갔다. 그러자 사자가 말했다.

"그래, 어떤 놈이라도 찾았느냐?"

까마귀가 말했다.

"누구라도 제대로 된 시력이나 기력을 지녔다면 아마도 이미 찾아 내었을 것입니다. 그러나 저희들 모두 먹거리가 부족했던 까닭에 눈도 잘 보이지 않았으며 기력도 완전히 소진되었습니다. 아무튼, 군주께선 부득이하게나마 아셔야 할 것은 아셔야겠습니다. 그것은, 먹거리가 손안에 있음에도 불구하고 폐하 자신 스스로 때문에 일을 망치고 계십니다."

사자가 말했다. "그게 무엇이냐?"

까마귀가 말했다.

"실은 '이야깃거리'를 말하는 것입니다."

사자가 격노하여 말했다.

"오호통재라! 그것은 비열하다. 그는 내가 보호하겠다며 안전에 대한 약속을 해주었다. 그런데 어떻게 내가 그를 죽일 수 있겠는가? 그리고 또."

1.116 '소'라는 선물도 아니요 '땅'이란 선물도 아니요
참된 선물은 심지어 '음식'이란 선물도 아니다.
이 세상에서 모든 선물들 가운데 가장 위대한 선물은,
그러기에 말한다, '안전'이란 선물이라고.

까마귀가 말했다.

"오! 족하의 철학은 이 얼마나 멋집니까! 그렇지만 위대한 성인 께선 달리 이렇게도 말씀을 하셨습니다. 그러니까, '보다 나은 이익을 위해 보다 나쁜 일이 시행되기도 한다'라는 것입니다. 그래서 이런 말이 있습니다."

1.117 가족의 이익을 위해 누구 하나는 희생되어야 하며,
촌락의 이익을 위해 어느 한 가족은 희생되어야 하며,
국가의 이익을 위해 어느 한 촌락은 희생되어야 하며,

자기 자신의 이익을 위해 온 세상은 희생되어야 한다.

그리고 다시 말하였다.
"군주께서 직접 죽이진 마십시오! 제가 속임수를 부려 그가 스스로 죽게끔 만들겠습니다."
그가 말했다.
"그러면 어떻게 한다는 게야?"
까마귀가 말했다.
"그것은, 이제 그는 이런 상황에 놓인 족하와 저희들을 보고 오직 자발적으로 자신의 몸을 우리에게 자양분으로 주고 하늘나라로 가기 위해서이며, 이타利他를 실현하기 위해서라고 말하게 될 것입니다. 그러니 그것은 누구의 잘못도 아닌 것이 되는 셈입니다."
그렇게 까마귀가 말하자 마음이 혼란스러운 듯 굳은 표정을 한 사자는 아무 말도 하지 않았다. 까마귀는 다시 그들에게 가서 꾸며대는 말로 모두에게 일일이 일러 주었다.
"오! 주인님의 상태가 심각해졌다. 그의 목숨이 실낱 끝에 매어 달렸다. 그가 계시지 않는다면 우리들 가운데 누가 이 숲에서 보호자가 될 수 있겠는가? 그러니 기근과 질병으로 저 세상으로 떠나시려는 그를 위해 우리들이 스스로 가서 우리 자신들의 육신을 희생하여 군주에 대한 은혜를 갚도록 하자!"
그래서 뜻을 같이 하겠다는 '이야깃거리'와 함께 사자에게 갔다.
그리고 까마귀가 말했다.
"폐하! 결국 먹거리를 찾지 못했습니다. 그런데 군주께선 오랫동안 굶주림으로 고통을 받고 계시니, 우선 저의 살점을 맛보십시오!"

그러자 그는 말했다.

"그대 몸은 한주먹 거리밖에 되지 않으니 그대의 살점을 맛보더라도 우리 모두에겐 아무런 이득도 되지 않을 것이다."

그리고 그가 물러났을 때 여우는 또 그렇게 말했다.

"저의 체구는 그보다 제법 큽니다. 그러니 제 몸뚱이로 폐하의 생명이 보전되도록 하십시오!"

그에게도 사자는 바로 그렇게 말하였다. 그리고 그가 물러났을 때 레오파드가 말했다.

"저들 둘보다 저의 체구는 더욱 큽니다. 제 것을 맛보십시오!"

그에게도 그는 '당신 또한 작은 몸집이다'라고 말하였다.

그것을 듣고 '이야깃거리'가 생각했다.

"여기선 그 누구도 희생되지 않겠구나. 그렇다면 나도 그렇게 말해봐야겠다."

그래서 일어나 사자 가까이로 다가가 말하였다.

"폐하! 저들보다 저의 체구는 더욱 두드러집니다. 그러니 저의 육신으로 폐하께서 생명을 유지하도록 하십시오!"

그 말이 떨어지자마자 바로 그는 레오파드와 여우에 의해 양 옆구리가 산산이 찢겨져 즉각 다섯 원소로 분해가 되었으며, 그리고 그들에게 잡아먹히고 말았다.

…일곱 번째 이야기가 끝났다.

"그래서 내가 '비열한 마음인 수많은 영특한 사람들은…'이라고 말한 것이다."

이야기를 마쳤을 때 다시 다마나까에게 싼지와까가 말했다.
"친구여! 사악한 이들이 보좌하는 저 왕은 그에게 의지하는 자들을 위해서도 옳지 않다. 그래서 이런 말이 있다.

1.118   그저 물에서 만족하는 백조들에게 둘러싸인 독수리가 오히려 낮지
육식을 하며 동정심이 없는 까마귀[50]에 둘러싸인 백조는 아니다.
사악한 신하는 덕망이 높은 사람일지라도 파멸시키지만,
훌륭한 친구들에 의해서라면
덕망이 결핍된 사람일지라도 덕망을 갖추게 된다.

그러니 그 누군가 때문에 왕은 나를 적대시하게 된 것일 것이다.
그래서 이런 좋은 말이 있다.

1.119   부드러운 물에 파헤쳐지면 산의 표면일지언정 쓸려 나가거늘,
그저 분열을 조장하고자 열심인 영특한 사람들에 의해서라면
사람의 여린 마음 정도야 말해 무엇하겠는가!

그러면 상황이 이렇게 벌어졌을 때 이제 무엇을 어떻게 해야 하겠는가? 아니면 싸움 외에 무슨 다른 방도가 있겠는가? 단지 그

---

50   까마귀를 가리키는 산스끄리뜨는 새의 울음소리에서 기인한 'kāka'와 나이를 먹었다는 의미의 단어(vayas)에서 기인한 'vāyasa', 그리고 게송 1.118에 사용된 'pitṛvana(先山) vihaṁga(鳥)' 등이 있다. 까마귀는 인도에서 흉조凶鳥로만 인식되는 것은 아닌데, 그 가운데 'pitṛvanavihaṁga'는 상대적으로 부정적 의미일 때 자주 사용된다.

의 명령에 순종한다는 것은 불합리하다. 그래서 이런 말이 있다."

1.120   해야 할 일과 하지 말아야 할 일을 인식하지 못하고
         거만하여 잘못된 길로 접어드는 자의 경우
         설령 웃어른의 경우라도 적절한 가르침은 반드시 있어야 한다.

1.121   하늘나라를 찾는 자들이
         한없는 희생과 금욕과 축적된 기부를 통해 가는 천국,
         바로 그곳을 분별력을 지닌 사람들은
         정의로운 전투에서 목숨을 내어놓고는 순식간에 가 닿는다.

1.122   목숨과 영광과 재물 등 모든 것은
         전투를 치러서라도 반드시 지켜야 한다.
         전투에서 남자들의 전사戰死란 걸출한 것이며
         적의 영향력 아래 살아가는 자는 오히려 진정 죽은 자일 뿐이다.

1.123   정의롭게 죽은 자는 실로 하늘나라를 얻을 것이요,
         적들을 죽이면 또한 참된 기쁨을 얻을 것이다.
         그 두 가지는 분명 용사들의 경우
         매우 성취하기 어려운 가치 있는 것들이다.

         다마나까가 말했다.
         "친구여! 그것은 상책이 아니다. 어떤 이유인가 하면."

누구라도 적의 정황을 알지 못하고 싸움을 시작한다면

그는 굴욕을 당하게 될 것이다.

마치 바다가 물꿩에게 그랬던 것처럼.

싼지와까가 말했다.

"그러면 그것은 무슨 이야기인가?"

다마나까가 말했다.

1-8 물꿩[51]과 바다

옛날 옛적, 어떤 바닷가 한 곳에 한 쌍의 물꿩이 살고 있었다. 그런데 한번은 곧 출산을 하려는 암물꿩이 숫물꿩에게 말했다.

"여보! 출산에 적당한 어디 다른 장소를 찾아보도록 하세요!"

그가 말했다.

"바로 이 자리가 출산을 할 자리가 아닌가? 그냥 여기에서 낳도록 하시오!"

그녀가 말했다.

"이 장소는 위험해서 쓸모가 없어요. 어느 때라도 해류가 범람해서 내 자식들을 쓸어 가 버릴 것이기 때문이에요."

그가 말했다.

"여보! 바다는 내게 견주어 그렇게 적의를 품을 만큼 강력하지 않소."

---

51 띠띠바(tiṭṭibha)는 학명 'Parra Jacana'인 도요 목(目)의 물꿩 과(科)에 속하는 물꿩이다.

그녀는 박장대소하며 말했다.

"당신의 힘을 바다와 견주다니, 너무도 어울리지 않습니다. 어떻게 자신의 실정을 그렇게도 알지 못하는 겁니까? 그래서 이런 말이 있습니다.

1.125 어떤 일에 스스로가 적절한지
정확히 알기는 어렵거나 불가능하다.
누구라도 그와 같은 판별력을 갖추었다면
그는 비록 어려움에 처했을 때라도 몰락하지 않는다.

그리고 또."

1.126 누구라도 호의를 지닌 친구의 말을 기꺼워하지 않는 자는
막대기에서 떨어진 어리석은 거북이처럼 파멸하게 된다.

숫물꿩이 말했다.
"그게 무슨 이야기요?"
그녀가 말했다.

1-8.1 백조와 거북이

옛날 옛적, 어떤 연못에 '소라목'이라는 이름의 거북이 살고 있었다. 그에겐 '야윈놈'과 '살찐놈'이라 불리는 두 백조 친구가 있었다. 그렇게 시간은 흘러 흘러 열두 해 동안 우기雨期[52]에 가뭄이 일어났다. 그래서 그들은 이렇게 마음을 먹었다.

"이 연못은 물이 줄어들었으니 다른 연못으로 가자! 그런데 오랫동안 친했던 저 사랑스런 친구 '소라목'에게 인사나 하고 갈까?"

그래서 작별인사를 했을 때 거북은 그 둘에게 말했다.

"왜 나와 작별하려고만 하는가? 생각건대, 만약 그대들에게 나에 대한 애정이 조금이라도 있다면 나도 이 죽음의 도가니로부터 건져내 주어야 되지 않겠는가? 이 연못에 물이 부족하면 당신 둘에겐 그저 먹거리가 부족할 뿐이겠지만 나의 경우엔 바로 죽음이다. 그러니 먹거리가 부족한 것과 생명을 잃는 것 가운데 무엇이 더 막중한가 생각해보라!"

그 둘이 말했다.

"그건 그래, 네 말이 맞긴 맞다. 아무튼 무엇이 적절한지 그대가 알고 있으니 우리 둘이 꼭 너를 데려가겠다. 다만 네가 도중에 경솔하게 어떤 말도 해서는 안 된다."

거북이 '그렇게 하겠다'고 약속하자 두 백조는 막대기를 가져와서 말하였다.

"이제 이 막대기 중간을 이빨로 꽉 물어라! 그러면 우리 둘이 두 끝을 잡고 하늘 길을 통해 저 멀리 다른 큰 호수로 너를 데려갈 것이다."

그리고 일이 그렇게 되어 그 연못에 인접한 도시 위를 백조와 함께 날고 있던 거북을 보고 "두 마리 새가 하늘로 수레바퀴 크기

---

52 인도의 우기인 몬순(Monsoon)은 6월 초~10월 초에 남부 아라비아 해로부터 시작하여 많은 양의 비가 내리는데, 이 시기를 제외하면 거의 비가 내리지 않는 건기가 지속된다.

〈 The Talkative Tortoise : The Downfall of the Tortoise 〉
1375년~1385년 / 토프카 피궁 박물관 소장

만 한 뭣을 옮겨가는데, 저게 뭐지?"라며 사람들이 모두 모여 웅
성거렸다. 그러자 그 소리를 듣고 죽음에 임박했던지 거북은 입
에 물었던 막대를 놓아 버린 채 "이 시끌벅적한 소리는 뭐야?"라
고 말을 하게 되었는데, 그렇게 되자마자 바로 막대기에서 떨어
져 땅에 곤구박질 치게 되었다. 그가 떨어지자 그의 살점을 얻고
자 사람들이 날카로운 흉기로 그를 조각조각 나누어 버렸다.

…여덟 번째의 첫째 이야기가 끝났다.

"그래서 내가 '호의를 지닌 친구의…'라고 말한 것입니다."
그리고 다시 말했다.

1.127 선지자先知者와 기지자機智者는 즐거움이 증장되고,
숙명자宿命者는 파멸되고 말았다.

숫물꿩이 말했다.
"그건 또 무슨 이야기인가?"
그녀가 말했다.

1-8.2 선지자先知者와 기지자機智者와 숙명자宿命者

옛날 옛적, 어떤 커다란 연못에 큰 몸집을 지닌 '선지자先知者'와 '기지자機智者' 및 '숙명자宿命者'라는 세 마리 물고기가 살고 있었다. 한번은 그곳에서 물속을 헤엄쳐 가던 선지자가 그 연못 근처를 지나가는 어부들의 이야기를 엿듣게 되었다.

"이 연못엔 고기들이 많구나. 내일 와서 고기잡이를 하도록 하세!"

그러자 그 말을 들은 선지자가 생각하였다.

"저들은 분명 다시 오겠구나. 그러니 내가 기지자와 숙명자를 데리고 흐름이 막히지 않은 다른 연못으로 도망을 가야겠다."

그래서 두 친구를 불러 다른 곳으로 옮겨가자고 하였더니 기지자가 말했다.

"만약 여기에 어부들이 몰려온다면, 그 경우 나는 그 상황에 맞춰서 적절한 방법으로 어떻게든 내 자신을 보호할 것이다."

그러나 죽음이 임박한 숙명자는 그 말을 무시하고 그에 대한 아무런 대비도 하지 않은 채 그저 그렇게 있었다. 그러자 그 둘은 그곳에서 꼼짝하지 않으리라 여긴 선지자는 강의 물줄기로 뛰어

들어 다른 연못으로 옮겨갔다.

그리고 그가 떠난 그 다음날 일꾼들과 함께 온 어부들은 안쪽부터 강을 가로막은 채 그물을 던져 고기들을 남김없이 잡아들였다. 그렇게 일이 진행되자 기지자는 그물 속에서 죽은 시늉을 한 채 가만히 있었다. 그러자 그들이 '이 커다란 물고기는 저절로 죽어 버렸네!'라고 여겨 그물에서 그를 끄집어 내어 강둑에 놓아 두었더니 기지자는 곧장 다른 연못으로 뛰어들어 단숨에 사라져 버렸다. 그러나 무엇을 해야 할지 모르는 바보 숙명자는 이리저리 허둥대며 돌아다니다 그물에 걸리고 몽둥이에 맞아 죽임을 당하게 되었다.

〈 The Ruse of the Second Fish 〉
1370년~1374년 / 이스탄불대학교 도서관 소장

…여덟 번째의 둘째 이야기가 끝났다.

"그래서 내가 '선지자와…'라고 말한 것입니다."

숫물꿩이 말했다.

"여보! 왜 나를 '숙명자'처럼 생각하는 거요? 두려움을 가질 필요는 없소. 나의 능력으로 온전히 보호되는 당신을 불편하게 할 만큼 그 누가 그렇게 강력하겠소?"

그래서 암물꿩은 하는 수 없이 바로 그곳에서 알을 낳았으며, 앞서 그들의 이야기를 들은 바다가 그에 대한 호기심에 알을 가져가 버렸다.

"그가 무엇을 어떻게 할지, 내가 지켜보리라!"

비어 있는 새끼들의 둥지를 보고 비탄에 싸인 암물꿩은 남편에게 말했다.

"결국 불운한 내게 이런 엄청난 일이 벌어지고 말았네요. 그것은 내가 이미 당신께 말하지 않았소! 자리를 잘못 선정한 까닭에 새끼를 잃었단 말이오."

숫물꿩이 말했다.

"여보! 이제 나의 능력을 지켜보도록 하시오!"

그래서 그는 모든 새들의 모임을 소집하고 바다에 의해 새끼가 탈취되어 발생한 비탄함을 모두에게 알렸다. 그러자 다른 한 새가 말했다.

"거대한 바다의 싸움이라면… 우리는 그렇게 강하지 않소. 그러면 이제 무엇을 어떻게 해야만 하겠는가? 오직 우리 모두가 가루다[53]에게 애원하면 그는 분명 우리들의 슬픔을 덜어 줄 것이오."

그렇게 여기고 그들은 함께 가루다가 있는 곳으로 갔다. 그때 가루다는 나라야나 신神[54]에 의해 신과 아수라의 싸움에 호출되어 있었다. 그래서 바로 모든 새들은 바다가 저질러서 야기된, 자식들을 강탈로 잃어버린 슬픔을 조류의 왕인 군주 가루다에게 있는 그대로 고해바쳤다.

"폐하! 취약한 먹이에 연약한 부리로 연명하는 하찮은 미물인 저희들을 좌절시킨 채 군주이신 당신께서 통치하고 있는 동안에 바다가 물꿩의 새끼들을 탈취해갔습니다."

그러자 가루다는 자기 자신의 부족이 참변을 당했음을 알고 화를 내었다. 나라야나 신神 또한 삼세三世를 내다보는 직관력으로 그의 속내를 짐작하고 직접 가루다가 있는 곳으로 갔다. 그러자 신을 보고 더욱 참담한 마음이 된 가루다가 말했다.

"제왕께서 계신 때에 비열한 바다 때문에 발생한 저의 이 굴욕은 정말 타당한 것입니까?"

그러자 정황을 알아차린 신은 미소를 띤 채 바다에게 이렇게 말했다.

"지금 물꿩의 알들을 내어놓아라! 그렇지 않으면 너를 불길탄으로 태우고 수많은 수마水馬의 수천 입으로[55] 물이 사라져 버리게 하여 메마른 땅이 되게 할 것이다."

---

53   인간을 보호해준다는 성스러운 조류의 신. ☞ 🈯 '가루다'

54   위쉬누(viṣṇu) 신의 다른 이름. ☞ 🈯 '위쉬누'

55   해저海底에는 입에서 불을 뿜는 말[馬]이 상존하여 물을 말려 버리는 까닭에 수많은 강물이 유입되더라도 바닷물은 더 이상 불어나지 않는다고 여긴다.

그리하여 신의 명령에 두려운 마음이 된 바다는 알들을 건네 주었다.

…여덟 번째 이야기가 끝났다.

"그래서 내가 '적의 정황을 알지 못하고…'라고 말한 것일세."

그러자 사정을 이해한 싼지와까가 그에게 물었다.

"친구여, 말해주시오! 그는 싸우는 방식이 어떠한가?"

그가 말했다.

"보통 때라면 그는 사지를 늘어뜨리고 바위에서 쉬며 멀리 쳐다보는 편안한 얼굴로 그대를 기다리고 있겠지만, 만약 오늘 무엇보다 꼬리를 치켜세우고 사지를 긴장시켜 입을 벌리고 귀를 곧추세운 채 멀리서부터 그대와 얼굴을 맞대고 쳐다보며 서 있다면, 그런 경우엔 '이것은 내게 해코지하려는 마음이 있구나!'라고 알고서 당신도 그에 적절히 대응해야 할 것이다."

그렇게 말하고 다마나까는 까라따까에게 갔다. 그러자 그가 말했다.

"그래, 어떻게 되어 가는가?"

다마나까가 말했다.

"그들 서로에게 반목이 일어났다네. 어찌될지는 결과를 봐야 알게 되겠지만, 이제 뭐가 놀라운 일이겠는가? 그래서 이런 말이 있다네."

1.128   잘 조성된 반목은 굳건한 마음을 가진 이들 또한 갈라놓고야 만다.
마치 굳게 응집된 바위로 이루어진 산을

나약한 물로 된 커다란 강줄기가 갈라놓듯이.

이렇게 말하고 다마나까는 까라따까와 함께 삥갈라까에게 갔다. 싼지와까도 침울한 마음에 느릿느릿 가서 마치 앞서 다마나까가 말한 것과 같은 모습을 하고 있는 사자를 보고 그의 근처로 다가서며 생각해보았다.
"그래서 이런 좋은 말이 있구나."

1.129   마치 내부에 뱀이 숨어 있는 집이 그런 것처럼,
  맹수들로 가득 찬 숲이 그런 것처럼,
  물밑에는 사악한 악어들로 그득하나
  겉으론 화사한 수련의 그림자로 가득 찬 듯한 호수가 그렇듯,
  비천한 신분에 거짓된 말만 하는 사악한 사람들로서
  쉽사리 흔들리는 추종자들에 의해 더럽혀진 왕의 마음은
  이 세상에선 그리 쉽게 이해되진 않으리라.

그래서 싼지와까는 자신을 위해 다마나까가 말해주었던 것처럼 그렇게 주의를 기울였다. 다마나까의 말을 믿은 삥갈라까 또한 그런 투로 그를 지켜보다 격노하여 그를 향해 공격하였다. 그때 번개 같은 손톱 끝으로 등이 찢긴 싼지와까는 자신의 뿔끝으로 삥갈라까를 공격하여 그의 배를 할퀴었으며, 그 때문에 그 순간엔 어떻게든 죽음을 모면하게 되었다. 그리고 다시 또 격렬함에 휩싸여 엄청난 그 둘의 싸움이 벌어졌다. 붉은 꽃이 만개한 '빨라

샤'[56] 나무와도 같이 변해 가는 그들 둘을 보고 까라따까는 질책하듯 다마나까에게 말했다.

"에이 나쁜 놈! 어리석은 너로 인해 이 모든 것이 혼란스러워졌다.

1.130 극단의 난폭과 폭력으로 결말이 지어지며
어려움이 수반되는 일들을
오직 교섭으로 평화롭게 잠재우는 정치적으로 능숙한 사람들,
그들이 진정한 신하들이다.
그럼에도 막연하게 가치 없는 미미한 결과들을 원하는 사람들,
폭력을 일으키며 나쁘게 인도하는 그들의 행위들에 의해
왕의 운명은 저울대에 놓이게 된다.

그러기에 바보야!

1.131 무슨 일이라도 반드시 처리되어야 할 일이라면
애초에 지혜로운 이가 행하는 교섭력에 의존해야 한다.
교섭력에 의한 행위라면 절대 굴욕으로 나아가지 않는다.

1.132 반짝이는 보석에 의해서도,

---

56 12월~1월에 모든 잎이 진 빨라샤 나무는 잎이 없는 상태에서 1월~3월에 진노란 색과 주홍색을 띈 꽃이 만개한다.

태양의 열기에 의해서도, 불길에 의해서도 아닌,
반목에 기원한 어둠은 오직 교섭에 의해서만 해결이 될 수 있다.

1.133   교섭을 첫머리로 하고 폭력을 끝머리로 하는 정치는
네 가지 범주가 보인다.
그런데 그것들 가운데 폭력은 가장 나쁘며,
그렇기 때문에 그것은 반드시 회피되어야만 한다.

그리고 또,

1.134   교섭과 뇌물공여와 불화야기不和惹起는
분명 열려 있는 지혜의 문이다.
그러나 그 다음의 네 번째 방법인 정벌征伐은
고귀한 이들은 그것을 '폭력적인 수단'이라 일컫는다.

1.135   코끼리, 독사, 사자, 불, 물, 바람, 해.
그러한 것들의 강력한 힘도
정치적인 공세에는 한낱 별수 없는 것일 뿐이다.

1.136   건장하고도 가슴이 넓은 앞서 간 수많은 영웅들은
통찰력도 지녔고 어리석지도 않은데
무엇 때문에 앞서간 사람을 따라갔겠는가?

그리고 비록 '나는 세습각료다'라는 자만 때문에 비록 멀찌감치

앞서간다 하더라도 그것은 단지 자신을 파멸로 이끌 뿐이다.

1.137 　그것을 지녔지만 강력한 상태로
　　　감각기관의 제어가 이뤄지지 않는다면,
　　　그것이 지혜의 안목으로 보아
　　　행해져야 하는 것을 실행하지 않는다면,
　　　그것이 다르마[法][57]에 기반을 두고 존재하지 않는다면,
　　　그것을 얻었으되 단지 사람들에 대해 말이나 바꿔 가며 써먹는다면,
　　　그것이 오직 평온을 위해서도 아니요 영광을 위해서도 아니라면,
　　　그러면 그 지식이 무슨 소용이 있겠는가?

정치학에는 다섯 갈래의 방침이 있다고 말한다. 그것은 다음과 같은 것이니, '일의 준비', '인력과 재물의 충당', '장소와 시간의 조절', '재난에 대한 대응', 그리고 '일의 완성'이다. 이제 군주의 경우 엄청난 불행이 존재하기에 응당 재난에 대비해야 한다. 그리고 또,

1.138 　대신들의 경우는 깨어진 것들의 재결합에 있어서,
　　　의사들의 경우는 까다로운 체액體液의 균형 조절에 있어서,
　　　그러한 일을 해나갈 때 지혜는 명백히 드러나게 된다.

57　다르마(dharma)는 동사어근 '√dhr(지탱하다 · 유지하다)'에서 나온 말로서, 인도철학에서 폭넓은 의미를 지닌 단어로 간주되는데, 그런 다양한 의미는 모두 개인과 가족과 사회계급 및 더 나아가 전체 사회를 유지하고 지탱하기 위해 반드시 해야 할 일을 가리키고 있다.

일이 저절로 잘 풀려 가고 있을 때라면
그 누가 현명한 이가 아니겠는가?

그러기에 바보야! 네겐 엉뚱한 지혜가 있을 뿐이다. 안다는 오만
함 때문에 자신의 재난을 네 스스로 유발시키고 있다. 그래서 이
런 좋은 말이 있는 게다."

1.139   안다는 것은 지나친 자만심을 진정시키는 것이거늘
어리석은 자의 경우 안다는 것은
다만 지나친 자만심을 만들 뿐이다.
눈을 밝게 하는 빛이 올빼미들에겐
마치 장님을 만드는 것과 같이.

그리고 비참한 상태에 처한 군주를 보고 까라따까는 큰 슬픔에
빠져 말하였다.
"잘못된 조언 때문에 군주에게 발생한 이 일은 자못 큰일이다. 그
래서 이런 좋은 말이 있는 게지.

1.140   비천한 자들의 생각을 따를 뿐
현명한 이들이 이끄는 길로 가지 않는 제왕들은
온통 뒤엉켜 벗어나기 힘든 비참한 우리로 들어가는 꼴이다.
이 바보야! 모든 이들은 군주를 위해 참으로 자질을 갖춘 자의 등
용을 권한다. 그러나 훼방을 놓는 말이나 하는 당신 같은 부류로
인해 불화는 야기되고 군주의 경우엔 참된 친구들과 이별이 이뤄

지는 것이다. 군주의 경우 자질을 갖춘 참된 친구들과 함께하는 행운 같은 것이 또 어디에 있겠는가? 그래서 이런 말이 있다.

1.141   자질을 갖추었다 하더라도
사악한 대신들을 거느린 왕은 접근하기 힘들다.
맑고 달콤한 물로 가득 찼으나
치명적인 악어가 사는 연못이 그러하듯.

그러나 그대는 그저 자기 세력의 이익을 위해 오로지 왕을 외롭게만 만들기에 몰두한다. 그러기에 바보야! 너는 어찌 그것을 알지 못하는가!

1.142   현인들에 둘러싸인 왕은 빛이 나지만
외로운 왕은 언제고 빛이 나지 않나니,
그를 외롭게 하려고 애쓰는 이들은
분명 그의 진정한 적敵이라 여겨야 될 것이다.

그대는 이것을 깨닫지 못하고 있다. 그러기에 그대는 의심의 여지없는 창조신의 형편없는 실패작이다. 왜 그런가?

1.143   거친 말 가운데서 유익함을 찾을 수 있어야 하나니,
만약 존재한다면 참으로 그것이 바로 '신찬神饌'이다.
달콤한 말 가운데 거짓됨을 찾을 수 있어야 하나니,
만약 존재한다면 참으로 그것이 바로 '맹독猛毒'이다.

그리고 만약 다른 사람이 기쁨을 누리는 것을 질투하여 그대가 불행하다면, 더군다나 진실을 갖춘 친구에 대해 그렇게 생각한다면 그것은 옳지 않다. 왜냐면?

1.144 변절로 친구를, 거짓으로 다르마〔法〕를,
다른 사람의 불행으로 자신의 부귀공명을,
손쉽게 지식을, 폭력으로 여인을 원하는 사람들,
분명 그들은 현명치 않은 자들이다.

그러기에,

1.145 무엇이든 신하와 함께하는 부귀, 그것이 바로 왕의 영광이다.
보석처럼 빛을 내며 일어나는
파도가 없는 바다가 무슨 소용이겠는가?

누구라도 군주의 총애를 입게 되면 그는 온전히 더욱 겸손해야 할 것이다. 그래서 이런 말이 있다.

1.146 마치 군주가 총애로써 충성스런 신하를 대하는 것처럼
바로 그렇게 총애를 받아 황송해하는 이의
겸손한 행위는 참된 빛을 발한다.
그러므로 너는 하찮은 삶의 방식을 지닌 놈이다. 그래서 이런 말이 있다.

1.147 위대한 인물은 배격된다 하더라도
불굴의 정신을 단념하지 않으며,
대양大洋은 해안으로 쓸려 드는 것들로 인해 흐려지지 않는다.
소인배의 변화는 하찮은 이유로도 흔들리나니,
마치 꾸샤풀이 하늘거리는 바람에도 흔들리듯.

그렇지 않으면 이것은 오직 군주의 잘못이다. 왜냐면, 그저 자문
諮問이란 구실만으로 살아갈 뿐 여섯 가지 왕실의 올바른 정책[58]
에 대해 너무나도 손방(아주 할 줄 모르는 솜씨-편집자)인 너 같은 부
류가 인생의 세 가지 목표마저 바르게 지니려는 마음이 없는 상
태에서 무턱대고 자문하기 때문이다. 그래서 이런 좋은 말이
있다.

1.148 어떤 제왕이건 뛰어나고도 달콤한 말은 잘하지만
궁술弓術에 노력을 기울이지 않는 신하들과 더불어 즐거워지면
그의 적들은 승리의 영광으로 즐거워지게 된다.

아무튼 그래서 너 자신의 그런 행위로 인해 스스로가 한낱 세습
으로 인한 미천한 신하일 뿐임이 드러났다. 분명, 당신의 부친 또
한 참으로 그런 유형이었을 것이다. 어떻게 그것을 알 수 있냐
고? 왜냐하면,

---

58 화평(saṁdhi), 전쟁(vigraha), 공격(yāna), 수비(āsana), 동맹(saṁśraya), 양면책(dvaidhībhāva)

1.149 필연적으로 아비의 행위를 아들은 추종한다.
께따까 나무에 아말라끼 과일이란 불가능하기 때문이다.

심오한 성품을 지닌 현명한 사람들의 경우 적들이 비집고 들어올 내부적인 틈새는 오직 경솔함 때문에 자신의 틈을 자발적으로 내비치지만 않는다면 어떤 노력으로도 찾아낼 수 없다. 그래서 이런 좋은 말이 있다.

1.150 설령 노력을 기울인다 하더라도
그 누가 공작새의 엉덩이[59]를 볼 수 있겠는가?
만약 먹구름의 우레 소리에 흥겹게 된 그들이
참으로 어리석게 춤을 추지 않는다면.

아무튼 그래도, 당신 같이 천박한 자에게 충고하는 것이 무슨 소용이겠는가? 그래서 이런 말이 있는 것이다."

1.151 휘어지지 않는 나무는 부러질 뿐 휘어지게 할 수 없으며
창으로 찔러도 튕겨 나올 뿐 바위엔 들어가지 않는다.

---

59 산스끄리뜨로 '음식물이 빠져나가는 길(āhāraniḥsaraṇamārga)'이니 정확히는 항문을 가리킨다. 속설(俗說)에, 공작새가 꼬리를 펴면 항상 상대를 정면으로 응시하는 속성이 있기에 상대는 그의 엉덩이를 볼 수 없는데, 우레 소리가 들리면 그 속성을 잊고 춤을 추듯 휘돌므로 그때야 상대는 그의 엉덩이를 볼 수 있다고 한다.

'입뾰쭉이'의 경우를 명심하도록 하라!

가르칠 수 없는 사람은 어찌해도 가르칠 수 없다.

다마나까가 말했다. "그게 무슨 이야기야?"

까라따까가 말했다.

1-9 원숭이와 반딧불과 새

옛날 옛적, 어떤 숲속 한 지역에 원숭이 무리가 살고 있었다. 어느 초겨울 날 지독한 추위에 고통스럽게 떨고 있던 그들은 반딧불을 보고 '불이다!'라고 생각하여 마른 나뭇가지와 풀과 잎사귀 등 이것저것을 가져와 덮고는 손을 뻗어 그것을 쬐다가 겨드랑이나 배와 가슴 등을 문지르며 정말로 열기가 있는 것처럼 느끼며 기뻐하였다. 그런데 그 가운데 추위에 유독 떠는 한 원숭이가 자꾸만 그 반딧불을 입으로 불었다.

그러자 '입뾰쭉이'[60]라 이름하는 새가 그것을 보고 나무에서 내려와 말했다.

"친구여! 자신을 너무 학대하지 말게나! 그건 불이 아니라 반딧불일세."

그래도 그는 그 말에 신경을 쓰지 않고 다시 불었다. 그리고 그가 거듭해서 몇 번을 저지해도 전혀 멈추지 않았다. 길게 말해 뭐하겠는가? 그 새가 귀 가까이 바싹 다가와 조잘거려 괴롭힘을 당한 만큼 약이 오를 대로 오른 그 원숭이는 갑자기 그 새를 낚아채 돌

---

[60] 쑤찌무카(sūcīmukha) : sūcī(바늘, 뾰쪽한) + mukha(입)

에 집어던져 그만 숨이 떨어지게 하고 말았다.

…아홉 번째 이야기가 끝났다.

"그래서 내가 '휘어지지 않는 나무는 휘어지게 할 수 없으며…'라고 말한 것이다. 아무튼,

1.152 가치 없는 사람에게 주어진 현명함이 무슨 소용이 있겠는가?
집안에서 밀봉된 그릇에 갇혀 있는 등불처럼.

그러므로 그대는 분명 불초不肖한 태생이다. 그래서 이런 말이 있다.

1.153 평범한 태생의 자식, 빼닮은 태생의 자식,
고귀한 태생의 자식, 불초한 태생의 자식.
전통적인 학자들에 의하면
이 세상엔 그러한 유형의 자식들이 있다고 여긴다.

1.154 어미와 흡사한 재능을 지닌 평범한 태생,
빼닮은 태생은 아비와 견주어 닮은꼴이며,
고귀한 태생은 으뜸인 자식이요,
불초한 태생은 열등한 자식이다.

그래서 이런 좋은 말이 있다.

1.155 폭넓게 펼친 지성과 재력과 힘으로 가족의 멍에를 짊어지는 이,
그로 인해 그의 어머니는 진정한 아들을 가진 어머니가 된다.

그리고 또,

1.156 떨어지는 순간
꽃이 지니는 아름다움이야 실로 어디엔들 없겠는가?
그러나 온전히 지속되는
완벽한 성취로 장식된 사람은 찾아보기 힘들다.

그러기에, 바보야! 너는 아무런 대꾸도 하지 못하는구나. 그래서
이런 말이 있다.

1.157 찢어진 목소리에 얼굴은 붉으락,

⟨ The Monkeys, the Firefly and the Bird ⟩
1520년~1539년 / 인도 람푸르 라자 도서관 소장

의심스러워하는 눈, 깜짝 놀라는 몸짓.
죄악을 저지르고 업보를 두려워하는 사람은 바로 그렇게 된다.

그래서 이런 좋은 말이 있다."

1.158 사악한 지성을 지닌 자와 무지한 자,
그 둘은 내가 경멸하는 자들이다.
지나치게 영리한 아들에 의해 아비는 연기로 사라졌다.

다마나까가 말했다.
"그것은 또 어떻게 된 거지?"
까라따까가 말했다.

1-10 다르마붓디와 두스따붓디

옛날 옛적, 어떤 도시에 친한 친구인 '다르마붓디'[61]와 '두스따붓디'[62]라 이름하는 두 상인의 아들들이 있었다. 그 둘은 재물을 벌어들일 목적으로 매우 먼 다른 나라로 장삿길을 나섰다. 그런데 그 도중에 거상의 아들인 '다르마붓디'가 자신의 행운 덕이었던지 어떤 상인이 예전에 숨겨 두었던 조그만 항아리에 담긴 은화 1천 디나르[63]를 발견하게 되었다. 그래서 그는 두스따붓디와 더불

---

61   다르마붓디(dharmabuddhi) : dharma(법) + buddhi(깨달음)
62   두스따붓디(duṣṭabuddhi) : duṣṭa(손상된) + buddhi(깨달음)
63   인도에서 오래전에 사용되었던 화폐 가운데 특별히 금화(dīnāra)를 가리킨다. 현재 중동 등지에

어 '우리 둘은 목적을 성취하였다' 여기고 그것을 가지고 고향으로 돌아가자 의논하더니 결국 되돌아가게 되었다.

도시 근교에 이르렀을 때 '다르마붓디'가 말했다.

"디나르를 절반씩 나누어 가족에게 돌아가, 이제부터 친구들과 친척들 앞에서 떳떳하고 화려하게 살아보세."

그때 속으로 비뚤어진 마음을 지닌 두스따붓디는 자신의 목적을 이루고자 그에게 말했다.

"친구여! 적당량만 가져가고 남겨 두어 우리 둘의 공동 자산으로 여긴다면 바로 그만큼 우리의 우정은 나눠지지 않고 남아 있게 될 것일세. 그러니 각자 1백 디나르를 가지고 나머지는 바로 여기 땅에 묻어 두고 집으로 돌아가세. 다음번에 또 다른 용도가 생겼을 때 함께 와서 필요한 만큼 다시 여기서 가져가면 될 것일세."

그가 말했다. "그대가 말한 것처럼 그렇게 하세나."

그래서 그렇게 배분이 이뤄지고 나머지를 나무의 뿌리 아래쪽 땅에 잘 숨겨 두고 각자 집으로 돌아갔다. 그러나 그 해를 넘기지 못하고 두스따붓디는 극심한 소비벽과 불운이 겹쳐 가져간 몫이 줄어드는 바람에 다시 또 숨겨 놓은 곳에 다르마붓디와 함께 와서 1백 디나르씩을 나누어 가졌다. 그것 또한 그 이듬해를 넘기지 못하고 앞서처럼 다 써 버리고 말았다.

그렇게 되자 두스따붓디는 생각해보았다.

서 사용되는 화폐 단위인 디나르(dinar)는 '주다'라는 의미를 지닌 그리스어 'dino'에서 유래한 것이다.

"만약 다시 그와 함께 1백 디나르씩 나눈다면 그 나머지를 몽땅 쓸어 가더라도 얼마 되지도 않는 4백 디나르로 무엇을 하겠는가? 남은 6백 디나르를 몽땅 가져가서 내가 독차지해야겠다."

그렇게 결심하고 혼자 그 돈 모두를 가져간 뒤 디나르를 묻었던 자리는 예전처럼 땅을 고르게 해놓았다. 그리고 한 달 정도가 지났을 때 스스로 다르마붓디에게 가서 말했다.

"친구여! 내가 돈 쓸 일이 생겼다네. 나머지 습득물을 가져다 동등하게 나누세!"

그렇게 동의가 되었을 때 다르마붓디와 함께 그곳으로 가서 곧장 땅을 파기 시작하였다. 그리고 그곳을 파헤쳤으나 그 돈이 보이지 않자 무엇보다도 먼저 가증스럽게 두스따붓디는 돌에 자신의 머리를 부딪치며 격앙되어 말하였다.

"오, 다르마붓디여! 분명 이 재물은 다른 사람이 아닌 네가 가져 갔다. 그러니 내게 그 절반을 내어놓아라!"

그는 말했다.

"나는 그런 도둑질을 하지 않는다. 네가 그 재물을 가져간 게지?"

그렇게 서로 싸우던 둘은 포청으로 가게 되었다. 그리고 법관들이 그 문제를 듣고 생각해보았으나 애매모호한 까닭에 결단을 내리기 어려워 우선 그 둘을 모두 구속해버렸다. 그리고 그렇게 다섯 밤이 흘러서야 두스따붓디가 관료들에게 말하였다.

"디나르에 관해 제게 증인이 있습니다. 이제 그를 심문해보도록 하십시오!"

그러자 빨리 사건을 끝내고 싶어진 법관들이 되물었다.

"누가 너의 증인이냐! 어서 밝혀라!"

"나무 뿌리에 물건을 놓아두었던 바로 그 나무가 증인입니다."

그러자 의심한 법관들이 말했다.

"나무가 어떻게 증언을 할 수 있단 말인가? 아무튼 좋다! 내일 가서 들어보도록 하겠다."

보석을 치른 두 사람은 각자의 집으로 돌아갔다. 집으로 돌아온 두스따붓디는 자신의 아버지에게 요청하였다.

"아버지! 그 디나르는 제 손에 와 있습니다. 아무튼 이번 일의 성사는 아버님의 몇 마디에 달려 있게 되었습니다."

아버지가 말했다.

"이제 무엇을 어떻게 해야 하느냐?"

그가 말했다.

"오늘 밤에 그 나무 구멍에 들어가서 보이지 않게 숨어 계십시오! 그랬다가 내일 아침 일찍 재판관들이 질문하면 '다르마붓디가 그 재물을 가져갔다'라고 말씀하셔야 합니다."

그러자 그가 말했다.

"아들아! 우린 망했다. 그건 결코 좋은 방법이 아니다. 그래서 이런 좋은 말이 있는 게다.

1.159   지혜로운 이는 방책方策을 생각해야 함은 물론
반드시 그 폐해弊害 또한 염두에 두어야 한다.
어리석은 두루미가 지켜보고 있는 동안
그의 새끼들은 몽구스들에게 잡아먹혔다.

그가 말했다.

"그게 무슨 이야기죠?"
아버지가 말했다.

1-10.1 두루미와 뱀과 몽구스

옛날 옛적, 어떤 아르주나 나무에 두루미 한 쌍이 살고 있었다. 그곳에서 그 나무의 틈새를 따라 올라온 커다란 덩치의 뱀이 두루미의 새끼들이 태어나면 태어나는 족족 날개도 자라지 않은 그 새끼들을 날름 먹어 치우곤 했다. 그래서 우울증에 공황상태가 된 두루미는 먹거리도 끊은 채 호수의 둔덕으로 가서 의기소침하게 지냈다. 그때 거기에서 한 마리의 게가 그를 보고 말했다.
"아저씨! 오늘은 왜 그렇게 비탄에 젖어 있습니까?"
그러자 그에게 새끼들이 잡아먹혔던 일을 있는 그대로 이야기해 주었다. 그러자 게가 그에게 용기를 주며 말했다.
"아저씨! 제가 그놈을 죽일 방책을 말해주겠습니다. 어느 몽구스 집이든 그 몽구스 집의 입구로부터 끊어지지 않게 연이어 뱀구멍에 이르기까지 물고기의 살점을 뿌려 놓으세요. 그러면 그 음식을 탐내 따라온 몽구스에게 그 뱀은 보이기만 하면 바로 그 자리에서 선천적인 적대감 때문에라도 죽임을 당하게 될 것입니다."
그래서 그의 말처럼 그렇게 해놓았을 때 선천적인 적대감을 기억한 채 고기살점을 따라온 몽구스에게 뱀은 죽임을 당하게 되었는데, 게다가 앞서 보아 두었던 길로 다시 달려간 몽구스는 그 나무에 있는 두루미의 둥지로 올라가서 두루미의 새끼들도 몽땅 잡아먹어 버렸다.

…열 번째의 첫째 이야기가 끝났다.

"그래서 내가 '지혜로운 이는 방책을 생각해야 한다…'라고 말한 것이다."

그것을 듣고도 탐욕을 이기지 못한 두스따붓디는 아버지를 억지로 데려다 나무 구멍에 숨어 있게 하였다. 그래서 동틀 무렵 판사가 지켜보는 가운데 엄숙하게 법전이 낭독되는 순간 그 나무로부터 이런 소리가 흘러나왔다.

"다르마붓디가 그 돈을 가져갔다."

그러자 그 소리를 듣고 다르마붓디는 생각했다.

"어떻게 이런 거짓되고 기이한 일이 벌어질 수 있는가? 그렇다면 내가 바로 나무에 올라가서 살펴봐야겠다."

나무를 살펴본 뒤 내려온 다르마붓디는 마른 나뭇가지와 잎사귀 덤불을 가져와 나무의 구멍을 채우고 불을 지피기 시작하였다. 그래서 거센 불길에 나무 기둥이 갑자기 불길에 휩싸이자 반쯤은 불에 그슬린 몸으로 터질듯한 눈을 한 채 비참하게 울부짖는 두스따붓디의 아버지가 겨우 목숨만 붙은 상태로 나무 구덩에서 빠져나와 땅으로 떨어졌다. 이 놀라운 모습을 모든 이들이 지켜보고는 그에게 물었다.

"오! 이게 어떻게 된 거요?"

그러자 그가 말했다.

"저 나쁜 놈의 아들 두스따붓디 때문에 이 지경에 이르렀소."

그렇게 말한 뒤 그는 다섯 원소로 분해되어 죽어 버렸다. 그제야 사정을 안 왕실 관리들이 다르마붓디에게 그 돈을 건네 주었으

〈 The Rogue's Stratagem is Discovered 〉
1370년~1374년 /이스탄불대학교 도서관 소장

며, 두스따붓디는 창끝에 꽂혀 내다 걸리는 형벌에 처해졌다.

…열 번째 이야기가 끝났다.

"그래서 내가 '사악한 지성을 지닌 자와 무지한 자…'라고 말한
것이다."

그리고 이야기를 마치며 다시 까라따까는 다마나까에게 말했다.

"어이구, 바보야! 너무 똑똑한 너 때문에 이제 네 가문은 불타오
르게 되었다. 그래서 이런 좋은 말이 있는 게야.

1.160 강은 소금기 있는 바닷물에서 끝을 맺으며,

친근한 마음은 여인의 불화에서 끝을 맺으며,
비밀은 수다쟁이에게서 끝을 맺으며,
가문은 나쁜 아들에게서 끝을 맺는다.

그리고 또 무엇보다 어떤 사람이 오직 하나뿐인 입에 한 쌍의 혀
를 지녔다면 누가 그를 믿겠는가? 그래서 이런 말도 있는 게다.

1.161 두 혀를 지닌 채 모든 이를 혼비백산하게 하며
완벽한 잔혹함에 가차 없는,
사악한 사람과 뱀의 입은 오로지 위험을 위해 존재할 뿐이다.

그러니 너의 그 행위 때문에 나까지 위험해지게 되었다. 무슨 까
닭이냐고?

1.162 이 사람은 나와 예전에 사이가 좋았다고
헐뜯는 이를 믿어서는 안 된다.
오랫동안 가까이 지냈더라도
뱀은 반드시 물기 마련이다.

1.163 정직한 지식인은 가까이 대해야 하며
교활한 지식인은 조심스레 대해야 한다.

그러므로 단지 네가 속한 가족이 너로 인해 파괴되게 생겼을 뿐
만 아니라, 그것은 이제 다시 네가 모시는 군주에게도 큰 상처가

되었다. 그러므로 네가 모시는 네 자신의 군주를 그 지경으로 몰아갈 정도라면 그러한 당신에게 여느 사람이야 하찮은 풀 잎사귀 정도일 뿐 아니겠는가. 그래서 이런 말이 있다."

1.164 생쥐들이 쇠 천 빨라[64]의 추를 씹어 먹는 곳이라면
송골매가 코끼리를 낚아챌 수도 있을 터인데,
그러면 소년에게 있어서 무슨 일이 놀라운 것이겠는가?

다마나까가 말했다.
"그것은 또 무슨 이야기인가?"
까라따까가 말했다.

1-11 쇠를 먹는 생쥐

옛날 옛적, 어떤 한 도시에 몰락한 상인이 있었다.
그는 재물을 벌어들일 목적으로 다른 나라로 길을 떠났다. 그런데 그의 집안에는 선조로부터 물려받은 쇠 천 빨라로 만들어진 저울추가 있었다. 그래서 그는 어떤 상인에게 그것을 맡겨 두고 재물을 벌고자 다른 나라로 떠났다. 그리고 그는 불행스럽게도 오랜 기간이 지나도록 아무것도 벌지 못하고 빈손으로 되돌아와 그 상인에게 맡겨 두었던 추를 달라고 하였다. 그러자 탐욕스러운 상인은 말하였다.

---

64 '빨라(pala)'는 무게의 단위로서 약 37.76그램 정도에 해당한다.

"그 추는 생쥐들이 갉아먹어 버렸다네."

그러자 그는 생각했다. '놀랄 만한 일일세. 어떻게 천 빨라나 되는 쇠로 만든 추를 생쥐들이 갉아먹을 수 있단 말인가?' 그래서 속으로 비웃으며 말하였다.

"일이 그렇게 되었다면 어쩔 수 없는 것일 테지. 자극적이고 달콤하며 부드러운 쇠를 어떻게 쥐들이 갉아먹지 않을 수 있겠는가?"

그 말을 듣고 마음이 놓인 그는 몰락한 상인을 위해 발 씻을 물을 내오는 등 주인으로서 온갖 예절을[65] 다 갖추고 식사 초대까지 하였다. 그리고 그의 집에서 멀지 않은 곳에 강이 있었는데, 그곳으로 목욕을 하러 가는 그를 위해 자신의 아들을 아말라까[66] 과일 및 목욕복과 함께 딸려서 보냈다. 몰락한 상인은 목욕을 하고 돌아오며 그 소년을 다른 친구의 집에 잘 숨겨 두고 그의 집으로 돌아왔다. 그러자 탐욕스런 상인이 물었다.

"자네에게 딸려 보낸 아들은 어디 있는가? 아직 돌아오지 않았는데?"

그러자 몰락한 상인이 말했다.

"송골매가 낚아채 가 버렸네."

그 말을 듣고 참담해지고 앞이 캄캄해진 탐욕스런 상인은 그를 붙잡아 포청으로 끌고 가서 말했다.

---

65 주인으로서 손님에게 갖추어야 할 예절을 빈객접례賓客接禮(atithipūjā)라 하는데, 손님에게 발 씻을 물을 내어 오고 마실 물을 내어 오는 등의 예를 갖추는 것을 말한다. ☞ 🔖 '일상제례'

66 아말라까는 반투명한 녹색의 신맛이 나는 약용 열매로서, 성인의 손으로 움켜쥘 수 있는 크기이다. 아쇼까 왕이 전성기 때는 온 세상을 승가에 공양하였으나 병이 들어 자리에 누웠을 때는 대신들의 반대로 겨우 식사에 딸려 나온 아말라까 열매만을 공양할 수 있었다고 전해진다.

"나으리들, 도와주십시오! 이 나쁜 놈이 제 아들을 어딘가 감춰 두고 내놓지 않습니다."

그래서 그에게 법관들이 질문하였다.

"무슨 일인가? 말해보거라!"

몰락한 상인은 비웃으며 말하였다.

"그의 아들은 송골매에 의해 낚아채여 갔습니다."

그러자 그들은 놀라운 마음으로 되물었다.

"그것은 말도 안 된다. 어떻게 송골매가 소년을 낚아채어 갈 수 있겠는가?"

몰락한 상인이 말했다.

"이곳에서 무엇이 특별난 것이겠습니까?"

1.165　생쥐들이 쇠 천 빨라의 추를 씹어 먹는 곳이라면
　　　　송골매가 코끼리를 낚아챌 수도 있을 터인데,
　　　　그러면 소년에게 있어서 무슨 일이 놀라운 것이겠는가?

그것을 듣고 사정을 이해한 그들이 말했다.

"천 빨라의 쇠로 된 추를 내어 주도록 하라! 그러면 그도 소년을 데려올 것이다."

그래서 그 둘은 그렇게 하였다.

…열한 번째 이야기가 끝났다.

"그래서 내가 '쇠 천 빨라의 추를…'이라고 말한 것이다.
그러나 참으로 상식에서 벗어난 짐승에게 충고하는 것이 도대체

무슨 소용이 있겠는가! 현명한 이에게 있어서 지혜는 물에 기름이 퍼지고 피에 독이 퍼지며 고결한 이들 간에 친밀함이 퍼지고 다정한 여인들에게 애정이 퍼지며 천박한 이들에게 비밀이 퍼지듯이 퍼지며, 그리고 세상에서 명성을 지닌 사람들의 경우 고귀한 태생이 퍼지듯이 퍼진다. 무엇 때문인가?

1.166   인간의 고귀함은 타고나는 법이 아니니,
사람들의 명성이란 행위에 근거를 둔다.
수백 가지 재앙의 그물을 일구는 불명예는
이 세상에서나 다음 세상에서나
은혜를 모르는 자를 따르기 마련이다.

게다가 그대는 항상 다른 이가 지닌 존경할 만한 자질을 적대시하고 있으며, 또한 그러한 그대의 천성이 그대 자신을 그렇게 몰아가기도 하는 것 같네. 왜 그런가 하면,

1.167   이 세상에선 주로 고귀한 혈통의 사람을 비천한 혈통의 사람들이,
사랑 받는 여인을 사랑 받지 못하는 여인들이,
관대한 사람을 인색한 사람들이,
정직한 사람을 정직하지 못한 사람들이,
숭고한 사람을 미천한 사람들이,
그리고 어여쁨에 사랑 받는 미인을
겉모습 때문에 상처 입은 사람들이,
만족한 상태에 있는 사람을 나쁜 상태에 있을 사람들이,

그리고 다양한 서적을 섭렵한 사람을 어리석은 사람들이 항상 비난한다.

아무튼,

1.168 단 한 번의 언급을 참으로 이해하는 자라면
그러한 그에 대한 교육은 효과가 있는 셈이다.
그러나 그대는 이렇게 돌처럼 움직임이 없는데
그대를 교육한다는 것이 무슨 소용이겠는가?

게다가, 이 바보야! 너와 함께 지내는 것도 내겐 최선이 아니다.
언젠가는 그대와 어울리는 것 때문에 나 또한 재앙이 미치게 될
것이기 때문이다. 그래서 이런 말이 있는 것이다.

1.169 훌륭한 사람이나 훌륭하지 않은 사람과 어울리는 까닭에
그렇고 그렇게 좋거나 나쁜 영향을 받게 된다.
다양한 지역을 떠도는 바람이
감미롭거나 감미롭지 않은 향기를 지니는 것처럼.

1.170 그대는 험담에만 뛰어난 자이자 우정의 파괴자이니,
어디든 그대를 지침指針으로 여기는 곳은
무슨 일이든 상서롭지 않게 될 것이다.

그리고 또, 험담하는 사람들은 파멸밖엔 자신들의 이익을 조금도

취하지 못하며, 훌륭한 사람들은 설령 최후의 상황에 직면하더라
도 절대로 적절치 않은 것은 시도하지 않는다. 그러기에 참으로."

1.171 어떤 무엇이 적절치 못하면 그것은 항상 적절치 못한 것이니,
현명한 사람은 그런 것에 마음을 쓰지 않아야 한다.
비록 극심한 갈증에 내몰리는 사람이라도
길 위를 흐르는 물은 마시지 않는 법이듯.

이렇게 말하고 까라따까는 그 자리를 떠났다.
그제야 삥갈라까는 싼지와까를 죽이고 흥분이 조금 가라앉았다.
피로 오염된 손을 닦은 그는 큰 슬픔에 충격을 받은 듯 한숨을 몰
아쉬고 결국엔 비통해하며 이렇게 말하였다.
"나의 분신과도 같은 싼지와까를 내 스스로 죽이고야 말았구나!
이 얼마나 잘못된 일이며, 이 얼마나 엄청난 일인가? 그래서 이
런 말이 있는 게지."

1.172 뛰어난 가치를 지닌 땅 한 조각의 손실과
학식 있는 충복忠僕의 손실에 있어서
충복의 손실은 제왕들의 경우에 죽음과도 같다.
잃어버린 땅은 손쉽게 되찾을 수 있지만
충복은 아니기 때문에.

그렇게 슬픔에 싸여 비통해하는 삥갈라까를 보고 살금살금 다가
가서 다마나까가 말했다.

"적수를 죽이고 공황의 상태가 되는 것은 그 무엇이 올바른 태도이며 또한 올바른 행동이라 할 수 있겠습니까? 그래서 이런 말이 있습니다.

1.173 아버지건 형제건 아들이건 친구건
왕의 생명을 해하려는 자들은
번영을 바라는 왕에 의해 죽임을 당해야 한다.

1.174 인정 많은 왕, 아무것이나 먹는 브라만, 제멋대로인 여인,
나쁜 천성을 지닌 친구, 말을 듣지 않는 하인, 태만한 공무원,
그리고 일궈 놓은 고마움을 알지 못하는 이.
그러한 이들은 회피되어야 한다.

1.175 떠나라! 멀더라도, 네가 그곳이 즐겁다면.
질문하라! 어린애라 하더라도, 그가 현명한 사람이라면.
주라! 자신의 몸일지라도, 그것을 갈구하는 자가 있다면.
자르라! 그것이 팔일지라도, 그것이 이미 손상된 것이라면.

그리고 이 법은 왕들의 경우뿐만 아니라 분명 보통 사람들의 경우에도 일반적인 것입니다. 그래서 이런 말이 있습니다.

1.176 왕국은 인간의 천성으로 통치되기 불가하다.
사람들의 경우엔 참으로 형편없는 어떤 그것들,
그것들이 바로 왕의 자질이 될 수 있다.

그리고 또."

1.177 진실과 거짓, 거침, 부드러운 언변, 잔혹함,
자비로움, 인색함, 관대함, 끊임없는 낭비,
엄청나고 다양한 재물의 수입, 창부娼婦처럼,
제왕의 길은 가지각색의 다양한 모습이다.

이렇게 다마나까에게 위로되어 자신의 천성을
되찾은 삥갈라까는 예전처럼 대신인 다마나까
와 더불어 왕국을 다스리는 즐거움을 누리게
되었다.

…'우정의 파괴'라는 첫 번째 장이 끝났다.

⟨ The Lion Kills Shanzaba ⟩
1370년~1374년 / 이스탄불 이스탄불대학교 도서관 소장

우정의 성취

이제, '우정의 성취'라는 두 번째 장이 시작된다. 그 첫머리를 여는 찬가이다.

2.001   가진 것이 빈약하여 부유함은 없으나
지혜를 갖춘 마음에 친근한 사람들은
까마귀와 거북과 사슴과 새앙쥐처럼
그 목적을 신속히 성취하게 된다.

왕자들이 말하였다.
"그것은 무슨 이야기죠?"
위식누샤르만이 말하였다.

○   먼 남쪽 나라에 '마힐라로빠'라고 이름하는 도시가 있었다. 그곳에서 그리 멀지 않은 근교에 거대한 몸통과 울창한 가지들로 이루어진 비단솜나무가 있었다. 거기에는 밤에 온갖 곳으로부터 새

들이 와서 머물고 있었다. 그리고 거기에는 '가볍게내려앉는놈'이라 불리는 까마귀가 살고 있었다. 그가 한번은 날이 밝을 즈음에 먹이를 구하러 나서려고 할 때, 험상궂은 모습에 손발은 갈라지고 아주 텁수룩한 몸뚱이에 막대기와 그물을 손에 쥐고 그 나무 근처를 지나가는, 마치 염라대왕의 동생이라도 되는 듯한[67] 새잡이 사냥꾼을 보았다. 그를 보고 두려운 마음에 까마귀가 생각했다.

"저 나쁜 놈이 무엇을 하자는 게야? 나를 해코지하려는가? 아니면 다른 어떤 것을 노리고 저러는가?"

이렇게 생각하고 그저 지켜보며 나무에 머물러 있었다. 그런데 사냥꾼은 그 나무에 도착해서 그물을 펼치고 곡식 낱알들을 흩뿌린 뒤 그리 멀지 않은 곳에 숨어 있었다. 바야흐로 그곳에 '화려한목'이라 불리는 비둘기 왕이 수천의 비둘기 무리와 함께 하늘을 선회하다 그 낱알들을 보고는 욕심을 내어 먹이를 얻고자 그물로 날아들었다가 무리와 더불어 몽땅 그물에 포획되었다. 그것을 본 사냥꾼은 기쁜 마음에 막대기를 휘두르며 달려들었다. '화려한목'이 이리저리 우왕좌왕하는 자신의 수하들을 보니 그들은 제각기 부리와 다리로 그물을 정신없이 끌어당기고만 있었다. 그래서 그들에게 말했다.

"이것은 우리에게 닥친 재앙이다. 지금은 오직 한 가지 방법밖에

---

67 인도신화에서 죽음의 신 야마(Yama)는 그물 또는 포승과 곤봉을 지니고 악인을 벌하는 모습으로 묘사되며, 염마閻魔 혹은 염라閻羅 등으로 음역된다.

없다. 오로지 모두 한마음이 되어 하늘로 솟아올라 멀리 날아가
도록 하자! 그렇지 않고는 그물을 옮길 수 없을 것이다."
생명에 위협을 느낀 그들은 비둘기 왕의 말에 따라 함께 하늘로
솟아올랐으며, 그렇게 그들은 그물을 낚아챈 채 화살의 사정거리
를 벗어나 하늘로 높이 날아올랐다. 사냥꾼도 새들이 그물을 끌
고 가는 것을 보고는 '세상에 이런 일이…'라며 얼굴을 치켜든 채
얼마를 달려가다 이렇게 생각했다.

2.002 힘을 모은 저들이 나의 그물을 가지고 날아가는데,
그러다 서로 다투게 된다면
그때는 나의 통제권에 들어오게 될 것이다.

'화려한목'은 지독스럽게 따라오는 그를 보고 더욱 빨리 날아가기
시작하였다. '가볍게내려앉는놈' 또한 먹이에 대한 생각은 내려놓
은 채 그저 호기심 때문에 비둘기 무리를 따라가며 생각하였다.
"이 나쁜 놈은 비둘기들에게 어떻게 앙갚음을 하려기에…"
'화려한목' 또한 사냥꾼의 의도를 알고 수하들에게 말하였다.
"저 흉칙한 사냥꾼 놈이 마음먹고 따라온다. 그러니 우리 스스로
를 위해서라도 아예 그의 시야에서 사라져 버리는 것이 낫겠다.
아주 멀리 솟아올라 산속의 험준한 곳으로 날아가자!"
그래서 새들은 그물을 가진 채 아주 멀리 날아가 버렸다. 사냥
꾼도 그들이 자신의 시야에서 벗어나자 그들을 포기한 채 되돌
아갔다. '화려한목'은 되돌아서는 사냥꾼을 보고 수하들에게 말
했다.

"아! 저 나쁜 사냥꾼이 돌아갔다. 이제 우리는 '마힐라로빠'로 바로 되돌아가는 것이 낫겠다. 그곳 북동쪽에 나의 사랑하는 친구인 황금생쥐라는 새앙쥐가 살고 있다. 그곳으로 곧장 가면 그가 이 그물을 끊어줄 것이다. 그는 우리를 위험에서 구해 줄 만큼 힘이 세다."

"그렇게 합시다!"

그들은 황금생쥐의 땅굴 근처에 도착하여 땅으로 내려앉았다. 신중한 황금생쥐는 만일에 대비해 땅굴에 연결된 수백 개의 입구를 만들어 놓고 그곳에서 살고 있었다. 그때 황금생쥐는 많은 새들이 퍼덕이며 날아들자 놀란 마음에 땅굴 속으로 들어가 꼭꼭 숨어 있었다. '화려한목'이 땅굴의 입구로 내려가 이렇게 말하였다.

"친구, 황금생쥐! 이리 나오시게!"

그 말을 듣고 밖에선 접근하기 어려운 그 땅굴의 입구까지만 나온 황금생쥐가 말했다.

"누구요, 당신은?"

'화려한목'이 또 말했다.

"나는 네 친구 '화려한목'이다."

그 말을 듣고 기쁨에 모골이 송연해진 듯한 마음으로 허겁지겁 땅굴을 나선 황금생쥐는 동료들과 함께 그물에 감겨 있는 '화려한목'을 보고 낙담하여 말하였다.

"친구여! 이게 무슨 일이냐? 말해보라! 어서 말해보라!"

'화려한목'이 말했다.

"친구여! 그대는 총명한데 그런 질문이 무슨 소용인가? 그래서 이런 말이 있다."

2.003 어디서부터건, 어떤 방법에 의해서건, 언제라도,
어떻게라도, 무엇이건, 어떤 정도이건, 어디서건,
좋거나 좋지 않은 자신의 업業은 존재하기 마련이며,
그래서 그것 때문에, 그 방법으로, 그때에,
그렇게 그것을, 그것만큼, 그곳에서,
운명의 힘에 의해 그 업業은 진행되기 마련이다.

황금생쥐가 말하였다.
"그것은 그렇지."

2.004 이 세상의 모든 새는 110요자나[68]의 먼 거리에서도 먹이를 본다.
그럼에도 그는 때가 되었을 때
몸에 치감기는 그물을 보지 못한다.

2.005 해와 달이 가려진다는 사실[69]을,
또한 결박되는 코끼리와 구렁이를,
그리고 지적知的인 사람들의 궁핍함을 지켜보노라면
오! 운명은 이 얼마나 강력한 것인가!

---

68 유순(由旬)으로 한역되는 '요자나(yojana)'는 거리 단위로 약 15킬로미터에 해당하는데, 정확한
척도는 시대와 지역에 따라 차이가 난다. 1요자나는 황소가 멍에를 메고 하룻길을 가는 거리로
여긴다.
69 일식과 월식은 라후(rāhu)와 께뚜(ketū)라는 악신에 의해 해와 달이 먹혀서 발생한다. ☞ 㰳 '일
식과 월식'

2.006　넓은 하늘의 외진 곳을 서성이는 새들도 위험에 걸려들며
물길 모를 깊은 바다에 사는 고기들도
솜씨 좋은 어부에게 사로잡힌다.
이 세상에서 무엇이 잘못된 행실이요 올바른 품행이며
이익을 다투는 상황에서 무엇이 덕목德目이겠는가?
재앙의 손을 뻗친 운명은 아무리 멀리 있어도 엄습하기 마련이다.

그렇게 말하고 황금생쥐는 '화려한목'의 덫을 끊기 시작하였다.
'화려한목'이 말하였다.
"친구여! 그렇게 하지마라! 우선 나를 따르는 무리의 덫을 먼저
끊어주도록 하라! 그러고 난 뒤에 나의 것도 끊어다오!"
그렇게 연거푸 두세 번 이야기하자 황금생쥐는 성을 내며 말
했다.
"친구여! 어떻게 자신의 어려움은 팽개친 채 다른 이의 어려움을
먼저 해결하라 하는가?"
'화려한목'이 말했다.
"친구여! 화를 내지마라. 이 모든 불쌍한 이들은 다른 지도자를
떠나와 나에게 의지하고 있다. 그러기에 어떻게 그 정도도 존중
하지 않을 수 있겠는가? 그러니 그대가 나의 덫을 끊지 않는 만
큼, 바로 그만큼 지치지 않고 그들을 위해 덫을 끊을 수 있지 않
겠는가? 처음부터 나의 덫을 끊는다면 아마도 그대는 쉽게 피로
를 느끼게 될 게야. 그러면 그것은 옳지 않네. 그렇기 때문에 그
렇게 내가 말한 것이다."
그 말을 듣고 흡족해진 마음에 황금생쥐가 말했다.

"당신을 떠보기 위해 그렇게 말했네. 역시 그대는 모두가 의지할 수 있을 만큼 훌륭한 덕목을 갖추고 있구먼."

2.007 동정심과 할애割愛가 그처럼 의지하고 있는 이들에게 내비쳤다. 당신의 그 마음으론 삼계三界의 군림君臨도 가능하리라.

그렇게 말하고 황금생쥐는 모든 이들의 그물을 끊었다. 그러자 결박이 풀린 '화려한목'은 황금생쥐에게 이별을 고하고 전송을 받으며 동료들과 함께 하늘로 날아올라 자신의 둥지로 돌아갔으며, 황금생쥐도 자신의 토굴로 들어갔다.

'가볍게내려앉는놈'은 '화려한목'이 결박되었다 풀린 놀라운 상황을 지켜보고 생각하였다.

"오! 지혜로운 황금생쥐의 토굴은 강력한데다 효율성까지 갖추었구나. '화려한목'처럼 황금생쥐와 우정을 나누는 것이 나 자신을 위해서도 적절하겠다. 우리들도 덫에 걸리는 그런 불상사가 간혹 일어나고 있지 않은가?"

그렇게 여기고 나무로부터 내려와서 토굴의 입구로 다가가 앞서 알아두었던 이름으로 황금생쥐를 불렀다.

"친구, 황금생쥐! 이리 나와 보시오!"

그 말을 듣고 황금생쥐는 생각했다.

"결박된 채 남아 있는 또 다른 비둘기가 있어서 나를 부르는 겐가?"

그래서 말하였다.

"오! 그대는 누구인가?"

〈 The Crow Tries to Befriend the Rat 〉
1520년~1539년 / 인도 람푸르 라자 도서관 소장

'가볍게내려앉는놈'이 말했다.

"나는 '가볍게내려앉는놈'이라 이름하는 까마귀일세."

그 말을 듣고 황금생쥐는 굴 안쪽에서 굴의 입구까지 와 있는 까마귀를 보고 말하였다.

"어서 썩 꺼지시오!"

'가볍게내려앉는놈'이 말했다.

"나는 너 때문에 '화려한목'이 구출되는 것을 가까이서 보았는데, 그래서 나도 너와 더불어 우정을 맺고 싶다. 그러면 언젠가 나 또한 그런 재난이 발생했을 때 그대가 곁에 있기에 나도 자유롭게 될 수 있을 것이니, 그대는 귀찮더라도 내게 친구로서 우정을 맺는 호의를 베풀어 줄 수 없겠느냐?"

황금생쥐는 웃으며 말하였다.

"너와 나의 우정이란 게 뭐냐?"

2.008 무엇이 불가능하다 한다면 그것은 결코 불가능한 것이며,
무엇이 가능하다 한다면 그것은 정말 가능한 것이다.
물 위로는 수레가 지나가지 못하며,
땅에선 배가 다닐 수 없듯이.

2.009 이 세상에서 어떠한 것이 어떤 것으로 적용된다면
현명한 이는 바로 그것을 적용시켜야 한다.
나는 그대의 먹거리요 그대는 나를 먹거리로 즐기는 자인데
어떻게 우정이 성립될 수 있겠는가?

'가볍게내려앉는놈'이 말했다.

2.010 그대는 비록 내가 잡아먹더라도 충분한 먹거리는 되지 못한다.
마치 위험에서 벗어난 '화려한목'처럼
오히려 당신이 살 때 나도 살 수 있을 것이다.

"그리고 참으로 내가 이렇게 애걸하고 있는데 그대가 매몰차게
무시한다는 것은 적절치 않다."

2.011 훌륭한 새들은 한 번 약속을 맺으면 무한한 신뢰를 드러낸다.
뛰어난 성품으로 인해 맺어진 그대와 '화려한목'의 경우처럼.

2.012 훌륭한 이의 경우 격노하더라도 생각은 흔들리지 않는다.
한 섶의 불길로 바닷물을 데우기엔 어림도 없는 것처럼.

2.013 덕목은 언급되지 않더라도 저절로 명성으로 발전된다.
쟈스민은 가려져 있다 하더라도 향기가 뿜어져 나오듯이.

그것을 듣고 황금생쥐가 말했다.
"친구여! 너는 성정이 변덕스럽구나."
그리고 말했다.

2.014 변덕스러운 이는 자신을 위해서도 아무것도 하지 못할 것인데
어떻게 다른 이들을 위해 어떤 무엇을 할 수 있겠는가?
변덕스러운 이는 의심의 여지없이
모든 일을 망치기만 할 뿐이다.

"그러니 이 난공불락難攻不落의 요새에서 썩 꺼져라!"
그는 말했다.
"친구여! 변덕스럽다느니 그렇지 않다느니, 그런 험악한 말이 무슨 소용인가? 그저 이것은 그대의 굉장한 덕목에 이끌린 내가 반드시 너와 친구가 되리라 마음먹은 것일 뿐이다."
황금생쥐가 말했다.
"오! 적敵인 너와 더불어 어떻게 우정을 영위할 수 있겠는가? 그래서 이런 말이 있다."

훌륭하게 맺어진 동맹이라 하더라도
적과 더불어 동맹을 맺어서는 안 된다.
물은 비록 잘 데워졌다 하더라도 오직 불을 끄게 할 뿐이듯.

'가볍게내려앉는놈'이 말했다.

"오! 너는 나를 예전에 본 경험조차 없을 터인데 무엇 때문에 그렇게 적대시하며, 어찌 그리 온당치 못하게 말하는가?"

그러자 황금생쥐는 박장대소하며 말했다.

"친구여! 이 세상에는 두 가지 적대감이 모든 서적에 보이는데, 자연적 적대감과 인위적인 적대감이다. 너와 나는 자연적인 적대감을 지닌 상대이다."

'가볍게내려앉는놈'이 말했다.

"오! 종류가 둘이라는 그 적대감이란 게 무엇인지 들어보자! 그것을 말해보라!"

황금생쥐가 말했다.

"이유가 있어서 형성되는 것이 인위적인 것이니, 그것은 그 장점으로 얻는 이득이 미세하기 때문에 금세 사라지고 만다. 그러나 그 반면에 선천적인 것은 어떻게든 사라지지 않는다. 그리고 그 선천적인 적대감은 두 부류를 형성하는데, 일방적인 적대감과 상호적인 적대감이다."

'가볍게내려앉는놈'이 말했다.

"무엇이 그 둘의 차이점인가?"

황금생쥐가 말했다.

"서로가 살기 위해 죽여야 하고 패한 자는 상대방에게 먹히는 것은 서로를 해치기 때문에 사자와 코끼리의 경우가 그렇듯이 그것은 상호적인 적대감이다. 다른 것은 원래부터 상대를 일방적으로 죽여서 잡아먹는 경우인데, 그 상대는 다른 쪽을 해롭게 하거나 죽이거나 잡아먹지 않는다. 말과 버팔로의 경우나 고양이와 생쥐의 경우나 뱀과 몽구스의 경우가 그렇듯이, 그것은 이유도 없는 일방적인 적대감이다. 버팔로의 경우에 말이, 또는 몽구스의 경우에 뱀이, 또는 고양이의 경우에 생쥐가 무엇을 해롭게 할 수 있겠는가? 아무튼 너와 나의 우정이 불가능한 적절한 이유를 말하는 것이 또한 무슨 소용이 있겠는가? 그래서 또한 이런 말이 있다.

2.016 ‘이 자는 친구다’ 라는 것이
나쁜 자의 면전에서 무슨 희망이겠는가?
‘나는 그를 위해 엄청난 일을 해냈어!’ 라는 말은
아무 쓸모가 없다.
‘이 자는 친척이야!’ 라는 것 또한 진부한 소리일 뿐이다.
세상은 비록 조그만 정도라도 모두 재물에 얽매여 있을 뿐이다.

게다가.”

2.017 귀애貴愛를 받았거나 많은 호의를 입었거나
환대를 받았거나 재난으로부터 보호를 받았더라도
나쁜 의도를 지닌 사람은 그 의도 때문에
결코 신뢰를 일으키진 않는다.

가슴에 깃들어 있는 한 마리 구렁이처럼.

2.018   그 누구라도 그리고 비록 엄청난 재물을 써서라도
적敵이나 열정이 식은 아내에게 신뢰를 주는 이,
그의 인생은 그렇게 끝이 나고 만다.

2.019   그 누구라도 한 차례 망가진 동맹을 거듭 맺고자 열망하는 이,
그는 결국엔 죽음을 맞게 되리라.
임신을 갈망하는 암노새가 그렇듯이.

2.020   '나의 경우에 잘못이 없다' 라는 말은
믿음의 이유가 되지 못한다.
성품이 고결한 사람들에 대해서도
사악한 사람들로부터의 위험이 늘 존재하기 때문에.

'가볍게내려앉는놈'이 말했다.
"네가 말한 것은 모두 잘 들었다. 그럼에도 나는 모든 정성으로
너와의 우정을 만들어 갈 것이며, 그리고 그것은 가능하리라 믿
고 있다. 참으로 그처럼,

2.021   모든 쇠붙이의 경우 녹아드는 성질 때문에,
들짐승과 날짐승의 경우 자연적인 징후 때문에,
어리석은 이들의 경우 두려움이나 욕망 때문에,
고결한 이들의 경우 통찰력 때문에 '결합'이 이뤄진다.

그리고 무엇이?

2.022 사악한 사람은 흙잔처럼 쉽게 부서지며, 그리고 뭉치기도 어렵다. 그러나 훌륭한 사람은 금잔처럼 단단하며, 그리고 잘 뭉쳐진다.

그렇게 훌륭한 덕목을 지닌 그대가 아니라면 그 누가 나의 친구가 될 수 있겠는가? 그런 당신과 우정을 맺고자 하는 내가 어찌 적절치 못하다 할 수 있는가? 그대와 친구가 되지 못한다면 설령 먹거리를 끊어서라도 이 육신을 그대 문 앞에 죽어 가도록 내버려 둘 것이다."

그것을 듣고 황금생쥐는 말했다.

"말을 들어 보니 그대를 믿을 수 있을 것 같다. 그러니 그대가 원하는 대로 바람이 이뤄질 것이다. 아무튼, 지금까진 내가 그대의 속내를 떠보기 위해 그렇게 말한 것일 뿐이다. 그래야 나중에 설령 그대가 나를 해코지하려고 하더라도 나를 그저 어리숙한 놈으로 여기지 않고 똑똑하고 재치 있는 자로 여길 테니 그렇게 한 것이다. 이제 그대의 생각을 내가 잘 알았으니 내가 그쪽으로 나가겠다."

그렇게 말한 황금생쥐는 토굴을 빠져나오기 시작했다. 그런데 살짝 절반만 나왔다가 다시 바로 걸음을 멈추었다. 그러자 '가볍게 내려앉는놈'이 말했다.

"친구여! 아직도 나에 대해 무슨 못 믿을 구석이 있어서 굴에서 나오지 않는 겐가?"

황금생쥐가 말했다.

"해야 할 말이 있다. 이 세상을 살아가는 사람은 마음과 물질로 이루어져 있다. 마음과 물질은 서로 상반된 것인데, 어떤 일에 마음을 쏟는다는 것은 언제나 더 나은 결과를 갖겠지만 물질은 아니다. 누가 잡아먹기 위해 메추라기들에게 아주 많은 깨를 주었다면 그것은 은혜를 베풀기 위해서겠는가? 아니면 뿌리째 파멸시키기 위해서겠는가?

2.023 은혜는 우정의 상징이 아니며
해코지는 적敵의 징후가 아니다.
몹쓸 마음인가? 아니면 몹쓸 마음이 아닌가?
바로 여기에 그 요인要因이 있다.

이미 나는 너를 이해한 까닭에 너 때문에 두려워하는 것은 아니다. 그러나 너와 가까운 다른 어떤 친구 때문에 너만 믿고 있는 내가 파멸될 수도 있기 때문이다."
그래서 '가볍게내려앉는놈'이 말했다.

2.024 덕망 높은 친구를 파멸시킴으로써 또 다른 친구를 갖는다?
쌀더미에 섞여 있는 기장 같은 것은 내버려야 마땅하다.

그러자 그 말을 듣고 황금생쥐는 잽싸게 토굴에서 나와서 공손하게 인사하였다.

2.025 손톱과 살점처럼 굳건한 친분을 긴밀하게 이루고

생쥐와 까마귀는 바로 하나의 '적과의 우정'으로 나아갔다.

그리고 제법 한참을 머무르며 황금생쥐는 '가볍게내려앉는놈'에게 맛난 먹거리를 즐기게 한 뒤에 헤어져 토굴로 들어갔으며, '가볍게내려앉는놈'도 자신이 머물던 곳으로 갔다.

다음 날 '가볍게내려앉는놈'은 어떤 깊은 숲속으로 들어가 호랑이에게 죽임을 당한 들소를 발견하고 그것에서 만족스럽게 배를 채우고는 일부 살점을 떼어 가지고 황금생쥐에게 돌아와서 그를 불렀다.

"친구, 황금생쥐! 이리 와 보라! 내가 가져온 이 고기 좀 먹어 보라!"

그렇게 대접을 받은 황금생쥐는 그의 수고에 보답코자 말끔하게 도정된 기장의 알곡들을 제법 한 무더기 마련해 놓고 말하였다.

"친구여! 내가 힘들여 준비한 이 알곡들을 좀 드시게!"

그래서 그 둘은 서로 매우 만족하며 우정을 북돋우듯 준비된 알곡들을 모두 먹었다. 그리고 그들은 날마다 덕담과 화기애애한 대화로 세상의 통념을 뛰어넘어 우정의 시간을 엮어 갔다.

그러다 언젠가 '가볍게내려앉는놈'이 황금생쥐에게 와서 말했다.

"친구여! 나는 여기에서 다른 곳으로 옮겨간다네."

"친구여! 무슨 이유라도 있는가?"

'가볍게내려앉는놈'이 이야기하였다.

"이젠 싫증이 났네."

황금생쥐가 말했다.

"그 싫증이란 게 무엇을 말하는가?"

'가볍게내려앉는놈'이 말했다.

"나의 경우엔 날이면 날마다 먹거리를 구하러 다녀야 하는데, 나 같은 새들은 먹거리를 구하다 그물에 낚일 위험에 항상 처해 있기에 늘 그것을 두려워하고 있다네. 그래서 그런 생활은 이제 그만두려는 것일세."

황금생쥐가 말했다.

"그렇다면 어디로 가려고 그러는가?"

'가볍게내려앉는놈'이 말했다.

"여기에서 멀지 않은 깊은 숲속에 커다란 호수가 있는데, 그곳에는 오래전에 사귀어 놓은 아주 가까운 친구인 '느즉뱅이'라는 거북이 살고 있다네. 그는 물고기를 비롯하여 호수의 풍부한 먹거리로 나를 보살펴 줄 걸세. 그와 함께라면 세월에 싫증을 내지 않고 행복하게 지낼 수 있을 게야."

그것을 듣고 황금생쥐가 말했다.

"나도 그대와 함께 가야겠다. 내게도 이곳이 권태롭긴 마찬가지야."

'가볍게 내려앉는 놈'이 말했다.

"그대는 또 뭐가 권태로운가?"

황금생쥐가 말했다.

"아! 이야기하자면 길다네. 그곳에 가서 그대에게 이야기해 주겠네."

말이 끝나자마자 '가볍게내려앉는놈'은 부리로 황금생쥐를 물고 앞서 말한 그 커다란 호수에 도달하였다. 그러자 생쥐를 문 까마귀가 멀리서부터 날아오는 모습을 본 느즉뱅이는 잔뜩 긴장하여 "저게 뭐지?"라고 생각하며 제풀에 놀라 모래둔덕에 있다가 재빨리 물속으로 뛰어들었다. '가볍게내려앉는놈' 또한 첨벙이는 물소리에 놀란 마음에 '이게 뭔가?' 하며 내려앉아 황금생쥐를 모래둔덕에 내려 주고 커다란 나무로 올라가 사정을 알아보았다. 그러고는 그곳에 올라선 채 말하였다.

"어이, 느즈뱅이야! 이리 나와 봐라! 나는 네 친구인 까마귀 '가볍게내려앉는놈'이다. 오래전부터 간절히 만나기 바라던 내가 다시 돌아왔다. 그러니 어서 나와서 나를 반기려무나!"

그 말을 듣자마자 목소리를 이내 알아차리고 반가움에 모골이 송연해진 듯 기쁨의 눈물이 넘쳐흐르는 눈으로 느즈뱅이는 곧장 뭍으로 나와서 '내가 알아보지 못했다. 나의 실수를 용서하게!'라고 말하며 나무에서 내려온 '가볍게내려앉는놈'을 얼싸안았다. 그리고 그는 그 둘을 흔쾌히 초대하여 대접한 뒤 '가볍게내려앉는놈'에게 물어보았다.

"친구야! 어디에서 어떻게 지내다, 그대가 생쥐까지 데리고 이 외로운 숲으로 오게 되었는가? 그리고 이 생쥐는 대체 누구인가?"

'가볍게내려앉는놈'이 말했다.

"친구야! 그는 '황금생쥐'라 불리는 새앙쥐이다. 그의 놀라운 말솜씨는 아마도 오랜 삶을 경험한 자신의 굉장한 이야기들을 있는 그대로 다 표현할 수 있을 정도일 게야. 그래서 이런 좋은 말이 있는 것일 게지."

2.026 평생 동안 끝이 없는 애정들,
일시적인 노여움들, 집착하지 않는 희생들.
고귀한 이들의 경우 가능하지 않겠는가?

그렇게 말하고는 느즈뱅이를 위해 그가 '화려한목'을 구출한 이야

기, 그리고 자신의 경우 그와 더불어 친구를 맺었던 일을 있는 그
대로 이야기해주었다. 황금생쥐의 덕스러운 명성에 놀란 '느즉뱅
이'가 황금생쥐에게 물었다.

"그렇다면 무엇이 싫증나서, 아니면 어떤 불편한 이유가 있어서
자신이 살던 땅과 친구와 친척마저 모두 버려두고 떠나올 결심을
하게 되었는가?"

'가볍게내려앉는놈'도 말했다.

"나도 애초에 그렇게 그에게 물어보았는데, 그는 '이야기하자면
길다네. 그곳에 가서 그대에게 이야기해 주겠네'라고 말하더군.
내게도 아직 사정을 말하지 않았으니, 친구 황금생쥐야! 이제 우
리에게 그 권태롭다는 불만의 이유가 뭔지 들려 주시게나!"

그러자 황금생쥐가 이야기하였다.

2-1 생쥐와 탁발승

옛날 옛적, 먼 남쪽 나라에 '마힐라로빠'라는 도시가 있었다. 그
도시에서 멀지 않은 곳에 탁발승들의 도량이 있었으며, 그곳에는
'쭈다까르나'[70]라 이름하는 탁발승이 살고 있었다. 그는 걸식할 때
면 그 도시로 나가서 돌설탕과 당밀과 석류 등 기름진 먹거리가
곁들여진 맛있고 특별난 음식들로 발우를 가득 채웠다. 그러고는
처소로 돌아와 여법하게 식사하여 기운을 차렸고, 그렇게 걸식
하여 먹고 남은 음식은 또 다시 아침공양을 위해 발우에 잘 간수

---

70 쭈다까르나(cūḍākarṇa) : cūḍā(머리카락) + karṇa(귀) - 늘어진 머리카락처럼 생긴 큰 귀

하여 그 발우를 선반에 걸어 두고 저녁에 잠자리에 들곤 하였다. 그러면 나는 나를 따르는 무리들과 함께 그 선반에 뛰어올라 매일 그 음식을 먹으며 그것으로 살아갔다. 그렇게 그것을 잘 간수해 놓아두었음에도 내가 자꾸 먹어 치우자 크게 낙담한 탁발승은 내게 두려운 마음을 가지고 발우를 놓아두었던 위치를 자꾸만 더 높은 곳으로 옮기곤 했었다. 아무리 그래도 나는 그곳으로 손쉽게 뛰어 올라가서 그 음식을 내려 먹곤 하였다.

그리고 그렇게 세월이 흘러가고 있을 때, 언젠가 그 탁발승의 친한 친구로 '브리핫스픽'[71]이라 불리는 떠돌이 탁발승이 도량으로 돌아왔었다. 쭈다까르나는 오랜만에 맞은 친구를 위해 환영의 예를 치른 것은 물론 평소처럼 같이 예식을 모셨으며, 그런 뒤 저녁이 되자 침대에 앉았다가 잠을 자러 들어온 브리핫스픽에게 물었다.

"그대와 내가 그렇게 헤어진 후 어떤 지역과 고행의 숲을 돌며 만행萬行하였는가?"

그가 말하였다.

"그러니까 언제인가… 내가 그 '까르띠까' 달[72] 보름날에 가장 위대한 성지인 '뿌식까라'에서 목욕[73]을 하고는 사람들이 엄청나게 떼를 지어 다녀 혼잡했던 까닭에 그대와 헤어지게 되었지. 그 후 나는 강가(Gaṅga) 유역과 쁘라야가 및 바라나시 등지에서 물길을

---

71 브리핫스픽(bṛhatsphig) : bṛhat(커다란) + sphic(엉덩이)
72 '까르띠까' 달은 가을에 해당하는 달로서 양력의 10월 보름∼11월 보름이다. ☞ 㕵 '인도달력'
73 인도에서 목욕은 단순한 정화淨化의식을 넘어 중요한 종교관습의 하나로 여긴다. ☞ 㕵 '목욕'

따라 내려가거나 혹은 거슬러 올라가며 강가 강의 일대를 만행하였는데… 길게 말해 무슨 소용이 있겠는가? 그저 바다로 둘러싸인 이 둥근 땅덩어리를 모두 두루 살펴보았다네."

그가 그렇게 이야기하는 중간 중간 쭈다까르나는 나에게 겁을 주기 위해 자꾸만 갈라진 죽비竹扉로 발우를 두들겨서 소리가 울리게 하였다. 그러자 이야기를 하던 중 그의 행동으로 방해가 되자 성이 난 브릭핫스픽이 말했다.

"나는 이렇게 공손히 그대에게 이야기하는데 그대는 왜 그리 불손하고 거만한 것처럼 나의 이야기에 흥미를 잃고 다른 것에만 신경을 쓰는가?"

쭈다까르나가 미안한 듯 말하였다.

"친구여! 화를 내지 말게! 내가 자네 이야기에 흥미를 잃은 것이 아니네. 보게! 커다란 골칫거리 저 생쥐를! 저리 높은 곳에 놓아둔 발우에까지 항상 껑충 뛰어올라 가며, 그리고 그곳에 남겨 둔 탁발 음식을 모조리 먹어 치운다네. 나로선 도저히 저놈을 어찌할 수가 없어. 그래서 궁여지책으로 저 생쥐에게 겁을 주기 위해 이렇게 갈라진 죽비로 발우를 자꾸 두드린 것이라네. 다른 이유가 있어서가 아닐세."

그가 말했다.

"여기엔 이 생쥐 한 마리뿐인가? 아니면 또 다른 생쥐들이 있는가?"

그가 말했다.

"다른 생쥐들은 상관없다네. 이 한 놈이 나를 괴롭히며 계속 마법사처럼 군다네."

그 말을 듣고 그가 말했다.

"일개 생쥐 정도에게 그런 힘은 존재하지 않을 걸세. 이 경우엔 여기에 어떤 이유가 있어서 이 일이 일어났을 게야. 그래서 이런 말이 있다네."

2.027 샨딜리의 에미가 아무런 이유 없이
까불린 참깨로 까불린 검은깨를 맞바꾸진 않으리니,
거기에는 어떤 이유가 있을 것이다.

쭈다까르나가 말했다.
"그게 무슨 소리인가?"
그가 말했다.

2–1.1 까불린 깨

내가 한때 장마가 막 시작할 무렵 어떤 도시에서 안거安居[74]를 해야 하겠기에 어떤 브라만에게 머물고자 요청하여 그의 집에서 지내게 되었다. 그러다 한날 새벽에 잠을 깬 나는 가리개로 분리되어 있던 곳에서 브라만과 그의 아내의 조심스런 대화를 우연히 듣게 되었는데, 그때 브라만이 말했다.

"여보! 내일은 새로운 달이 시작되는 날[75]이니 당신은 최선을 다

---

74 수행자가 우기에 일어나는 불편을 해소하고 미물들의 살생을 방지하기 위해 한 곳에 머무는 것.

75 월초月初가 아닌, 힌두전통에서 경사스럽게 여기는 특정한 날인 '쌍끄란띠(saṁkrānti)'를 가리킨다. 이 날은 태양이 토성의 집인 염소자리에 들어가므로 태양신에게 제사를 올리고 이웃들

해 브라만들에게 공양을 올리도록 해야 하네."

매우 거친 말투의 목소리로 그녀가 대답했다.

"찢어지게 가난한 당신이 어디에 브라만들을 위해 공양할 능력이나 있겠소?"

그 말을 듣고 그는 우물에라도 빠진 양 아무 말도 하지 못했다. 그러다 한참 후에 말했다.

"여보! 말을 그렇게 하진 말게. 가난한 사람들도 적거나 많거나 상관없이 때가 되면 그럴 만한 사람에게 공양은 이뤄져야 하오. 그래서 이런 말이 있지 않은가.

2.028 검소함은 항상 지켜져야 하지만
지나친 검소함은 되지 말아야 할지니,
지나치게 검소한 성격인 여우는 활에 맞아 죽었다네.

그녀가 말했다.
"그게 무슨 말씀이세요?"
그가 말했다.

2-1.1.1 지나치게 탐욕스런 여우

옛날 옛적, 어떤 도시에 짐승을 잡아 살아가는 사냥꾼이 있었다. 그가 한번은 새벽에 일어나 화살을 챙겨 숲으로 가서 사냥을 하

간에 서로 참깨를 나눠 먹으며 행운을 기원하는 풍습이 있다. ☞ 📖 '인도의 종교 축제'

⟨ The Greedy Wolf ⟩
1375년~1385년 / 이스탄불 토프카 피궁 박물관 소장

빤짜딴뜨라

기 시작하였다. 참으로 잽싸게 사슴을 한 마리 잡은 사냥꾼은 그 고기를 가지고 돌아오다 커다란 강둑의 경사면을 내려오고 있었는데, 그곳에서 치솟은 어금니를 한 채 진흙투성이 몸을 하고 있는 어린 들소만한 멧돼지를 보았다. 그것을 보자마자 불길한 징조에 두려움을 느낀 사냥꾼은 곧장 되돌아섰지만 이내 멧돼지가 길을 가로막아서기에 하는 수 없이 들고 있던 사슴고기를 땅에 내동댕이치고 활을 꺼내 멧돼지를 향해 독화살을 쏘아 쇄골에 명중시켜 늑골까지 꿰뚫어 버렸다. 그런데 그의 일격에 기절했던 멧돼지가 다시 재빠르게 일어나 사냥꾼의 복부를 들이받았고, 그 길로 세 갈래가 되어 버린 사냥꾼은 죽어서 땅에 떨어지고 말았다. 그렇게 사냥꾼을 죽인 멧돼지도 독화살의 기운에 이내 다섯 원소로 분해되어 죽어 버렸다.

그리고 얼마지 않아 '긴울부짖음'이라 이름하는 한 굶주린 여우는 먹이를 찾으러 서성이다 그곳까지 왔다가 죽어 있는 사슴과 사냥꾼 및 멧돼지를 보고는 기쁜 나머지 이렇게 생각했다.

"오! 나의 운명은 친절도 하지. 생각지도 않은 먹거리들이 이렇게 내 수중에 들어왔네. 여기 있는 이것들이면 내가 이것들을 먹고 지낼 만큼이 되니 이제 굶지 않아도 되겠구나.

2.029 살아가는 이들의 경우 음식들은
참으로 항상 생기는 것은 아니다.
그러니 많은 음식을 가졌더라도 적절하게 사용해야 한다.

그러니 우선 사슴과 멧돼지와 사냥꾼은 이렇게 쌓아 놓고, 이 활

끝에 걸쳐 있는 근육줄기부터 먹어야겠다."

그렇게 말하고 활에 걸려 있는 근육을 입으로 씹으며 먹기 시작하였다. 그런데 활에 묶였던 그것이 끊어졌을 때 튀어 오른 활에 의해 입천장이 온통 찢어져 결국 그 여우도 다섯 원소로 분해되어 죽고 말았다.

…첫 번째의 첫째 속의 첫 이야기가 끝났다.

"그래서 내가 '항상 검소는 지켜져야 하지만…'이라고 말한 것일세."

그러자 그것을 듣고 있던 브라만의 아내가 말했다.

"그렇다면… 우리도 여기에 약간의 깨와 알곡들이 있으니, 당신은 새벽 일찍 일어나 제화祭火로 쓸 장작[76]과 꾸샤풀[77]이나 숲에서 가져오시오. 나도 당신 학생인 까만다끼[78]와 함께 세 분의 브라만에게 드릴 참깨우유죽을 준비하겠소."

다음날 새벽에 그녀는 참깨를 까불린 뒤 까만다끼에게 잘 지켜보라고 말한 뒤 햇볕에 늘어놓았다. 그런데 그녀가 집안일로 경황이 없던 틈에 까만다끼 또한 신경을 쓰지 못하고 있을 때 그 참깨

---

76   제화祭火의식에 사용되는 한 뼘 크기의 장작인 '싸미드(samidh)'를 말한다. 스승에게 배움을 청하러 갈 때도 싸미드의 묶음을 가져가 두 손으로 공손히 스승께 바치며 가르침을 청한다.

77   학명이 'Eragrostis cynosuroides'인 꾸샤풀은 습한 논의 둔덕에 자생하는데 힌두교의 의례에서 신성시되어 사용되는 자연초이다. 경작은 불가능한 것으로 알려진 이 풀은 잎의 양날 부분이 매우 날카로워 쉽사리 손을 베이며, 얼기설긴 뿌리는 토양을 잡아주어 유실을 방지하기도 한다. 새끼로 꼰 고리모양[Pavither]이나 단순한 작은 묶음[Upyam] 등의 형태로 제례에 사용된다.

78   까만다끼(kāmandaki) : kāmanda(열정에 눈먼) + ki(~者) – 어떤 일에 쉽사리 빠지는 성격인.

를 개가 와서 먹고는 더럽혀 놓고 말았다. 그것을 보고 그녀가 말했다.

"까만다끼야! 이런~, 일이 벌어졌구나. 브라만들께 공양드릴 일이 난감해졌네. 아무튼 네가 어디 가서 이 까불린 참깨들을 다른 검은깨로 바꾸어 오도록 해라! 검은깨우유죽이라도 만들어야겠다."

그리고 그렇게 일이 되어 가고 있을 때 내가 어떤 집에 걸식을 갔었는데, 바로 그 집에 까만다끼도 참깨를 바꾸기 위해 들어와 있었다.

"그럼, 이 참깨들을 가지세요!"

거래가 한창 무르익고 있을 때 그 집의 주인이 돌아왔으며, 그가 물었다.

"참깨 거래를 어떻게 한다는 거야?"

집주인의 아내는 그에게 말했다.

"우리 집의 검은 깨와 저 깨를 그저 맞바꾸기로 했어요."

그러자 그는 조소하며 말했다.

"여기엔 분명 어떤 동기가 있어서 일이 이렇게 되었을 게야."

…첫 번째의 첫째 이야기가 끝났다.

"그래서 내가 '아무런 이유 없이 샨딜리의 에미가…'라고 말한 것이다."

브리핫스픽은 이렇게 이야기한 뒤 다시 말했다.

"쭈다까르나여! 이 경우도 통제할 수 없을 정도의 힘을 지닌 생쥐가 탁발 음식을 계속 먹는 데는 어떤 동기가 있어서 일어난 일일 것이다. 혹시 부삽이 있는가?"

그는 말했다.

"물론 있지! 참한 손잡이가 달린 쇠로 된 것이 있다네."

그리고 그것을 건네 주자 허리춤을 묶고 굳게 입술을 깨문 채 다시 물었다.

"어느 것이 그 놈이 드나드는 구멍인가?"

그리고 그것을 말해주자 그 부삽으로 나의 굴을 파기 시작하였다. 나는 애초에 두 사람의 은밀한 대화를 엿듣고 음식을 포기한 채 흥미진진한 마음에 멀찌감치 물러나 있었는데, 그가 그렇게 내 굴을 파헤치기 시작하자 바로 나는 '저 나쁜 놈에게 내 토굴이 들키게 생겼네!'라고 이미 알아차리게 되었다. 사실 내겐 어떤 상인이 예전에 숨겨 뒀던 황금 덩어리가 있었는데, 그 탁월한 기운 때문에 내가 힘이 세어진 것이라고 생각하고 있었다. 그런데 그 나쁜 놈이 토굴을 파헤쳐 찾아 들어와 날름 그것을 찾아가 버렸다. 그리고 그 황금을 가지고 처소로 돌아가서 쭈다까르나에게 말했다.

"브라만이여! 이것이 그놈의 황금이다. 그놈의 심장은 이것에 영향을 받은 까닭에 그 효력으로 불가능한 장소까지 뛰어오를 수 있었던 것이다."

그리고 그 둘은 황금을 절반씩 나누어 편안히 앉아서 먹고 지낼 수 있게 되었다. 나는 그 처절한 몰락을 겪고는 생각하였다.

"아마도 여기에서 내가 계속 지낸다면 다음번엔 기어코 나를 찾아내 죽일 것이다."

그렇게 생각하고 그곳에서 나와 다른 곳에 찾아내기 힘든 토굴을 다시 만들었다. 내겐 여러 친구들이 있었는데 그들이 와서 내게 말했다.

"친구, 황금생쥐야! 이제 너와 가까이 지내다 보니 우린 엄청 굶주림에 떨 뿐, 음식이라곤 한 줌도 남아 있지 않다. 벌써 하루해가 저물었는데도 조그만 먹거리도 찾지 못하고 있으니 네가 우리들을 우선 구제토록 해야겠다."

그렇게 하자고 말하고는 나는 그 탁발승의 처소로 그들과 함께 다시 갔다. 그런데 우리 무리의 소리를 듣고 쭈다까르나가 또 다시 발우를 갈라진 죽비로 두드리기 시작하자 브릭핫스픽이 말했다.

"이제 끝났는데 왜 또 자꾸 죽비를 두드리는가? 그만하게! 되었네."

그러자 그가 말했다.

"친구여! 골칫거리 저 생쥐가 다시 돌아왔다. 그래서 꺼림칙한 마음에 이렇게 두드리는 것이다."

그러자 브릭핫스픽은 웃으며 일러 주었다.

"친구여! 두려워 마라! 그놈의 뛰어오르는 능력은 황금과 더불어 사라져 버렸다. 왜냐하면, 모든 살아있는 것들의 경우 그렇게 된다는 것은 참으로 변함없는 사실이기 때문이다."

그래서 나는 그 말을 듣고 격분하여 발우를 향해 힘껏 뛰어올랐으나 닿지 못하고 바로 땅에 곤두박질쳤다. 그런 나를 보고 그 원수는 비웃으며 쭈다까르나에게 말하였다.

"친구여! 보게! 보게! 이 재미있는 것을. 그러기에 이런 말이 있지 않은가.

2.030 누구나 재물이 있으면 힘 있는 사람이,

그리고 그 재물 때문에 똑똑한 사람이 되는 것이니.

보라! 이제 자신의 본성으로 돌아간 저 사악한 생쥐를.

그러니 그대는 걱정 말고 잠자리에 들게! 저놈이 뛰어오르는 그 힘의 원천은 바로 우리 둘의 손아귀로 옮겨왔네."

그 말을 듣고 나는 속으로 생각하였다.

"저 말은 사실이다. 이제 나는 본래의 힘만 남고 용기와 의욕이 사라져 음식을 가져오려고 손가락만큼만 도약하려 해도 그 정도 힘마저 남아 있지 않지 않은가."

그러다 나는 나를 따르던 자들이 서로 쑥덕거리는 것을 들었다.

"너희들 이리 와 봐라! 우리는 이제 그를 떠나야겠다. 저놈은 조그만 자기 몸뚱어리도 유지할 능력이 없는데 게다가 우릴 위해 무엇을 할 수 있겠는가? 그러니 이제 비위를 맞춘들 무슨 소용이 있겠는가?"

그래서 나는 '세상이란 그렇구나!'라고 생각하며 자단나무숲으로 돌아갔다. 새벽녘에 그들 모두 그렇게 내 경쟁자의 곁으로 가며 '저놈은 불쌍하다'라고 이야기하였다. 나를 따르던 놈들 가운데 그렇게 경쟁자에게 가 버린 그 어느 한 놈도 다시 내 곁으로 돌아오지 않았다. 그리고 나는 보았다. 나의 추종자였던 그놈들은 나를 보고 나의 면전에서 내 경쟁자와 더불어 서로 낄낄거리고 손뼉을 치며 놀던 것을. 나는 이런 생각이 들었다.

"세상의 이치란 이런 법이구나.

2.031　누구라도 재물이 그의 친구이며,
　　　　누구라도 재물이 그의 친척이다.
　　　　어떤 이의 경우라도 이 세상에선 '재물',
　　　　그것이 바로 그 인간이요,
　　　　그리고 어떤 이의 경우라도 '재물',
　　　　그것이 바로 현명함이다.

　　　　그리고 또,

2.032　조그만 지혜밖에 지니지 못한 채 재물이 전혀 없는 사람의 경우
　　　　그의 모든 행위들은 좌절되기 마련이다.
　　　　여름날 뙤약볕 아래 실개천이 그렇듯이.

2.033　친구들은 재산에 의해 버림을 받은 자를 버리고 만다.
　　　　자식들도, 아내도, 형제들까지도.
　　　　그러다 부자가 된 그에게 다시 다가온다.
　　　　참으로 이 세상에선 재물이 인간의 친척이다.

2.034　아들이 없는 자의 집은 텅 비어 있으며,
　　　　우정이 존재하지 않는 자의 마음은 텅 비어 있으며,
　　　　어리석은 자의 사방은 텅 비어 있다.
　　　　그리고 가난한 자의 경우 모든 것이 텅 비어 있다.

2.035　손상되지 않은 그 재능에 동일한 이름이요

훼손되지 않은 그 마음에 동일한 목소리건만
바로 그 사람이 재물의 온기로부터 버림받으면
순식간에 전혀 다른 사람이 된다는 것은 매우 놀라운 일이다.

그러므로 나와 같은 경우엔 실로 어떤 것이 더 나은 것이겠는가?
그 일은 결국 그렇게 흘러갔다. 아무튼, 재물이 전혀 없는 나에겐
이젠 여기서 더 나아질 것이 없다. 그래서 이런 말이 있다."

2.036 보다 존경받는 곳에서 지내야 하며,
명예스럽지 못한 곳에 의지해선 안 된다.
존경이 결여된 곳은 피해야 되나니,
신들과 더불어 함께하는 하늘궁전일지라도.

그렇게 독백하고 나는 또한 이렇게 생각했다.
"누구처럼 그런 구걸을 내가 해야 하는가? 그렇게 되면 그렇게
구걸하여 사는 삶은 더욱 고통스러울 것이다. 그러기에,

2.037 비록 굽어지고 벌레에 파먹히고 산불로 껍질이 벗겨지고
소금기 불모지에 자리하고 있는 나무의 삶이라도
구걸하는 삶보다는 오히려 낫다.

2.038 목소리는 떨리고 얼굴엔 식은땀이,
창백한 몸에 언뜻언뜻 흐르는 전율.
이러한 표정들은 죽어 가는 이의 바로 그것이다.

그리고 비렁뱅이의.

2.039 불행의 저장고, 지성의 탈취자, 쓸데없는 의심의 산실,
죽음의 동의어, 비참함의 거주지, 두려움의 거대한 체류지,
구현具顯된 하찮음, 그리고 비운들의 자리,
자존심을 지닌 사람들의 경우엔 명예를 앗아감.
현명한 사람들에게 있어서 비렁뱅이의 상태는 바로 그런 것이다.
지옥과 견주어 그것이 별다른 존재임을 나는 알지 못한다.

2.040 재물이 없으면 머뭇거리게 되고,
머뭇거림에 파묻히면 활력을 잃어버리게 된다.
활력을 잃어버리면 좌절하기 마련이며,
좌절 때문에 절망으로 다가선다.
절망에 빠지면 비탄으로 나아가고,
비탄에 빠진 마음의 경우 지혜는 사라지게 되며,
지혜가 사라지면 종말로 나아가게 된다.
오! 빈곤은 모든 불행의 산실이다.

그리고 또,

2.041 독이 올라 있는 뱀의 입에 두 손을 집어넣는 것이 오히려 낫지,
독이라도 마시고 죽음의 집에서 잠드는 것이 오히려 낫지,
험준한 산비탈에 떨어져 산산조각이 나서 죽는 것이 오히려 낫지,
비천한 사람에게 받은 돈으로 꾸려 가는

자신의 삶을 즐긴다는 것은 아무래도 아니다.

2.042 재물이 없으면 목숨을 던져 활활 타오르는 불길이 오히려 낫지,
정중함을 잃어버리고 천박하게 구걸하는 사람은
아무래도 아니다.

그러면 이제 이렇게 상황이 전개될 때 다른 어떤 수단으로 삶을
꾸려 가야 하겠는가? 그렇다면 도적질로? 그것은 또한 다른 사람
의 재물을 갈취하는 것이기에 더욱 어렵다. 어떤 이유로?

2.043 침묵을 지키는 것이 오히려 낫지
그릇된 것이라면 발설한다는 것은 아무래도 아니다.
남자를 거세去勢하는 것이 오히려 낫지
다른 이의 아내에게 접근하는 것은 아무래도 아니다.
숨쉬기를 그만 두는 것이 오히려 낫지
중상모략으로 만족하는 것은 아무래도 아니다.
구걸로 사는 삶이 오히려 낫지
강탈한 다른 이의 재물을 먹는 즐거움은 아무래도 아니다.

이제 어떻게 내가 다른 이에게 받은 음식으로 내 자신의 삶을 살
아가겠는가? 오! 고통스럽구나. 그것은 또 다른 죽음의 문이다.
그렇기에,

2.044 병든 이, 오랫동안 타향살이를 하는 이,

다른 이의 음식을 먹는 이, 다른 이의 집에서 자는 이.
그렇게 살아가는 것은 그에게 죽음이요,
그의 죽음은 오히려 휴식이다.

그러니 아무튼, 브리핫스픽이 가져간 바로 그 재물을 다시 내 것
으로 만들어야겠다. 내가 저 두 나쁜 놈의 베개가 되어 버린 재물
함을 분명히 보아 두었다. 그것을 열어 그 금덩이를 나의 토굴로
가져오도록 해야겠다. 그렇게 해서 또 다시 황금의 힘으로 나의
예전 권력을 되찾아야겠다."
그래서 그렇게 생각을 하고 저녁에 그곳으로 가서 잠에 곯아떨어
진 그의 재물함에 접근하여 내가 막 구멍을 뚫으려 하자, 바로 그
때 그 수행자가[79] 깨어났다. 그러곤 그 즉시 갈라진 그 죽비로 내
머리를 사정없이 두들겼다. 앞뒤 살필 것도 없이 그저 실끝만큼
남겨진 목숨만 부지한 채 도망친 나는 굴로 달려 들어갔으며, 그
래서 겨우 죽지는 않게 되었다. 나중에 다시 또 희망을 품은 채
용기를 가지고 황금이 있는 곳으로 다가갔으나 바로 그 무자비한
몽둥이에 의해 다시 머리를 두들겨 맞았으니, 그래서 지금도 그
것이 꿈에라도 나타날까 매우 두려울 지경이다.
봐라! 당시에 입은 이 머리 상처를. 그래서 이런 좋은 말이 있는
게다.

---

79 인도의 수행자(tāpasa)는 기본적으로 열기(tapas)를 동반하는 고행자(tapasvin)의 면모를 지닌다.
☞ 㨐 '인도의 수행자'

2.045 모든 삶의 파괴라는 두려움을 일으키는
그 견디기 어려운 불행에 맞닥뜨려
두려움이 엄습한 사람은
자신의 불우함을 거부한 채, 보다 나은 삶을 원한다.
그러나 그 상황에서 구제되면
더 큰 재물을 위해 또 다시 불행으로 들어간다.
그러니 삶에 대해서나 재물에 대해서나
성취의 의도를 지닌 사람의 경우
그 둘은 서로 동기動機가 되는 도박의 판돈과 같은 것이다.

그러던 나는 이리저리 생각하다가 '그놈의 황금덩어리, 될 대로
되라!' 하고는 그것에 대한 목마름에서 벗어났다. 그래서 이런 좋
은 말이 있다.

2.046 지식이 눈이지 시력이 아니며,
성품이 훌륭한 가문이지 집안의 태생이 아니다.[80]
만족을 안다는 것이 참된 재산이며,
현명하다는 것은 적절치 못한 것을 그만두는 것이다.

2.047 모든 행운들은 마음이 만족한 이의 것이다.

---

80 베다철학의 완성인 베단따(Vedānta)의 정수 우빠니샤드(Upaniṣad) 가운데 초기에 속하는 와즈
라쑤찌까 우빠니샤드(Vajrasūcikā Upaniṣad)에는 태생에 의해서가 아니라 행위에 의해 결정되는
바람직한 브라만의 모습에 대해 언급하고 있다. ☞ 🗂 '우빠니샤드(Upaniṣad)'

신발에 싸인 발의 경우 분명 이 땅은 온통 가죽으로 덮여 있다.

2.048 '만족'이라는 신찬神饌으로 흡족해하며
편안한 마음을 지닌 사람들의 행복은
이리저리 재물을 욕망하는 사람들의 그것을 훨씬 앞서 있다.

2.049 욕망에 내몰린 사람의 경우
1백 요자나의 거리도 먼 것이 아니지만,
만족해하는 사람의 경우
비록 재물이 손끝에 와 닿더라도 마음 쓰지 않는다.

그러므로 완벽하고도 온전히 성취하기 불가능한 재물에 대해선
통찰력이 참으로 최선이다. 그래서 이런 말이 있다.

2.050 이 세상에서 살아가는 모든 것들에게 있어서
무엇이 모두를 위하는 도리인가? 자비慈悲이다.
무엇이 행복인가? 건강이다.
무엇이 애정인가? 진실된 존재감이다.
무엇이 현명함인가? 통찰력이다.

그렇게 마음먹고 나는 외로운 숲으로 와서 덫에 걸려 있는 '화려
한목'을 보았으며, 그래서 나의 재주가 발휘된 덕에 그를 자유롭
게 만들었고, '가볍게내려앉는놈'에 의해 애정어린 배려로 보살핌
을 받았다. 그저 그렇게 그럭저럭 지내다 '가볍게내려앉는놈'이

내게 이곳으로 오고자 요청하기에 나는 그와 함께 그대 곁으로 온 것이다. 이것이 내가 세상에 싫증을 내게 된 이유이다. 그리고 또,

2.051 사슴과 뱀과 영양을 비롯하여
신과 아수라와[81] 인간을 포함한 이 삼계라는 세상은
정오가 가까웠을 때 식사를 한다.

2.052 이 모든 세상을 정복한 자거나 아니면 비참한 지경에 이른 자거나
제 시간에 먹으려는 욕망으로
누구나 얼마간의 먹거리를 갈구한다.

2.053 그것을 위해 어떤 지혜로운 자가 비난 받을 행위를 하겠는가?
그것에 대한 집착은 사악하고 비열하며 타락을 가져올 뿐인데.

…첫 번째 이야기가 끝났다.

그러자 그것을 듣고 느즉뱅이가 그에게 용기를 주며 말했다.
"친구여! '내 땅을 버리는 일이 나에 의해 저질러졌구나'라고 혼란스러워 해서는 안 된다. 그리고 그대는 현명한데 무엇이 혼란스럽겠는가! 그리고 또,

---

81 산스끄리뜨에서 '신神'은 '빛나다'라는 의미를 지닌 '데와(deva)' 외에 '지배하다'라는 의미의 '수라(sura)'로 표현되기도 한다. 아수라(asura)는 고정된 악신惡神이란 의미보다는 인간에 대한 지배권을 확보하지 못한 신의 무리들로 간주되는 것이 타당하다.

2.054 수많은 서적을 배우고도 바보가 되기도 하지만,
누구든 배운 것을 실행하는 사람, 그가 현명한 사람이다.
심사숙고로 쓰인 처방전處方箋이 참으로 환자에게 무엇이겠는가?
그것만으로 환자를 건강하게 만들 수 있겠는가?

2.055 조금이라도 시도를 두려워하는 사람의 경우
참으로 수련된 지식일지라도 효과를 거두지 못한다.
이 세상에서 목적을 성취하게 만들자면
등불이 손바닥에 놓여 있은들
봉사의 경우라면 그것이 무슨 소용이겠는가?

2.056 사람들은 주었다가 달라고 하기도 하며
죽였다가 죽임을 당하기도 한다.
그리고 인간들은 운명의 수레바퀴에서
고통을 주었다가 고통을 받기도 한다.

그러니 친구여! 이 세상에선 상황에 맞춰 살아가야 하는 것이다.
그리고 또한 이런 것은 생각하지 말아야 한다.

2.057 제자리를 벗어난 이빨이나 머리칼이나 손톱이나 사람들,
그러한 것들은 결코 좋아 보이지 않는다.
그러기에 그것을 알고
현명한 사람은 자신의 자리를 벗어나지 않는다.

그러나 그 경우 그것은 비겁한 자들이 삶을 살아가는 방식이다. 참으로 덕이 높은 사람들의 경우 제자리와 다른 자리에 무슨 차이가 있겠는가? 그렇기 때문에,

2.058 분별력을 지닌 사람이나 현명한 사람의 경우
이른바 어디가 고향이며 어디가 타향이겠는가?
어디든 그 장소에 머물며 그것을 오직 자신의 권위로 일군다면.
사자는 어느 숲이든 들어가 어금니와 발톱을 쟁기질하듯 내리쳐
오로지 그곳에서 죽인 코끼리왕의 피로 자신의 갈증을 제거한다.

그러기에 친구여! 항상 부지런해야 한다. 근면한 사람들의 재물이나 즐거움이 그 어디로 가겠는가? 그리고 또,

2.059 웅덩이로 몰려드는 개구리들처럼,
물결이 넘실대는 호수로 몰려드는 물고기들처럼,
부지런과 함께하는 사람에게
함께하려는 사람들이나 재물들이 제 스스로 몰려든다.

2.060 정력적인 의욕에, 즉각적인 활력에,
관습을 알고 행하는 실행력에, 부도덕한 것들에 집착하지 않음에,
품행이 올바른 용감한 이에게, 그리고 굳건한 우정에.
그러한 것들과 같이 있고자 하여
행운의 여신 락시미[82]는 제 스스로 찾아온다.

2.061 태만함에, 게으름에, 숙명론에, 그리고 남성적인 용기가 부족함에.
마치 참으로 젊고 예쁜 아내가 늙은 남편을
원하지 않지만 안아 주기 위해 찾아오는 것처럼
그렇게 행운의 여신 락슈미는 마지못해 찾아온다.

2.062 이 세상에서 추진력에 있어서 재빠른 사람은
비록 어리석다 하더라도
재물을 쌓음에 있어서는 유능하다.
참으로 브리하스빠띠와 흡사한 마음이더라도
추진력이 떨어지는 사람에게 존경심은 가지 않는 법이다.

그대는 비록 재물은 잃어버렸지만 현명함과 의욕과 힘이 충만하
니 여느 누구와 다르다. 어떻게?

2.063 비록 재물이 텅 비어 있더라도 분별력을 지닌 사람은
커다란 존경과 높은 위엄의 경지에 이를 수 있지만,
많은 재물에 둘러싸여 있더라도
심약한 이는 경멸을 받는 경지로 떨어지기 마련이다.
천성적으로 생겨나는 것이요 속성의 집적으로 얻어지는
사자가 지니는 커다란 권위를

---

82   락슈미(lakṣmī)는 초기에는 성장과 풍요의 여신이었는데, 4세기 이후 유지의 신 위스누(viṣṇu)
의 배우자로 등장하며 순종적으로 남편을 섬기는 전형적인 힌두 아내를 상징하게 됐으며 부귀
와 풍요로움을 가져다주는 가장 인기 있는 여신으로 자리 잡게 되었다.

금으로 된 목걸이를 하고 있더라도
개는 결코 얻어 내지 못한다.

2.064 의욕과 힘이 결합된 노력과 인내력의 결정체인 사람은
바다를 아주 작은 물웅덩이로 여기고
히말라야 준봉을 개미언덕의 봉우리 정도로 여기는데,
행운의 여신 락쉬미는 제 스스로 그러한 자에게 가지만
허약한 존재에겐 결코 걸음하지 않는다.

2.065 결의를 갖춘 자들에게 있어서
메루 산은[83] 그리 높은 봉우리가 아니요
지옥은 그리 깊은 곳이 아니며
대양은 그리 가없는 것이 아니다.

2.066 그대가 부자라고 해서 무엇 때문에 자만할 것이며,
재산이 사라져 버린들 무엇 때문에 실망할 것인가?
세상의 부침浮沈은 손으로 튀긴 공과도 같은데.

그러기에 모든 면에서 싱싱한 젊음과 많은 재물은 물거품처럼 무

---

83 메루(Meru) 산은 힌두 신화에 등장하는 세계의 중심에 솟아 있는 거대한 산으로서, 금과 은 등
네 가지의 보석으로 되어 있으며, 아래는 땅에 이르고 위는 하늘에 닿으며 그 기슭에는 모든
신들이 거주한다. 불교의 수미산(須彌山)은 메루 산의 다른 이름인 수메루(Sumeru) 산의 소리
옮김이다.

상할 뿐이다. 그렇기 때문에,

2.067 구름의 그림자, 깡패들의 우정, 신선한 알곡들, 숫처녀들.
이러한 것은 잠시 즐길 수 있는 것일 뿐이다.
싱싱한 젊음과 많은 재물이 그렇듯이.

그러니 친구 황금생쥐! 그렇게 알고 재물이 사라졌더라도 고뇌하
지 말라. 그래서 이런 말이 있다.

2.068 "무엇이든 그렇게 되지 않을 것은 그리 되지 않을 것이며,
무엇이든 그렇게 될 것은 그렇게 되지 않고는 못 배긴다."
'염려'의 해독제인 이 약을 어찌하여 사람들은 마시지 않는지…

그래서 아무튼 삶을 염려하는 암 덩어리를 정복하고 새로운 삶을
살도록 하라!

2.069 백조들을 희게 만들고, 앵무새들을 푸르게 만들며,
공작새들을 알록달록하게 만든 그 누구,
바로 그가 그대를 위한 삶을 제공할 것이다.

2.070 오직 재물이 불행스럽게 사라졌다고 슬퍼해서는 안 되며,
또는 행복을 차지했다고 만족한 생각을 일으켜서도 안 된다.
과거의 업에 따라 일어나는 그 결과는
그것이 경사스러운 것이거나 경사스럽지 않은 것이거나

사람들의 경우 그것은 반드시 나타나기 마련이다.

2.071 기뻐하는 마음으로 비록 아주 조금이라도
의식儀式과 규율規律과 금식禁食의 의무는 매일 시행되어야 한다.
모든 존재들의 경우에 죽음은
언제나 오로지 삶의 숨결들을 공격한다.
비록 피하고자 참으로 커다란 노력이 경주되더라도.

2.072 보시布施와 견줄 만한 또 다른 보석은 없으며,
만족과 견줄 만한 행복이 어찌 존재하겠는가?
훌륭한 성품 같은 장식품이 어디에 있을 것이며,
이 세상에 건강 같은 재물이 어디에 존재하겠는가?

그러니 길게 말해 무슨 소용이 있겠는가? 여기가 그대의 집이다.
너는 느긋하고 편안한 마음으로 나와 더불어 이곳에서 다정하게
시간을 보내도록 하자."
그러자 세상일을 꿰뚫고 있는 듯한 수많은 지혜가 담긴 느즉뱅이
의 말을 듣고 '가볍게내려앉는놈'은 기쁜 마음에 만족해하며 말하
였다.
"친구 느즉뱅이야! 그대는 정말 훌륭하고도 의지할 만한 덕목을
갖추고 있구나. 그대가 참으로 그렇게 황금생쥐를 보호해준다면
내 마음은 무엇보다 만족스러울 것이다. 그렇게 된다면 이보다
기쁜 일이 무엇이 있겠는가? 그래서 이런 말이 있다.

2.073 행복의 진국을 마시며 살아가는 그들이 바로 고귀한 사람들이다.
기뻐하는 마음의 사람들은 기꺼이 기뻐하는 마음의 사람들과,
좋은 친구들은 좋은 친구들과,
친애하는 사람들은 친애하는 사람들과,
그들은 그렇게 함께하며 즐거워한다.

2.074 나눔을 알지 못하는 이들은
비록 많은 재물을 지녔더라도 가난할 뿐이며,
살아가는 것을 중요시 여기더라도 그 노력이 헛될 뿐이다.
그러한 그들은 탐욕에 빼앗긴 자기 자신들 때문에
스스럼없는 친구와 같은 행복이란 일굴 수가 없다.

2.075 오직 고귀한 사람들이
항상 고귀한 사람들의 재난을 극복하게 하는 근거들이 되며,
개흙에 빠져 있는 코끼리들의 경우
오직 코끼리 자신들만이 그 멍에를 견뎌 낸다.

2.076 설령 삶에 회의가 들 때라도
훌륭한 사람에 대한 보호는 항상 이뤄져야 한다.
탁월한 사람들이 육신을 지니는 경우는
참으로 '다른 이에 대한 배려'라는 결실이 존재하기 때문이다.

2.077 그가 이 세상 사람들 가운데 존경받을 만한 유일한 사람이며
그가 고귀한 사람들이 맺은 맹서의 궁극까지 도달한 사람이라면,

그의 경우 그에게 구걸하는 사람들이거나
보호를 청하러 온 사람들이거나
바라던 것을 얻지 못하고
얼굴을 돌려서 떠나는 일은 없을 것이다.

그렇게 그들이 이야기하고 있는 동안 '점박이몸'이라 이름하는 사슴이 사냥꾼에 쫓기다 목이 말라서 그 큰 연못으로 오게 되었다. 그러자 다가오는 그를 보고 그들은 두려움을 느끼고 도망치기 시작하였다. 물을 마시려는 그가 물가에서 다급하게 다리를 펼치자 첨벙이는 그 소리 때문에 느즉뱅이는 둔덕에서 내려와 재빨리 물속으로 잠수하였다. 황금생쥐은 혼란스런 마음에 나무의 그루터기 구멍으로 쏙 들어갔다. '가볍게내려앉는놈'도 "저것이 뭐지?"라고 의아해하며 날아올라 큰 나무의 꼭대기에 앉았다. '점박이몸'도 스스로 두려움을 느끼고 물가의 둔덕 비탈길 가까이에서 이내 멈춰서 있었다. 그러자 '가볍게내려앉는놈'은 하늘로 높이 날아올라 1요자나 거리의 반경을 두루 살펴본 뒤 다시 나무에 올라앉아 느즉뱅이에게 말했다.
"어이! 어이! 아무것도 아닐세. 내가 본 것은 오직 풀을 뜯어먹는 사슴이란 동물이 호수에 목이 말라 온 것뿐일세."
그 말을 듣고 죽 지켜보고 있던 느즉뱅이는 곧장 뭍으로 다시 나왔다. 그들 셋은 마음을 놓고 다시 그곳에 모였다. 그러자 느즉뱅이가 다정하게 다가서며 그 사슴에게 말했다.
"친구여! 이 물을 마음대로 마시고 목욕하시게! 만족하면 여기에 다시 와도 되네."

그 말을 듣고 '점박이몸'은 생각해보았다.

"그들과 함께해도 별 위험이 내겐 되지 않을 것이다. 왜냐고? 거북은 단지 물에 들어가야만 힘을 발휘하며, 쥐와 까마귀 둘도 죽은 동물이나 조그만 동물만 먹기 때문이다. 그러므로 그들과 함께 해야겠다."

이렇게 생각하고 그들과 더불어 함께하였다.

그러자 느즉뱅이가 손님을 맞는 예를 갖춘 뒤 '점박이몸'에게 모두 이야기해주었다.

"늘 행운이 함께 하길 바라네!"

"그런데 그대는 어떻게 이 깊은 숲속까지 오게 되었는지, 우리들에게 이야기해보시게!"

그러자 '점박이몸'이 말했다.

"나는 이 목적 없는 방랑에 지쳤다. 이번엔 마부와 수많은 개를 거느린 사냥꾼들에게 이리저리 쫓기다가 그 위험에서 겨우 벗어나 이곳으로 오게 되었는데, 그래서 목이 몹시 말랐던 것이다. 그러니 나는 그대들과 더불어 우정을 맺을 수 있길 바란다."

그러자 그 말을 듣고 느즉뱅이가 말했다.

"친구여, 겁먹지 마라! 여기가 그대 자신의 집이니 다른 신경은 쓰지 말고 여기에서 원하는 만큼 지내도록 하라!"

그때부터 그들 모두는 자신들이 좋아하는 것을 먹으며 줄곧 큰 나무 그늘에서 정오에 함께 모여 다양한 서적을 풀이하는 일에 마음을 둔 채 서로 즐겁게 시간을 보냈다.

그러다 한번은 평소 모이던 시간에 '점박이몸'이 도착하지 않았다. 제 시간에 그를 보지 못하자 그들은 이내 불길한 징조가 느

꺼지고 혼란스런 마음이 일어나 그에게 무슨 일이 있는 것은 아닌가 생각하며 안정을 찾지 못하였다. 그때 '가볍게내려앉는놈'에게 느즉뱅이가 말했다.

"너는 이런 일에 적합한 능력을 지녔으니 잘 알 것이다. 그러니 높이 날아올라 지금 '점박이몸'이 어떤 사정에 처해 있는지 있는 그대로를 알아보도록 하라!"

그 말을 듣고 '가볍게내려앉는놈'이 하늘 높이 날아올라 살펴보니 그리 멀지 않은 강 하류에서 단단한 가죽 덫에 붙잡혀 기둥에 걸려 있는 '점박이몸'을 볼 수 있었다. 그래서 그에게 다가가 애처로운 어투로 말을 건넸다.

"친구여! 그대가 어쩌다 이 지경에 이르렀는가?"

'점박이몸'이 말했다.

"친구여! 지금은 그 무엇을 논할 때가 아니다. 그러는 동안 나는 죽음에 이를지도 모른다. 그러니 지체할 시간이 없다! 그대는 많은 능력을 갖추었지만 덫을 끊는 일은 그대가 잘 알지 못하니 빨리 가서 황금생쥐를 데려오라! 그러면 힘들이지 않고 덫을 끊을 수 있을 것이다."

그러마고 말하고는 '가볍게내려앉는놈'은 느즉뱅이와 황금생쥐가 있는 곳으로 가서 '점박이몸'이 묶여 있는 사정을 있는 그대로 말하고 그를 덫에서 풀어 주고자 매우 신속하게 황금생쥐를 데려갔다. 그런 위험에 처한 '점박이몸'을 보고 불안에 휩싸인 황금생쥐가 그에게 말했다.

"친구여! 너는 현명한 눈이 있는데 어쩌다 이 곤경에 빠졌는가?"

"친구여! 그러한 질문이 무슨 소용이 있겠는가? 참으로 운명은 피할 수 없다. 그래서 이런 말이 있지 않은가?

2.078 운명이란 재앙의 바다가 있는 곳이라면
비록 빛나는 총명함을 갖춘 사람이라도
그곳에서 무엇을 성취할 수 있겠는가?
밤이나 설령 대낮이라도 모든 이들에게 있어서
보이지 않는 어떤 것이 공격한다면
누가 그의 적수이겠는가?

그리고 또,

2.079 비록 학식을 갖춘 현명한 사람이라 하더라도
운명의 덫에 걸려 마음에 치명적인 상처를 입으면
곧게 나아가지 못하게 되리라.

그러니 훌륭한 이여! 그대는 운명이 어떤 것인가에 대해 이미 알고 있다. 그러므로 잔혹한 행위를 하는 사냥꾼이 오기 전에 빨리이 덫을 끊어다오!"
그렇게 이야기하자 황금생쥐가 말했다.
"친구여! 겁먹지 마라! 내가 곁에 있을 때는 사냥꾼으로 인한 어떤 위험도 존재하지 않는다. 아무튼 호기심 때문에 내가 물어보는 것인데, 너는 항상 놀란 듯 조심스레 행동하는데 그럼에도 어떻게 속아 넘어가 이 지경에 이르게 되었는가?"
'점박이몸'이 말했다.

"기어코 사정을 들어야겠다면, 그러면 내가 이전에 포박의 재난을 경험했음에도 운명의 영향 때문에 어쩌다 이제 다시 포박되었는지 있는 그대로를 들려주마."

황금생쥐가 말했다. "그래, 그대가 이전에 어떻게 포박을 경험하였는지 이야기해다오!"

'점박이몸'이 말했다.

2-2 한때 포박되었던 사슴

아주 오래전, 그 당시에 나는 여섯 달 난 새끼였는데, 모든 이들 앞에서 뛰어놀곤 하였다. 그리고 심심하면 멀리 나아가서 자신의 무리를 돌보는 양 하기도 하였다. 그런데 우리 사슴들의 경우 뛰어오르거나 곧장 내달리는 두 가지 달음박질이 있다. 그 당시 그 둘 가운데 나는 곧장 내달리는 것만 알았지 뛰어오르는 것을 알지 못했다. 그러다 언젠가 이리저리 서성이던 나는 사슴 무리를 잃어버리게 되었는데, 잔뜩 겁을 먹은 마음으로 '그들은 어디에 갔지?'라며 이곳저곳을 쳐다보다 저 멀리 앞쪽에 서 있는 그들을 보게 되었다. 그들과 나 사이엔 난데없는 덫이 하나 가로질러 있었다. 그런데 그들은 뛰어오르는 달음박질로 이미 덫을 넘어 모두들 앞으로 나아간 뒤 오직 내가 건너오기만을 지켜보고 있었다. 그런데 나는 뛰어오르는 달음박질을 알지 못했던 까닭에 곧장 달리는 달음박질로 그 덫을 빠져나오려다 덫에 걸리고 말았다. 그래서 곧이어 되돌아온 사냥꾼에게 결국 잡혔으며, 그리고 끌려가서 장난감으로 왕자에게 건네졌다. 그 왕자는 나를 보고 매우 만족해하며 사냥꾼에게 큰 보답을 주고는 기름 마사지로 목욕을 시키고 온갖 먹거리를 먹인 다음 목단향으로 기름칠을 해 주는 등 정성스레 보살피고 만족스런 음식들로 나를 기쁘게 하였다. 또한 나는 후궁들과 대군大君들의 손에서 손으로 옮겨지며 호기심으로 머리가 잡아끌리고 손발과 귀가 잡아당겨지는 등 많은 괴롭힘을 당하였다. 그 후에 언젠가 그곳에서 막 우기에 접어들었을 때 침대 밑에 누워 있던 나는 번개에 연이은 천둥소리를 듣고 내 부족이 그리운 마음에 이렇게 말했다.

2.080 　바람과 비에 전율하며 내달리는 사슴의 무리,
　그 언제 그들을 따라갈 수 있으려나?
　그 일이 나의 경우에 있기나 하려는가?

그러자 혼자 있던 왕자는 깜짝 놀라며 이렇게 말했다.
"내가 여기 오직 혼자 있는데 누가 말을 한 게지?"
그러고는 두려운 마음에 사방을 둘러보더니 나를 보게 되었다. 그리고 나를 쳐다보며 '그것이 사람이 말한 것이 아니라면 사슴이? 아무래도 이것은 불길하다. 아이고, 나는 완전히 망했구나!' 이렇게 여기며 매우 흥분하였다. 그러다 웬일인지 말을 더듬거리던 그는 결국 방밖으로 뛰쳐나가게 되었으며, 무슨 엄청난 것에 홀린 것처럼 이내 커다란 병을 얻게 되었다. 그래서 새벽에는 온몸이 열에 휩싸인 채 많은 의사와 심령술사들을 불러 놓고 커다란 돈뭉치를 내보이며 말했다.
"누구라도 나의 이 병을 몰아내면 그를 위해 내가 커다란 보답을 할 것이오!"

나 또한 그곳에서 생각 없이 일을 저지르는 사람들에 의해 막대기나 벽돌과 곤봉으로 두들겨 맞아 거의 죽어 나갈 지경에 이르렀는데, 어떤 훌륭한 이가 '이 동물을 죽여서 무슨 소용이 있겠습니까!'라고 말해준 덕분에 얼마 남지 않은 목숨으로 구조되었다. 그리고 모든 징후를 알고 있는 그 덕망 있는 이가 왕자에게 말했다.

"왕자님! 모든 동물들은 분명 말을 할 줄 압니다. 그렇지만 좀체 사람 앞에선 내비치지 않는데, 저것이 어쩌다 왕자님을 보지 못한 채 그렇게 마음의 망상을 표현했던 것 같습니다. 아마도 우기 때면 일어나는 근심으로 자기 종족을 회상하던 그가 '바람과 비에 전율하는…'이라며 그렇게 말했을 것입니다. 그러니 왕자님의 몸의 열은 아무런 근거가 없는 것입니다."

그 말을 듣자마자 왕자는 신열의 증세가 금세 사라지고 예전의 상태를 되찾았다. 그리고 나를 데려다 기름칠하고 충분한 물로 몸을 씻긴 뒤 근위병들에게 보살피게 하더니 바로 사로잡혔던 그 숲에 도로 놓아 주게 하였다. 그렇게 앞서 사로잡힘을 경험했던 나는 다시 운명의 영향 때문에 이렇게 다시 사로잡히게 되었다.

…두 번째 이야기가 끝났다.

그들이 그렇게 이야기하고 있을 때 친구에 대한 애정으로 마음이 아려진 느즉뱅이는 그들의 흔적을 뒤따라 갈대와 꾸샤풀이며 가시를 짓이겨 가며 한 걸음 한 걸음 나아가 그들이 있는 곳까지 오게 되었다. 그러자 그를 보고 그들 모두는 당황스런 마음으로 아주 난감해하였다. 그래서 황금생쥐가 그에게 말했다.

"친구여! 네가 상서롭지 못한 일을 저지르고 말았구나. 다름이 아니라, 그것은 네가 자신의 토굴을 떠나서 온 것인데, 너는 사냥꾼이 갑자기 들이닥치면 어떻게 도망칠 방법이 없다. 우리의 경우라면 사냥꾼의 어떤 해코지라도 쉽게 벗어날 수 있으니, 만약 그 고약한 놈의 사냥꾼이 당장에 오더라도 덫을 끊은 '점박이몸'은 멀리 달아날 것이요, '가볍게내려앉는놈'도 높은 나무에 올라앉을 것이며, 나 또한 체구가 자그마한 까닭에 아무 동굴이나 구멍으로 쏙 들어가면 된다. 그런데 그대는 그의 손아귀에서 어떻게 벗어날 수 있겠는가?"

느즉뱅이가 말했다.

"친구여! 그렇게 말하지 마라!

2.081 사랑하는 이와의 이별이나 재물의 손실을
그 누가 견뎌 낼 수 있겠는가?
만약 정말로 엄청난 묘약의 처방인
참된 친구와의 만남이 아니라면.

2.082 잠시 뜸했다 하더라도 품위가 있고
원하던 만남에서 즐기는 그러한 날들은
삶의 황량한 노정路程에 남겨진 사람의 경우
그것은 요긴한 노잣돈에 비견되는 것들이다.

2.083 격의 없는 마음의 친구에게서, 정숙한 아내에게서,
그리고 어려움을 이해해주는 군주에게서,

마음은 고민을 전달하고 조금이라도 안정을 되찾는다.

그러니 친구여!"

2.084 근심으로 가득 찬 눈길이 방황하는 것처럼
유능한 사람에 의해서나 격 없이 사랑하는 사람에 의해서
버림을 받은 사람의 당황스런 마음은 어디라도 내닫기 마련이다.

그렇게 그가 이야기하고 있는 동안 바로 그 사냥꾼이 되돌아
왔다. 그를 보자마자 황금생쥐는 재빠르게 덫을 끊고 앞서 말했
던 것처럼 토굴로 들어가 버렸고, '가볍게내려앉는놈'은 하늘로
날아올라 멀리 가 버렸으며, '점박이몸' 또한 민첩하게 빠져나
갔다. 그런데 사냥꾼은 그 덫을 사슴이 스스로 끊은 것으로 여기
며 말했다.
"운명이란 게 없다면 사슴이 덫을 끊는 일은 있을 수 없을 게야."
그런데 그제야 느직느직 땅 한복판을 기어가고 있는 '느즉뱅이'
를 본 사냥꾼은 조금은 기쁜 마음에 놀라기도 하며 '비록 사슴은
운명이란 놈 때문에 덫을 끊고 도망을 갔지만, 그럼에도 다행스
런 내 운명 덕에 거북이가 생겼네'라고 여겼다. 그러고는 칼로 꾸
샤풀을 베어다 튼튼한 밧줄을 만들어 두 다리를 끌어당겨 거북이
를 잘 묶고서 활에 매달아 왔던 길로 바로 발길을 돌렸다. 그러자
끌려가는 그를 보고 커다란 슬픔에 휩싸인 사슴과 쥐와 까마귀는
울며 그를 뒤따랐다. 황금생쥐가 말했다.

2.085 한 가지 슬픔의 그 끄트머리에서
　　　바다의 저편으로 건너가듯 미처 건너가지도 못했건만
　　　바로 두 번째 슬픔이 이렇게 당도하니
　　　여린 상처에 나의 불운들은 번져 나기만 할 뿐이다.

2.086 넘어지지 않고 나아갈 때까지
　　　그때까진 평탄한 길로 평온하게 나아간다.
　　　그러다 어떤 어려움이 있어 한 차례 넘어지기라도 하면
　　　그러다 한 차례 넘어져 어떤 어려움이 일어나면
　　　그때부턴 걷는 걸음걸음마다 ……

　　　"오호통재라!

2.087 만약 운명으로 인해 재물의 파멸이 이뤄지면
　　　여행에 지친 이의 휴식처와 같은
　　　친구라는 그늘 또한 상처를 입게 된다.

　　　더군다나 느즈뱅이만 한 친구는 다시 없을 것이다. 삶 역시 친구
　　　들이 기반이라 말하지 않는가?

2.088 자연스런 상황에서 생긴 친구,
　　　그는 오직 운명으로 인해 생긴 것이다.
　　　그러한 자발적인 우정은
　　　많은 어려움 속에서도 단념되지 않는다.

2.089 어머니에게 있어서도 아니요,
아내에게 있어서도 아니며,
형제에게 있어서도 아니요,
자식에게 있어서도 아니다.
친근한 친구에게 있어서 느끼는 사람들의 어떤 안식,
바로 그것만큼은.

2.090 학식 있는 이들이 일컫나니,
친구는 이 세상에서의 삶을 향상시키며,
친구는 이 세상에서 참된 즐거움이요,
친구는 다음 세상과는 상관이 없다.

왜 운명은 이렇게 나에게 끊임없이 상처를 주는가? 애초에는 단
지 재물이 손실되어 빈곤해진 까닭에 내 식구들로부터 모멸이 있
었기에 그 혐오감 때문에 살던 지역을 떠나게 되더니, 이제는 애
정이 깊은 친구와 생이별을 하게 생겼구나. 내 불행의 사슬은
이다지도 끊임이 없는가?
그리고 또한,

2.091 자신의 행동으로 인한 끊임없는 행위의 결과이자
상서로움과 불길함이 때에 따라 번갈아 일어나는,
전혀 다른 삶 같은 다양한 삶의 상황들이
바로 이 세상에서 이렇게 내게 닥치는구나!

2.092 육신은 가까이 놓여 있는 불행이요,
재물은 재난으로 향하는 길이다.
만남은 늘 이별과 함께하며,
생겨나는 모든 것은 결국 부서지기 마련이다.

2.093 때가 되었을 때 재난은 그 누구를 손대지 않겠는가?
이 세상을 살아가는 그 누가 끊임없이 행복할 수 있겠는가?
행복과 불행은 자연의 조절로 인해 오고간다.
마치 별자리가 하늘에서 돌고 있는 것처럼.

2.094 상처를 입은 사람에게 많은 어려움은 끊임없이 쏟아지고,
먹거리가 고갈되었을 때 소화의 불길은 더욱 거세진다.
재난들이 몰아칠 때 더욱 많은 불화들이 더불어 일어나며,
어려움이 겹쳤을 때 쓸모없는 일들도 덩달아 일어난다.

그러기에, 오호통재라! 친구와의 이별로 나는 죽은 목숨이나 다름없다. 이렇게 고향 같은 이곳의 내 식구들에게조차 잊혀야만 하는가? 이런 말이 있지 않은가?"

2.095 슬픔과 불만과 두려움의 방어벽이요 사랑과 믿음의 그릇인
'친·구'라는 두 글자로 된 이 보석은
그 누구에 의해 창조되었는가?

그렇게 애절하게 비탄해 하던 황금생쥐는 '점박이몸'과 '가볍게내

려앉는놈'에게 말했다.

"오! 공연히 말만 해서 무슨 소용이겠는가? 저 느즉뱅이가 우리 시야를 벗어나기 전에 당장 그를 구조할 방도를 생각해내자!"

그 둘도 말했다.

"그렇게 하자!"

황금생쥐는 말했다.

"'점박이몸'이 먼저 저 사냥꾼의 앞으로 가서 물가 멀찍한 곳 땅 한쪽에 주저앉아 죽은 것처럼 누워 있도록 하라! 그리고 '가볍게 내려앉는놈' 네가 그의 머리 위에 올라가 뿔 안쪽으로 발을 디디고 선 채 부리로 눈을 뽑아내려는 듯 긁는 시늉을 해보여라! 그러면 저 어리석은 사냥꾼은 분명 욕심이 생겨 '저 사슴은 죽었구나!'라 여기고 거북을 내던진 채 사슴을 가지러 다가갈 것이다. 그러는 사이 나는 그가 가 버렸을 때 느즉뱅이의 포박을 끊을 것이요, 그러면 포박이 끊긴 느즉뱅이는 재빨리 호수로 들어가면 될 것이다. 그리고 저 비열한 사냥꾼이 너희들 가까이 다가갔을 때 너희들도 있는 힘을 다해 그곳을 빠져나오면 될 것이다."

'점박이몸'과 '가볍게내려앉는놈'이 황금생쥐의 말대로 바로 그렇게 꾸미고 있을 때 그 사냥꾼은 물가에서 죽은 몰골로 까마귀에게 먹히고 있는 사슴을 보고 기쁜 마음에 거북을 땅바닥에 내던진 채 사슴에게 달려갔다. 그러는 사이 황금생쥐는 '느즉뱅이'의 포박을 조각조각 내었으며, 포박이 풀린 거북은 재빨리 빠져나와 연못으로 들어갔다. 그리고 사슴도 다가오는 사냥꾼을 지켜보다 벌떡 일어나서 까마귀와 함께 잽싸게 사라져 버렸다.

그러자 사냥꾼은 그것이 마치 무슨 요술처럼 여겨져 '이게 뭐야?'

라고 어리둥절해 하며 되돌아왔는데, 거북이 있던 자리에 이르러 보니 그곳엔 손가락 굵기로 조각조각 끊어진 포승만이 남아 있을 뿐, 거북 또한 귀신처럼 사라지고 보이지 않았다. 이렇게 되자 사냥꾼은 오히려 자신의 몸에 대해 무슨 의구심이 들기까지 하였다. 그래서 떨리는 마음으로 그 숲을 이리저리 두리번거리며 잰걸음으로 벗어나 낙담한 채 자신의 집으로 곧장 돌아가 버렸다.

그러자 그들 넷은 모든 어려움들을 풀고 건강한 몸이 되어 다시 한곳에 모여 자신들이 머무르는 곳으로 돌아가 서로 애정을 나누며 오랫동안 예전처럼 행복하게 살았다. 그러한 까닭에,

2.096   비록 짐승들의 경우라 할지라도
그때 그런 모임은 세상에서 환영을 받는데,
그렇다면 빛나는 지혜를 갖춘 사람들의 경우
누가 만약 그렇게 한다면 그것은 놀랄 만한 일이겠는가?

…'우정의 성취'라는 두 번째 장이 끝났다.

세 번째 장

까마귀와 올빼미의 전쟁

이제, '까마귀[84]와 올빼미의 전쟁'이라는 세 번째 장이 시작된다. 그 첫머리를 여는 찬가이다.

3.001 예전에 적이었던 이의 경우와 친구로 접근하는 적의 경우, 결코 그들을 믿어서는 안 된다. 까마귀에 의해 저질러진 화재로 인해 불타오르는 올빼미로 가득 찬 둥지를 보라!

왕자들이 말하였다.
"그것은 무슨 이야기죠?"

---

84 까마귀는 흔히 흉조로 여기지만 지역에 따라 길조로 여겨지기도 하니, 북유럽 신화에서 까마귀는 신들의 왕인 오딘의 상징으로 지혜를 상징하는 길조이다. 인도인들 또한 단순한 흉조로 간주하기보다는 대부분의 유목민족에게 그렇듯이 인간에게 신의 전갈을 전해 주는 친숙한 새로 여긴다.

위식누샤르만이 말하였다.

옛날 옛적, 어떤 숲속에 거대한 무화과나무가 애정 어린 두터운 잎과 덤불로 조성된 그늘로 여행자들을 환영이라도 하듯 항상 휴식의 공간을 내어 주고 있었다. 그곳에는 수천의 까마귀들이 무리지어 따르는 '구름빛깔'이라 이름하는 까마귀의 왕이 살고 있었다. 그리고 그곳에서 멀지않은 곳에는 수천의 올빼미가 무리지어 따르는 '적을짓이기는자'라 이름하는 올빼미의 왕이 살고 있었다. 그런데 한번은 올빼미의 왕이 천적天敵이란 유전적인 경향에 이끌려, 척후병 올빼미가 가져온 정보로 까마귀 성채의 상황을 자

⟨ The Crows Consider Their Response to the Owls ⟩
1520년~1539년 / 이스탄불 토프카 피궁 박물관 소장

세히 파악한 뒤 엄청난 올빼미 무리로 이뤄진 '죽음의군대'를 동원하여 밤중에 그들을 공격하고 수많은 까마귀들을 살육한 뒤 사라졌다.

다음날 새벽녘에 구름빛깔은 부리와 날개며 다리가 부러지는 등 겨우 살아남은 이들을 위문하며 성채를 돌아보고 상황을 파악한 뒤 각료들과 더불어 비상회의를 소집하였다.

"이 엄청난 살육은 명백히 우리들의 원수 '적을짓이기는자'가 자행하였다. 이미 성채로 오는 길을 파악한 그들은 분명 오늘 밤에도 기회를 보아 우리들을 완전히 괴멸시키기 위해 다시 올 것이다. 그러니 지체하지 말고 방안을 강구하여 그들의 공격에 대비하도록 하자!" 그들은 이렇게 말하고 우선 안전한 곳으로 피신하였다.

구름빛깔의 곁에는 집안 대대로 세습된 그의 다섯 각료들이 있었으니, '솟구쳐나는놈'과 '어울려나는놈'과 '돌아나는놈'과 '앞으로 나는놈' 그리고 '오래산놈'이 그들이다. 그는 그들에게 한 명씩 차례차례 질문하기 시작하였다. 그들 가운데 우선 '솟구쳐나는놈'에게 물었다.

"친구여! 상황이 이럴 때 당장 무엇을 어떻게 해야 하겠는가?" 그가 말했다.

"폐하! 오직 서적에 언급된 것을 이야기할 수 있을 뿐, 그보다 더 나은 것을 어찌 제가 생각해낼 수 있겠습니까? 아무튼, 힘을 지닌 자에게 핍박을 받을 경우에는 그 힘에 복종하거나 아니면 다른 지역으로 옮겨가는 방법이 있을 것입니다."

그 말을 듣고 '어울려나는놈'에게 말했다.

"친구여! 그대는 어떻게 생각하는가?"

그가 말했다.

"폐하! 힘을 지닌 자에게 핍박을 받을 경우 다른 지역으로 옮겨 가는 방법이 있다는 말이 나왔습니다만, 그렇다고 무턱대고 성채 城砦를 버리는 일이 있어서는 안 됩니다. 그러므로 상황이 그렇게 되었을 땐 유연한 책략으로 적절하게 시간을 지연시켜야 합니다. 당장에 위험이 현실화하면 도주를 해야겠지만, 만약 괜찮을 때는 그저 성채에 머물러 있어야 할 것입니다."

그러자 '구름빛깔'은 그의 의견을 듣고 다시 '앞으로나는놈'에게 질문하였다.

"이 시점에 그대는 어떤 의견을 가지고 있는가?"

그가 말했다.

"왕이시여! 피난의 경우 가난뱅이와 장님과 곱사등이, 난쟁이, 절름발이 등 모든 병자들을 데려가야 하는 일은 물론, 끊임없는 물자의 수송으로 인해 오히려 재난을 초래하여 우리들 스스로 궤멸될 수도 있습니다. 그러니 상황이 그럴 때는 오직 화친이 더 낫습니다.

어떤 이유인가 하오면,

3.002 강력한 힘을 지닌 집단을 거느린 왕에 의해 좌절된 나약한 왕은
재물과 왕권과 자신의 복리를 위해
신속하게 화친으로 대응해야 한다.

그러니 그들에게 복종해 버리면 우리는 여기에서 행복하고 편안

히 지낼 수 있을 것입니다."

그의 말을 듣고 다시 '돌아나는놈'에게 물었다.

"친구여! 상황이 이럴 때 무엇을 어떻게 해야 시의적절하다 생각하는가?"

그가 말했다.

"숲속에서 사슴이 되새김질한 물을 맛보며 사는 것이 오히려 낫지, 이미 패권覇權의 정수를 맛본 적敵의 통제 아래 살아가는 가련한 삶이란 결코 말도 안 됩니다.

그리고 또,

3.003 보다 나은 자는 동등치 않은 자에게 굽히지 말아야 한다.
동등하지 않은 자에게 굽히는 것은 커다란 잘못이다.
재력이 힘인 사람들에게 지나치게 굽히는 일은
비난받아야 마땅하다.

그리고 또,

3.004 막대기의 경우처럼 굽혀진 사람들의 그림자는 길어지게 된다.
그럼에도 지나치게 굽혀진 것은 파멸로 간다.
그러므로 숙이기도 해야겠지만
그러나 지나치게 숙이지는 말아야 한다.

그리고 우리가 그들과 더불어 지닐 수 있는 공통된 시각은 전혀 없습니다. 공통된 시각도 없이 어떻게 화친이 가능할 수 있겠습니까? 그러니 어찌되었든 오직 그들과 일전一戰을 불사不辭하는 전쟁이 최선입니다."

그러자 '구름빛깔'은 그들 넷 모두의 의도를 하나하나 파악한 뒤 '오래산놈'에게 말했다.

"어르신! 당신은 저희들의 오랜 세습 고문입니다. 그리고 항상 저희들의 안녕을 염려하시는 분입니다. 지금과 같은 이런 상황일 때 어떻게 하는 것이 시의적절하다 생각하십니까? 당신께서 말씀하시는 그것이 무엇이건 그것이 바로 우리들을 위해 보다 나은 것이리라 믿습니다."

이렇게 말했을 때 '오래산놈'이 말했다.

"폐하! 다른 대신들이 언급하지 않은 것이 있다면 제가 언급할 여지가 있겠습니다만, 이미 화친과 전쟁에 경우에 있어서 화친에 대해서나 전쟁에 대해서나 그 둘 모두 앞서 정확한 의견이 피력되었습니다. 다만 '돌아나는놈'에 의해 언급된 그것은 결국 어느 한쪽이 괴멸될 것인데, 폐하! 어떻게 그들과 더불어 우리가 대등한 싸움을 수행해 나갈 수 있겠습니까? 그들은 모든 면에서 강력하므로 우리들에겐 그저 불리한 전쟁이 될 뿐입니다. 그러므로 무엇보다 그들과의 싸움은 피하는 것이 우리 자신들을 위해 타당합니다.

그리고 또한,

3.005 적과 자신의 힘의 균형을 고려하지 않고 일을 하려고 일어서는 이, 그는 미혹 때문에 스스로의 재난을 위해 매진하게 될 뿐이다.

3.006 비록 하찮더라도 적수들에 대한 주시注視는 이뤄져야 한다.
그렇지 않고 달리 행동하는 자의 경우
그의 행위는 결국 결실을 맺지 못하게 된다.

3.007 끈기가 있으며 현명하며 적절한 때에 공격을 감행하며
상대와 자신의 장단점을 잘 아는 적,
그러한 적은 늘 주시하며 신뢰하지 말아야 한다.

3.008 정치적 수단으로 만족해진 행운의 여신은 그 누구와 결혼하더라도
슬픔을 여읜 채 결혼에 상처를 받지 않고
그와 결혼 생활을 하게 된다.

3.009 의기양양한 적은 멀리 떨어져 있더라도 왕의 위엄을 핍박하겠지만
비열한 정신을 지닌 적이라면
무장을 한 채 가까이 있더라도 과연 무엇을 할 수 있겠는가?

3.010 위축되어 있는 자라 하더라도,
형편없이 취급되고 있는 자라 하더라도,
도주하고 있는 자라 하더라도, 내버려진 자라 하더라도,
무장하지 않은 자라 하더라도,
설령 외톨이로 되어 있는 자라 하더라도,
그들을 결코 얕보아선 안 된다는 것이
한참을 앞서 있는 사람들이 제시한 분명한 견해이다.

3.011   힘들이지 않고 자신의 적을 굴복시키는 사람,
그런 사람이 진정한 승리자이다.
어느 한쪽이 극한적인 상태가 되어 적을 정복한 자,
그 또한 결국은 패배한 셈이 된다.

3.012   전쟁에서의 승리란
책략을 온전히 수행한 결과거나 서로 살육을 자행한 결과이다.
정략적이지 못한 평화는 결국 자신의 파멸을 가져올 뿐이다.
생각해보라! 그대라면 둘 가운데 어느 것을 택하겠는가?

3.013   도도한 자만심에 의하거나, 중상모략에 의하거나,
탐욕스런 마음에 의하거나, 욕망적인 것들에 의하거나,
불끈하는 거만함에 의하거나, 극단의 노여움에 의하거나.
그러한 것들에 의한 통치는 성취되기 매우 어렵다.

3.014   그러나 그 '통치'라는 것은 한계를 넘지 않는 자들에 의해,
잘 교육된 사람들에 의해, 자신을 잘 통제하는 사람들에 의해,
잘 인내하는 사람들에 의해, 정략적인 사람들에 의해,
어리석지 않은 사람들에 의해 잘 유지된다.

그러므로 모든 면에서 전쟁이 오히려 더 못합니다. 왜냐하면, 훨씬 월등한 자와 더불어 대립하는 것은 코끼리와 더불어 발길질로 싸움을 하는 것과 같아서 오로지 파멸을 초래할 뿐이기 때문입니다."

'구름빛깔'이 말했다.
"어르신! 말해주십시오. 그러면 결론이 무엇입니까?"
그는 말했다.
"폐하! 이것을 고려해보십시오."
그러고는 말하였다.

3.015   행운의 여신은 참으로
목숨을 내어놓는 값어치로도 가질 수 없지만
정략에 뛰어난 사람의 집으론 초대되지 않더라도 달려간다.

3.016   체계적인 지식을 지닌 호의적인 친구들에게 이런저런 행위에 대해
조언을 구하지 않는 사람은 결국 파멸하게 될 것이다.

3.017   지금 여기는 어디인가? 나의 능력은 어떠한가?
내가 무엇을 해야 하나? 내가 어떻게 해야 하나?
그리고 내 삶의 실정은 어떠한가?
이들을 모두 함께 고려하여 자신이 해야 할 일을 시작하는 이.
강물은 물이 넘실대는 바다로 향하는 것처럼,
부귀는 그렇게 성공한 자를 섬긴다.

3.018   모든 시험에서 깨끗함이 입증되고
앞을 내다보는 현명한 위인들이 보좌해야 하나니,
왕권은 뛰어난 보좌관에 좌우되기 때문이다.

3.019 상아가 부딪히며 일어나는 불꽃들이 번뜩이는
혼란스런 코끼리들의 전쟁터에서
적을 쳐부순 영광의 잔을 들이킬지라도
지혜를 갖추지 못한 자는
행운의 여신이 선택한 그릇이 되진 못한다.

"그래서 어떤 경우건 승리를 갈구하는 자라면 목적하는 바를 성취하기 위해서는 능력을 갖춘 보좌관의 보좌가 절대적입니다. 그래서 이런 말이 있습니다.

3.020 훌륭한 가문에서 태어났다는 덕목을 주시하지도,
그럴싸한 겉모습을 주시하지도,
물질적인 능력을 주시하지도 않는다.
용감하며 훌륭한 보좌관으로서의 기질을 지닌 그,
행운의 여신은 변덕스럽다 할지라도 오직 그를 섬긴다.

3.021 덕목을 갖춘 이가 후원을 입었을 때
그 결과에 있어서 무슨 의심이 있겠는가?
참된 것을 실행하는데 자신을 모두 던질 수 있으면
번영이란 얻기 어려운 것이 아니다.

3.022 명예를 매우 중시하는 사람들은
그것이 목적이라면 파멸로도 주저하지 않고 나아가며,
만약 불명예로 점철되었다면

비록 무궁한 삶일지라도 거들떠보지 않는다.

3.023 승리를 위해 과감히 오른발을 내딛도록 하라! 왜 머뭇거리는가?
지나친 머뭇거림은 참으로 모든 재난의 뿌리라고 말하지 않던가?

3.024 듣고 마는 쓸모없는
앵무새의 재잘거림이 무슨 소용이겠느냐마는,
그대가 현명하다면 침묵은 버려야 하고
적절한 시기가 되면 언급되어야 할 것은 언급되어야 한다.

3.025 현명한 사람들은
모든 승리가 조언에 근거하고 있다고 이야기한다.
무엇보다 참된 정신과 훌륭한 지혜가 조언의 출중한 기반이다.

3.026 조언의 문은 여섯 가지입니다. 왕이시여!
그것들을 오직 그대를 위해 언급토록 하겠습니다.
영광을 갖춘 분이시여!

3.027 자신, 대신大臣과 대사大使, 비밀요원,
하루 세 차례 헌공獻供의 과정, 여섯 번째로는 얼굴의 표정.
바로 이만큼이 확실한 조언助言에 해당합니다.

3.028 무엇보다 남에게 발설되지 않고
은밀히 진행된 조언의 성과를 들으십시오!

의무와 사랑으로 인해 손상되지 않은
완벽한 이득[85]을 얻게 될 것입니다.

3.029 단호한 결정을 가능하게 하고
의심을 제거시키며 부단한 지혜를 샘솟게 하는 것은
조언으로 얻을 수 있는 세 가지 훌륭한 결실입니다.

그러므로 올바른 조언이 이루어지도록 항상 노력을 기울여야 합
니다. 어떤 이유인가 하오면,

3.030 조언을 듣는 자에게 잘못 적용된 조언,
그것은 마치 마귀가 주문을 외는 것과 같아서
그를 파멸시키지 않고는 멈춰지지 않는다.

3.031 대신들 사이에 양분된 조언은
자기편을 파멸로 이끌고 상대편을 번성으로 이끄는 까닭에
그것은 이 세상에서 그리 좋은 일이 아니다.

3.032 수입과 지출을 공정하게 배분하고,
비밀요원의 활동이 은밀하며,
조언이 비밀스레 이뤄지고,

---

85   의무(dharma)와 사랑(kāma)으로 인해 손상되지 않은 완벽한 이득(artha).

대신들에 대해 매정하게 말하지 않는 제왕.
그는 바다에 에워싸인 이 땅을 다스리게 될 것이다.

그래서 저는 전쟁이 최선은 아니라고 다시 말씀드립니다만, 그들과 우리는 태생적인 적대감으로 얽매여 있기 때문에 평화 또한 불가능한 일입니다. 그러므로 만약 제게 확실한 조언을 원하신다면, 그러면 기교나 부리는 대화를 통해 오직 특출한 탁상공론으로만 살아가는 저들 대신들은 내보내십시오. 어려운 일을 처리해야 할 때는 여섯 개의 귀를 가진 비밀은 성과를 내지 못할 것입니다."
그러자 '구름빛깔'이 말하였다.
"어르신! 저는 젊기 때문에 경험이 부족합니다. 어떤 말씀이건 바로 그대로 따르겠습니다. 이 모든 것을 당신에게 의지하겠습니다. 당신은 효과적인 조언자이자 이해력과 판별력을 함께 갖춘 조상 대대로 내려온 왕실의 후원자입니다. 아무튼 제가 알아야 할 것을 말씀해 주십시오. 어떻게 우리들이 올빼미들과의 반목에 얽혀 들게 되었습니까?"
그는 말했다.
"폐하! 말의 실수 때문에."

3.033 여름날, 줄곧 오랫동안
곡식을 뜯어먹던 표범 가죽을 뒤집어 쓴 당나귀는
한 마디 말의 실수 때문에 죽임을 당했다.

그는 말했다.

"그건 무슨 말씀이죠?"

'오래산놈'이 말했다.

3-1 표범 가죽을 뒤집어 쓴 당나귀

옛날 옛적, 어떤 세탁장이에게 엄청난 옷감을 운반하는 고통에 기력이 다한 당나귀가 있었다. 그 세탁장이는 돈 들이지 않고 그 당나귀를 건사할 생각에 그에게 표범 가죽을 씌워 밤중에 다른 사람들의 밭에 방목하여 원하는 만큼 곡식을 먹게 하였다. 그래서 그가 표범이란 생각에 그 누구도 그에게 가까이 가거나 그를 밭에서 내쫓지 못하였다. 그러다 언젠가 그는 어느 밭에서 그 밭의 농부에게 고용된 곡물 지킴이 눈에 띄게 되었다.

'저건 표범이잖아? 아이고, 나는 망했다.'

그는 이렇게 생각하고 회색 외투를 두른 몸을 꾸부정하게 하여 손에 활을 움켜쥔 채 살금살금 달아나기 시작하였다. 그러자 잘 먹어 튼실해진 당나귀는 그를 멀리서 보고 '어라! 저건 암당나귀잖아?'라고 여기고 있는 힘을 다해 그에게 달려갔다. 그 또한 더 빠른 속도로 달아나자 당나귀는 이렇게 생각했다.

"아마도 저것이 표범 가죽을 걸친 내 몸을 보고 분명 표범으로 착각하고 있을 게야. 그러니 내가 그에게 본모습을 드러내고 크게 울음소리를 내어 기뻐하게 만들어야겠다."

이렇게 여기고는 표범 가죽을 벗어던진 채 힘차게 울기 시작하였다.

그러자 곡물 지킴이는 그 소리를 듣고 '저건 당나귀잖아!'라고 여기고는 되돌아와 그 당나귀를 화살로 죽여 버렸다.

…첫 번째 이야기가 끝났다.

"그래서 제가 '줄곧 오랫동안 곡식을 뜯어먹던…'이라고 말씀드린 것입니다. 바로 그러한 말 한 마디의 실수 때문에 올빼미들과 우리 까마귀들의 반목이 일어나게 되었습니다."

구름 빛깔이 말했다.

"어째서 그렇게 되었다는 것입니까?"

그가 설명했다.

3-2 새의 왕을 임명하기

예전에 우리 새들에게 왕이 없었을 때 모든 새가 함께 모여 이런

〈 The Origin of the Enmity Between the Crows and the Owls 〉
1370년~1374년 / 이스탄불대학교 도서관 소장

생각을 한 적이 있었다.

"모든 새를 위해 누군가를 왕으로 추대해야겠다!"

그래서 그들은 올빼미를 새의 왕으로 추대하기로 결정하였다.

관례에 따라 대관식에 적합한 모든 사항들을 수집하고, 일산日傘과 일선日扇과 부채와 왕좌王座와 족좌足座와 예복과 기물器物 등을 갖추어 대관식을 거행하려고 하였다.

바로 그때 멀리 떠나 있었던 까마귀가 돌아왔다.

그들은 돌아온 그를 보자 대관식을 잠시 중지하였다.

"의견을 취합하는데 그도 반드시 참여해야만 한다. 우리 새들의 세상에서 임금을 추대하는 일은 모두에게 중요하기 때문이다."

그리고 막 도착한 그에게 물어보았다.

"친구여! 그대는 올빼미가 왕이 되는 것에 동의하는가?"

그러자 그는 말했다.

"왜, 다른 새들, 백조나 오리나 거위, 물꿩, 공작, 뻐꾸기, 비둘기, 꿩과 같은 온갖 새들은 다 놓아두고 하필이면 저 꼴불견인 올빼미가 왕에 추대되었는가? 그리고 또,

3.034 매부리코에 심한 사시, 험악하고도 불쾌한 모습.
성나지 않은 그의 모습이 이처럼 죄악으로 가득한데
성이라도 난다면 그것을 어찌 감당하겠는가?

3.035 천성이 미개하고 몹시 사나운데다 저속하고도 말투까지 미운
저 올빼미를 추대하고 무슨 보호를 받을 수 있겠는가?

그놈은 보는 족족 불같이 성내지만, 그래도 어떤 허세도 먹히지 않는다. 그래서 이런 말이 있다."

3.036 능력이 없는 왕이 허세를 부린들 무엇이 성취되겠는가?
그래도 토끼[86]는 달의 허세로 행복하게 살아가거늘.

새들이 말하였다.
"그게 무슨 이야기야?"
까마귀가 말했다.

3-2.1 코끼리와 토끼와 달

옛날 옛적, 그 언젠가 열두 해 동안 지독한 가뭄이 일어났다. 그리고 그 때문에 연못과 호수, 늪, 저수지 등이 몽땅 고갈되었다. 숨 쉬며 살아가는 모든 것들이 심각히 목말라 하는 커다란 재앙이 초래되었는데, 무엇보다 특별히 코끼리들에게 매우 심각하였다. 그때 '네개의상아'라 이름하는 코끼리왕이 있었는데, 다른 코끼리들이 그에게 진언하였다.

"폐하! 특히 어린 코끼리 무리가 무척 목말라 하고 있습니다. 그 가운데 어떤 애들은 죽음에 직면해 있는데, 심지어 이미 죽기까지 하였습니다. 그래서 가뭄을 몰아낼 방도를 세워야 하겠습

---

86 달의 음영은 인도를 포함한 동양권에서는 '토끼'의 모습으로, 서양권에서는 '게'의 모습으로 여긴다.

니다."

그래서 물을 찾기 위해 코끼리 왕은 재빠른 코끼리들을 사방팔방
으로 내보냈다. 그러자 그들 가운데 하나가 돌아와 아뢰었다.

"폐하! 이곳에서 그리 멀지 않은 곳에 담수로 가득 차 있는, 마치
하늘의 일부분인 듯한 '거대한달의호수'라 이름하는 연못이 있습
니다."

코끼리왕은 기쁜 마음으로 모두를 거느리고 이내 그 연못으로
갔다. 그리고 경사가 져서 내려서기 쉽지 않은 호수의 둔덕을 그
들은 정신없이 내려가게 되었는데, 그 바람에 그들로 인해 둔덕
의 여기저기서 예전부터 집을 짓고 살고 있던 토끼들이 머리며
목이 짓뭉개져 수없이 부상을 당했다. 코끼리 무리가 물도 마시
고 목욕도 한 다음 되돌아갔을 때 죽음을 모면한 토끼들이 모여
논의하기 시작하였다.

'삐쭉주둥이'라 이름하는 토끼왕이 말하였다.

"이제 무엇을 어떻게 해야 하는가? 우리 부족은 거의 괴멸되다시
피 하였다. 길을 알아 둔 그들은 분명 다시 이곳으로 물을 마시러
올 것이다. 그러니 그들이 이곳으로 되돌아오기 전에 무슨 방도
를 생각해야만 되겠다."

그러자 오랜 기간 수많은 역사를 지켜보았던 '승리'라 불리는 토
끼가 그들에게 말했다.

"이것이 효과적일 것입니다. 만약 이렇게만 된다면 그들은 다시
이곳에 돌아오지 않을 것입니다. 아무튼 제가 하는 그대로 그냥
지켜봐 주시겠다고 반드시 약속하셔야 합니다."

그 말을 듣고 '삐쭉주둥이'는 기뻐하며 이렇게 말하였다.

"친구여! 그것은 분명 그렇게 하리라 약속하마! 왜냐면,

3.037 정치학의 정수를 알며
때와 장소를 분간할 줄 아는 '승리'가 파견되면
그곳엔 더할 바 없는 성취가 이뤄지게 될 것이다.

3.038 유익하고도 적절하며 정련된 말을 하며
그럼에도 또한 말을 아낄 줄 아는 그는,
상황들을 고려하여 말을 하며
모든 해야 될 일을 하는 참된 언변가이다.

코끼리들이 당신의 대담한 지혜를 알고, 비록 멀리 떨어져 있더라도 나의 세 가지 능력[87]을 알게 된다면 그들은 자신들의 잘못을 깨닫게 될 것이다. 그래서,

3.039 만나보지 않았더라도 그 사자使者나 서신書信만 보면
나는 그 왕이 어떠한지 알 수 있나니,
그가 현명한지 아니면 지혜가 부족한지.

3.040 사자使者는 사람들을 단결시킬 수도 있고,
단결해 있던 사람들을 떼어놓을 수도 있다.

---

87 세 가지 힘은 지위地位(prabhutva)와 고문顧問(mantra) 및 무용武勇(utsāha)을 말한다.

사자使者는 그러한 일을 행하며,
사람들은 그러한 그를 통해 바람을 성취한다.

그러니 그대가 간다면 그것은 곧 내가 가는 것과 같다. 그게 무슨
이유인가 하면."

3.041 그대는 따를 만하다거나 적절하다 생각하는 것,
그리고 좋다고 여겨지는 것을 말하면 될 것이요,
마음에 드는 것을 말하면 될 것이다.
그 모든 것이 바로 왕인 나의 말이다.

3.042 효과적으로 절제된 언행,
의도하는 바가 소정의 결과를 가져오는 것,
얼마만큼 적절하게 말하는 것이 가능한가.
이것이 사자使者가 과업을 행하는 요건이다.

그래서 토끼의 왕에게 작별을 고한 토끼 '승리'는 코끼리의 왕
이 있는 곳으로 갔다. 그곳에서 코끼리의 군주를 보고 그는 생각
했다. '우리같이 조그만 몸집을 지닌 토끼들은 저것과 직접 상대
하기란 애당초 불가능하겠구나.' 그래서 말하길,

3.043 코끼리는 닿기만 해도 상대를 죽음으로 내몰며,
뱀은 뿜기만 해도. 왕은 웃기만 해도 상대를 죽음으로 내몰며,
악인은 생각만 하더라도.

그러니 나는 산 정상에 올라가서 코끼리왕에게 말해야겠다."
그렇게 산 정상에 올라가 토끼가 말하였다.
"오! 안녕하세요?"
그러자 그 소리를 듣고 이리저리 둘러보던 코끼리왕은 토끼에게
말했다.
"그대는 누구인가? 당신은 어디에서 왔는가?"
토끼가 말했다. "나는 달의 신神이 파견한 사자使者입니다."
코끼리의 왕이 말했다. "할 말이 있으면 해보시오!"
토끼가 말했다.
"있는 그대로의 사실을 전달하는 사자는 전달되는 사실의 잘잘못
과 아무런 관련이 없다는 것을 그대는 분명 잘 알고 있을 것이오.
모든 왕들은 오직 사자를 통해 이야기할 뿐이오.
그래서 말하길,

3.044   무기가 치켜 올려진 상황에서도 사자는 다르게 말하지 않는다.
그들은 오직 있는 그대로 말하는 사람들이니
땅을 지배하는 제왕들에 의해 죽임을 당해서는 안 된다.

내가 그러한 사자로서 달의 명령에 따라 말씀드립니다.
'어떻게 그대는 그렇게도 피아彼我도 분간하지 못하고 그렇게 남
을 상하게 하였는가? 그래서 말하길,

3.045   자신과 상대의 강인함과 나약함,
그것조차 고려하지 않고 일을 하려 나선다면

그 미혹함 때문에 그는 많은 재난을 벌이게 될 것이다.

그러기에 당신은 나의 이름으로 저명한 '달의 호수'를 엉망으로 더럽혀 놓았으며, 그곳에서 나의 보호를 받아야 될 토끼들을 죽였다. 그것은 실로 적절치 못하다. 그들 토끼들은 나에 의해 부양되고 있기에 나는 그들을 나의 가슴에 늘 간직하고 있는 것이니, 그래서 바로 '토끼자국'이란 널리 알려진 이름으로 내가 존재하는 것이다. 그대가 만약 토끼들에게 해를 입히는 그러한 일을 그만두지 않는다면 그대는 나로 인해 커다란 고난을 겪게 될 것이요, 다행히 그만둔다면 커다란 변화가 일어나 그대는 나의 달빛을 받게 되어 기력이 충만해진 몸을 지닐 수 있을 것이다. 만약 고집을 부린다면 내가 달빛을 가려 버릴 것이기에 그대는 그대의 무리들과 함께 열기로 고통을 받아 파멸을 맞이하게 될 것이다."[88]

사자使者가 그렇게 말하자 너무나 두렵고 떨리는 마음을 갖게 된 코끼리왕은 그에게 말하였다.

"친구여! 나의 무지 때문에 토끼들에게 피해가 있었던 것은 사실이다. 내가 이제 알았으니 앞으로는 달에 대해 적대적인 행위를 결코 하지 않도록 하겠다."

그는 말했다.

"달의 왕이 그곳 호수에 머물고 있습니다. 그러니 그대 혼자 오십시오! 그러면 내가 그를 보여드리겠습니다. 그분에게 경배를 드

---

88 감로수의 원천으로 여기는 달빛은 햇볕과는 또 다르게 생명을 소생시키는 역할로 자주 묘사된다. 대서사시 『마하바라따』에서 '빠딸라(pātāla) 인'은 낮 동안 태양빛에 불살라졌다가 밤이 되면 서늘한 달빛에 의해 다시 소생된다고 하였다.

림으로써 그를 만족하게 한 뒤 돌아가십시오."

이렇게 말을 한 뒤 토끼는 그 코끼리를 밤중에 '달의 호수'로 데려가 충만하고도 소담스럽게 둥근 모습으로 물에 비춰진 달의 모습을 보여 주었다. 그러자 코끼리왕은 가장 순결한 상태가 되어 신성神性에 대한 숭배를 해야 되겠다 여기고 사람 팔의 두 배나 됨직한 길이의 코를 물에 던져 넣었다. 그러자 출렁이는 물결에 흔들리는 달의 모습이 마치 수레바퀴에 올라선 양 이리저리 일렁거렸다. 그리하여 코끼리는 천 개나 되는 달을 보게 되었다. 그때 흡사 당황한 마음인 양 허둥대는 모습으로 승리가 말했다.

"어쩌나! 어쩌나! 그대 때문에 달님이 곱절로 성이 났다."

그가 말했다.

"무슨 까닭으로 신성한 달님이 내게 성이 났는가?"

승리가 말했다.

"그의 물을 만졌기 때문입니다."

그 말을 듣고는 꼬리를 감추고 코를 끌어당긴 채 납작 무릎을 꿇고 땅바닥에 머리를 숙이며 신성한 달에게 예를 올리고는 코끼리가 말했다.

"신이시여! 저의 무지 때문에 저질러진 이 일을 용서해 주십시오! 그리고 저는 다시 이곳에 오지 않겠습니다."

이렇게 말한 뒤 다시는 돌아오지 않을 것처럼 뒤도 돌아보지 않고 왔던 그 길로 떠나 버렸다.

…두 번째의 첫째 이야기가 끝났다.

"그래서 내가 '허세를 부린들 무엇이 성취되겠는가마는…'이라고 말한 것이다. 또한 저 비열한 올빼미는 천성이 사악한데 어찌 식 솔들을 보호할 수 있겠는가. 그래서 이런 말이 있다."

3.046   둘이 다투는 사건이 벌어졌을 때
비열한 왕에게 심판권을 쥐어 주면 행복이 어디 있겠는가?
둘은 그저 파멸로 갈 뿐.
마치 토끼와 자고새[89]가 그랬던 것처럼.

새들이 말했다.
"그건 또 무슨 이야기입니까?"
그가 말했다.

3-2.2 고양이와 자고새와 토끼

옛날 옛적, 내가 어떤 나무에 살고 있었는데, 그곳 바로 아래쪽 나무 구멍에 '자고鷓鴣'라는 새가 살고 있었다. 그래서 우리 둘은 서로 그저 함께 산다는 사실 때문에 돈독한 우정이 생겼다. 그리고 매일 이른 저녁 시간에 식사와 산책을 하는 경우 자질구레한 덕담과 간단한 안부 정도로 시간을 보내곤 하였다. 그러다 언젠가 대화를 하던 시간인 저녁이 되었는데도 자고새가 나타나지 않았다. 그래서 나는 혼란스런 마음에 이렇게 생각했다.
"죽었는가? 아니면 잡혔는가? 그것도 아니면 다른 거처에 애착이

---

89   자고새는 꿩과에 딸린 메추라기 비슷한 새로서, 인도에서는 애완용 조류로 취급된다.

일어나 옮겨가서 돌아오지 않는 건가?"

내가 그렇게 생각하고 있는 동안 그럭저럭 많은 날들이 지나갔다. 그리고 얼마지 않아 그의 나무 둥지 구멍에 '기다란귀'라고 이름하는 토끼가 와서 들어가 살게 되었다. 그를 보고 나는 생각했다.

"친구가 없는 마당에 내가 그 둥지에 대해 간섭한들 무슨 소용이 있겠는가?"

그가 그곳에서 얼마 동안 머무는 사이에 자고새가 다시 그곳으로 돌아왔다. 그래서 그는 나무 둥지에 들어가 있는 토끼를 보고 말했다.

"오! 이 자리는 내 것이다. 그러니 어서 둥지를 내주고 여기서 떠나라!"

토끼가 그에게 말했다.

"바보야! 처소와 먹거리는 가진 자가 그 몫을 향유한다는 것을 모르느냐?"

자고새가 말했다.

"이곳엔 심판관들이 있으니 누가 타당한지를 물어봐야겠다. 그리고 법전에도 언급되어 있다."

3.047 '우물과 샘물과 저수지의 경우와 가옥의 경우 및 거주처의 경우엔 이웃의 증언으로 결론이 가려진다' 라고 마누[90]에 언급되어 있다.

---

90 최초의 인간이자 법을 만든 마누(manu)가 지었다고 전해지는 법전을 가리키며, 해당 항목은

'그렇게 하자!'고 동의한 그 둘은 일을 해결하기 위해 길을 나섰으며, 그 일이 어떻게 될 것인지 볼 요량에 나도 호기심으로 그 둘의 뒤를 따라갔다. 얼마를 가다가 자고새가 토끼에게 말했다.

"우리 둘의 사건을 봐줄 누가 있기나 하겠는가?"

토끼가 말했다.

"왜? 이 강 둔덕에 모든 피조물들을 연민하며 고행을 닦는, 법률학에 능통한 '엉겨붙은귀'라는 나이 든 고양이가 살고 있지 않냐? 그는 우리들을 위해 방도를 살필 만한 자가 될 수 있을 것이다."

그러자 그 말을 듣고 자고새가 말했다.

"됐어! 그 비열한 놈은."

그리고 말하였다.

3.048 고행을 한다는 속임수로 머물러 있는 자를 신뢰해서는 안 된다.
성지에는 목 안에 이빨을 숨긴 수많은 고행자들을 볼 수 있다.

그러자 그 말을 듣고는 그저 손쉬운 방법으로 삶을 살아가고자 속이기에 급급한 고양이 '엉겨붙은귀'는 그들에게 신뢰를 주기 위해 다시 얼굴을 태양으로 향한 채 두 발로 서서 팔을 쭉 뻗고는 한쪽 눈만 감은 채 주문을 외우고 있었다. 그가 그렇게 주문을 외고 있었기에 신뢰하는 마음이 생긴 둘은 가까이 다가가 자신들의 거주지 사건에 대해 언급하였다.

법전의 제8장에 언급된 '소송의 열여덟 주제' 가운데 10번째인 '경계 분쟁' 항목에 해당한다.

"오, 고행자시여! 법전의 지도자시여! 저희 둘에게 자그마한 분쟁이 발생했습니다. 그러니 법률적인 수단으로 저희들의 사건에 대해 판결을 내려 주십시오."

그러자 그가 말했다.

"내가 연로해서, 그리고 감각이 무뎌져서 멀리 있는 것은 분명하게 듣지를 못한다네. 가까이 와서 큰 소리로 말해 보시게!"

그래서 그 둘은 조금 가까이 다가가 이야기하였다. 그러자 그들을 더욱 가까이 데려다 놓을 목적으로 이미 신뢰를 얻은 '엉겨붙은귀'는 정치술에 관련된 명언을 암송하였다.

3.049 법도가 파괴되면 모든 것이 파괴되며,
법도가 보호되면 모든 것이 보호된다.
그러므로 법도는 파괴되어선 안 되며,
파괴된 법도라면 우리를 해치지 못하도록 해야 한다.

3.050 법도는 죽음에까지 따라오는 유일한 친구이다.
다른 모든 것은 그저 한결같이
육신과 더불어 파멸되어 갈 뿐이지만.

3.051 동물들로 희생제를 행하는 우리들은
칠흑 같은 어둠에 잠겨 들게 되리니.
'해코지 않음'보다 더 나은 법도는
예전에 존재한 적이 없으며 앞으로도 존재하지 않을 것이다.

3.052 다른 이의 아내는 오로지 어머니처럼,
다른 이의 재물은 흙덩이처럼.
그리고 모든 존재들을 자신처럼 보는
그가 올바르게 보는 것이다.

그러므로 더 말해 무엇을 하리오. 그렇게 그 둘은 위선에 속아 신
뢰를 품은 채 그에게 더욱 가까이 다가갔으며, 그러다 그 둘은 오
직 단번에 그 비열한 놈에게 잡아먹혔다.

…두 번째의 둘째 이야기가 끝났다.

"그래서 내가 '비열한 왕에게 심판권을 쥐어 주면…'이라고 말
한 것이다. 그래서 아무튼, 저 비열한 올빼미는 왕으로 적합하지
않다."
그러자 그의 말을 듣고는 모두들 '그의 말이 일리가 있어!'라고
여기며 말하였다.
"다시 모임을 가져 왕의 선출에 대한 중대한 일을 거듭 숙고해 보
아야겠다."
이렇게 말하고 모든 새들은 제 갈 길로 흩어졌다. 그러자 왕좌에
올라앉은 채 대관식을 코앞에서 놓친 올빼미만 홀로 덩그러니 남
게 되었다. '내가 쓸모없다고 누가 말했는가? 까마귀일 것이다'라
고 확신을 얻은 올빼미는 까마귀의 발언으로 마음에 부화가 일어
나 그에게 말했다.
"네게 내가 어떤 해코지를 했다고 이렇게 대관식을 훼방 놓는 겐
가?

3.053 화살에 의해 꿰뚫려도, 도끼에 황폐화 되어도,
설령 산불에 의해 소실되더라도 숲은 치유된다.

그러나 말로 인해 입은 마음의 상처는 치유되지 않는다. 그러니
무슨 긴 말이 필요하겠는가? 이제 이 날로부터 우리와 너희들 간
엔 적대감이 생겼다."
이렇게 말하고 올빼미는 화를 내며 왔던 곳으로 되돌아가 버
렸다.
까마귀도 순간 두려움이 일며 이렇게 생각되었다.
"이 무슨 흉측한 일을 하찮은 목적으로 내가 저질렀는가? 그래서
이런 좋은 말이 있었구나.

3.054 시간과 장소에 적절치 않은 말,
미래의 실정에 적합하지 않은 말,
그리고 자신에 대해 형편없거나 불명예스러운 말.
아무런 이유도 없이 그런 말을 한다면
그것은 말이 아니라 오직 독이 될 뿐이다.

3.055 힘을 지니고 있다 하더라도 참으로 총명한 사람은
적의가 있는 상태로 경쟁자를 끌고 가지는 말아야 한다.
앞을 내다보는 자라면 그 누가 '내겐 의사가 있어!'라고 생각하며
이유 없이 독을 마시겠는가?

그러므로 이 일은 내가 무지해서 벌어졌구나. 어떤 일이든 내게

호의적인 사람들과 더불어 의논해 보지 않고 처리하면 그 일의 꼬락서니가 이렇게 될 것이다. 그래서 이런 말이 있는 게지."

3.056 믿을 만한 친구들에 의해 여러 차례 확인되고
또한 스스로 되풀이하여 모든 상황을 고려해 일을 행한다면
그러한 그는 지혜를 갖춘 자이며
그가 바로 행운과 명성의 그릇일 것이다.

그렇게 말하고 까마귀도 그곳을 떠났다.
…두 번째 이야기가 끝났다.

"폐하! 그래서 그렇게 잘못된 말 한마디의 결과로 우리와 올빼미 간에 적대감이 형성되었던 것입니다."
구름빛깔이 말했다.
"이제야 알겠습니다, 어르신! 이제 심사숙고해서 그들이 우리들을 공격하러 오기 전에 방도를 생각해야겠습니다."
그가 말했다.
"군주시여! 평화와 전쟁 및 방어, 공격, 동맹 및 줄다리기 외교라는 여섯 가지 전략 정책 가운데 평화와 전쟁은 첫머리에 말씀드렸습니다. 그런데 지금은 방어와 공격 및 동맹과 줄다리기 외교는 우리에게 적합하지 않습니다. 왜냐하면, 방어 전략의 경우 적이 우리보다 워낙 강력하기 때문에 성채나 우리 자신들의 파멸만 가져올 뿐이며, 공격은 결국 성채를 포기하는 것이 될 뿐입니다. 그리고 동맹 전략의 경우라면 강력한 그 누가 우리와 쉽사리 동

맹을 맺으려 할 것이며, 줄다리기 외교 또한 그러합니다. 그러므로 이러한 경우에는 회유와 뇌물과 분쟁과 폭력이라는 네 가지 책략은 별다른 효험이 없습니다. 그렇지만 모든 원칙이 먹혀들지 않는 자에겐 다섯 번째로 '속임수'라는 방법이 있습니다. 그러므로 저는 그 방법을 택하여 그들을 정복하고 모욕을 안겨 주기 위해 진력할 것입니다. 그래서 이런 말이 있습니다."

3.057 숫자는 많으나 힘이 없는 적대적인 경쟁자라면
상대를 꾀로 속이면 될 것이다.
그들이 염소를 놓고 브라만에게 그랬던 것처럼.

그가 말했다. "그것은 무슨 이야기죠?"
'오래산놈'이 말했다.

3–3 브라만과 불량배

예전에 어떤 브라만이 다른 마을에서 제례의 희생물로 쓸 염소를 받아 어깨에 메고 자신의 집으로 돌아오는 길에 불량배들 눈에 뜨이게 되었다. 그들이 생각했다.
"어떻게든 브라만이 저 염소를 포기하게 만들어야겠다!"
그래서 그들은 마음을 먹고 그를 앞질러 길 어귀 가까이에 세 무리로 나뉘어 서 있었다. 그리고 그들 가운데 제일 먼저 우두머리가 브라만에게 말했다.
"아니, 뭐 때문에 이 개를 어깨에 메고 가십니까? 보아하니 저 놈은 짐승깨나 잡았음직 한데."

그는 그렇게 말하곤 그냥 지나쳐 버렸다.

브라만은 생각해 보았다.

"저 흉측한 놈이 뭐라고 하는 게지? 내가 개를 어깨에 메고 가고 있단 말인가?"

그러는 동안 다른 두 불량배가 다가와 그들도 브라만에게 말했다.

"브라만이시여! 이 무슨 망측한 일을 저지르셨습니까? 성사聖絲[91] 와 염주를 걸치고 성스러운 세 줄기의 선을 몸에 그은 채 성수통 聖水桶을 손에 들고서 흉측스럽게 어깨에는 개를 걸치고 계시니. 보아하니 이놈은 토끼나 사슴이나 멧돼지를 잡아들이는데 솜씨깨나 부리던 놈 같습니다요."

그렇게 말하고 그 둘도 지나쳐 가 버렸다. 그러자 브라만은 이상하게 생각하여 염소를 땅에 내려놓고 매우 찬찬히 귀와 뿔과 음낭과 꼬리 등 사지를 이리저리 더듬어 보고 생각했다.

"저런 바보 같은 놈들! 어떻게 이게 개라는 게지?"

브라만은 다시 어깨에 염소를 짊어지고 길을 재촉했다. 그러자 이젠 또 다른 세 명이 브라만에게 말을 건넸다.

"당신은 우리와 접촉해선 안 되오! 한쪽으로 비켜 지나가도록 하시오! 왜냐고요? 브라만이여! 당신은 겉모양만 청결할 뿐, 개와

---

91 성사(聖絲, yajñopavīta)는 제례(yajña)를 통해 승천昇天(upavīta)하여 브라흐만에 가닿을 때까지 언제나 나와 브라흐만이 이어져 있음을 상징하는 것으로서, 학생기 초에 치르는 입문식(入門式, upanayana) 때 세 가닥의 무명실을 꼬아 왼쪽 어깨와 오른쪽 허리에 걸쳐 두르는 것이다. 사성 계급 가운데 상위 세 계급이 평생에 걸쳐 두르며, 장례 등 상스럽지 못한 일에 참여할 때는 성 사를 오른쪽 어깨와 왼쪽 허리에 오도록 반대로 걸친다.

〈 The Ascetic and the Three Thieves 〉
1385년~1395년 / 이집트 국립도서관

접촉했기 때문에 분명 내생엔 사냥꾼이나 될 것이요.”

이렇게 말하고 휭하니 가 버렸다. 그래서 브라만은 다시 생각해 보았다.

“어떻게, 내 감각기관들에 하자라도 있는 건가? 아무튼 뭐든지 다수가 그렇다면 그게 확실한 것이지. 그리고 세상에는 모순된 것이 엄연히 드러나 보이기도 하는 법이니, 아마도 이것은 개의 모습을 지닌 악마일 것이다. 악마라면 개의 모습을 갖추는 것이 불가능하지 않을 테니.”

그렇게 여기고는 염소를 버린 뒤 목욕을 하고서 집으로 돌아 갔다. 그러자 불량배들은 그 염소를 가져가서 맛있게 먹었다.

…세 번째 이야기가 끝났다.

“그래서 제가 ‘숫자는 많으나 힘이 없는…’이라고 말한 것입니다. 이제 제가 어떤 말씀을 드릴 것이오니, 그것을 들으시고 드린 말 씀이 그대로 실행되도록 해주십시오.”

그가 말했다. “어르신! 그러겠습니다. 그게 무엇입니까?”

‘오래산놈’이 말했다.

“폐하! 저의 깃털을 뽑아 흉측하게 만들고 매우 가혹한 말로 능욕 한 뒤 이미 죽은 자들로부터 가져온 피[92]를 제 몸에 문지르고 바 로 그 무화과나무 아래에 던져둔 채 ‘루스야무까’[93] 산으로 가서서

92　피는 인도의 정淨과 부정不淨의 개념에서 가장 부정한 것으로 여긴다. ☞ 卍 ‘정淨과 부정不淨’

93　‘루스야무까’ 산은 대서사시 『라마야나』에서 라마 왕자가 왕비 씨따를 구하기 위해 랑카 섬으 로 건너가기 전에 용맹한 장수인 하누만을 얻게 된 곳이다. 하누만은 이 산에서 자신의 원숭이

그곳에서 수행원들과 함께 머물러 계십시오. 그러면 제가 서적에 제시된 가르침을 이용하여 그 적들을 남쪽으로 얼굴을 돌리게 만들고[94] 목적을 성취한 뒤 다시 폐하 곁으로 돌아오겠습니다. 그리고 그러는 동안에는 반드시 폐하께서 저에 대한 어떠한 동정도 베풀어선 안 됩니다."

그래서 그의 말대로 그렇게 일이 처리되고 해가 저물었을 때 '적을짓이기는자'는 자신의 호위대 및 수행원들과 함께 바로 그 무화과나무로 날아왔다. 그런데 그곳에서 그는 까마귀를 한 마리도 볼 수가 없었다. 그래서 꼭대기까지 높이 올라가 생각했다.

"이놈들이 다 어디로 갔지?"

그러자 '오래산놈'은 자신이 땅바닥에 엎드려 있었기에 그들이 쉽사리 볼 수가 없게 되자 이렇게 생각했다. "이러다 저놈들이 일의 전말을 감지하지 못하고 그냥 가 버리면 아무것도 아닌 것이 되겠다." 그리고 말했다.

3.058 모든 일에 손을 대지 않는 것이 분명 으뜸가는 지혜의 표상이요,
일단 어떤 일에 손을 대었으면
끝까지 추진해 가는 것이 버금가는 지혜의 표상이다.

"적을 파멸코자 착수했던 일이 이뤄지지 않는다면 아예 손대지 않은 것만 못할 것이다. 그러니 나를 알아보게끔 내가 소리를 내어 그들이 들을 수 있도록 해야겠다."

'오래산놈'은 이렇게 생각하고 아주 가냘프게 신음 소리를 내었다. 근처에 있던 올빼미들이 그 소리를 듣고 "저것은 까마귀 소리인데?"라고 여겨 자기들 왕에게 아뢰었다. 그러자 그 보고를 듣고 호기심이 생긴 '적을짖이기는자'는 바로 내려와서 소리가 나는 곳으로 가서 각료들에게 말했다.

"그에게 누구냐고 물어보아라!"

그러자 그가 말했다.

"나는 '오래산놈'이다."

그 말을 듣고 올빼미 왕은 놀라서 말했다.

"너는 까마귀 왕의 총애를 받는 고문직을 수행하는 수장일 텐데, 어떻게 그 지경이 되었는가?"

그렇게 추궁되자 그가 '적을짖이기는자'에게 말했다.

"군주시여! 들어보십시오. 당신들이 우리 부족을 거의 섬멸하고 떠났을 때 '구름빛깔'은 살아남은 군사들을 보고 매우 침울해지더니 각료들과 더불어 숙의를 했습니다. 간단히 말하자면, 당신들을 파멸시키기 위해 무엇인가 착수되었는데, 그래서 제가 '저들은 강력하고 우리들은 나약합니다. 그러니 아무쪼록 순순히 복종하는 것이 오로지 우리 자신들을 위하는 것입니다.'라고 말했습니다."

그리고 말했다.

3.059　힘이 훨씬 못 미치는 자가 행복하길 바란다면
　　　더 힘센 자와 그저 생각으로라도 반목하지 말아야 한다.
　　　갈대처럼 처신한다면 가진 것을 잃지는 않겠지만
　　　나방처럼 달려든다면 분명 파멸만이 존재할 뿐이다.

"그래서 제가 적 편을 드는 놈이라 몰려서 까마귀들에 의해 이 지경이 되었습니다."

그러자 그 말을 듣고 '적을짓이기는자'는 선대로 세습되어 내려온 자신의 각료인 '붉은눈'과 '험악한눈', '불눈', '코삐뚤이' 및 '담벼락귀' 등과 함께 상의하였다. 그 가운데 처음으로 '붉은눈'에게 물었다.

"친구여! 일이 이렇게 흘러가니 어떻게 대처해야 하겠는가?"

그가 말했다.

"지금 무엇을 생각하고 계십니까? 생각할 것도 없이 그를 죽여야 합니다. 왜냐하면,

3.060　나약한 적은 강력한 자가 되기 전에 완벽히 파멸시켜야 한다.
　　　나중에 힘 있고 용기를 갖춘 자로 성장하면 굴복시키기 어렵다.

그리고 또, 제 발로 찾아온 행운이 버림을 받게 되면 나중에라도 반드시 복수한다는 세간의 속설이 있습니다. 그래서 이런 말이 있습니다.

3.061　기회는 그것을 원하는 사람에게 한차례만 찾아온다.

기회란 것은 무엇인가 하고자 갈망하는 자라도 거듭 마주치긴 어렵다.

그러므로 저 원수가 죽어야만 이 왕국은 가시가 제거될 것입니다."

그의 말을 들은 뒤 다시 '험악한눈'에게 물었다.

"친구여! 그런데 그대는 어떻게 생각하느냐?"

그는 말했다. "폐하! 망명해 온 저자를 처단해서는 안 됩니다. 어떤 이유인가 하오면."

3.062 두려움에 휩싸인 채 동정심이 결여된 사람은
비참한 상태로 애원하는 사람이나 망명해 온 사람이나
엄청난 충격에 휩싸인 사람들을 공격하는데,
그들은 살아서 '라우라와' 지옥[95]으로 떨어지게 된다.

3.063 모든 조건이 갖춰진 마사제馬祀祭[96]의 경우에도
그 결과가 없을지언정
두려움에 떠는 망명자를 보호해줄 때는

---

95 인간이 사는 지상 아래로 아딸라 등 7겹의 지하세계가 존재하고 그 아래로 지옥이 존재하는데,
지옥은 '나라까naraka'·'니라야hiraya'·'라우라와raurava' 등으로 표현된다. ☞ '일곱 겹의 지하
세계'

96 마사제馬司祭(aśvamedha)는 한 마리의 말을 영토 내에 자유롭게 돌아다니게 한 뒤 1년 후에 다
시 왕궁으로 돌아온 그 말을 희생하고 왕비와 더불어 교합交合의 의식을 치르게 함으로써 신에
게 제례를 올리는 의식이다. 한 해 동안 그 말이 돌아다녔던 지역은 어디든 왕의 영역으로 간
주되는데, 이에 반하여 말의 통과를 거부했던 지역은 왕의 정벌대상이 된다.

반드시 그 결과를 얻게 된다.

그 말을 듣고 이번엔 '불눈'에게 물었다.
"친구여! 그대는 어떻게 생각하는가?"
그가 말했다.
"폐하! 망명해 온 자는 적이라 할지라도 처단하지 말아야 하는 것
은 분명합니다.

3.064   듣자 하니, 보호를 요청해 온 적敵이
비둘기에 의해 적절한 예법에 따라 환대를 받았음을 물론
게다가 비둘기는 자신의 살점까지 내어 대접했다고 한다.[97]

3.065   항상 나를 꺼려하던 그녀가 오늘은 나를 얼싸안았다.
은인이여! 그대에게 신의 은총이 있으라!
어떤 것이건 내가 가지고 있는 것이라면 모두 가져가시오!

그러자 도둑이 말했다고 합니다."

3.066   그대의 물건 가운데 가져갈 만한 것은 보이지 않는구려.
만약 가져갈 만한 것이 생기면 다시 또 오리다.

---

97   새 사냥꾼을 위해 자신을 바친 비둘기 이야기는 뿌르나바드라(Pūrṇabhadra) 등 확장된 여타 판
본의 『빤짜딴뜨라』에는 40여 수의 아름다운 찬가로 그 내용이 묘사되어 있다. ☞ 拾 '비둘기의
희생'

아니면 그녀가 그대를 얼싸안지 않는다면…

'적을짓이기는자'가 말했다.
"그것은 무슨 이야기인가?"
그가 말했다.

3-4 늙은이와 젊은 아내와 도둑

여든을 넘긴 나이의 어떤 상인이 엄청난 재물 덕분에 젊은 아내를 얻었다. 그런데 생기발랄한 젊음으로 활짝 피어난 그녀는 늙은이와 연을 맺은 까닭에 그림 속의 떡인 양 아무런 의미가 없는 젊음을 되새기며, 비록 그와 매일 밤 침대로 가더라도 항상 뒤척이는 늘씬한 육신은 지독한 외로움만 맞을 뿐이었다.

그러던 어느 날 밤 그의 집에 재물을 훔치러 도둑이 들어왔다. 무심결에 그 도둑을 보게 된 그녀는 두려운 마음에 몸을 돌려 남편을 온몸으로 힘차게 끌어안았다. 일이 그렇게 되었을 때 애욕과 환희로 한껏 달아올라 털까지 곤두선 그는 "이토록 경이롭고 이해할 수 없는 이 일이 어떻게 나에게 일어났는가?"라고 의아해하며 이리저리 둘러보다가 도둑을 발견하게 되었다. 그리고 생각했다.

"이건 분명, 그녀가 저 도둑놈이 두려운 까닭에 나를 꽉 껴안은 것이겠구나."

그렇게 생각하고는 그에게 '친구여! 그녀가 항상 나를 꺼려하다…'라고 말하자 그 도둑 또한 다정하게 그에게 '그대의 물건 가운데 가져갈 만한 것은 보이지 않는데…'라고 말했던 것이다.

…네 번째 이야기가 끝났다.

"그러므로 이 경우는 심지어 남의 재물을 훔쳐 가고 해를 끼치는 도둑도 이로운 점이 있다는 이야기인데, 도움이 필요해 찾아온 망명자의 경우라면 말해 무엇하겠습니까? 그리고 또한 그는 그들에게 해악을 입었다 하니, 우리 자신들을 이롭게 하고 그들을 파멸시키기 위해서 그들의 약점을 엿볼 좋은 기회가 될 수도 있을 것입니다. 그러기에 그를 처단해서는 안 됩니다."

그 말을 듣고 '적을짓이기는자'는 또 다른 대신 '코삐뚤이'에게 물었다.

"친구여! 이제 이런 입장일 때 무엇을 해야 하겠는가?"

그가 말했다.

"폐하! 그를 처단해서는 안 됩니다. 왜냐하면."

3.067 서로 싸우는 사람들은 적이라 하더라도 이득 될 바가 있나니,
도둑은 생명을 선물한 셈이고,
한편으론 악마에 의해선 한 쌍의 소가 선물된 셈이다.

왕이 말했다.

"그것은 무슨 이야기인가?"

그가 이야기하였다.

3-5 브라만과 도둑과 브라만귀신

어떤 가난한 브라만에게 새끼 때 보시로 얻어서 정제된 기름과

천일염 및 온갖 풀 등 적절한 먹거리로 양육되어 보기 좋게 자란 한 쌍의 소가 있었다. 그것을 보고 도둑이 무엇인가 궁리하였다.

"오늘 저것을 내가 가져와야겠다."

이른 저녁 시간에 도둑이 그렇게 마음을 먹고 길을 나섰다. 그런데 한참을 가고 있던 그는 누군가 알 수 없는 자가 자신의 어깨를 짓누르는 듯하여 두려움에 불쑥 말을 내뱉었다.

"누구요!"

그러자 바로 옆에서 누가 말했다.

"나는 밤을 배회하는 브라만악귀[98]다. 그대도 누구인지 말해 보라!"

그가 말했다. "나는 도둑이다."

그러자 그가 질문했다. "그대는 어디로 가는가?"

그가 말했다. "브라만의 소를 한 쌍 훔치러 간다. 그런데 당신은 어디 가는 길인가?"

그러자 그가 도둑임을 알고 안심이 된 브라만악귀가 말했다.

"나도 바로 그 브라만을 잡아가기 위해 나서는 길이다."

그래서 그 둘은 브라만의 집에 도착하여 후미진 구석에서 시간이 되기를 기다리며 숨어 있었다. 그리고 브라만이 잠들었을 때 브라만악귀가 먼저 그를 잡아가기 위해 살금살금 그에게 접근하자 도둑이 나서서 말했다.

"그것은 좋은 방법이 아니다. 내가 먼저 소를 가져간 뒤에 그대가

---

98   브라만악귀(brahmarākṣasa)는 많은 죄를 지은 브라만이 죽어서 되는 가장 사악한 아귀의 일종.

브라만을 잡아가면 되잖느냐."

그가 말했다.

"그것 역시 좋은 방법이 아니다. 소를 데려가는 소리 때문에 아마도 그가 깨어날 것인데, 그러면 내가 여기 온 소용이 없지 않느냐."

도둑이 말했다.

"당신이 그를 잡아가려 한다면 그는 일어나 난리를 부릴 것이고, 그러면 집안 모든 사람들도 깨어나게 될 것이다. 그렇게 되면 나 또한 소를 훔칠 수 없게 된다. 그러니 내가 먼저 소를 가져가고, 그런 다음 네가 브라만을 잡아먹으면 될 것이다."

그렇게 그 둘은 서로 아웅다웅하다 급기야 다툼이 일어나게 되었으며, 그 소란스런 다툼에 갑자기 브라만이 깨어나게 되었다. 그러자 도둑이 먼저 말했다.

"브라만이여! 이 브라만악귀가 그대를 잡아먹으려 한다."

브라만악귀도 말했다.

"이 도둑놈이 당신의 소 한 쌍을 몽땅 훔치려고 한다."

그 둘의 말을 듣고 정신이 번쩍 든 브라만은 먼저 정신을 맑히는 신성한 만뜨라를 외워 브라만악귀를 쫓은 다음, 몽둥이를 가져와 소를 훔치려는 도둑을 몰아내었다. 그래서 도둑과 브라만악귀는 모두 쫓겨나게 되었다.

···다섯 번째 이야기가 끝났다.

"그래서 제가 '적들일지라도 이득을 위해 오직···'이라고 말한 것입니다. 그리고 또,

〈 The Ascetic, the Thief and the Demon 〉
1370년~1374년 / 이스탄불대학교 도서관 소장

3.068 고귀한 '쉬비' 왕은 한 마리의 비둘기를 구하기 위해
선행을 펼쳐서 매에게 자신의 살점을 떼어 주었다고 한다.[99]

그러므로 폐하께서는 망명하여 온 저자를 죽일 필요가 없습
니다."
그래서 연이어 '담벼락귀'에게 물었더니 그 또한 그저 그들의 말
에 동조할 뿐이었다. 그러자 다시 또 '붉은눈'이 일어나 속으로
비웃으며 말했다.
"당신들이 엉망인 술책을 권한 까닭에 우리 군주께서 처참하게
몰락하게 생겼다. 그래서 이런 말이 있는 것이다."

3.069 눈에 빤히 보이게 잘못이 벌어졌는데도
멍청이는 달래는 말 몇 마디에 만족하고 만다.
목수는 정부情夫와 함께 있는 자기 마누라를
머리로 짊어지고 대로大路를 달려갔다.

그들이 말했다.
"그게 무슨 이야기인가?"
그가 말했다.

---

99   불교설화 등을 통해 널리 알려진 '왕과 비둘기'의 이야기 ☞ 주 '왕과 비둘기'

〈 The Carpenter, His Unfaithful Wife and Her Lover 〉
1370년~1374년 / 이스탄불대학교 도서관 소장

3-6 오쟁이[100]의 남편인 목수

어떤 도시에 한 목수가 살고 있었다. 그에겐 그가 매우 사랑하는 어여쁜 마누라가 있었는데 그의 친구와 친척들은 그녀를 음탕한 여인이라고 매번 그에게 충고하였다. 그래서 그게 사실인지 알고 픈 그는 한 날 그녀에게 말했다.

"여보! 멀리 떨어진 마을에 왕의 별궁을 짓는데 내일까지 그곳에 당도해야 하오. 그 일은 아마도 얼마간 걸릴 것이오. 그러니 나가서 다녀올 동안 먹을 음식을 조금 준비해야겠소."

---

100 '자기의 아내가 다른 남자와 간통하다'란 의미의 '오쟁이지다'라는 표현에서 온 '오쟁이'는 주로 간부(姦婦)를 가리키는 말로 쓰인다. 범어의 원어는 그와 같은 의미를 지닌 '자리니(jāriṇī)'이다.

그러자 기쁜 마음에 그녀는 그가 일러주는 대로 몇 가지 먹거리를 마련해 놓았다. 그리고 그렇게 모든 준비가 되었을 때 여정에 필요한 물품과 먹거리를 챙긴 그는 한밤중이 한식경쯤 남았을 때 그녀에게 말했다.

"갔다 오리다! 문단속 잘하고 있으시오."

집을 나선 목수는 다시 몰래 되돌아와 집의 쪽문을 통해 집안으로 들어와서 자신의 침대 밑바닥에 자신이 데리고 다니는 견습공과 함께 숨어 있었다. 그가 집을 나서자마자 들뜬 마음이 된 그녀는 '오늘은 아무런 거리낌 없이 사랑하는 그와 애정을 나눌 수 있겠구나'라고 생각하며 뚜쟁이를 통해 정부情夫를 불러들인 뒤 집안에서 자유롭게 마시고 먹는 등 마음 내키는 대로 행동하였다. 그러던 가운데 아직 잠자리에 들지 않았을 때 어쩌다 침대에 걸터앉아 그저 두 발을 흔들흔들하던 그녀의 발뒤꿈치에 목수의 몸이 살짝 닿았다. 그러자 그녀가 생각했다.

"이건 분명 남편일 텐데… 그러면 이제 어떻게 해야 하지?"

그러는 순간 정부가 다짐이라도 받을 양 그녀에게 말을 건넸다.

"자기! 말해 봐! 나와 남편 가운데 누가 더 사랑스러운 게야?"

그래서 재치 있게 실정을 파악한 그녀는 이렇게 말했다.

"물을 것을 물어라! 세상 모든 여인들은 분명 자기 자신의 몸가짐에 소홀한 채 그 어떤 짓을 슬쩍슬쩍 행하고 있는 게 사실이지만… 길게 말해 뭐하겠냐? 그것들은 만약 냄새 맡을 코가 없다면 의심의 여지없이 똥도 먹을 수 있을 게라는 것이 내 생각이다. 그러나 내가 만약 눈곱만큼이라도 남편에 대해 불경스러운 생각을 했다면 오늘 당장 여기에서 목숨을 내던지고 말겠다."

그러자 목수는 그 음험한 탕녀가 꾸며낸 말에 넘어가 견습공을
쳐다보며 말했다.

"오, 완벽하고도 사랑스런 내 마누라가 최고야! 모든 사람들 앞에
서 자랑을 해야겠다."

이렇게 말하고는 정부와 함께 침대에 앉아 있는 그녀를 침대 채
머리에 이고 큰길로 나가 이리저리 돌아다녔으며, 결국엔 사람들
의 온갖 비웃음을 받게 되었다.

…여섯 번째 이야기가 끝났다.

"그래서 제가 '눈에 뻔히 보이는 잘못이 벌어졌을 때도…'라고
말한 것입니다. 아무튼 우리는 뿌리째 몽땅 뽑혀 망하게 되었습
니다. 그래서 이런 좋은 말이 있는 것일 겝니다."

3.070　적절한 이득을 저버리고 거꾸로 시행하는 사람은
　　　자기편의 모습을 하고 있는 적으로,
　　　현명한 사람들은 그렇게 취급한다.

3.071　똑똑하지 못한 각료를 데리고 적절한 때와 장소를 무시하면
　　　비록 훌륭한 사람이라 할지라도
　　　태양이 떠오를 때 어둠이 그런 것처럼
　　　그는 파멸되어 버리리라.

그런데도 그의 말에 신경을 쓰지 않고 그들은 '오래산놈'을 부축
하여 자신들의 요새로 옮겨갔다. 그러자 더욱 신뢰를 얻을 목적

으로 '오래산놈'이 말했다.

"폐하! 이제 이렇게 처참한 상태이기에 아무것도 할 수 없을 테니 제가 무슨 소용이 있을 것이며, 이 지경에 이른 저의 생명이 무슨 소용이 있겠습니까? 그러니 저를 위해 불을 마련해 주시면 그 불 속으로 투신하겠습니다."

그러나 그가 마음속으로 무엇을 생각하는지 그의 표정을 통해 알아차린 '붉은눈'이 말했다.

"당신은 왜 불에 뛰어들기를 바라는 게요?"

그가 말했다.

"나는 단지 당신들을 위하려다 이 곤경에 빠졌다. 그래서 나를 이렇게 만든 그들에게 원수를 갚고자 내 몸을 희생으로 바쳐 그 공덕으로 다시 올빼미로 태어나길 바라는 것이다."

'붉은눈'이 말했다.

3.072 속마음을 숨긴 그대의 말은 듣기엔 그럴싸한데,
마치 독에 오염된 술이 그런 것처럼
속으로 변한들 아무런 변화도 눈치 챌 수 없을 게다.

"비천한 놈! 네가 올빼미로 태어난다는 것은 실현될 수 없다! 불가능하다! 어떤 이유인가?"

3.073 남편이 될 수도 있었던 태양과 비와 바람과 산을 모두 떠나
색시 새앙쥐는 본연으로 돌아갔으니,
'본래 그러하다'는 것은 참으로 그렇게 거스르기 어렵다.

그가 말했다.

"그게 무슨 이야기인가?"

'붉은눈'이 말했다.

3-7 새앙쥐 색시

어떤 지역에 한 현인[101]이 있었다. 그가 강가 강에서 목욕을 하고 마지막으로 입가심을 하려 할 때 손바닥에 송골매의 입에서 가까스로 벗어난 소녀 생쥐가 떨어졌다. 그 생쥐를 본 현인은 그를 무화과나무의 잎사귀에 내려놓고 다시 목욕과 입가심을 마쳤다. 그리고 속죄贖罪를 비롯한 종교적인 행위를 행한 뒤 집으로 돌아가다 생쥐를 기억하고 생각했다.[101]

"이런 일이 있나! 내가 엄마 아빠와 떨어진 새앙쥐를 버려두고 왔구나. 이건 옳지 않은 행위다. 지금으로선 내가 바로 그 새앙쥐의 보호자이기 때문이다."

이렇게 여기고 돌아가서 그 생쥐를 수행력을 이용하여 소녀로 변신시키고는 집으로 데려가 아직 자식이 없는 아내에게 건네주며 말했다.

"여보! 애를 받으시오! 그대를 위해 딸이 생겼으니 정성껏 양육해야 할 것이오."

그렇게 소녀로 변신한 생쥐는 그녀에게 많은 귀여움을 받으며 양

---

101 본 번역본에서 '현인'으로 번역된 리쉬(ṛṣi)와 부처님의 별칭에서 보이는 무니(muni)는 모두 '존경할 만한 이'를 가리키지만 의미에서 약간의 차이를 지닌다. ☞ 쥬 '리쉬(ṛṣi)와 무니(muni)'

육되었다. 이제 나이로 열두 살이 되었을 때 현인은 그녀의 혼사에 관해 걱정하게 되었다.

"시간을 지체하는 것은 그녀를 위해서도 적절치가 않다. 자꾸만 지체한다면 그런 나의 행위도 분명 비난을 받을 것이다."
그리고 말했다.

3.074 결혼하지 않은 처녀가 아버지 집에서 달거리를 보게 되면
그 처녀는 결혼하기 곤란하게 되며
그 부모는 천한 계급으로 취급된다.

"그래서 내가 그녀를 적절한 능력이 있는 자에게 시집을 보내야겠다."
그리고 말했다.

3.075 살림살이나 가문이 비슷한 둘의 우정이나 결혼은 가능하다.
그러나 낮거나 못한 차이가 있는 둘의 경우는 그렇지 않다.

그는 그렇게 여기고 덕망 있는 태양을 불러서 말했다.
"당신은 힘이 있으니 나의 딸과 결혼해 주시오!"
세상의 지킴이로 모든 일들을 한결같은 눈으로 바라보는 힘을 지닌 그가 말했다.
"덕망 있는 이여! 나보다 구름이 더 강력합니다. 그들이 나를 가려 버리면 나는 아무것도 볼 수가 없게 됩니다."
"그것은 그렇겠군."이라며 현인은 구름을 불러서 말하였다.

"나의 딸을 받아 주시오!"

그 또한 말하였다.

"나보다 바람이 더 힘이 셉니다. 그들에 의해 나는 이리저리 어느 방향이든지 흩어져 버립니다."

이제 그는 바람을 불러들였다.

"나의 딸을 받아 주시오!"

그렇게 이야기하자 그는 말했다.

"덕망 있는 이여! 나보다 산이 더욱 강력합니다. 왜냐하면 나는 그들을 한 뼘도 움직이게 할 수 없기 때문입니다."

그래서 그는 이제 산을 불러서 말했다.

"나의 딸을 받아 주시오!"

그가 말했다.

"분명 우리는 그 무엇에 의해서도 꿈쩍하지 않습니다만, 그래도 우리들보다 새앙쥐들이 더 힘이 셉니다. 그들은 우리들 여기저기에 수백의 구멍을 만들지 않습니까?"

그렇게 말하자 현인은 생쥐를 불러 말하였다.

"나의 딸을 받아 주시오!"

그래서 그는 말했다.

"그것은 곤란합니다. 어떻게 그녀가 우리들의 작은 구멍으로 들어갈 수 있겠습니까?"

그래서 그는 '그건 사실이군!'이라 여기고 수행력을 통해 다시 그녀를 처녀 새앙쥐로 만들어 총각 새앙쥐에게 보내 주었다.

…일곱 번째 이야기가 끝났다.

"그래서 내가 '남편이 될 태양을 떠나서…'라고 말한 것이다."

그럼에도 그들은 '붉은눈'의 말을 무시한 채 '오래산놈'을 데리고 자신들 부족의 파멸을 위하기라도 하는 양 그들 자신의 요새로 돌아갔다. 그들에 의해 부축되어 옮겨지던 '오래산놈'은 속으로 비웃으며 생각했다.

3.076 오로지 군주를 위해 권익을 역설하던 그는
내가 죽임을 당해야 한다고 말했다.
오로지 그가 이곳 각료들 가운데
정치학이 말하는 요점을 유일하게 아는 자이다.

"만약 그들이 그의 의견을 들었다면, 그러면 나의 책략은 원하던 결과를 거두지 못할 것이다."

요새의 입구로 돌아와서 '적을짓이기는자'는 각료들에게 말했다.

"어디든 '오래산놈'이 원하는 곳에 자리를 마련해 머물게 하라!"

'오래산놈'은 요새의 입구가 모든 일에 적절하고 또한 손쉽게 떠날 수도 있을 것이라 여겨서 그곳에 자리를 잡았다. 그리고 올빼미들은 매일 자기들 내키는 대로 이리저리 공략하여 식량을 획득해 왔으며, 왕의 명령에 따라 제법 많은 고기를 가져다 '오래산놈'에게 제공하였다.

그러자 '붉은눈'은 자기 식솔들을 불러 말하였다.

"저 까마귀 때문에 머지않아 내가 파멸을 지켜보게 생겼다. 그러니 어리석은 저들과 한곳에 머무는 것이 내키지 않으므로 다른 산의 동굴로 옮겨가 지내면 행복하게 살 수 있을 것 같다."

그렇게 말하고 '붉은눈'은 그들 식솔들과 함께 다른 곳으로 떠나 버렸다.

까마귀인 '오래산놈'은 매우 짧은 기간에 기력을 회복하여 날개를 추스른 덕에 공작새처럼 멋진 몸이 되었으며, 올빼미 군대의 세력과 요새 및 진지의 약점과 통로 등을 모두 파악하고 이렇게 생각했다.

3.077 그들의 요점과 세력에 대해, 그리고 요새에 대해
있는 그대의 실정이 확실하게 파악되었다.
시간을 허비하지 말고 당장에 적들을 괴멸시켜야겠다.

이렇게 생각하고 올빼미들을 철저히 궤멸시킬 요량으로 요새의 입구인 나무 구멍을 소똥으로 가득 채우고는 재빨리 '구름빛깔'에게 갔다. '구름빛깔'이 반갑게 맞으며 정황을 묻자 이렇게 말했다.

"주인님! 지금은 정황을 이야기할 때가 아닙니다. 시간은 순식간에 지나가 버립니다. 그러니 모두 곧바로 나뭇가지를 하나씩 가지고 가도록 하십시오! 나는 불을 가지고 가겠습니다. 지금 바로 일순간에 몰려가서 모든 적과 더불어 적의 근거지를 불태워 버려야 합니다!"

바로 그렇게 하여 소똥으로 가득 채운 나무 구멍에 불쏘시개를 집어넣고 불을 던져 넣었다. 그러자 그 즉시 일순간에 모든 원수들을 뿌리째 뽑아 버릴 수 있게 되었다. 뱀들이 사는 지하 세상[102] 끝까지 가 닿은 듯한 구덩이를 모두 불태우고 원하는 모든 것을

달성한 '오래산놈'은 경사가 일어난 것을 축하하는 축제의 시끌벅
적함이 가득한 가운데 바로 그 무화과나무에서 모든 조건을 겸비
한 '구름빛깔'을 왕으로 추대하였다.

곧이어, 적을 정복한 '구름빛깔'은 '오래산놈'에게 다양한 격식으
로 존경을 나타내고 기꺼움에 이렇게 말했다.

"어르신! 적의 수중에서 보낸 시간이 어떠했습니까?"

3.078 　행위가 고결한 이들의 경우
타오르는 불속으로 뛰어드는 것이 오히려 낫지,
단지 한 순간일지라도
적대시하는 이들과 함께 하는 경험은 아무래도 아니다.

그가 말했다. "폐하!"

3.079 　어려움이 닥쳤을 때 안전을 위해선 어떤 길이건
굉장하거나 하찮거나 그 모든 길을 현명한 지혜로 따라야 한다.
건장하긴 코끼리의 코와 같고 활시위에 멍든 표식까지 있는
강궁強弓에 숙달된 아르주나의 두 팔이
여인네 같이 팔찌로 장식되지 않았던가?

102　지하 세계가 지금의 지옥으로 묘사된 것은 불교설화 이후의 일이며, 그 이전에는 단지 깊은 동
굴을 통해 들어가면 가 닿는, 뱀 등이 모여 사는 어두운 세계로만 표현되어 있다. ☞ 图 '일곱
겹의 지하 세계'

3.080   때를 기다리는 현명한 사람이라면

비록 강력한 힘을 지녔다 하더라도

번개가 내리꽂는 온갖 어려움을 무릅쓰고

저열하고 사악한 사람들 속에서 살아남아야 한다.

국자질에 정신없는 손, 숯검정으로 더럽혀진 몸,

노역의 피로에 지친 육신.

그렇게 비마는 강력한 힘을 지녔건만

맛스야 왕의 처소에서 요리사들과 함께 어울리지 않았던가?

3.081   곤경에 빠져 때를 기다리는 현명한 사람이라면

비록 형편없다 하더라도

마음을 기울여 해야 될 일을 해나가야 한다.

전율하는 활시위의 간디와로

정신없이 활을 쏘아 대던 아르주나건만

소리 나는 요대腰帶를 어렵잖게 허리춤에 두르지 않았던가?

3.082   능력과 열정을 지녔다 하더라도

자신의 재기才氣를 억제한 채 명령을 준수하며

성공을 추구하는 현명한 사람으로서

성스러운 운명 속에서 꿋꿋이 자리하고 있어야 한다.

신들의 왕 인드라나 부귀의 군주 꾸베라나

죽음의 신 야마[103]와 같은 형제들에 의해 숭앙을 받던

저명한 유디식티라 또한

고뇌와 더불어 오랫동안 삼지창을 지니지 않았던가?

3.083 준수한 외모와 훌륭한 집안을 가지고
훌륭한 덕성을 갖춘 마드리의 두 아들은
가축을 돌보는 일을 하며
위라따의 명령을 받지 않았던가?

3.084 비길 데 없는 아름다움과 젊음이란 훌륭한 덕목을 지니고
다복한 집안의 태생으로 부귀의 여신과도 같은 그녀,
운명의 영향 때문에 그녀 또한 시련의 시간은 다가왔다.
젊은 여인들에게 '하녀'라고 불리고
거만하게 조롱하듯 호령을 당하며
맛스야 왕의 처소에서 드라우빠디는
실로 오랫동안 단향목을 문지르지 않았던가?[104]

'구름빛깔'이 말했다.

103　야마는 한역漢譯에서 '염라閻羅'로 번역되는 죽음의 신이다. 그는 태양의 신인 비와스와뜨와 그의 아내 산즈냐의 두 번째 아들이다. 산즈냐가 남편인 태양신의 뜨거움을 견디지 못해 가출하며 자신의 그림자로 그 자리를 대신하게 하였는데, 계모가 된 그림자가 야마를 구박하자 그대로 순종하지 않고 진리에 따라 법대로 대꾸하고 심지어 계모에게 저주까지 해버린다. 이로 인해 나중에 야마는 올바른 법을 말했기에 자비를 베푸는 모습과 아울러 저주를 했던 까닭에 도리어 저주를 받는 모습의 양면성으로 인해 조상이 거주하는 죽음의 나라를 지배하는 신이 되었다.

104　빤두의 다섯 아들들이 맛스야(Matsya) 국國에서 신분을 숨기고 망명 생활을 할 때, 그 맏아들인 '유디스티라'는 고행자의 신분으로 위장하여 왕의 노름 상대가 되었으며, 둘째인 '비마'는 위라따(virāṭa) 왕 궁궐의 요리사로 있었으며, 셋째인 '아르주나'는 여장을 한 채 궁궐에서 노래와 춤을 가르치는 일을 했다고 하며, 이복형제로서 쌍둥이인 '나꿀라'와 '사하데와'는 궁궐의 말과 가축을 돌보는 목동의 일을 맡았다. 그리고 그 다섯 아들의 공통 아내인 '드라우빠디'는 왕실의 하녀로 있었다. ☞ 㽅 '마하바라따'

"적과 함께 지내는 것은 칼날 위를 걷는 수행과 같다고 생각합니다."

그가 말했다.

"폐하! 그것은 그렇습니다. 그렇더라도,

3.085 현명한 사람은 힘이 소진되었을 때 위장하여 친구처럼 되어서
시간을 기다리며 꾸며진 애정으로 단점을 숨기며 견뎌 낸다.

그러므로 길게 말해 무엇을 하겠습니까? '붉은눈' 한 놈을 제외하고 그렇게 어리석은 집단은 제가 일찍이 보지 못했습니다. 오직 그 '붉은눈'에 의해서만 제 의도가 있는 그대로 노출되었을 뿐입니다. 다른 이들은 그저 이름뿐인 각료들이었습니다. 저의 의도가 그들에게 들키지 않았는데 그들이 무엇을 어떻게 할 수 있었겠습니까?"

3.086 적敵의 입장에서 찾아와 예전의 적敵과 살기를 갈구하는 하인은
뱀과 함께 지내기를 강요하는 것과도 같은 까닭에
지속적인 동요動搖로 결국에는 상처를 입히고 만다.

3.087 물결무화과나 용수무화과[105]의 씨앗을 먹은 비둘기로 인해

---

105 빨락샤(plakṣa)는 물결 모양의 잎이 있는 무화과나무로서 파차波叉 또는 필락차畢洛叉로 한역漢譯되며, 느야그로다(nyagrodha)는 열대의 뽕나무과 상록교목의 하나인 인도 무화과나무로서 용수榕樹로도 불리며 종광수縱廣樹 또는 종횡수縱橫樹로 한역된다.

괴사怪死가 초래되는 견사나무의 경우처럼
위험이란 나중에라도
뿌리째 뽑히는 파멸의 원인이 되고 만다.

3.088 쉬고 있을 때, 잠들어 있을 때, 부산히 이동 중에 있을 때,
그리고 먹고 마시는 일에 빠져 있을 때,
드러나거나 드러나지 않은 위험에 대해 소홀히 대처할 때
모든 적들을 그 상대를 공격하게 된다.

3.089 현명한 사람이라면 모든 노력을 경주하여

인생의 세 가지 즐거움[106]의 근거지인
귀중한 육신을 보호해야 하나니,
부주의로 자칫하면 파멸될 수 있기 때문이다.

그래서 이런 좋은 말이 있습니다.

3.090 형편없는 각료를 두었다면
그 누군들 잘못된 정책에 괴롭지 않겠습니까?
해로운 먹거리를 먹었다면
그 누군들 질병에 괴롭힘을 당하지 않겠습니까?
행운의 여신이 그 누군들 거만스럽게 만들지 않겠습니까?
죽음이 그 누군들 파멸시키지 않겠습니까?
욕정이 그 누군들 뜨겁게 달구지 않겠습니까?

3.091 도중에 그만두는 경우 명성은 사라질 것이며,
공평하게 대하지 못하는 경우 친구는 사라질 것이며,
신성한 의무를 무시하는 경우 가족은 사라질 것이며,
재물을 탐욕하는 경우 다르마는 사라질 것이다.
타락한 사람의 경우 학문적인 결과는 사라질 것이며,
수전노의 경우 참다운 행복은 사라질 것이며,
경솔한 각료와 함께하는 제왕의 경우

---

106   인생삼락人生三樂은 다르마(dharma, 道理)와 아르타(artha, 豐饒) 및 까마(kāma, 欲樂)이다.

왕국은 사라져 버릴 것이다.

3.092 메마른 장작에 불길은 치성하며,
어리석은 이들에게 고뇌는 치성하며,
변덕스런 이들에게 분노는 치성하며,
사랑받는 이들에게 애정은 치성하며,
영리한 사람에게 지혜는 치성하며,
자비로운 사람에게 다르마는 치성하며,
위대한 이들에게 있어서 불굴의 정신은 치성하기 마련이다.

그러므로 왕이시여! 당신께서 말씀하신 '칼날의 수행과 같은 적과의 동침이 경험되었다'는 그것은 참으로 사실입니다. 참으로 현명하십니다. 아무튼."

3.093 해야 될 일을 하고 있을 때 지혜로운 사람은
자신의 어깨로 적을 짊어지고 옮길 수도 있어야 한다.
자신들을 옮겨 준 코브라로 인해 개구리들은 재앙을 맞았다.

그는 말했다. "그것은 무슨 이야기입니까?"
'오래산놈'이 말했다.

3-8 코브라를 올라탄 개구리들

옛날 옛적, '더딘독'[107]이라 이름하는 나이 먹은 어떤 코브라가 있었다. 그는 이렇게 생각했다.

〈The Snake and the Frog King : The Snake Tells the King of the Frogs Why He is Accursed〉
1370년~1374년 / 이스탄불대학교 도서관 소장

"어떻게 지금의 이런 삶으로 행복하게 살아갈 수 있겠는가?"

그래서 개구리가 많이 있는 연못으로 가서 풀이 죽은 듯한 모습을 드러내 보이며 우두커니 앉아 있었다. 그렇게 머물러 있자니 물속에서 헤엄치던 개구리가 물었다.

"아재! 왜 오늘은 예전처럼 먹거리를 찾으러 돌아다니지 않는 게요?"

그가 말했다.

"친구여! 비참해진 내게 먹거리에 대한 욕구가 어디 있겠는가!"

107　만다위샤(mandaviṣa) : manda(느린, 게으른, 어리석은) + viṣa(독毒)

"왜요?"

"내가 오늘 이른 저녁 시간에 먹거리를 구하려고 돌아다니고 있었던 중 개구리를 한 마리 보게 되었다. 그래서 그것을 잡아먹으려고 달려들었더니, 그도 나를 보고는 걸음아 날 살려라 하며 베다의 염송에 몰두하고 있던 브라만들 사이로 사라져 버려 알 수가 없었다. 그러다 내가 혼동이 되어 그와 비슷하게 생긴 어떤 브라만 아들의 발가락을 물어 버렸다. 그 때문에 그 아이는 이내 죽어 버렸고, 충격을 받아 슬픔에 빠진 그의 아버지가 내게 저주하며 말했다.

"나쁜 놈! 너 때문에 죄 없는 내 아들이 죽어 버렸다. 너는 그 잘못으로 개구리들의 탈것이 될 것이니, 늘 그들을 기쁘게 만들어야만 그제야 목숨을 연명할 수 있게 될 것이다."

그래서 내가 너희들을 태워 주려고 온 것이다."

그러자 그 개구리가 여기저기 다니며 모든 개구리들에게 그 사실을 알렸으며, 각료 개구리들이 기쁜 마음에 '거미발'이라 불리는 개구리왕에게 가서 그 사실을 아뢰었다. 각료들로 둘러싸인 개구리왕 또한 매우 놀라운 일이라 생각하며 황급히 달려와 연못에서 나와 기뻐하며 그의 등에 올라탔다. 그를 뒤따라 여기저기에 제 자리를 차지하려는 이들이 다투듯 연이어 올라탔다. 그리고 자리를 차지하지 못한 다른 개구리들은 그저 코브라의 발 아래로 까맣게 몰려들어 있었다. '더딘독' 또한 자신의 사리사욕을 위해 여러 가지 방법을 동원하여 특별한 동작을 보여주었다. 거미발이 코브라를 타본 뒤 말했다.

3.094 코끼리를 타거나 수레를 타거나 마차를 타거나
인간의 수레를 타거나 배를 타고 가더라도
나에겐 모두 '더딘독'을 타고 가는 것만 못하다.

다음날, 일부러 지친 척하는 '더딘독'에게 거미발이 말했다.
"친구여! 오늘은 느릿느릿 옮겨가는 것이 어찌 예전만 못한가?"
"폐하! 요즘은 저의 먹거리가 시원찮은 까닭에 예전처럼 힘차게
실어 나를 힘이 없습니다."
그러자 그가 말했다.
"친구여! 조그만 개구리들을 한번 먹어보지 그래!"
"그것은 제가 바라는 바이기도 합니다만, 어떻게 하해와 같은 허
락으로 은혜를 입고 있는 제가 개구리를 먹을 수 있겠습니까? 이
렇게 저는 당신들에게 의지해 목숨을 연명하고 있지 않습니까."
그래서 결국 그는 개구리왕의 허락을 받아 차례대로 개구리들을
원하는 만큼 먹었으며, 단 며칠 만에 기력을 완전히 회복하게 되
었다. 매우 만족한 그는 속으로 비웃으며 혼잣말로 중얼거렸다.

3.095 속임수로 마련된 다양한 먹거리인
개구리들을 내가 먹고 있긴 한데
과연 얼마나 오랜 기간 먹거리가 떨어지지 않을 수 있을까?

그러자 그 말을 얼핏 듣고 의아심이 생긴 거미발은 '그가 무슨 소
리를 하는 건가?'라고 궁금해 하며 그에게 물었다.
"그대가 지금 무어라 말했는가?"

그는 자신의 속내를 숨기려고 말했다.

"아무것도 아닙니다."

그러나 또 다시 재촉되자 그가 대답했다.

"주인님. 제가 이렇게 말했습니다.

3.096 무시무시한 인드라의 번개를 맞은 산이나 나무가 될지언정

그 무엇도 브라만의 저주로

철저하게 불타 버린 생명체가 되지 않게 하소서.

그런데 그러한 상황에서 거미발은 거짓된 말로 속이려는 것을 전혀 알아채지 못하였다.

약설컨대, 그렇게 그에 의해 모든 개구리들이 몽땅 잡아먹혀 결국에는 씨알 한 톨도 남아 있지 않게 되었다.

…여덟 번째 이야기가 끝났다.

"그래서 제가 '어깨로라도 적을 옮길 수 있어야…'라고 말한 것입니다. 그러므로 왕이시여! 마치 '더딘독'에 의해 개구리들이 전멸한 것처럼, 그렇게 나에 의해서도 경쟁자들이 남김없이 죽게 되었던 것입니다. 그리고 그래서."

3.097 숲에서 활활 타오르는 불길은 깡그리 태우지만

그래도 나무의 뿌리만은 놓아둔다.

홍수는 부드럽고 시원하지만

그럼에도 나무를 뿌리째 뽑아 버린다.

'구름빛깔'이 말했다.

"그렇긴 그렇습니다. 그리고 또,

3.098   이것이 정치적인 지혜를 방편으로 지닌 이들의 위대함이다.
그들은 설령 어려운 재난이 일어났을 때라도
애초에 마음먹은 그 무엇을 절대 포기하지 않는다.

그러므로 그대에 의해 그렇게 적들이 남김없이 처치될 수 있었던
것입니다."
그가 말했다.
"폐하! 바로 그렇습니다."
그리고 말했다.

3.099   남은 빚과 남은 불씨와 남은 질병을 처리하듯,
현명한 이는 바로 그렇게
남은 적을 남김없이 말끔히 처리하여 일을 망치지 않는다.

"폐하! 당신께선 정말 행운을 지니고 계십니다. 그래서 당신을 위
해 시행되는 모든 일은 이렇게 성공하고 있는 것입니다. 그리고
또,

3.100   제왕의 강력함은 각료들의 능숙함에 보좌되어야 하고,
그들의 능숙함은 즉각적인 노력이 뒤따라야 한다.
제왕과 각료들 간에 진행되는 일과 재물의 출입을 조화롭게 하면

무슨 일이든 커다란 성과를 이룰 것이다.

3.101 스스로를 조절하는 이, 진실한 이, 현명한 이, 결연한 이.
실로 무엇이 그러한 자의 발치에 닿지 않고
남아 있을 수 있겠는가?

3.102 어려움이 일어났을 때 그 누구의 가슴이 내려앉지 않을 것이며,
어렵사리 성공했을 때 그 누구의 마음에 기쁨이 일지 않겠는가.
그 누가 쉽사리 화를 추스르고 인내심을 발휘하여
적절한 시기에 영향력을 떨칠 수 있겠는가.
그 누가 가까운 이들의 추문을 감추고만 있을 수 있을 것이며,
그 누가 타인의 약점에 대해 지켜보고만 있을 수 있겠는가.
어떤 누구든 그의 그러한 행위가 마음으로 조절될 수 있다면
모든 부귀와 영화들이 손안에 있는 것이나 다름이 없을 것이다.

3.103 나는 누구인가? 여기는 어디이고 지금은 언제인가?
무엇이 같고 같지 않은가? 누가 적인가? 누가 아군인가?
행위를 적절히 행함에 무엇이 능력이며 무엇이 수단인가?
무엇이 나의 운명적인 부귀인가?
무엇이 재물의 지속적인 원천인가?
배척된 나의 의견을 만회시킬 적절한 반응은 무엇이겠는가?
목적을 성취하고자 그렇게 항상 마음을 쓰는 자,
그는 결코 낙담하지 않는다.

그러므로 오로지 '강력함' 그 자체만으로는 하고자 하는 일을 훌륭하게 이루진 못합니다. 그래서 이런 말이 있습니다.

3.104 갖은 무기로 인해 죽은 적은 참으로 죽은 것이 아니지만
지략으로 죽은 적은 확실히 죽었으므로 다시 되살아나지 못한다.
무기는 오직 사람의 육신만을 죽이지만
지략은 혈족과 부귀와 명성까지 죽인다.

3.105 궁수에 의해 발사된 한 개의 화살은
한 사람을 죽일 수도 죽이지 못할 수도 있지만
지혜를 지닌 이에 의해 시도된 책략은
왕과 더불어 왕국을 몽땅 파멸시킬 수 있다.

그래서 그렇게 운명과 인간적인 노력을 기울인 이의 경우 힘들이지 않고 의무를 성취하게 될 것입니다. 왜냐하면,

3.106 해야 할 일을 행할 때 지략은 먹혀들고
결심이 확고하면 부귀는 저절로 굴러들어오며,
계획했던 바는 비참한 지경으로 흘러가지 않기에
그렇게 모든 것은 결실을 맺게 된다.
그러면 증진된 것을 즐기고 숭앙받을 행위는 즐거움이 되나니,
무슨 일이든 되려는 사람의 경우에 그게 뭐 그리 특별나겠는가?

그러므로 관대함과 지략과 힘을 갖춘 자가 결국 왕국을 지니게

될 것입니다."
그리고 말했다.

3.107 관대함과 용맹과 현명함 속에서 사람이 살아가면,
그러한 그는 덕망 높은 이가 된다.
덕망을 지닌 이에게 재물은 모이고,
재물로부터 탁월함이 생겨나며,
탁월함을 지닌 이에게 권력이 모여서,
그로 인해 왕국이 확립된다.

'구름빛깔'이 말했다.
"어르신![108] 통치학은 즉각적인 결실을 맺기 마련입니다. 수고스
럽게도 당신께서 책략을 쓰자 많은 무리들이 따르던 올빼미왕은
그들과 함께 철저히 괴멸되지 않았습니까?"
'오래산놈'이 말했다.
"폐하!

3.108 강압적인 수단으로 성취에 쉽사리 도달될 수 있더라도
애초에 그 목적하는 바는 여지를 남겨 두는 것이 낫다.
산정에 솟아 있는 탁월한 나무의 왕은

---

108 번역어 '어르신'에 해당하는 산스끄리뜨 'tāta'는 가까운 연장자에 대한 존경심이 수반된 호
칭인 동시에 친근하게 느끼는 조카뻘의 대상에게 동시에 사용될 수 있는 이중적인 성격을 지
닌다.

예를 갖추지 않고는 베지 않는 법이듯이.

아니면 군주님! 무엇을 언급했지만 정작 시행할 적절한 시기를
놓쳤다면 그 말이 무슨 소용이 있겠습니까? 그래서 이런 좋은 말
이 있습니다.

3.109 우유부단한 사람들, 시도를 두려워하는 사람들,
그저 농담이나 지껄이며 즐기는 것이 목적인 사람들.
그런 이들의 말은 결과적으로 실망을 초래하며
세상에서 조롱거리가 될 뿐이다.
현명한 이는 해야 될 일이 비록 하잘것없더라도 경시해서는 안
됩니다. 어떤 이유인가 하오면,

3.110 '내가 할 수 있어! 이 정도 가지고 신경은 무슨!'
'별것 아닌 이것은 쉽사리 처리될 것이다'
이렇게 사람들은 자신이 해야 할 일을 깔본다.
그러나 방일과 무지에 불운이 겹칠 때
쉽사리 찾아오는 고통스런 슬픔에 빠져든다.

이제 적을 정복한 군주께서는 마치 예전과 같은 편안한 잠자리에
드실 수 있을 것입니다. 그래서 이런 말이 있습니다.

3.111 애초에 뱀이 없거나 있더라도 찾아서 죽여 버린
그런 처소에서는 편안하게 잠이 온다.

그러나 보았다 놓쳤다면 거기선 잠이 들기 어렵다.

3.111 오랜 노력을 통해서만 성취될 수 있는 험난한 것이지만
사랑하는 사람들의 염원이 깃든 행위들,
적절하고 힘 있는 수준을 요구하는 것이지만
원하는 위치에 오르게 하는 행위들.
존경과 자긍심과 영웅심에 심취된 사람들이
그러한 행위들의 최종 목적지에 닿기도 전에
조급한 마음에 허둥지둥 댄다면
어떻게 여유를 지닌 행복을 가질 수 있겠는가?

그러므로 착수했던 일이 완료된 저의 마음은 진정한 휴식을 취하
는 것 같습니다. 어떻게?

3.113 심장은 열기를 벗어 놓은 듯하며
할 일을 마친 육신은 한층 가벼워진 듯합니다.
이제 적을 괴멸시키겠단 맹서를 완료하여
피안彼岸으로 건너간 사람의 마음이 되었습니다.

그러므로 이제 해악이 제거된 왕국에서 적극적으로 인민을 보호
하는 왕이 되어 아들과 손자 대대로 흔들림 없는 일산日傘의 자리
와 부귀를 오랫동안 향유하십시오! 그리고 또,

3.114 어떤 누구라도 '보호'라는 덕목으로

자신의 백성을 만족스럽게 하지 못하는 왕은
암염소 목에 난 젖꼭지[109]같이 그의 이름은 쓸모가 없다.

3.115 덕스러운 것에 대한 열정, 사악한 것에 대한 경멸,
그리고 훌륭한 정책에 대한 애정을 지닌 왕.
그는 흔들림 없는 일선日扇과 비단옷을 갖추고
새하얀 일산日傘으로 장식된 제왕의 권위를 오랫동안 즐긴다.

폐하께선 '내가 왕국을 차지하였다!'라고 자만하며 부귀영화에 중독되어 자신을 속여서는 안 됩니다. 제왕의 권력은 참으로 일정하지 않기 때문입니다. 왕권에 매달린 행운들은 대나무 갈대에 기어오르는 것과도 같아서 힘들게 오르다가도 순식간에 떨어지며, 마치 수은액과 같기에 엄청난 노력으로도 온전히 움켜잡기 어렵습니다. 그리고 그것은 수많은 생각으로 흔들리는 원숭이의 우두머리처럼 비위를 잘 맞추더라도 쉽게 속임을 당하기 쉽습니다. 또한 연잎에 닿았다 흘러내리는 물줄기처럼 끌어안기 어려우며, 바람의 움직임처럼 불안정하며, 비천한 이와 맺은 동맹처럼 분명치 않으며, 태생으로 맹독을 품은 독사처럼 도움을 받기가 어려우며, 해질녘 구름 무리가 그런 것처럼 순식간에 물들며,

---

109 산스끄리뜨에서 왕王을 나타내는 단어 '라잔(rājan)'은 '만족하게 하다(rañj)' 또는 '보호하다(rakṣ)'는 의미와 연결되는데, 백성을 만족하게 하지 못하거나 보호하지 못하는 왕은 마치 염소 목에 살이 접힌 부분을 '젖꼭지(stana)'라 부르지만 그 모습이 유사해서 붙인 이름일 뿐 실제는 그렇지 않은 것과 같음을 말한다.

물거품의 행렬들이 그렇듯이 스스로 생겼다가 스스로 스러지며,
육신을 지닌 인간의 속성이 그런 것처럼 한 일에 대해 감사할 줄
모르며, 꿈속에서 얻은 재물의 무더기가 그런 것처럼 순식간에
보였다가 순식간에 사라집니다. 더 말해 무엇하겠습니까?

3.116 왕국의 정원에서 대관식이 거행되는 바로 그 순간
왕의 지혜에 사악한 것들이 들러붙기 시작하며,
그의 대관식 때 관정灌頂의 물잔들은
물과 더불어 불운을 그의 머리에 쏟아 붓는다.

그리고 어떤 누구라도 불운에 닿지 않을 사람은 실로 존재하지
않습니다."
그리고 말했다.

3.117 라마의 망명[110]을, 발리의 굴욕[111]을, 빤두 아들들의 숲속 생활을,
브리쉬니 족의 파멸[112]을, 날라 왕이 왕국을 잃어버린 일[113]을,

---

110 『라마야나』에서 왕자 라마(rāma)는 부친의 권유로 계모의 음해를 피해 아내 '씨따' 및 이복형
제 '락슈마나'와 함께 12년간 숲속 생활을 한다. ☞ ㊀ '라마야나'

111 마왕 발리(bali)가 난장이로 변장한 위쉬누에게 능욕을 당한 것을 말한다. ☞ ㊀ '위쉬누'의 바
마나 항목

112 『마하바라따』에 등장하는 브리쉬니(vṛṣṇi) 족은 위쉬누의 화신化身인 끄리쉬나(kṛṣṇa)가 속했던
종족으로, 내부의 분열로 인해 멸망하였다.

113 『마하바라따』에 등장하는 설화로, 비마(bhīma)의 딸 다마얀띠(damayantī)와 사랑에 빠진 왕 날
라(nala)가 노름 때문에 왕국과 모든 것을 잃고 신분을 감춘 채 아요드야(ayodhyā)의 왕 리뚜빠
르나(rituparṇa)의 말 조련사이자 요리사로 지냈던 일을 말한다.

위식누가 난장이가 된 것을, 아르주나의 죽음을,

그리고 라마에 죽임 당한 랑카 섬의 군주[114]를 함께 생각해 본다면

그렇게 모든 것은 운명에 영향을 받기 마련인데

사람이라면 그 누가 무엇을 어떻게 막을 수 있겠는가?

3.118 인드라의 친구인 다샤라타[115]는

천상에서 싸우고 과연 어디로 갔는가?

싸가라[116] 왕은 바다의 범람을 조절하고 과연 어디로 갔는가?

부친의 손바닥에서 태어난 웨나의 아들[117]은 과연 어디로 갔는가?

태양의 현신現身인 마누[118]는 실로 어디로 갔는가?

강력한 운명의 시간으로 그들은

눈을 떴다가 결국엔 감지 않았던가?

3.119 제왕, 신하들, 여인네들, 그리고 오래되어 음산한 집과 숲들.

그나 그들이나 그녀들이나 그리고 그것들이나

결국엔 야마의 어금니[119]에서 파멸을 맞고 만다.

---

114 『라마야나』에서 라마의 아내 씨따를 유괴하여 라마에 의해 죽임을 당한 랑카의 왕 라와나 (rāvaṇa)를 말한다.

115 다샤라타(daśaratha) 왕은 라마(rāma)의 부친으로 신과 악마 사이 최초의 싸움에서 신의 편에서 전공을 세웠다.

116 싸가라(sagara) 왕의 6만에 이르는 아들들이 땅을 파서 바다가 형성되었다. ☞ 㔾 '싸가라의 바다'

117 와인야(vainya)는 고대 왕 가운데 가장 강력한 왕으로 묘사된다. ☞ 㔾 '와인야의 탄생'

118 태양의 아들로 알려진 마누(manu)는 첫 번째 인간이자 법전法典을 제정한 인물로 묘사된다.

119 『바가바드기따』에서, 본 모습을 드러낸 끄리쉬나의 파괴성을 찬양하며 아르주나는 '위협적인 어금니를 지닌 무시무시한 당신의 입속으로 들어가며 어떤 이들은 이빨 사이에 끼여 산산이

3.120 지혜는 들음으로써, 어리석음은 사악함으로, 코끼리는 열정으로,
강은 물결로, 밤은 달로, 확고부동함은 명상으로,
그리고 왕권은 지도력으로 장엄되어진다.

3.121 실망이 흥겨움을, 겨울의 도래가 가을을,
태양이 어둠을, 배은망덕이 선행을,
유쾌한 해학이 슬픔을, 훌륭한 정치는 재난을,
나쁜 정치는 비록 창대한 부귀라도 쉽게 무너뜨린다.

"그래서, 훌륭한 통치를 통해 백성들로 하여금 대신들이 제시한
현명한 의견들을 축복 속에서 따르도록 이끄는 왕은 오래도록 왕
권의 복락을 누리게 될 것입니다."

…'까마귀와 올빼미의 전쟁'이라는 세 번째 장이 끝났다.

조각난 ……'(11.27)이라고 표현한다. 어금니는 파괴의 실질적인 행위력을 상징한다.

네 번째 장

가졌다
잃음

이제, '가진 것을 잃음'이란 네 번째 장이 시작된다. 그것의 첫머리를 여는 찬가이다.

4.001   어떤 무엇을 잡았지만
혼란스런 속임수와 꼬드김 넘어가 다시 놓아주었다.
마치 그처럼 어리석은 악어는 원숭이에게 그렇게 속았다.

왕자들이 말하였다.
"그것은 무슨 이야기죠?"
위싀누샤르만이 말하였다.

○   옛날 옛적, 어떤 강변에 '주름진얼굴'[120]이라 이름하는 원숭이가

---

120   왈리와다나까(valīvadanaka) : valī(주름) + vadana(얼굴) + ka(~것) - 주름진 얼굴을 한

살고 있었다. 그는 본디 원숭이들의 왕이었는데, 나이가 들어 힘도 많이 떨어진 데다, 젊고도 온갖 능력을 갖춘 채 지나친 질투심으로 항상 타오르는 불길 같은 성정을 지닌 편협되고 적의를 품은 다른 새로운 원숭이에게 내몰려 자신의 부족에서 축출되었다. 그래서 그렇게 강변에서 한가로운 시간을 보내고 있었다.

그가 지내는 바로 그 강 둔덕에 '꿀단지'라 불리는 무화과나무가 있었는데, 그는 그 열매를 먹거리로 연명을 하고 있었다. 그러다 언젠가 그가 먹다가 손에서 놓쳐 버린 열매 하나가 강물에 떨어지자 그로 인해 물에서 아름다운 소리가 일어났다. 그 소리를 듣고 천성이 경박한 원숭이는 다른 열매들도 따서 귀를 즐겁게 하는 일이라며 자꾸만 강물에 던졌다. 그런데 어쩌다 그 아래쪽을 지나가던 '나약해빠진놈'[121]이라 이름하는 악어가 그 열매들을 좋아하여 가져다 먹었으며, 나중엔 아예 그곳에서 달콤한 그 열매를 얻기 위해 자리를 잡고 있기도 하였다. 그러다 그렇게 악어와 더불어 친분을 맺은 '주름진얼굴'은 이제 자신의 부족에서 축출되었다는 사실도 잊어버리게 되었으며, '나약해빠진놈' 또한 그와의 지나친 애정에 마음이 빼앗겨 집으로 돌아갈 시간도 번번이 넘기게 되었다.

그러던 얼마 후 악어의 아내는 친구들에게 가서 남편의 지나친 외출 때문에 타들어 가는 속내를 말하였다.

"내 남편은 도대체 어디에 있는 게야? 밖에서 무엇에 저리도 집

---

121 끄리샤까(kṛṣaka) : kṛṣa(나약한, 작은) + ka(~것) - 나약한 것 또는 나약한 자

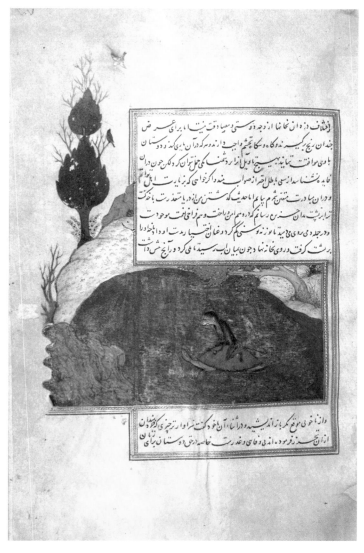

〈 Kardanah Rides the Tortoise 〉
1375년~ 1385년 / 이스탄불 토프카 피궁 박물관 소장

착하고 있는 게지? 오늘도 돌아올 시간을 넘기고… 자신이 할 일도 저버리고 무엇하고 있는지 모르겠어."

그러자 그녀의 한 친구가 말했다.

"네가 남편이 어디서 무엇을 하는지 속들이 알지 못한다면, 그런 남편 때문에 나중에라도 네 집과 재산이 어디 남아나겠느냐? 사실은 네 남편이 밖에서 뭐하는지 내게 들켜 버렸다. 네 남편은 어떤 암컷원숭이와 강변의 한적한 곳에서 그럴 수 없이 즐겁게 이리저리 돌아다니며 즐기고 있더구나. 그러니 그런 줄 알았으면 이제 네가 무엇을 어떻게 해야 할지 대책을 세워야 하지 않겠니?"

청천벽력과 같은 그 말을 들은 악어의 아내는 매우 큰 슬픔에 빠졌다. 그래서 집안일을 내팽개친 채 때가 꼬질꼬질 흐르는 옷을 걸치고 기름을 바른 몸으로 침대로 가서 이리저리 몸을 뒤척이며 걱정을 하는 친구들에게 에워싸인 채 누워 있었다.

그때, '주름진얼굴'과 같이 있느라 귀가 시간을 한참 넘긴 악어가 집으로 돌아와 그렇게 누워 있는 아내를 보고 걱정스런 마음에 그녀의 친구들에게 물었다.

"무엇 때문에 저리도 언짢아하는 겁니까?"

그녀의 친구들은 입을 다문 채 그 누구도 대답하려 들지 않았다. 악어가 신경이 쓰여 자꾸만 묻자 아내의 둘도 없는 친구인 한 명이 엄청나게 흥분하며 말했다.

"어르신! 그녀의 병은 치료될 수 없는 것입니다. 오늘이라도 당장 그녀가 목숨을 잃는다고 생각해야 합니다. 그녀는 회복할 방도가 전혀 없습니다."

그 말을 듣고 큰 충격을 받은 악어는 너무나도 사랑하는 아내였기에 이렇게 말했다.

"만약 그녀가 회복될 수 있다면 이내 목숨이라도 내어서 그녀를 치료할 것입니다."

그녀가 말했다.

"어르신! 그녀의 병은 오직 한 가지 방법밖에 없습니다. 만약 원숭이의 심장을 구할 수 있다면 그것으로 그녀를 살릴 수 있습니다. 그렇지 않으면 그녀는 정말 죽게 될 것인데, 사실 이것은 여성들만의 비밀스런 병입니다."

그러자 그는 혼자 생각했다.

"'주름진얼굴'이 아니라면 내가 어떻게 원숭이 심장을 구할 수 있겠는가? 그러나 그것은 너무나도 비난받을 일인데다 옳은 일이 아니야. 그렇지 않다면…"

4.002 아내가 으뜸이 되어야 하는가? 아니면 매우 덕망이 있는 친구가?
아내와 친구 가운데 분명 아내가 앞서 대우되어야 한다.

4.003 그녀 때문에 삶의 세 가지 의무가 완벽하게 되며,
그녀 때문에 친구가,
그리고 그녀 때문에,
세상 사람들과 관련된 명예가 완전하게 되는 것이니
누가 아내를 굉장하지 않다고 생각하겠는가?

무엇을 어떻게 해야 할지 몰라서 정신이 어리바리해진 그는 다시

생각했다.

4.004 너무나도 친애하며 유익하고 덕행을 갖춘 유일한 친구가
여인 때문에 죽어야만 하는가?
내게 어려움이 닥쳤구나!

이렇게 생각하며 가기 꺼려하는 마음으로 그는 마지못해 '주름진 얼굴'에게 갔다. 힘없는 느린 걸음으로 오고 있는 그를 보고 원숭이가 말했다.
"친구여! 오늘은 어째 이리도 지체했는가? 무슨 일이 있는가?"
그가 말했다.
"친구여! 그 이유는 말을 꺼내기가 쉽지 않다. 이제 그대와 가깝게 지내는 일은 불가능할 것 같다. 그렇게 오랫동안 오로지 내게 도움을 베풀어 준 그대를 위해 내가 어떤 보답도 해줄 수 없는 것이 안타까울 따름이다. 그리고 또한,

4.005 세상은 어떤 목적을 가지고 우정을 추구하지만,
오, 원숭이 가운데 가장 탁월한 자여!
그대는 조건 없는 애정을 내게 보여 주었다.

아무튼 이런 말이 당신의 경우에 어울린다고 할 수 있겠다."

4.006 도움을 받은 적이 없는 자를 돕기!
고마운 일을 하거나 고맙게 행해진 일을 기억하기!

그리고 어려움에 빠진 이들을 일으켜 주기!
그것은 고귀한 혈통을 지닌 이들에게 적합한 품성이다.

그가 말했다.
"내가 고향과 혈족을 떠나와 홀로 되었을 때 그대와의 돈독한 우정 때문에 그에 의지하여 편안하고 행복하게 지냈으니, 그것은 실로 굉장한 도움이다. 이런 멋진 말이 있지 않느냐."

4.007 슬픔과 고통과 두려움을 막아 주는 사랑과 믿음의 보물창고인
'친·구'라는 두 음절로 된 이 보석은
과연 누구에 의해 만들어졌는가?

악어가 말했다.

4.008 아내가 소개되고, 편안한 마음으로 집에서 하는 식사,
그런 가운데 서로 터놓은 정다운 이야기들.
우정은 이 이상 그 무엇이겠는가?

"그런데 나는 아직 그대에게 아내도 소개하지 못했고 식사 대접도 한차례 하지 못했다."
원숭이가 말했다.
"그것은 그냥저냥 사는 사람들의 관계일 뿐이다. 게다가."

4.009 무대 위의 배우처럼 아내를 보여 주는 것이나,

가축에게 하는 양 음식을 내어놓는 것은 별 쓸모가 없다.
고귀한 사람들은 어느 누구와도 자연스레 관계를 영위하며,
또한 힘들이지 않고 그에게 이익이 되도록 한다.

그가 말했다.

4.010 만약 덕망이 높은 이가 현명하고 훌륭한 이를 공경한다면
그 경우에 무엇이 경이로움이겠는가?
비천한 혈족의 태생인 사람이 그렇게 한다면
마치 태양 아래서 느끼는 서늘함처럼 그것이 놀라움이다.

"그렇더라도,

4.011 친구나 친척에게 지나친 애정으로 고통스럽게 해서는 안 되나니,
젖소는 지나치게 빨아 대는 자신의 새끼를 뿔끝으로 밀쳐 낸다.

그러므로 친구여! 나도 그대를 위해 어느 정도 보답은 해야겠다.
바다 한가운데 매우 아름다운 섬이 있는데, 그곳에 나의 집이
있다. 그곳에는 불멸의 감로수 맛을 지닌 과일이 열리는 '욕망을
채워 주는 나무'와 흡사한 나무들이 있다. 그러니 나의 등에 올라
타고 그곳으로 가보도록 하자!"
그렇게 이야기하자 원숭이는 매우 크게 기뻐하며 말했다.
"좋다, 친구여! 그건 내게도 기쁜 일이겠다. 빨리 그곳으로 데려
가다오!"

그래서 악어는 자신에게 믿음을 지녔건만 파멸에 내몰린 운명인 원숭이를 등에 싣고 가며 생각해 보았다. "오호통재라!"

4.012 여자와 관련된 어처구니없는 이 일은
또한 분명 해야만 될 가장 중요한 일이기도 하다.
그러므로 이 끔찍한 행위를
나는 스스로 비난하며 행하는 것이다.

4.013 금은 '돌'이라는 시금석試金石을 사용하고,
사람은 '관계'라는 시금석이 말해 주며,
황소는 '짐'이라는 시금석이 말해 준다.
그런데 여인들의 경우에는 시금석이란 것이 존재하지 않는다.

"그래서 '여인'이란 존재를 위해 내가 친구를 살해해야만 하게 되었구나."
그렇게 무심결에 말하는 악어에게 원숭이가 물었다.
"뭐라 그랬지?"
그가 말했다.
"아무것도 아니다."
그러자 원숭이는 그가 대답을 피하는 것이 아무래도 찜찜하여 이렇게 생각했다.
"내가 질문했을 때 분명 거기엔 무슨 이유가 있어서 악어가 대답을 하지 못했던 것일 게야. 그러면 내가 기지機智로 그의 속내를 끄집어 내봐야겠다."

그렇게 생각하고 다시 또 그에게 집요하게 물었다.

결국 악어가 말했다.

"내 아내가 불치병에 걸렸다. 그래서 슬픔에 잠겨 있다."

원숭이가 말했다.

"의사에게 보이거나 마법사에게 주문을 요청하여 보살피면 어떤 치료가 되지 않겠는가?"

악어가 말했다.

"의사나 마법사에게 물었더니 원숭이의 심장이 아니면 그 무엇으로도 안 된다고 하더구나."

그 말을 듣고 원숭이는 이제 죽었다고 생각하며 다급하게 방도를 궁리했다.

"아이고! 큰일 났네. 늙으니 어쩔 수 없이 눈치도 채지 못하고 이런 실수를 하는구나."

4.014　숲속일지라도 난봉꾼의 경우라면 온갖 죄악이 들끓으며
　　　　집 안일지라도 엄격한 사람은 다섯 가지 감각기관을 통제한다.
　　　　비난받지 않을 행위로 모든 일을 시행하는
　　　　집착을 내려놓은 사람의 집은 항상 고행을 행하는 숲이다.

이렇게 생각하고는 악어에게 말했다.

"친구여! 너는 어째 늘 그리 시원찮게 행동을 하냐? 만약 그렇다면 그것을 왜 내게 그 즉시 말해 주지 않았느냐? 나는 내 심장을 다른 곳에 놓아 두고 왔다. 그러니 다시 가서 가지고 오는 것이 좋을 것 같다."

그리고 말했다.

4.015 누구라도 법과 부귀와 욕망이라는 세 가지를 원한다면
그는 브라만과 왕과 여인에게 빈손을 내보여선 안 된다.

그가 말했다.
"어디에 심장을 두었는데?"
원숭이가 말했다.
"바로 그 무화과나무에 두었다. '원숭이는 심장을 항상 꺼내 놓아
둔다'는 것은 널리 알려진 사실이다. 그러니 네게 심장이 필요한
급박한 사유가 있다면 돌아가서 그 심장을 가져오도록 하자."
그 말을 듣고 악어는 기쁜 마음에 되돌아서 강변으로 갔다. 노
심초사하던 원숭이는 둔덕에 닿자마자 황급히 뭍으로 뛰어올라
무화과나무의 가지에 올라가 앉았다. '아이고! 이제 목숨은 건
졌다!'라고 생각한 그는 그곳에서 한숨을 돌리고 있었는데, 아래
에서 악어가 말했다.
"친구여! 심장을 가지고 빨리 돌아오너라!"
그는 웃으며 말했다.
"다시는 돌아가지 않을 게다. 내가 모든 것을 알아 버려서 네게
말을 꾸며서 했을 뿐이다. 꺼져 버려라! 이 바보야! 어떻게 몸 바
깥에 심장을 놓아두고 사냐!"

4.016 거짓으로 나를 죽이려 한 까닭에 나도 되돌려 거짓말을 하여
그대의 속임수를 처리하고 죽음으로부터 내 자신을 구하였다.

그러자 그의 마음이 굳어졌음을 알고 악어가 말했다.

"친구여! 만약 심장을 구할 수 없어도 좋으니, 그렇더라도 이리
오너라! 아내는 달리 약초 처방 같은 것으로 그 병을 회복시키면
된다."

원숭이가 말했다.

"야, 이 나쁜 놈! 나는 멍청이가 아니다."

4.017   왔다 갔다, 갔다가 다시 돌아온 귀와 심장이 없는
어리석은 당나귀는 그곳에서 바로 파멸되어 버렸다.

그가 말했다.

"그건 무슨 소리인가?"

원숭이가 말했다.

4-1 귀와 심장이 없는 당나귀

옛날 옛적, 어떤 숲에 사자가 살고 있었다. 그리고 그에겐 수행
원으로 여우가 있었다. 그런데 그 사자가 한때 배탈이 나 아무것
도 할 수 없게 되었는데, 그러자 굶주림으로 목이 타는 여우가 말
했다.

"폐하! 그렇게 아무것도 하지 않으시면 우리들은 어떻게 연명을
합니까?"

그가 말했다.

"친구여! 이 병은 오직 당나귀의 귀와 심장이라는 약으로 치료될
뿐, 그것이 아니면 어떤 것으로도 안 된다. 그러니 나를 위해 그

대가 어디 가서 당나귀를 데려오라!"

그가 말했다.

"주인님께서 명령하신대로 그렇게 따르겠습니다."

그렇게 말하고는 가서 마을 근처에서 세탁장이의 당나귀를 보고
그에게 말했다.

"친구여! 너는 어쩌다 그렇게 말랐냐?"

당나귀가 말했다.

"친구여! 산더미같이 많은 옷으로 이루어진 짐에 시달리며 하루
하루 살아가고 있다. 그런데도 저 나쁜 놈은 내게 변변한 먹거리
도 주지 않고 있다."

〈 The Lion, the Fox and the ass : The Fox Deceives the Ass 〉
1370년~1374년 / 이스탄불대학교 도서관 소장

그가 말했다.

"그게 무슨 생고생이냐! 내가 그대를 어디로 데려가겠다. 그곳에서 그대는 천국에 온 것 같은 자신을 돌아보게 될 것이다."

당나귀가 말했다. "그곳이 어떤 곳인지 말해다오!"

여우는 말했다.

"에메랄드 같은 여린 풀잎들이 가득하고 강이 휘감아 도는 저 드넓은 숲속에 일찍이 보지 못한 생생하고 젊고 뛰어난 세 마리의 아름다운 암당나귀들이 있다. 생각건대, 그들 또한 너와 같은 이런 환경에 싫증을 느껴 도망한 이들이다. 내가 그대를 그들에게 데려가겠다."

그러자 그 말을 듣고 그렇게 하라고 대답한 뒤, 그 바보는 사자가 있는 곳으로 여우와 함께 갔다. 그러자 발치 아래에 이른 그 당나귀를 보고 너무나 기쁜 나머지 껑충 뛰어오른 사자가 당나귀를 공격하였지만 원체 심한 배탈을 겪고 있던 터라 제대로 처리하지 못한 틈에, 당나귀는 엉겁결에 어떻게든 빠져나와 놀란 마음에 뒤도 돌아보지 않고 도망치고 말았다.

그러자 여우는 사자에게 한마디 하였다.

"아이고! 무슨 공격이 그렇습니까! 발아래까지 데려온 당나귀조차 붙잡지 못한다면 앞으로 어떻게 쟁쟁한 적수들을 굴복시킬 수 있겠습니까!"

그가 말했다.

"나 자신도 믿기진 않지만 이것은 엄연한 사실이다. 그저 다시 데려오기만 해라! 그때는 반드시 그를 한숨에 죽이도록 하겠다."

"준비를 잘하고 계십시오! 비록 그가 이미 당신의 힘을 보았지만 내가 기지機智를 부려 그를 이곳으로 다시 데려올 테니, 그가 앞서처럼 그렇게 도망가도록 하지 마시기 바랍니다."

이렇게 말한 여우는 당나귀가 있는 곳으로 다시 가서 그에게 말했다.

"아니 왜 그냥 되돌아왔느냐?"

당나귀가 말했다.

"내게 엄청난 일이 벌어졌었다. 알지도 못하는 무슨 산봉우리 형상을 한 어떤 것이 내게 달려들었는데, 나는 죽자사자 도망쳐 이렇게 겨우 목숨을 부지하게 되었다."

여우가 말했다.

"네가 사정을 잘 이해하지 못했구나."

그리고 말했다.

4.018   이 세상에서 세 가지 가치를 추구하는 이의 경우
　　　　비록 애초에는 존재하지 않던 장애들도
　　　　도중에 어쩌다 보면 발생하기 마련이다.

"그건 사실 엄청나게 발정이 난 암당나귀가 그대를 보고 사랑에 빠져 안으려고 달려들었는데, 그런데도 당신은 어리석게 도망쳐 버린 것이다. 그녀는 그대를 보았다가 헤어지곤 더 이상 홀로 지내기 불가능할 것 같더구나. 그땐 단지 그대가 어디론가 가려고 하자 그녀가 그대를 저지하기 위해 손을 뻗친 것일 뿐이지, 거기엔 별다른 이유가 전혀 없었다. 그러니 다시 같이 가자!"

그 말을 듣고 당나귀가 말했다.

"그러면 함께 다시 가 보자."

그렇게 다시 데려가자 이내 사자가 그를 잡아서 죽여 버리고 말했다.

"친구여! 이 약을 처방할 땐 우선 신을 숭배하는 의식을 행하고 진행해야 효력이 있다. 그러니 그대는 여기서 이것을 지키고 있으라! 그러면 내가 목욕재계를 한 뒤 제례를 치르고 오겠다."

이렇게 말하고 그는 강가로 떠났다. 사자가 가자 여우는 '이건 분명 엄청난 보약일 것이다'라고 여기고 지나친 탐욕에 휘둘려 당나귀의 귀와 심장을 그만 먹고 말았다. 그러고는 먹은 입과 손을 잘 닦고 가만히 있었다.

목욕하고 돌아와 오른쪽돌이[122]를 하던 사자는 당나귀의 두 귀와 심장이 없는 것을 보고는 여우에게 말했다.

"이게 무슨 일이냐? 그의 귀와 심장은 어디에 있느냐?"

여우가 말했다.

"주인님! 그 어리석은 놈에게 귀와 심장[123]이 어디에 있겠습니까? 누구라도 귀와 심장을 온전히 가진 놈이라면 어떻게 그런 멍청이가 되겠습니까?"

그러고는 '왔다 갔다…'라고 말했다.

그러자 사자는 아무 말도 하지 못하고 가만히 있었다.

---

122 성물聖物이나 신을 중심에 두고 그 주위를 돌아 공경을 표할 때는 항상 정결한 오른손이 그 공경의 상대를 향하도록 하여 도는 오른쪽돌이[右匝]를 한다.

123 '귀'는 모든 성스러운 신神의 음성을 듣는 것이므로 곧 배움과 지혜의 창으로 여기며, '심장'은 그렇게 익힌 지혜가 머무는 곳으로 여기므로, 이 둘이 없다는 것은 곧 어리석음을 뜻한다.

…첫 번째 이야기가 끝났다.

"그래서 내가 '나는 당나귀가 아니다'라고 말한 것이다. 그러니
썩 꺼져라! 나는 네게 다시는 속지 않을 것이다.

4.019 지어낸 말로 일을 꾸며서 너는 이 일을 저질렀으며,
애써 숨기고 숨겼지만 지혜가 부족해서 내게 들켜 버렸다.
그대에게 배운 지나친 그 똑똑함을 나도 써먹었으니,
지어낸 말에 지어낸 말이 얽히고설켜
결국엔 그놈이 그놈이 되어 버렸지만.

그리고 이렇게 멋진 말이 있다."

4.020 오직 이지理智적인 실수들만이 분명한 깨달음을 일깨워 주며,
진리를 아는 굳건한 사람들의 마음을
마치 명약名藥처럼 치료해 준다.

그러자 원숭이의 그 기지에 어쩔 수 없이 마음을 굳힌 악어는 '주
름진얼굴'에게 이렇게 말했다.

4.021 자신의 어리석음을 떠벌리며 남을 현명한 이로 이야기하는 이,
그러한 분별력을 지닌 사람들은 자신들이 해야 될 일에 있어서
흔들리지 않고 부단히 노력하게 된다.

그러고는 풀이 죽은 모습을 한 채 제 집으로 돌아갔다.

…'가졌다 잃음'이라는 네 번째 장이 끝났다.

경솔한
행위

이제 '경솔한 행위'라는 다섯 번째 장이 시작된다. 그것의 그 첫 머리를 여는 찬가이다.

5.001 브라만이 몽구스에게 그랬던 것처럼
실정을 알지 못하고 분노의 욕구에 휘둘리는 이는
친구로부터 멀찌감치 떨어져 있어야만 한다.

왕자들이 말하였다.
"그것은 무슨 이야기입니까?"
위식누샤르만이 말하였다.

○ 옛날 옛적, '가우다'라는 나라의 어떤 훌륭한 가문에 '데와샤르만'이라 이름하는 브라만이 살고 있었다. 그리고 그에겐 '야즈냐닷따'라고 이름하는 아내가 있었다. 그녀는 언젠가 전생의 선업 때문에 임신을 하게 되었다. 그러자 임신한 아내를 보고 데와샤르

만은 무엇보다 기쁜 나머지 이렇게 생각했다.

"내게 엄청난 행운이 일어났어! 자식이 생겼단 말이야!"

그리고 아내에게 말했다.

"여보! 당신이 큰일을 해내었소. 당신은 아들을 낳을 것이오. 수많은 바람을 지닌 나는 수태식受胎式이나 탄생식誕生式이나 명명식命名式이나… 그를 위한 모든 의식[124]을 치를 것이오. 그리고 그는 분명 우리 가문의 버팀목이 될 것이오."

그 소리를 들은 브라만의 아내는 말했다.

"아들이 될는지 딸이 될는지 누가 압니까? 그러니 아직 확실치 않을 땐 무어라 말하기가 적합치 않습니다. 애초에 너무 큰 희망을 가지진 마세요."

그리고 말했다.

5.002 아직 일어나지도 않은 일에 대해 생각만 해대는 사람,
온몸이 온통 하얗게 된 그는 땅에 드러눕게 될 것이다.
'쏘마샤르만'의 애비가 그랬던 것처럼.

그가 말했다. "그건 무슨 소리인가?"

그녀가 말했다.

---

124 『가정경(gṛhyasūtra, 家庭經)』 또는 『가우따마법경(gautamadharmaśāstra)』 등에 따르면 힌두교도는 일생에 걸쳐 세분해서는 40~48차례의, 간략히는 열두 차례에 해당하는 의식을 치르게 된다. ☞ ㈜ '의식'

5-1 신기루를 쫓는 브라만

옛날 옛적, 공부에 몰두하던 어떤 브라만이 있었다. 그에게 어떤 상인의 집에서 정기적으로 공양을 올리곤 했었는데, 그가 그 집에서 공양을 하지 않을 때는 조금의 보리를 보시로 받아오곤 하였다. 그는 그렇게 받아온 그것을 집으로 가져와 쌀독에 넣어서 보관해 두었는데, 그렇게 많은 시간이 흐르자 그의 쌀독이 보리로 그득 채워지게 되었다. 언젠가 벽걸이에 걸려 있는 그 쌀독 아래에 놓인 침대에서 낮잠을 즐기던 브라만이 선잠에서 깨어나 이렇게 생각했다.

"요즘 알곡 가격이 상당한데, 게다가 저것은 먹거리로 가공까지 된 보리란 말이야. 그것이 나에게 20루피어치가 있다. 그러면 내가 저것을 팔아서 마리당 2루피 하는 암염소 열 마리 정도를 살 수 있겠다. 그리고 6개월 동안 기르면 그들은 새끼를 낳을 것이고, 그 새끼들이 또 그렇게 새끼를 낳으면…… 그렇게 다섯 해가 지나면 4백이나 되는 매우 많은 염소들이 되는구나. 그리고 요즘은 네 마리의 암염소를 가지고 젊고도 새끼를 낳을 수 있어서 풍부한 우유를 짤 수 있는 완벽한 구색을 갖춘 젖소 한 마리를 구할 수 있으니, 그러면 그 암염소들을 내다 팔아 1백 마리나 되는 암소들을 집으로 데려올 수 있겠구나. 그러면 또 그들이 낳은 새끼들 가운데 어떤 것들은 수소들이 될 것이니, 그들을 이용해 밭을 경작하여 많은 곡식을 생산하고, 그 곡식을 내다 팔아 엄청난 금을 마련할 수 있겠다. 그러면 담장으로 둘러진 집을 멋진 벽돌을 이용해서 지어야겠다. 남녀 종복들이 매우 많고 모든 재물을 갖춘 나의 엄청난 부귀로움을 보고 분명 그에 가장 어울리는 어떤 브라만이 매우 어여쁜 딸을 내게 시집보내 줄 것이다. 그러면 나는 그녀에게서 장수하고 건강하며 가문을 이어갈 만한 우리들의 운명을 북돋울 아들을 태어나게 만들 것이다. 그리고 나는 법도에 따라 그의 탄생식 등 의식을 치르고 '쏘마샤르만'[125]이라는 이름을 지어 줄 것이다. 그런데 아들이 한창 뛰어놀고 있던 중에, 소들이 밖에서 나다니다 돌아오는 시간에 아내는 집안일에 열중하다 그 아들이 사고를 당해도 미처 돌보지 못하고… 그러면 내가 아들을 너무 사랑한 나머지 안타까움에 몽둥이를 들어 아내를 이렇게 때리게 될 것이다."

그렇게 생각에 잠긴 채 그는 막대기를 휘둘러 그 쌀독을 후려치고 말았다. 그러자 쌀독은 수백 조각으로 부서지고 그 안에 들어 있던 보릿가루가 쏟아져 그의 머리 위로 쏟아져 내려앉았다. 그래서 보릿가루로 몸이 새하얗게 된 그 브라만은 마치 꿈에서 깬 듯 스스로 매우 부끄럽게 여겼으며, 그리고 그 이야기를 들은 사람들의 조롱거리가 되었다.

…첫 번째 이야기가 끝났다.

"그래서 제가 말씀드리는 것입니다."

아직 일어나지 않은 일에 대해
성급한 생각으로 무엇을 해서는 안 된다.

---

125 쏘마샤르만(somaśarman) : soma(쏘마, 신주神酒) + śarman(기쁨)

해야 될 일이 보일 때 행동은 자연스레 일어나기 마련이다. 그림판을 가지지 않고는 그림을 그릴 수 없듯이.

얼마 후에 해산을 하게 된 브라만의 아내는 상서로운 모습을 지 닌 아들을 낳았다. 그리고 태어나서 열흘[126]이 지났을 때 명명식 命名式을 치른 아들을 제 애비에게 돌보라고 맡겨 둔 채 브라만의 아내는 더럽혀진 옷가지를 깨끗이 하고 자신의 몸도 정갈히 할 목적으로 인근의 강가로 나갔다. 브라만은 궁핍한 살림에 하녀도 없이 제 스스로 그 아기를 데리고 돌보았다. 그런데 왕실에서 왕 비가 초하루와 보름에 조상에게 올리는 제례에서 만뜨라를 낭송 할 자를 초청하기 위해 브라만에게 상궁을 보냈다. 초청을 받은 브라만은 집안 사정이 궁핍하기도 한 까닭에 이렇게 생각했다. "재빨리 초청에 응하지 않는다면 다른 브라만이 그 제례를 차지 하게 되겠지? 그런데 아들을 돌볼 사람이 없어 어쩌지?" 그런데 그에겐 제화단祭火壇[127]이 설치된 집안에서 곡식을 먹여 가 며 기른, 아들이나 다름없는 몽구스 한 마리가 있었다. 그래서 브 라만은 몽구스를 아들 곁에 남겨 두고 서둘러 궁궐로 들어갔다. 그런데 브라만이 집을 나선 지 한참을 지나 몽구스는 땅굴에서 기어 나와 아기에게 접근하는 코브라를 보게 되었다. 그러자 몽

---

126 죽은 사람이나 산모가 있는 가족과는 열흘 동안 모든 접촉이 금기시된다.

127 '제화단'의 산스끄리뜨 'agnihotrāśaraṇa'는 'agni(화신火神) hotrā(희생犧牲) śaraṇa(제단祭壇)'이니 불 의 신에게 제례를 올리기 위한 제단이라는 의미이다. 제화단은 브라만 가정이면 비록 현대적인 아파트라도 흡사 일본 가정의 불단佛壇처럼 거실 등의 한쪽에 마련해 두는 가정이 적지 않다.

구스는 털을 곧추세우고 눈을 붉히며 이빨과 발톱을 잔뜩 드러 낸 채 코브라에게 달려들어 단숨에 갈기갈기 찢어 버렸다. 입과 발에 온통 피가 묻은 몽구스는 그때 마침 궁궐에서 돌아오는 브라만을 보고 매우 흡족한 마음으로 그 사실을 알리기 위해 밖으로 뛰쳐나갔다. 그러자 평소에 생각 없이 행동하곤 하는 그 브라만은 붉게 물든 주둥이를 한 몽구스를 보자마자 "뭐야! 내 아들을 해친 거야!"라고 생각하며 이내 막대기를 집어 들어 그를 사정없이 때렸다. 그렇게 순식간에 몽구스를 죽인 브라만이 집안으로 들어서자 그때까지도 별일 없이 편안하게 잠들어 있는 아들과 더불어 그 근처에 조각나 이리저리 흩어져 있는 코브라를 볼 수 있었으며, 이내 자신의 가슴을 치며 후회했다. "아! 성급하고 어리석은 내가 내 아들을 구한 몽구스를 죽였구나. 내가 이 무슨 황당한 일을 저질렀는가!" 그리고 강가에서 돌아온 브라만의 아내는 울고 있는 브라만과 죽어 있는 몽구스 그리고 흐트러진 조각으로 찢겨져 있는 뱀을 보고 그에게 말했다.

"브라만이여! 이게 뭡니까? 어떻게 된 것입니까?"

그래서 브라만은 자초지종을 상세히 이야기해 주었다. 매우 신중한 브라만의 아내는 슬퍼하며 브라만에게 말했다.

5.003   대충 보인 것, 대충 알려진 것,
　　　대충 들려진 것, 대충 검증된 것.
　　　그런 일을 근거로 섣불리 무슨 일을 행해서는 안 되나니,
　　　마치 이발사에 의해 저질러진 황당한 그 일처럼.

⟨The Ascetic Kills the Faithful Weasel⟩
1520년~1539년 / 인도 람푸르 라자 도서관 소장

⟨ The Ascetic Discovers His child is Safe in the Cradle ⟩
1375년~1385년 / 이스탄불 토프카 피궁 박물관 소장

그가 말했다.

"그건 무슨 이야기인가?"

그녀가 말했다.

5-2 사문[128]을 살해한 이발사

옛날 어느 한 도시에 오랜 전통을 지녔지만 재물과 권력이 몰락한 상인이 빈곤에 겨운 듯 거의 쓰러져 가는 집 한쪽에서 늙은 유모와 함께 살고 있었다. 그는 어릴 때부터 줄곧 몸종인 그 유모의 보살핌을 받으며 성장했다. 그러던 중 하루는 이른 저녁 때 번민스러운 듯 긴 한숨을 쉬며 생각했다.

"오! 이 궁핍한 생활은 얼마나 가서야 끝이 나겠나?"

그렇게 생각하다 저녁에 잠이 들었다. 그리고 그는 새벽에 꿈을 꾸었는데, 그에게 다가온 세 명의 비구들이 그를 깨우며 이렇게 말했다.

"친구여! 동틀 무렵에 우리들이 바로 이 모습 그대로 하고 그대에게 올 것이다. 우리들이 실은 그대의 선조들이 남겨 놓은 세 꾸러미의 보물이니, 그대가 몽둥이로 우리들을 사정없이 두들기기만 하면 우리들은 이내 금전들로 변할 것이다. 아무튼 사정없이 두들길 땐 절대 동정을 베풀어서는 안 된다네."

그렇게 꿈을 꾸다 거의 동틀 무렵에 깨어난 그는 유모에게 말했다.

---

128 사문(śramaṇa)은 고생(√śram)을 감내하는 자(ana)란 의미를 지닌다. ☞ 쥐 '인도의 수행자'

"유모! 오늘은 아침부터 집안에 소똥을 발라[129] 두루 정갈히 하고 좋은 일을 맞을 준비를 하세요. 우리 능력이 닿는 만큼 정성을 들여 집안에서 세 분의 브라만에 대한 공양을 치러야 하오. 나도 이발사를 불러올 것이오."

그리고 그렇게 모든 준비를 마쳤을 때 수염과 손톱 등을 다듬기 위해 이발사가 왔으며, 수염을 다듬는 일이 끝날 즈음에 과연 꿈에서 보았던 이들이 다가왔다. 그래서 상인은 그 사문들을 보고 그들이 꿈에서 지시한 그대로 하였더니 그들은 세 무더기의 금전이 되었다. 그리고 그렇게 금전 무더기로 변화하자 그것을 지켜보고 있던 이발사에게 상인은 그 일을 비밀로 부치기 위해 3백량을 건네주었다. 판단력이 떨어지는 이발사는 돈을 받아 자기 집으로 돌아와서 생각했다.

"나도 세 명의 사문을 몽둥이로 때려죽여서 세 무더기 금전을 만들어야겠다."

그래서 그는 몽둥이를 들고 큰길로 나가 기다렸다. 얼마 지나지 않아 운명인지 세 명의 사문이 탁발을 위해 왔다가 그의 몽둥이에 두들겨 맞게 되었고, 그렇게 이발사에게 죽임을 당하였다. 그러나 보물은 어디에도 없었다. 이내 이발사는 나졸들에게 끌려가서 창끝에 꿰이는 형벌에 처해졌다.

---

129 지금도 인도의 시골에선 집안에 경사스런 일이 있어 이런저런 일을 준비할 때면 소똥을 묽게 개어 거의 저미다시피한 싱그러운 풀과 섞어 집 안의 벽과 바닥에 얇게 발라 정화淨化를 행하는 일을 빠뜨리지 않는다. 이때 사용되는 소똥은 비록 선별되는 것이기도 하지만, 바닥과 벽을 마감한 후에 얼마지 않아 수분이 증발하여 말랐을 때는 역한 냄새 없이 풀을 베었을 때처럼 약간은 싱그러운 냄새를 동반하기까지 한다.

…두 번째 이야기가 끝났다.

"그래서 제가 '대충 보인 것은, 대충 알려진 것은…'이라고 말한 것입니다. 그러니 그대 또한 오직 그 이발사와 같은 바보일 뿐입니다. 그래서 현명한 이들은 모든 일을 잘 검증하고 행하는 것입니다."

…'경솔한 행위'라는 다섯 번째 장이 끝났다.

…이렇게, 다섯 권으로 된 논설이 모두 끝났다.

꼬리
주석

가루다(Garuḍa)

새의 머리와 부리에 붉은 날개와 발톱을 지니고 황금빛으로 빛나는 사람의 몸을 가진 신성한 동물이다. 많은 신통력과 힘을 지닌 조류의 왕으로 불린다. 그가 태어났을 때 그의 어머니는 위나떼(Vinate)라 불리는 뱀 족 어머니와의 내기에서 져 그들의 노예로 있었다. 가루다가 어머니를 해방시키기 위해 뱀 족과 흥정하자 그들은 신들이 가지고 있는 불로수 암리따(amṛta)를 요구하였다. 무예와 신통력이 출중한 가루다는 많은 난관을 극복하고 암리따를 탈취하였으며, 그 과정에서 위석누(Viṣṇu)와도 격돌했다. 가루다의 결코 물러서지 않는 용기에 감복한 위석누가 자신의 탈것이 되어 달라고 부탁을 하자 그의 탈것이 되었으며, 그 보답으로 죽지 않는 몸을 얻었다. 또한 인드라(Indra)와도 힘을 겨루었는데, 그의 용맹에 매료된 인드라는 결국 그와 친구가 되었으며, 그에게 뱀 족을 먹이로 삼아도 좋다고 허락을

하게 된다. 가루다는 암리따를 뱀 족에게 가져다주며 마시기 전에 몸을 청결하게 하라고 권하고 암리따를 신령한 풀인 꾸샤풀에 놓아두고 어머니와 떠난다. 뱀 족들이 강으로 몸을 청결히 하러 간 사이 미리 가루다와 약속한 인드라가 와서 암리따를 가져가버린다. 속은 것을 안 뱀 족들은 아쉬운 대로 꾸샤풀에 묻어 있는 암리따를 핥게 되는데, 이때 혀가 풀에 베여 두 갈래로 갈라지게 되었다고 한다. 이후 가루다는 뱀 족을 먹이로 삼은 까닭에 뱀 족에겐 원수가 되었지만 뱀의 피해로부터 인간을 지켜 주는 성스러운 새가 되어 사람들의 숭배를 받게 되었다.

다섯 가지 숨결[prāṇa]

• **쁘라나**(prāṇa, 호흡풍呼吸風, 드리숨)

쁘라나는 다섯 가지 숨결을 총괄하는 이름인 동시에 다섯 숨결의 첫 번째에 해당한다. 몸 외부의 에너지를 몸 안으로 받아들이는 숨결이다. [pra + √an + a]

- **아빠나**(apāna, 배설풍排泄風, 나리숨)

다섯 숨결의 두 번째로, 몸 외부의 에너지를 쁘라나를 통해 받아들인 뒤 몸을 정화淨化시키며 생성된 오염된 에너지를 몸 밖으로 배출하는 숨결에 해당한다. 〔apa + √an + a〕

- **위야나**(vyāna, 전신풍全身風, 돌이숨)

다섯 숨결의 세 번째로, 쁘라나를 통해 받아들인 숨결이 아빠나로 배설되기 전까지 온몸에 세분되어 순환하는 단계의 숨결을 가리킨다. 〔vi + √an + a〕 이상 세 가지 숨결을 기본으로 여긴다.

- **싸마나**(samāna, 소화풍消化風, 내리숨)

숨결 위야나를 더욱 세분한 것. 주로 폐를 통한 호흡과 음식물의 소화 등에 관여된 숨결로서, 신체의 균형을 유지함으로써 생각과 감정을 원활히 하는 역할을 담당하는 숨결을 가리킨다. 〔sama + √an + a〕

- **우다나**(udāna, 두상풍頭上風, 올리숨)

임종을 맞았을 때의 숨결. 우다나는 임종을 맞은 이의 개아(個我, puruṣa)를 수습하여 정수리를 통해 육신에서 벗어나 다음 생으로 나아가게 한다. 〔ud + √an + a〕

라마야나(Rāmāyaṇa)

『마하바라따』와 더불어 인도문학의 양대 산맥을 이루는 『라마야나』는 성인이자 위대한 시인인 왈미끼(Vālmīki)가 쓴 대서사시이다. 기원전 약 5백 년경에 최초 저술된 것으로 알려졌으며, 현재의 모습은 기원전 2백 년경에서 기원후 2백 년경에 걸쳐 이뤄진 것으로 보고 있다. 『라마야나』는 인도 내 지역별은 물론 동남아 전 지역에 걸쳐 전해진다. 판본의 다양함이라고 볼 수 있는 한계마저 넘어선 내용의 첨삭 등, 오랜 기간 대중에게 받은 폭 넓은 사랑만큼이나 다양한 모습으로 남아 있다. 전통적인 내용의 『라마야나』는 7장章(kāṇḍa)에 걸쳐 약 25,000송頌의 찬가로 이뤄져 있다.

'라마(Rāma)의 길(ayana)'이란 의미의 라마야나는 라마의 무용담이 주된 줄거리지만 그 무용담은 힌두신화의 3대 신인 브라흐마〔創造神〕, 위쉬누〔維持神〕, 쉬와〔破壞神〕 대對 인간 라와나(Rāvaṇa)의 숙명적인 대결을 배경으로 한다.

줄거리는 이렇다. 랑까(Laṅkā) 왕국의 왕 라와나는 그 출중한 능력으로 창조신 브라흐마로부터 인정을 받아 그로부터 갖가지 신통력은 물론 신들조차도 죽이지 못하는 권능을 부여받게 된다. 이에 차츰 교만해진 라와나는 감히 쉬와 신의 권능까지 넘보며 그가 거주하는 카일라스 산을 뒤흔드는 등 신의 세계를 위협하였지만 브라흐마에게서 받은 권능 때문에 신들도 어쩌지 못하며 전전긍긍하게 되었다. 그러나 신이 아닌 자라면 그를 죽일 수 있다는 논리를 이용하여 다른 신들이 유지의 신 위쉬누에게 라마야의 처리를 요청한다. 이에 위쉬누는 마침 왕자를 간절히 바라는 아요드야(Ayodhyā) 왕국 다샤라타(Daśaratha) 왕의 첫 번째 부인 까우살야(Kausalyā)에게 잉태되어 장남 라마로 환생, 어엿한 왕자로 성장한다. 다샤라타 왕에게는 라마 외에 두 번째 부인 까이

께이(Kaikeyī)가 낳은 바라따(Bharata) 및 세 번째 부인 쑤미뜨라(Sumitrā)가 낳은 락쉬마나(Lakṣmaṇa)와 싸뜨루그나(Satrughna) 등 모두 네 명의 왕자가 있었다.

라마는 성자 위쉬와미뜨라(Viśvāmitra)의 요청과 부왕의 명에 따라 마녀 따라까(Tārakā)를 퇴치하고 오는 길에 자나카 왕의 딸인 절세의 미인 씨따(Sītā)를 맞아 결혼하게 된다. 하지만 그가 돌아온 궁궐에선 자신의 소생 바라따를 왕위에 앉히려는 까이께이의 음모가 진행되고 있었다. 까이께이의 성화에 못 이긴 다샤라타는 까이께이가 원하는 모든 것을 약속해 주고 라마에게 14년 동안 숲속에서 유배 생활을 하도록 명령한다. 이에 라마는 그것이 잘못된 일임을 알고도 부왕에 대한 충절과 효성이라 여기며 유배의 길을 나서는데 부인 씨따 및 두 이복형제도 함께 따라나서게 된다.

라마 일행이 숲속에 은거하는 중에 부왕이 승하하고 까이께이 왕비의 소원대로 바라따의 대관식이 임박해서야 뒤늦게 모든 사실을 안 바라따 왕자는 숲속으로 라마 일행을 찾아가 라마에게 왕위에 오를 것을 간청한다. 하지만 라마는 잘못된 약속이라도 부친이 한 약속은 깨뜨릴 수 없다고 거절하며 바라따에게 훌륭한 왕이 되어 줄 것을 부탁한다. 이에 왕궁으로 돌아온 바라따는 본궁에 들어가지 않고 별궁에 머무른 채 왕좌에 라마의 신발을 올려놓고 왕국을 섭정하게 된다.

라마 일행은 숲에서 슈르빠나카(Śūrpaṇakhā)를 만난다. 라마에게 첫눈에 반한 그녀는 청혼을 했지만 거절당하자 그 모멸감에 그들 일행과 전투를 벌인다. 하지만 오히려 귀와 코를 잘리는 처절한 패배를 맛본다. 이에 자신의 오빠인 랑카 왕국의 라와나 왕으로부터 원군을 얻어 다시 전쟁을 벌였으나 또 격퇴를 당하고 본격적으로 오빠를 끌어들이기 위해 라마의 부인 씨따가 빼어난 미녀라는 점을 들어 그로 하여금 그녀를 탈취하도록 부추긴다. 라와나의 숙부인 마리차(Mārīcha)는 유부녀 약탈의 부당함을 호소하지만 이미 씨따에 대한 욕심으로 눈이 먼 라와나를 설득하지 못하고 오히려 그의 명령에 따라 황금사슴으로 변해 씨따를 유인한다. 사슴을 잡아 달라는 씨따의 부탁을 받고 라마와 락쉬마나가 사슴을 쫓아간 사이 라와나가 나타나 씨따를 유혹하지만 씨따는 거절한다. 이에 자존심이 상한 그는 강제로 씨따를 잡아 하늘을 나는 전차에 태워 랑카의 궁궐에 감금하고 갖은 회유와 협박을 가하지만 씨따는 굴복하지 않는다.

뒤늦게 유인책에 걸렸음을 안 라마와 락쉬마나는 라와나가 씨따를 태워 가던 하늘을 나는 마차에 부딪혀 부상을 입은 독수리 족으로부터 씨따의 행방을 듣고 무작정 남쪽으로 머나먼 장정을 떠나게 된다. 이 하염없는 장정에서 수많은 사건과 이야기들이 일어나게 되는데, 그 과정에서 왕위 찬탈을 위해 형을 죽이려 했다는 모함을 받아 숲속에 숨어 사는 원숭이 왕국의 왕자 쑤그리와(Sugrīva)를 만나게 된다. 그리고 라마가 쑤그리와에게 왕위를

되찾아 주는 대신 쑤그리와는 씨따를 찾
는데 협조하는 동맹을 맺게 된다. 쑤그리
와의 지장智將인 하누만(Hanūman)의 헌신
과 지략 덕분에 씨따의 거처를 찾아낸 일
행은 결국 그들과 함께 랑카 왕국으로 향
하게 된다.

오만한 라와나는 남의 아내를 잡고 있는
것은 옳지 못하다고 충언하는 동생 비비
샤나를 추방해 버리고 씨따에 대한 미련
을 버리지 못한 채 원숭이 군대를 거느린
라마의 원정군을 맞이할 대비를 하는데,
추방된 비비샤나는 라마에게 투항하여
랑카 왕국에 대한 많은 정보를 제공한다.
아울러 수많은 신들 또한 신의 능력으로
는 라와나를 죽이지 못하게 한 브라흐마
의 약속을 피해 원숭이로 환생하여 라마
의 군대에 속속 들어오게 된다.

전쟁은 시작되고 많은 이점을 지닌 라마
에 맞서는 라와나 또한 탁월한 전술과 특
히 그의 아들 인드라짓(Indrajit)의 무공에
힘입어 밀고 밀리는 예측불허의 상황들
이 전개된다. 또한 씨따의 마음을 돌리기
위해 라와나는 라마가 죽은 것처럼 술수
를 꾸미기도 하였으나 요지부동인 씨따
의 마음은 돌리지 못하였다. 한편 라마가
인드라짓에게 체포되기도 하였으나 라마
의 원신原神인 위싀누가 타고 다니는 가루
다가 나타나 라마 일행을 풀어 주고 승리
할 운명을 일러 준다.

라마 일행의 귀환으로 사기를 되찾은 원
숭이 군단은 하누만의 엄청난 활약으로
약세였던 전세를 뒤집게 되는데, 하누만
은 라와나와 그가 자랑하는 투사들에 맞

서 투쟁하고 번번이 라마와 락싀마나 형
제를 구출하며 인드라짓의 수중에 빠진
부하들을 구하고자 약초의 산을 옮겨다
놓는 등 뛰어난 전술을 발휘한다.

일진일퇴를 거듭하는 상황에서도 씨따에
대한 욕심을 버리지 못한 라와나는 라마
의 사기를 꺾기 위해 씨따가 죽은 것처럼
다시 계략을 꾸민다. 이에 라마는 횡포해
져 전세가 기우는가 싶었는데, 실은 씨따
가 살아 있다는 비비샤나의 정보에 다시
힘을 얻고 대공격을 감행하여 결국에는
라와나 진영에서 가장 막강한 장수인 인
드리짓 왕자를 처치하고 라와나와 맞선
다. 라와나는 브라흐마로부터 특별한 권
능을 받은 몸이라 좀처럼 죽지 않지만 결
국 브라흐마 신의 비장의 무기로 목숨이
끊어진다. 스리랑카의 악은 물러가고 정
의를 수호하는 비비샤나가 라와나의 뒤
를 이어 왕위에 오르고 라와나의 궁에 잡
혀 있던 씨따도 사랑하는 남편의 품으로
돌아간다.

그런데 라마는 여기서 인간적인 회의를
품으며 씨따가 라와나에게 잡혀 있는 동
안 정절을 잃지나 않았는지 의심하게
된다. 갖은 회유와 고행을 견디며 수절한
채 라마만을 기다리던 씨따는 이를 참을
수 없는 모욕이라 여기고 자신의 결백을
증명하기 위해 훨훨 타는 불속으로 뛰어
들지만 매정한 라마는 말리지 않는다. 이
에 놀란 천신들이 하강하여 라마가 위싀
누의 화신이며 씨따는 락싀미 여신의 화
신이라 일러주고 아그니 신이 불길 속에
서 씨따를 데리고 나온다. 이로써 라마와

씨따는 다시 결합하여 고국으로 돌아가 왕위를 계승, 행복한 여생을 보낸다.

리쉬(ṛṣi)와 무니(muni)

리쉬는 동사어근 '√ṛṣ(가다. 움직이다)'에 뿌리를 둔 명사다. '브라흐만을 향해 나아가는 자' 또는 '브라흐만이 되기 위해 행위하는 자' 등의 의미를 기본으로 하여 현인(賢人) 또는 성현(聖賢) 등으로 번역된다. 리쉬는 신이나 인간 또는 아수라와 구분되는 별도의 집단으로 인식된다. 그들은 절대존재 브라흐만의 음성을 듣고 이를 그대로 기억하여 '베다(Veda)'라는 형태로 인간에게 전달한 자들로서, 베단따에서는 7리쉬(七賢)로, 『마하바라따』에서는 다른 이름의 7리쉬(七賢)로, 『마누법전』에서는 뒤의 것에 3인을 더하여 10리쉬(十賢)로 열거된다. 천체에서는 북두칠성이 이에 해당한다.

- 베단따 7리쉬 : 가우따마(Gautama), 바랏와자(Bharadvāja), 위쉬와미뜨라(Viśvāmitra), 자맛아그니(Jamadagni), 와시쉬타(Vasiṣṭha), 까쉬야빠(Kaśyapa), 아뜨리(Atri)
- 마하바라따 7리쉬 : 마리찌(Marīci), 아뜨리(Atri), 앙기라스(Aṅgiras), 뿔라하(Pulaha), 끄라뚜(Kratu), 뿔라스뜨야(Pulastya), 와시쉬타(Vasiṣṭha)
- 마누 10리쉬 : 마하바라따의 7리쉬 + 닥샤(Dakṣa) 혹은 쁘라쩨따스(Pracetas), 브리구(Bhṛgu), 나라다(Nārada)

무니는 동사어근 '√man(생각하다)'에 뿌리를 둔 명사로서 '생각에 잠긴 자' 또는 '침묵하는 자' 등의 의미를 기본으로 하여 성자(聖者) 또는 성인(聖人) 등으로 번역된다. 리쉬가 절대존재 브라흐만의 읊조림을 그대로 전달하는 수동적인 면모를 지니는 반면, 무니는 본인의 내부에서 촉발된 충동적인 열정을 침묵과 명상을 통해 구현해 가는 능동적인 모습으로 표현된다. 베다의 시원과 역사를 함께하는 '리쉬'라는 호칭에 비해 다소 후대에 자리 잡았을 것으로 여겨지는 '무니'라는 호칭은 어쩌면 베다가 사상적인 깊이를 더해 가며 철학적 요소가 첨가되었을 시기에 확립된 것으로 생각될 수 있다. 무니는 관념적으로 탁발하는 방랑 수행자로서 숲에서 나무껍질로 된 옷을 입고 치렁치렁한 머릿결도 자르지 않은 채 요가수행 등의 고행을 통해 현세를 초탈하여 모든 것으로부터의 해탈을 추구하거나 이미 해탈을 성취한 자를 일컫는다.

'리쉬'가 가장(家長)으로서의 사회생활을 영위하는 성직자적인 성향을 지닌 자라면, '무니'는 출가로 사회생활을 벗어나 만행하며 고행을 통해 수행하는 자를 말한다. 전통 브라만교나 힌두교의 관점에선 리쉬가 전통의 맥을 이어가며 베다의 권위에 절대 복종하는 보수 성향의 '훌륭한 이'라면, 무니는 전통에 도전도 해가며 베다의 권위마저 사고의 대상으로 간주하기도 하는 진보 성향의 '훌륭한 이'인 셈이다.

리쉬야쉬링가(Ṛṣyaśṛṅga)

선인 위반다까(Vibhāndaka)가 목욕한 물을 마신 암사슴에서 태어난 리쉬야쉬링가는 머리에 사슴 뿔이 달린 인간의 모습을 하고 있었으며, 성인이 될 때까지 부친 위반다까에 의해 사람들 눈에 띄지 않는 숲 속에서 성장하였다. 앙가(Aṅga) 왕국에 심한 가뭄이 들자 브라흐마 신으로부터 공주 싼따(Śāntā)를 릐싀야싀링가에게 시집보내면 비가 내리리란 말을 들은 국왕 로마빠다(Lomapāda)는 그를 사위로 맞이하고 가뭄은 해소된다. 공주 싼따의 친아버지는 아요드야(Ayodhyā) 왕국의 다샤라타(Daśaratha)였는데, 후에 다샤라타가 왕자 라마(Rāma)를 얻게 될 때 그 제례의 집전을 릐싀야싀링가가 맡았다고 한다.

마누(manu)

태초에 창조주 브라흐마가 스스로 둘로 나뉘어져 남자와 여자가 되었으며, 그 한 쌍의 남녀로부터 조물주 위라즈(Virāj)가 태어나더니, 그 위라즈로부터 '스스로 형성된 존재'란 의미의 스와얌부와(Svāyambhūva)란 이름의 첫 번째 마누가 형성되어 나왔다. 그리고 그렇게 형성된 첫 번째 마누가 열 명의 창조아創造我인 쁘라자빠띠(prajāpati)들을 세상에 만들어 내니, 그들 열 명의 창조아들이 세상의 모든 인류를 탄생시켰다고 한다.

마누는 인도 신화에 등장하는 첫 번째 인간으로, 중요한 산스끄리드 법전인 『마누스므리띠(Manusmṛti)』 즉 『마누법전(Mānava-dharmaśāstra)』의 전설적 저자로도 일컬어지는데, 그 이름은 인도유럽어족의 'man' 및 산스끄리드의 동사 'man(생각하다)'과 어원상 관계가 있다. 베다에는 첫 번째로

제사를 지낸 사람이자 첫 번째 왕으로 등장하며, 중세 인도 대부분의 왕들은 그의 아들(태양의 혈통)이나 딸(달의 혈통)을 통해 이어진 그의 후손임을 강조하고 있다.

동서양을 막론하고 공통적으로 존재하는 고대 대홍수 이야기 중 인도에 전해지는 이야기에 나오는 마누는 서양의 노아 및 아담의 특성을 동시에 지니고 있다. - 위싀누(Viṣṇu) 항목의 맛스야(Matsya) 조항 참조 - 대홍수가 물러가자 인류의 유일한 생존자인 마누는 제물인 버터와 우유를 물에 부어 제사를 지냈는데, 1년 뒤에 스스로 '마누의 딸'이라 일컫는 여자가 그 물에서 태어났다. 이 둘은 땅 위에 다시 번성하게 되는 새 인류의 조상이 되었다고 전해진다.

후세의 힌두교 우주론에 의하면, 인간의 날짜로 172만 8천 년 동안 지속되어 정법이 100퍼센트 상존하는 끄리따유가(kṛtayuga)와, 그 후에 129만 6천 년 동안 지속되어 정법이 75퍼센트 잔존하는 뜨레따유가(tretāyuga), 연이어 86만 4천 년 동안 지속되어 정법이 50퍼센트 잔존하는 드와빠라유가(dvāparayuga) 및 그 뒤로 43만 2천 년 동안 지속되며 정법이 25퍼센트만 남아 있게 되는 깔리유가(kaliyuga) 등 4개의 유가(yuga)가 존재하며 반복을 거듭하는데, 4개의 유가를 합치면 432만 년에 이르는 하나의 마하유가(mahāyuga)가 되며, 1마하유가는 신들의 날짜로 1만 2천 년에 해당한다. 마하유가가 71차례 거듭되면 3억672만 년에 이르는 하나의 만반따라(manvantara)가 되며, '마누(manu)의

안쪽(antara)'이란 의미를 지닌 하나의 만반따라에는 1명의 마누가 그 초기에 출현하여 끝까지 다스리게 된다. 현세는 7번째 마누인 와이와스와따(Vaivasvata)에 의해 다스려지는 시기인데, 모두 14명의 마누가 출현하는 14차례의 만반따라가 하나의 깔빠(kalpa, 劫)를 형성하게 되고, 이는 창조주 브라흐마의 하루에 해당된다고 한다.

마누법전(Mānavadharmaśāstra)

『마누법전』은 전설상 인류의 시조이며 법을 만든 자인 마누(manu)가 지었다고 전해진다. 지금의 형태로 법전이 만들어진 것은 기원전 1세기경부터이다. 『마누법전』은 힌두인이 지켜야 할 다르마[法]를 규정하고 있는데, 힌두인이 4개의 사회계급(varṇa) 중 한 구성원으로서, 또한 인생의 4단계(āśrama) 가운데 하나에 속하는 자로서 이행해야 하는 의무 체계가 담겨 있다. 총 12장 2694조항으로 이루어져 있으며 우주의 기원에서 다르마의 정의, 정화의식(saṃskāra), 장례葬禮, 베다 공부, 음식에 대한 제한, 오염, 정화의 방법, 여자와 유부녀의 품행 및 역대 왕들의 법까지 다루고 있다. '역대 왕들의 법' 부분에서는 제목을 18개로 나누어 사법적인 이해관계 문제를 다루었고, 그 뒷부분은 다시 종교 관련 주제로 돌아가 헌납, 보상의 의례, 인과응보, 천국 및 지옥 등과 같은 부분을 설명하고 있다. 『마누법전』은 종교법과 관례 및 세속법 사이에 어떤 구분도 두지 않고 있다. 이 책의 영향력은 엄청났으며 힌두교의 카스트 제도에 실질적인 윤리 체계를 부여하였다.

웬디 도니거(Wendy Doniger)와 브라이언 스미스(Brian K. Smith)에 의해 공역된 『마누법전』의 서문에는 '힌두교도의 가정생활, 심리학, 신체개념, 성(性), 인간과 동물의 관계, 금전과 물질적 소유물에 대한 태도, 정치, 법, 카스트, 정淨과 부정不淨, 제의祭儀, 사회 습속과 이상, 해탈을 위한 세상의 포기와 세속적 목표 등, 오늘날 이러한 주제들에 대해서 연구하는 자들은 마누를 무시해서는 안 된다.'라 하여, 인도를 이해하는 데 이 책이 얼마나 중요한지를 역설하고 있다.[*]

마하바라따(Mahābharata)

'위대한 바라따 왕조王朝의 이야기'란 의미를 지닌 『마하바라따』는 세계에서 가장 긴 서사시로서 총 10만 송頌에 이른다. 저자로 알려진 브야사(Vyāsa)가 저술한 원본은 빤다와(Pāṇḍava, 빤두의 다섯 아들)들의 승리가 주로 묘사되어 있는 '자야(jaya, 승리勝利)'로 알려진 약 8천8백 송의 작은 규모였고, 후에 브야사의 제자 와이샴빠야나(Vaiśampāyana)에 의해 아르주나(Arjuna)의 증손자인 자나메자야(Janamejaya) 왕에게 낭송된 '바라따'는 전쟁이 주로 묘사되어 있고 일화나 전설들이 실려 있지 않은 약 2만 4천 송이었으며, 여러 해가 지난 후

---

* 『인도인의 길』 존 M. 콜러 지음, 허우성 옮김, 소명출판 – 182쪽 인용

어떤 현자들의 집회에서 우그라쓰라와스 사우띠(Ugraśravassauti)란 전문 이야기꾼에 의해 다시 낭송될 때 비로소 지금과 같은 많은 일화가 실린 백과사전식의 9만 송이 넘는 『마하바라따』로 정착하였다.

'자야'로 알려진 8천8백 송 가운데 일부는 그 시대적 저작 근원을 기원전 8~9세기까지 보고 있으며, '바라따'는 기원전 4세기경으로, 그리고 『마하바라따』전체의 형성은 기원전 4세기에서 기원후 4세기에 걸친 장구한 세월에 걸쳐 내용의 첨삭을 거듭하며 전체 18편(parva)의 틀을 갖춘 것으로 보인다.

『마하바라따』의 핵심 내용은 인도 고대부족인 꾸루(kuru) 일족이 통치하는 왕국 하스띠나뿌라(Hastinapura)의 왕권을 차지하기 위한 왕가의 권력투쟁이다.

그 이야기는 저자로 알려진 브야사(Vyāsa)의 출생으로부터 시작된다.

브야사는 어부의 딸인 싸뜨야와띠(Satyavatī)와 선인仙人 빠라샤라(Parāśara) 사이에서 태어난 아들로 이내 부친과 함께 숲속으로 들어가 양육되어 그도 곧 선인仙人이 된다.

하스띠나뿌라 왕국의 왕 샨따누(Śāntanu)는 여신 강가(Gaṃgā)와 짧은 결혼생활을 하며 아들 데와브라따(Devavrata)를 왕자로 두고 있었다. 어느 날 샨따누는 강을 건너다 브야사의 어머니인 싸뜨야와띠를 보고 반해 청혼을 하였으나 그녀가 낳을 아들이 왕위를 이어받을 수 있는 정식 왕비가 아니면 안 된다는 그 부친의 거절로 왕궁으로 돌아와 고뇌의 나날을 보

낸다. 부왕의 마음을 알게 된 데와브라따는 따로 어부를 찾아가 자신은 왕위를 이어받을 마음이 없음을 밝히고, 못 미더워 하는 그들을 확신시켜 주기 위해 평생을 홀몸으로 살 것을 맹세하게 된다. - 이후 사람들은 왕자가 무서운 맹약을 하였기에 '무섭다'는 의미에서 비스마(Bhīṣma)라는 이름으로 부르게 된다. - 그렇게 샨따누는 싸뜨야와띠를 왕비로 맞아들여 위찌뜨라위르야(Vicitravīrya)와 찌뜨랑가다(Citrāṃgada)라는 두 아들을 낳게 된다.

샨따누가 세상을 떠나자 위찌뜨라위르야가 왕위에 오르고, 그 또한 얼마 후에 후사 없이 세상을 떠나자 어린 찌뜨랑가다가 왕위에 오른다. 암비까(Ambikā)와 암발리까(Ambālikā)를 아내로 맞은 찌뜨랑가다 또한 후사 없이 얼마 후 세상을 떠나고 만다. 이에 싸뜨야와띠는 씨내림[niyoga]해 줄 이로 자신의 첫 번째 아들 브야사를 정하고 그를 불러들여 큰왕비 암비까와 합방하게 하는데, 검고 무섭게 생긴 브야사의 모습에 겁을 먹은 암비까는 눈을 감은 채 합방하여 장님인 드리따라스뜨라(Dhṛtarāṣṭra)를 낳게 된다. 장님은 왕위를 물려받지 못하는 까닭에 다시 작은 왕비 암발리까와 합방하게 하였는데, 눈을 감으면 장님 아들이 태어날 것을 염려한 그녀는 눈을 뜨고 있었지만 너무 무서워 얼굴이 노랗게 질린 까닭에 피부색이 노란 아들이 태어났다. 그래서 그 아들은 노랗다는 의미의 '빤두(Pāṃdu)'라는 이름을 갖게 되었다. 또한 브야사를 두려워하지 않는 궁녀에게서 총명한 아들 위두라

(Vidura)가 태어난다.

장님인 드리따라싀뜨라는 왕위를 계승할 수 없어 빤두가 왕위에 올랐다. 왕국을 다스리던 빤두는 어느 날 큰부인 꾼띠(Kuntī)와 작은부인 마드리(Mādrī)를 데리고 사냥을 나갔다. 숲속에서 한 마리의 사슴을 발견하여 활을 쏘고 가까이 가보니 사랑을 나누던 한 쌍의 사슴이었다. 그 수사슴은 현인 낀다마가 잠시 변신을 해 있었던 것이었는데, 그 현인은 죽어가며 왕에게 앞으로 성행위를 하면 죽게되는 저주를 내린다. 왕궁으로 돌아온 빤두는 장님인 드리따라싀뜨라에게 섭정을 맡기고 자신은 두 아내와 함께 히말라야 산으로 은둔에 들어간다. 자연에 심취하여 행복한 나날을 보내지만 후사가 없어 왕위를 잇지 못하는 것을 고민하는 빤두에게 큰부인 꾼띠가 예전에 자신이 어떤 선인仙人으로부터 어느 신이든 불러서 그 신의 아들을 가질 수 있는 신통력을 선물받았음을 말하니 빤두는 그렇게 하도록 한다. 그래서 꾼띠는 그 신통력을 이용하여 태양신 쑤르야(Sūrya)를 불러 황금귀걸이를 한 아들 까르나(Karṇa)를 낳았다가 세상의 이목이 두려워 강에 흘려 보냈다. 그리고 그에 대한 죄책감으로 도덕의 신 야마(Yama)를 불러 유디싀띠라(Yudhiṣṭira)를 낳았으며, 다시 신들의 왕인 인드라(Indra)를 불러 아르주나(Arjuna)를 낳고, 마지막으로 바람의 신인 와유(Vāyu)를 불러 비마(Bhīma)를 낳는다. 작은부인 마드리 또한 꾼띠의 능력을 빌어 신들의 의사이자 쌍둥이인 아싀윈(Aśvin)을 불러 쌍둥이 아들 나꿀라(Nakula)와 사하데와(Sahadeva)를 낳는다. - 이들 다섯을 '빤두의 자식들'이란 의미로 빤다와(pāṇḍava)라고 부른다. - 그렇게 평온한 생활을 하던 어느 봄날 욕정에 이끌린 빤두는 마드리와 사랑을 나누다 죽게 되고, 마드리 또한 그의 장례에서 불길에 뛰어들어 함께 세상을 떠난다.

다섯 형제들을 홀로 기르던 꾼띠는 히말라야 선인들의 도움으로 왕궁으로 다시 돌아오게 되는데, 그곳에는 이미 유디싀띠라보다 나중에 태어난 드리따라싀뜨라의 자식들로 두료다나(Duryodhana)를 비롯한 1백 명의 아들이 있었다. - 드리따라싀뜨라의 아내가 유산하자 브야사는 유산된 태아의 살덩이를 백 개로 나누어 물항아리에 넣었으며, 그 항아리들에서 두료다나를 맏형으로 하는 1백 명의 아들이 태어나게 되었다. - 두료다나를 비롯한 1백 명의 아들들은 빤다와들에 대해 불만을 품었고, 큰 아들 유디싀띠라가 왕세자에 오르자 결국 불에 잘 타는 재료로 지은 왕궁에 그들을 머물도록 하고 불을 내며 없애고자 하였다. 빤다와들은 자신들의 삼촌인 위두라의 도움으로 모략에서 빠져나와 어머니 꾼띠를 모신 채 은신을 위한 방랑 생활에 들어간다.

탁발승 등으로 신분을 숨기고 여러 나라를 떠돌던 빤다와들은 빤짤라(Pañcāla) 왕국의 아리따운 공주 드라우빠디(Draupadī)의 신랑 간택 행사에 참석하게 된다. 바닥의 기름에 반사되는 것을 보고 천장에 매달린 움직이는 인조물고기의 눈을 강궁으로 맞추는 시합에서 빤다와들은 그들의 친구인 끄리쉬나(Kṛṣṇa)를 만나 그의 도움을 받는다. 그리고 두료다나의 후원을 받는 꾼띠가 버린 맏아들인 까르나를 물리치고 셋째인 아르주나가 승리하게 되어 공주와 결혼하게 된다. 그날 집으로 돌아온 아르주나는 "오늘은 좋은 공양을 얻어왔습니다."라고 농담을 하였고, "좋은 공양을 얻었으면 형제들이 사이좋게 나누어 가져라."는 꾼띠의 말을 따라 드라우빠디는 빤다와들의 공동 아내가 된다.

빤다와들이 빤짤라 왕국의 사위들이 되었다는 소식을 들은 드리따라쉬뜨라는 그들을 불러들여 꾸루 일가의 원로들 및 친척들과의 협상을 거쳐 자기 아들들과 함께 왕국을 나누어 주었다. 이에 빤다와들은 새롭게 얻은 땅인 지금의 델리에 인드라쁘라스타(Indraprastha)라고 불리는 아름다운 왕궁을 건설한다. 그 궁전은 부귀의 신 꾸베라(Kubera)가 자금을 지원하고 신들의 장인匠人들이 몰려와 건설한 까닭에 호화로움과 더불어 곳곳에 신비한 모습을 지니고 있었다. 빤다와들은 왕궁을 건설하고 두료다나를 비롯한 1백 명의 사촌들을 초빙하였다. 그 자리에서 두료다나는 앞서가다 보석으로 만든 가짜 연못을 물이 고인 고요한 연못으로 착각하고 발을 딛지 못하였는데, 정작 진짜 연못에 이르러는 앞서 본 보석연못으로 여기고 나아가다 빠지고 만다. 이에 웃음거리가 된 두료다나는 이 왕궁을 빼앗아 버리리라 마음먹고 자신의 나라도 돌아간다.

자신의 왕궁으로 돌아온 두료다나는 외삼촌인 샤꾸니(Śakuni)와 함께 노름판을 벌이기로 계획을 세우고 빤다와들을 왕궁으로 초대한다. 유난히 노름을 좋아하는 유디쉬띠라는 두료다나의 그물에 걸려 가져온 많은 보물은 물론 결국 왕국까지 잃지만 그래도 포기하지 않고 형제들의 공동 아내인 드라우빠디까지 걸었다가 결국 모두 잃고 만다. 그 말미에 드라우빠디는 회당의 대중 앞에서 옷이 벗겨지는 치욕을 당하지만 끄리쉬나의 신통력으로 한없이 늘어지는 옷깃 때문에 위기를 모면한다. 드리따라쉬뜨라가 그 모든 일을 없던 것으로 선언하고 빤다와들을 돌려보내지만, 분노한 두료다나에 의해 빤다와들은 귀국 도중에 다시 불려온다. 이후 두 번째 노름이 벌어지고 다시 지게 된 빤다와들은 12년간 숲속에서 유배 생활을 하고, 마지막 1년간 군중 속에서 숨어살기를 무사히 마치면 왕국을 되돌려 받기로 두료다나와 약속을 하게 된다.

빤다와들은 숲속에서 12년간 유배 생활을 하고, 숨어살아야 되는 마지막 해에는 맛스야(Matsya) 왕국 위라따(Virāṭa) 왕의 궁전에서 여러 모습으로 변장을 한 채 지내다 그해 말에 모습을 드러낸다. 13년의 유배 생활을 무사히 마친 것으로 여긴 빤다와들은 왕국을 되돌려 줄 것을 요구하였으나 두료다나는 그들이 모습을 드러낸 시각이 계약의 마지막 시각이었다고 주장하며 왕국의 반환을 거절한다. 그리하여 빤다와들과 두료다나 형제들 간에 전쟁이 일어나게 된다.

이 전쟁에서 두료다나 측에는 빤다와들의 조부인 비스마를 비롯하여 스승인 드로나(Droṇa)와 버려졌던 맏형인 까르나를 비롯하여 자신들의 외삼촌인 비두라마저 모두 가담하였다. 빤다와 측에는 끄릭싀나만 있었다. 끄릭싀나는 자신의 군대를 두료다나 측에 주기로 하고 아르주나의 전차를 모는 몰이꾼이자 비전투원으로 남았다. 결국 빤다와들은 사랑하는 친족과 치르는 전쟁이 되어 버린다. - 빤다와들을 도와주라는 꾼띠의 애원에 까르나는 활을 쏘되 그들을 맞히지 않기로 꾼띠에게 약속하는 것으로 대신한다.

꾸루끄쉐뜨라(Kurukṣetra)의 대평원에서 양 진영이 마주선 가운데 싸움이 시작되려는 순간 아르주나는 자신의 전차를 모는 끄릭싀나로 하여금 양 진영의 전세를 살필 목적으로 전차를 양편의 한가운데로 몰아줄 것을 부탁한다. 그러고는 적진에 보이는 조부와 스승 및 외삼촌 모습을 보고 친족을 죽이고 왕국을 얻을 생각에 낙담하여 무기를 내려놓으려 하는데, 이때 끄릭싀나가 자신의 원래 모습인 위싀누로서의 신성神聖을 드러내며 『바가왓기따(Bhagavadgītā)』를 읊음으로써 아르주나를 독려한다.

"나는 모든 세상을 절멸시키기 위해 세상의 파괴를 집행하는 엄청난 종말의 불길이다. 비록 그대가 그렇게 하지 않더라도 이 전쟁터에 도열해 있는 모든 용사들은 존재하지 않게 될 것이다. 그러기에 적들을 물리치고 명성을 획득하라! 그리고 번영하는 왕권을 향유하라! 그들은 나에

의해 죽게 될 것이니, 그전에 그대가 오직 나의 단순한 수단이 되어라! 아르주나여!"[11.32~11.33]

그렇게 시작된 전쟁은 18일 동안 지속된다. 전쟁 중에 다섯 형제는 끄릭싀나의 계략에 따른다. 자신들의 할아버지인 비스마는 용맹한 무사로서 그가 남자인 적敵이 아니면 대항하지 않는다는 약점을 이용하여 중성中性의 인물을 내세워 죽이고, 자신들의 스승인 드로나는 그가 애지중지하는 아들 아싀왓타만(Aśvatthāman)의 거짓 죽음을 유포하여 상심에 쌓인 채 선정에 든 그의 목을 베어 죽이고, 사실상 자신들의 맏형인 태양신의 아들인 까르나 및 1백 명의 사촌 형제들을 모두 죽인다. 그러고는 결국 유디싀띠라가 전쟁을 끝내고 왕위에 오른다. 유디싀띠라는 형제들과 함께 여러 해 동안 왕국을 평화롭게 통치하다 왕위를 아르주나의 손자인 빠릭쉬드(Parikṣit)에게 물려주고 다섯 형제는 자신들의 아내인 드로우빠디와 함께 히말라야로 가서 생을 마치게 된다.

브라만의 생활주기

1. 학생기(學生期-brahmacārin)

처음으로 성사聖絲를 몸에 걸치고 스승이 될 이에게 예를 올리는 재생再生의 의식인 입문식(upanayana)을 시작으로 학생기가 시작된다. 브라만의 경우 8세, 끄샤뜨리야의 경우 11세, 바이샤의 경우 12세에 행해지는데, 그 기간은 보통 12년이다. 입문식 후에 스승의 집이나 아쉬람에 머물며 기본적인 인성人性 교육을 받다가, 스

승의 판단으로 시기가 되었다고 여겨질 때부터 베다를 공부한다. 스승의 허락으로 학생기를 마치면 집으로 돌아가 결혼을 함으로써 가주기에 들어가게 된다.

2. 가주기(家住期-gṛhastha)

20세를 전후하여 집으로 돌아와 결혼과 함께 가업에 열중한다. 자식을 낳아 조상의 은혜에 보답하고, 신을 숭배하고 조상을 돌보는 등 다섯 가지 유형의 제례를 이행하며, 배운 것을 전승하여 스승의 가르침에 보답한다.

- 절대존재 브라흐만(Brahman)에 올리는 제례 : 베다 독송
- 조상(Pitṛ)에게 올리는 제례 : 싀랏다(śrāddhā)祭
- 신들(Deva)에게 올리는 제례 : 호마(homa)祭
- 귀신들(Bhūta)에게 올리는 제례 : 발리(bali)祭
- 손님 등 타인들에 대한 예절

3. 임주기(林住期-vānaprastha)

자식이 가주기에 접어들면 집안일을 자식에게 맡기고 부인과 함께 숲속에 머물며 청정한 신행 생활을 하는 수행의 시기이다. 임주기에 『아란야까』 및 우빠니샤드 등의 철학서哲學書를 공부한다.

4. 유행기(遊行期-saṃnyāsa)

임주기를 통해 수행을 끝낸 뒤에 촌락으로 탁발걸식하며 돌아다니는 유행자遊行者의 시기이다. 우빠니샤드 등에는 임주기까지만 언급되어 있다. 사문기는 불교나 자이나교 등 신흥종교를 통해 생긴 출가 사문出家沙門의 사회적인 제도를 받아들여 기원전 4세기 이후에 확립되었다.

비둘기의 희생

깊은 숲속으로 사냥을 나섰던 새 사냥꾼이 폭풍우를 만나 커다란 나무 밑으로 피신을 하였다. 그곳에서 그는 때가 지나도 돌아오지 않는 짝을 그리워하며 슬픔에 빠져 있는 수컷 비둘기의 애타는 소리를 듣게 된다. 돌아오지 않는 그 암컷 비둘기는 그 새 사냥꾼에게 사로잡혀 지금 사냥꾼의 집 새장에 갇혀 있었다. 애절한 수컷 비둘기의 소리는 바람을 따라 새장에 갇힌 암컷 비둘기에게 들리게 되었는데, 그 암컷 비둘기는 오히려 추위에 떠는 그 새 사냥꾼을 받아들여 보살펴 주기를 바라는 마음을 바람에 실어 보냈다. 결국 수컷 비둘기는 새 사냥꾼을 받아들이고 추위에 떠는 그를 위해 불까지 지폈지만 정작 대접할 것이 없음을 깨닫고는 자신의 몸을 불에 던져 그로 하여금 먹도록 하였다. 이에 자신이 이제까지 저지른 모든 악한 행위를 크게 뉘우친 새 사냥꾼은 돌아가 암컷 비둘기를 놓아준다. 그리고 돌아와 불길 속에서 죽어 있는 짝을 본 암컷 비둘기 또한 불에 몸을 던진다. 그 둘은 그 선업으로 하늘에 함께 태어나 행복하게 살게 된다.

사성계급四姓階級

'인도에 네 개의 카스트가 있다'고 할 때 카스트는 정확히 말하면 와르나(varṇa)에 해당한다. 와르나는 색깔을 나타내는 말로서, 어떤 집단이 하는 일을 종교 의식

에서 색이 가진 상징에 맞추어 정한 것이다. 브라만(brāhmaṇa)은 하얀색, 끄샤뜨리야(kṣatriya)는 빨간색, 바이샤(vaiśya)는 노란색, 슈드라(śūdra)는 검은색에 해당한다. 색에 의해 크게 네 개의 집단으로 나뉜 가운데 각 집단 안에 다시 수많은 갈래가 형성되어 있는데, 그것을 자띠(jāti)라고 일컫는다. - 정복자인 백인 아리안과 피지배자로서 검은 피부를 지닌 드라비다인으로 인해 형성된 사회계급 구조란 설도 있다. 일반적으로 사성계급을 뜻하는 카스트(caste)는 16세기 경 인도에 들어온 포르투갈 인이 그 사회적 계급이 단순히 혈통에 의해 결정되는 것으로 잘못 보고 '단일 혈통에 의한'이란 의미의 'casta'란 단어를 사용한 것이 영어화된 명칭이다. 태초에 스스로 태어나 존재하는 자인 우주인간宇宙人間(Puruṣa)이란 존재가 있었는데, 그의 입은 '브라만'이라 하여 베다를 읊어 우주에 고루 퍼지게 하였고, 그의 팔은 '끄샤뜨리야'라 하여 우주를 보호하였으며, 그의 다리는 '바이샤'라 하여 모든 먹거리를 일구는 일을 맡았으며, 그의 발은 '슈드라'라 하여 다른 부위들이 제 기능을 할 수 있도록 돕는 일을 맡았다고 한다. 나중에 인간이 생겨나 우주인간이 했던 일들에 상응하는 일을 할 경우 그에 해당하는 부분별 이름으로 그 신분을 삼게 된 것이 사성계급의 시초라 한다.

계급을 기준으로 부여된 의무는 다음과 같다.

1. 브라만의 경우

학습의 의무(adhyayana) : 베다를 공부함

교육의 의무(adhyāpana) : 베다를 가르침

제례 봉행의 의무(yajana) : 자신을 위해 제례를 지냄

제례 보조의 의무(yājana) : 다른 이를 위해 제례를 지내줌

보시의 의무(dhāna) : 다른 이에게 보시를 행함

공양의 의무(pratigraha) : 다른 이로부터 공양을 받음

2. 끄샤뜨리야의 경우

삼대 공통 의무 : 학습의 의무, 제례 봉행의 의무, 보시의 의무

보호의 의무(prajāpālana) : 백성을 적들로부터 보호함

3. 바이샤의 경우

삼대 공통 의무 : 학습의 의무, 제례 봉행의 의무, 보시의 의무

경작의 의무(kṛṣi) : 농업

목축의 의무(paśupālana) : 축산업

통상通商의 의무(vaṇijyā) : 상업

4. 슈드라의 경우

봉사의 의무(sarveṣāṁsevanam) : 모든 이를 위한 봉사

싸가라의 바다

옛날 아요드야(Ayodhyā) 왕국에 덕 높은 싸가라(Sagara) 왕이 있었다. 왕은 후사가 없어 고민하던 차에 왕비 께쉬니(Keśinī) 및 싸무띠(Samuti)와 더불어 히말리야 산에서 고행을 행한 끝에 성자 브리구(Bhṛgu)의 은총으로 께시니는 아스만자스(Asmanjas)를 낳게 되고 싸무띠는 한 개의 바가지를 낳는데 그것이 쪼개져 6만 명에

이르는 아들로 변한다. 그 후에 아스만자스 왕자는 뛰어난 재능에도 불구하고 짓궂은 성품 때문에 자신의 아들 앙슈마뜨(Aṁśumat)를 남긴 채 왕국에서 추방된다. 마사제馬司祭(aśvamedha)는 한 마리의 말을 1년 동안 영토 내에 자유롭게 돌아다니게 한 후에 다시 왕궁으로 돌아온 그 말을 희생하고 왕비와 더불어 교합交合의 의식을 치름으로써 신에게 제례를 올리는 의식이었다. 100차례의 마사제를 거행하면 인드라 신과 동등한 권능을 지니게 된다고 한다. 싸가라 왕이 99번의 마사제를 무사히 치르고 100번째 제를 시행하려고 하자 자신의 자리가 위협받을 것을 두려워한 인드라는 그 말을 훔쳐 깊은 지하세계인 빠딸라(Pātāla)에 가두어 버렸다. 이에 왕의 명령을 받고 6만 명의 아들들이 말을 찾기 위해 온 천하를 뒤졌으나 찾지 못하자 모두 함께 땅을 파 내려갔다. - 이로 인해 바다의 경계가 생겼으며, 그래서 바다를 '싸가라 왕에 의해 만들어진'이란 의미로 '싸가라(sāgara)'로 부른다.

6만 요자나(약 90만 킬로미터) 깊이의 지하세계를 파 내려간 그들은 그들 때문에 고충을 겪고 있는 지하세계 생물들의 하소연을 듣고 그곳에 와 있는 위쉬누 신의 화신인 성자 까삘라(Kapila) 곁에 있는 말을 발견한다. 그리고 그 성자가 말을 훔친 것으로 오인하여 공격하였으나 성자의 신통력에 의해 모두 순식간에 재로 변해 버리고 만다. 다시 앙슈마뜨가 말과 그들을 찾아 나서고, 마침내 까삘라와 함께 있는 말을 발견하였다. 까삘라는 공손한 앙슈마뜨에게 말을 건네며 그의 숙부들이 재로 변한 사실과 그들의 혼을 천국으로 보내려면 하늘 세상에 흐르는 강가 강의 물을 떠서 공양해야 한다는 말을 해 준다.

세월이 흘러 앙슈마뜨를 거쳐 그의 손자 바기라타(Bhagīratha)가 왕위에 오른 후, 그는 그들 6만에 이르는 조상의 천도를 위해 팔을 든 채 한 다리로 서 있는 고행을 지속한다. 그의 혹독한 고행에 감동한 브라흐마 신이 강가 강의 물줄기를 지상으로 내려 주는데, 그 물줄기의 힘이 너무 세어 모든 것이 파괴될 지경에 이르게 된다. 이에 바기라타는 쉬와 신에게 애원하니 그가 머리로 물줄기를 받아 내어 피해를 없게 하였다. - 그렇게 쉬와 신의 머리에서 나눠진 물줄기는 일곱 갈래로 흘러 강가 강의 일곱 지류로 형성되었다고 한다. - 그리고 바기라타는 강가 강의 물을 떠서 재로 변한 6만의 왕자들에게 뿌리니 그들의 혼이 천국으로 가게 되었다고 한다.

소원의 나무

태초에 신들이 우유의 바다를 저어 감로수를 만들 때 생겨난 보물 가운데 하나로서, 말하는 이의 소원을 들어 주는 다섯 그루의 '소원의 나무'가 있었다고 한다. 애초에 그 나무들은 천상에 있는 인드라 신의 정원에 심어졌으나, 후에 끄리슈나 신에 의해 아내인 사뜨야바마(Satyabhāmā)의 정원으로 옮겨졌다고 한다. 다섯 그루인 나무의 이름은 각각 만다라(Mandāra),

빠리자따(Pārijāta), 싼따나(Santāna), 깔빠(Kalpa), 하리짠다나(Haricandana) 등이다.

수바시따(subhāṣita)

'수바시따'는 '말하다'라는 바사(bhāṣ)의 과거분사 바시따(bhāṣita)에 '좋은'을 의미하는 부사 '수(su)'가 첨부된 합성어로 '잘 설해진 격언이나 경구'를 가리킨다. 그 가운데는 교훈적인 것도 있는 반면에 세상을 비판하거나 세류를 풍자하는 내용은 물론 돌아서는 님을 시샘하는 마음도 멋들어지게 표현되어 있기에, 본 의미에 가까운 우리말을 찾자면 '멋진 말' 정도가 된다.

인도에서 베다를 배우고 또한 남에게 가르칠 권리를 가진 최상위 계급인 브라만은 소수이며, 인도 문명의 젖줄인 베다와 우빠니샤드를 원천으로 하는 수많은 철학과 종교가 내뿜는 향기를 만끽했던 이들은 그 가운데서도 일부에 한정되었을 것이다. 그 외의 대다수 민중은 모든 틀을 벗어나 자유롭게 읊조려졌던 『수바시따』에 실린 진솔한 말 몇 마디를 통해 보다 넓은 세상과 소통했을 것이다.

이 세상에 세 가지 보배가 있나니,
물과 밥 그리고 수바시따.
그것도 모르고 돌 조각을 보배라고.
─『수바시따』 재연 스님 엮음

한국의 시조나 일본의 하이쿠가 고유한 형식의 시형(詩形)을 갖춘 것이라면 수바시따는 게송이 위주인 인도의 문학 작품이 그 원천인 까닭에 통일된 형식을 갖추고 있다 할 수는 없다. 하지만 그 대부분이 여덟 음절로 된 구절 넷이 모여서 형성된 '아누스뚭'이란 운율에 맞춰져 있다. 그러니 기껏해야 짧은 두 줄 정도이므로 하이쿠보단 길겠지만 세 줄로 이뤄진 시조 한 수의 3분의 2 분량일 뿐이다. 불과 32음절로 된 두 줄의 짧은 시 안에 시인은 세상을 표현하고 금언金言은 물론 질타나 풍자까지 담아내고 있다.

행운이 왔을 때 베푸시오, 신이 또 채워 줄 것이니. 행운이 시들 때 역시 베푸시오, 어차피 죄다 없어질 것이니. 풀잎보다 가벼운 게 솜털, 솜털보다 가벼운 건 거지. 그런데도 바람에 날리지 않는 것은, '적선합쇼!' 소리 두려워 바람조차 다가오지 않기 때문.
─『수바시따』 재연 스님 엮음

시조나 하이쿠가 다른 언어로 옮겨지면 이미 시조나 하이쿠가 아니라 말하는 것과 달리 운율의 묘미보다 담아내는 내용에 더 치중하고 있는 수바시따는 다른 언어로 옮겨지더라도 훨씬 자연스럽다. 특히 토씨에 의해 내용이 좌우되는 특징을 지닌 까닭에 한글로 옮겨도 원래 산스끄리뜨로 읽었을 때의 느낌과 그 괴리가 거의 없다시피 하다.

자식들은 더 달라고 아우성에 시샘하고, 호시탐탐 도둑들에 나라님도 한몫하고. 불이 나서 재 되거나 큰물에 쓸리거나, 도깨비들 좋으라고 땅에다 묻을 수도. 어차피 못된

자식들 끝장 보자 할 것인데. 에라이, 빌어
먹을 돈! 벼락이나 맞아라!

- 『수바시따』 재연 스님 엮음

여유로운 시인에 의해 창작된 시는 물
론, 다양한 고전에 실린 '멋진 말'들이 모
여 하나의 선집(選集)으로 엮어진 『수바시
따』. 만약 깊은 사유에서 우러나온 수많
은 철학 서적들과는 또 다른 시각에서 인
도의 또 다른, 어쩌면 민중의 숨결에 흠
뻑 젖을 수 있는 더욱 참다운 면목을 보
고자 하는 이에겐 베다의 만뜨라보다 더
가슴에 와 닿는 것이 곧 수바시따라 할
수 있다.

스깐다(Skanda)
불의 신 아그니(Agni)는 칠성七星(브라만 계
급의 시조가 된 일곱 성자)의 아내들을 연모하
여 부엌의 화로 속에 들어가 그녀들을 훔
쳐보곤 하였다. 아그니는 그녀들을 진심
으로 사랑했지만 남의 아내를 훔치는 일
은 할 수가 없기에 그 고통을 잊고자 산
속으로 들어갔다. 이에 평소 그를 마음에
두었던 닥샤(Dakṣa)의 딸 스와하(Svaha)가
그를 따라가 매일 칠성의 아내들로 변신
하여 아그니와 잠자리를 같이 하고는 그
정액을 받아와서 슈웨타 산속에 있는 황
금동굴 속에 떨어뜨렸다. 그러나 7일째
되는 날에 칠성 가운데 마지막인 와시슈
타(Vasiṣṭha)의 아내로 변신하려 하였으나
정절을 소중히 여기던 그녀로는 도저히
변신이 불가능하였다. 얼마 후 그 황금동
굴에서 남자 아이가 태어났는데, 여섯 번

에 걸쳐 정액을 '떨어뜨린(skand)' 것에서
태어난 까닭으로 6개의 머리와 12개의 팔
을 가지고 있었기에 이름을 '스깐다'라고
하였다. 그는 나흘 만에 완전히 성장하여
괴성을 지르니 모든 짐승이 두려움에 떨
었으며, 특히 그가 던진 창에 무너져 내
린 산들은 그를 피해 모두 하늘로 올라가
버렸다. 이에 모든 신들이 신군神軍의 지
휘관인 인드라에게 그를 물리쳐 달라고
부탁하였으나 인드라 또한 도저히 그를
당해 내지 했다. 인드라는 휴전을 제의
하며 그에게 신군의 지휘권을 넘겨줘 버
렸다. 이렇게 출생 6일 만에 신군의 지휘
관이 된 그에게 칠성의 여섯 아내가 달려
와, 그녀들이 외도한 것으로 세상이 오해
하여 모두 남편과 헤어지게 되었으니 그
억울함을 풀어 달라고 하였다. 그는 여
러 신통력으로 그녀들의 명예를 회복시
켜 주니 다시 원래대로 결합한 칠성들은
하늘로 올라가 별자리가 되었다. 또한 그
의 어머니 스와하도 아그니와 함께 있고
자 하는 자신의 소원을 들어 달라고 요청
하였다. 그 까닭에 지금도 제관祭官들이
공물을 불에 집어던질 때 '스깐다!'라고
이름을 부르는 관습이 생겼다고 하며, 그
렇게 해서 스와하는 영원히 아그니와 함
께 할 수 있게 되었다. 어느 날 브라흐마
신이 그에게 찾아와 그의 출생에 관한 비
밀을 알려주었으니, 실은 쉬와 신이 아그
니에게 들어가고 쉬와의 아내가 스와하
에게 들어가서 향후에 있을 마군과의 전
쟁을 위해 그를 낳았다고 말하였다. 그래
서 친아버지인 쉬와 신을 찾아간 스깐다

는 그를 도와 신군의 지휘관으로서 대활약을 펼쳐 마군을 물리쳐 이 세상에 평화를 가져오게 하였다.

와인야(Vainya)의 탄생

'웨나(Vena)의 아들'을 의미하는 와인야는 본래 그 이름이 쁘리투(Pṛthu)였다. 웨나가 지상을 왕으로서 통치하였는데 미약하고 심약한 그가 심지어 신들에게 제례도 지내지 못하고 결국 종교적인 타락에 이르게 되자 어느 경건한 성인이 그를 신성한 풀로 매질하여 죽음에 이르게 하였다. 왕이 사라지자 도적이 창궐하여 혼란이 일어나므로 어떤 현인이 그의 주검 가운데 넓적다리를 문질러서 타다 만 나무둥치처럼 넓적하고 창백하고 조그만 아들을 생겨나게 하니 그가 니샤다(Niṣāda)로서 그와 더불어 '웨나'의 모든 죄악이 소멸되었다고 한다. 그리고 브라흐만이 그 주검의 오른손 바닥을 문질러 타오르는 불길처럼 찬란한 아들을 생겨나게 하니 그가 바로 인간으로서 인드라마저 패퇴시켜 위대한 고대의 왕으로 숭앙을 받는 '쁘리투'이다. 그는 이 대지大地를 일깨워 자신의 딸로 삼고 그녀에게 쁘리티위(Pṛthivī)라는 이름을 주었으며, 그 대지를 경작하고 농업을 일으켜 백성들이 먹거리로 삼게 하였다.

왕과 비둘기

매에게 쫓긴 비둘기가 쉬비(Śibi) 왕의 품 안으로 피난하게 되었다. 비둘기를 내어 달라는 매의 요청에 왕은 자신의 품안으로 도움을 원하고 들어온 비둘기를 내어 놓을 수 없다고 거절하였다. 하지만 매가 자신도 굶주린 배를 채우기 위해선 비둘기가 필요하다고 말하니, 쉬비 왕은 그 비둘기만큼 자신의 살점을 주겠다하고 저울 한쪽에 비둘기를 올려놓고 자신의 살점을 떼어 그 반대편에 올려놓았다. 그러나 살점을 떼어서 올려놓으면 놓을수록 그 비둘기도 점점 더 불어나는 바람에 결국 쉬비 왕은 자신의 몸 전체를 저울에 올려놓게 되었다. 그러자 매와 비둘기는 본래의 모습인 인드라 신과 다르마 신의 모습으로 돌아와 쉬비 왕을 원래의 건강한 모습으로 되돌려 놓은 뒤 그의 관대함을 시험했노라며 많은 선물을 남기고 돌아갔다고 한다.

왕王의 권역權域

－ 왕권의 보호를 위해 설정된 물리적, 추상적 네 권역

'네 겹으로 에둘러진 상태'의 '겹'에 해당하는 산스끄리뜨 만다라(maṇḍala)는 어떤 것을 중심으로 매겨진 커다란 원을 말하므로, 왕의 경우 그 권역을 일컫는다. 본문에선 그 네 가지 권역으로 '사자'와 '사자의 추종자'와 '까까라와(kākarava)' 및 '낑위릿따(kiṁvṛtta)' 등을 언급하고 있다.

• **사자** : 지리적으로는 왕이 직접 관할 통치하는 경기京畿 지역을 가리키며, 관념적으로는 왕국 전체에 미치는 왕의 왕권王權을 일컫는다.

• **사자의 추종자** : 왕을 측근에서 보필하는 중앙 관료를 의미한다.

- **까까라와**(kākarava) : 지방 관료를 의미
한다. 이름은 '까마귀의 울음소리'를 뜻하
는데, 속설에 따르면 까마귀가 신神의 전
령으로 여겨지듯 왕王의 사자使者가 되어
백성에게 왕의 뜻을 전달하는 역할을 하
기 때문이라고 한다.
- **낑위릇따**(kiṁvṛtta) : 백성들을 의미한다.
이름은 '그게 무슨 소식거리가 되냐?'는
뜻인데, 백성들이 수많은 고초를 겪으며
모든 일에 무감각해졌음을 은유한 것이
다. 또는 하인을 뜻하는 단어인 '낑까라
(kiṁkara)'가 '무엇을 할까요?'를 의미하는
경우와 유사하게, '그게 뭔데요?'라고 해
석하여 일어나는 모든 일에 피동적으로
관심을 갖는 나약한 백성들을 은유한 것
으로 보기도 한다. 또는, 사자(siṁha)라는
하나의 세력을 중심으로 그 세력을 추종
하여 이익을 얻는 집단(siṁhānuyāyin), 추종
도 배척도 아닌 중간 입장을 취하는 집단
(kākarava), 세력에 항거하여 배척하는 집
단(kiṁvṛtta) 등을 말하기도 한다.
마누법전에 인용된 '만다라(maṇḍala)'는
『빤짜딴뜨라』의 것과는 약간의 차이를 지
닌 의미로서 네 겹이 아닌 다섯 겹으로
언급되어 있으니, 대신大臣과 왕국王國과
성채城砦와 국부國富 및 군대軍隊 등이다.

우빠니샤드(Upaniṣad) 18책 개관
- **제1책 브리핫아란야까 우빠니샤드**
  (Bṛhadāraṇyaka Upaniṣad)

백白야쥬르베다 계통의 샤따빠타 브라흐
마나(Śatapatha Brāhmaṇa)에 속하는 브리핫아
란야까 우빠니샤드는 총 6장 47절 441편

의 글로 이루어져 있다. 샹까라(Śaṁkara)
의 주석에 복주석을 단 수레쉬와라는 이
를 다시 3편으로 나누고 있는데, 개체아
個體我(the Individual Self)와 절대아絶對我(the
Universal Self)는 기본적으로 동일함을 밝힌
'꿀의 지혜편(Madhu Kāṇḍa)'과 철학적인 정
의를 통해 가르침을 피력한 '성자편(Muni
Kāṇḍa)' 및 보완적인 내용으로 이뤄진 '보
완편(Khila Kāṇḍa)' 등이 그것이다. 현존하
는 주요 판본으로는 깐와(Kāṇva)본과 마드
얀디나(Mādhyandina)본이 있는데 샹까라를
비롯하여 주로 깐와본에 기초하고 있다.
'bṛhadāraṇyaka'의 'bṛhat'은 '큰, 방대한'
의 뜻이며 'āraṇyaka'는 '숲에서 이루어진'
이라는 의미를 지니므로, '브리핫아란야
까 우빠니샤드'는 '숲속의 생활을 통해 전
수되는 방대한 분량의 비밀스런 가르침'
이란 의미이다.

- **제2책 찬도갸 우빠니샤드**
  (Chāndogya Upaniṣad)

사마베다 계통의 찬도갸 브라흐마나
(Chāndogya Brāhmaṇa)에 속하는 찬도갸 우빠
니샤드는 총 8장 154절 629편의 글로 이
루어져 있다. 사마베다의 사만(sāman) 찬
가를 노래하는(gāyati) 이를 일컬어 찬도
가(chandoga)라 하는데, 사마베다를 따르
는 자들이 속하는 우빠니샤드인 까닭에
그 이름을 '찬도갸(Chāndogya) 우빠니샤드'
라 한 것이다. 찬도갸 브라흐마나는 모두
10편으로 되어 있는데, 그 가운데 처음의
두 편은 희생 의식과 숭배 의식에 대해
언급하고 있으며, 그 나머지 여덟 편이
바로 이 '찬도갸 우빠니샤드'에 해당한다.

음률을 갖춘(chandas) 사만 찬가를 노래하는 찬도가를 위해 편집된 글들이기에 찬도갸라 일컬은 것이므로, '찬도갸 우빠니샤드'는 '사만 찬가의 찬송을 통해 전해지는 비밀스런 가르침'이란 의미이다.

• 제3책 아이따레야 우빠니샤드

(Aitareya Upaniṣad)

리그베다 계통의 아이따레야 아란야까(Aitareya Āraṇyaka)에 속하는 아이따레야 우빠니샤드는 총 3장 5절 33편의 글로 이루어져 있다. 아이따레야 아란야까 또한 총 3장으로 형성되어 있는데, 그 가운데 제2장 제4절~제6절이 분리되어 아이따레야 우빠니샤드를 이루고 있다. 아란야까의 제2장 제4절 이전은 마하와라따(mahāvarata) 등과 같은 희생 의식과 그에 대한 해석으로 이루어져 있는데, 제4절~제6절의 내용을 분리하여 별도의 우빠니샤드로 묶은 까닭은, 희생 의식을 치르는 이들의 마음을 외면적인 제례 형식으로부터 내면적인 참된 의식으로 인도하고 진실된 희생 의식은 내적인 것임을 강조하려는 의도에서이다. 샹까라는 지혜를 추구하는 이들을 세 부류로 나누었다. 그리고 그 가운데 상급의 부류는 이미 세속적인 것에서 마음을 돌려 진정한 자유로움에 몰두하고 있는 자들이라 하였으니, 그러한 이들을 위해 우빠니샤드로 독립된 아란야까의 제2장 제4절~제6절 부분이 요긴하다 하였다. 그리고 중급의 부류는 황금아黃金我(Hiraṇyagarbha)의 세상을 성취함으로써 점진적으로 자유롭게 되기를 원하는 자들이라 하였으니, 그러한 이들을 위해선 아란야까의 제2장 제1절~제3절의 부분이 요긴하다 하였다. 나머지 부류는 단지 세속적인 물질에 의지하고자 하는 자들로서 그들에겐 상히따(saṃhitā)의 명상적인 숭배 의식이면 충분할 것으로 여겼으니, 곧 아란야까의 제3장 내용이 그들에게 적합할 뿐이라 하였다. 'aitareya'는 성자 이따라(Itara)의 후손들을 가리키므로 '아이따레야 우빠니샤드'는 '성자 '이따라'의 후손들에게 전수된 비밀스런 가르침'이란 의미이다.

• 제4책 따잇띠리야 우빠니샤드

(Taittirīya Upaniṣad)

흑黑야쥬르베다 계통에 속하는 따잇띠리야 우빠니샤드는 총 3장 31절 54편의 글로 이루어져 있다. 본 우빠니샤드는 특이하게 왈리(valli)라는 명칭을 사용하여 각 장에 별도로 제목을 붙였다. 첫 번째 장은 'śikṣā valli'로 '음성학편'을 의미하며, 베다의 여섯 가지 부수적 학문 가운데 하나인 음성학(śikṣā)인 음성과 발음에 대한 것이다. 'brahmānanda valli'로 '브라흐만의 기쁨편'을 의미하는 두 번째 장과 'bhṛgu valli'로 '브리구편'을 의미하는 세 번째 장은 브라흐만의 지혜에 대해 언급하고 있다. 띠띠리(tittiri)는 흑야주르베다를 가르친 최초의 스승으로 알려진 성자의 이름이며 '띠띠리와 관련된'이란 의미의 'taittirīya'란 명칭은 야주르베다를 가르치는 교파의 이름으로 사용되었다. 그러므로 '따잇띠리야 우빠니샤드'는 '성자 띠띠리를 통해 전수되는 비밀스런 가르침'이란 의미이다.

- **제5책 이샤 우빠니샤드**(Īśa Upaniṣad)

백白야쥬르베다에 속하는 이샤 우빠니 샤드는 총 1장 18편의 글로 이루어져 있다. 야쥬르베다를 가르치는 와자사네이(vājasaneyi) 교파에 속하는 이샤 우빠니샤드는 야쥬르베다 40편으로 구성되어 있는 와자사네야 상히따(Vājasaneya Saṁhitā)의 마지막에 수록되어 있다. 이처럼 야쥬르베다에서 작은 분량의 내용을 이샤 우빠니샤드로 별도 편집한 주된 목적은 절대존재와 세상의 본질적인 일치성을 가르치고자 하는 데 있으니, 그 주안점은 절대존재(parabrahman) 자체에 있는 것이 아니라 세상과 연계된 절대존재인 절대신격(parameśvara)에 있음을 의미한다. 본 우빠니샤드는 그 문장의 첫머리가 '신으로 덮여 있다…'라는 의미의 'Īśāvāsyamidaṁ…'으로 시작하는데, 그 첫 구절을 빌어 'Īśa Upaniṣad' 또는 'Īśāvāsya Upaniṣad'로 이름한 것이다. 그러므로 '이샤 우빠니샤드'는 '신이 편만한 이 세상을 알 수 있는 비밀스런 가르침'이란 의미이다.

- **제6책 께나 우빠니샤드**(Kena Upaniṣad)

사마베다에 속하는 께나 우빠니샤드는 총 4장 35편의 글로 이루어져 있는데, 이 우빠니샤드가 속해 있는 사마베다의 브라흐마나인 '딸라와까라(Talavakāra)'라는 이름으로도 알려져 있다. 총 4장 가운데 처음의 두 장은 현상계의 절대적인 근간을 이루고 있는 형용할 수 없는 절대존재인 '브라흐만'에 대한 것으로서 운문으로 이루어져 있으며, 나머지 두 장은 범신凡神으로서의 절대존재에 대해 언급한 산문으로 이루어져 있다. 즉각적인 해탈이 약속되는 '궁극의 지혜(parāvidyā)'는 자신의 생각에서 세속적인 대상을 완전히 내려놓고 우주의 궁극적인 사실에 몰입할 수 있는 이들에게만 가능한 것이며, 이에 반해 '범신凡神적 지혜(aparāvidyā)'는 결국은 해탈로 이어지게 되는 길로 인도한다고 말하고 있다. 본 우빠니샤드는 그 문장의 첫머리가 '누구에 의해…'라는 의미의 'kena…'로 시작하는데, 그 첫 구절을 빌어 'Kena Upaniṣad'로 이름한 것이다. 그러므로 '께나 우빠니샤드'는 '모든 것을 주재하는 '그 무엇'을 언급한 비밀스런 가르침'이란 의미이다.

- **제7책 까타 우빠니샤드**(Kaṭha Upaniṣad)

흑黑야쥬르베다 계통의 따이띠리야(Taittirīya) 교파에 속해 있는 까타 우빠니샤드는 총 2장 6절 119편의 글로 이루어져 있다. 부친의 순간적인 성냄으로 인한 저주로 죽음의 신 야마(Yama)를 찾아간 소년 나찌께따스(Naciketas)는 야마의 호의로 질문할 기회를 얻는다. 나찌께따스가 인간이 결국에는 마주칠 '그 어떤 것'에 대해 야마에게 질문하고 그로부터 일말의 답변을 얻어내는 이 이야기는 우빠니샤드에 등장하는 모든 이야기 가운데 가장 널리 회자되는 것이다. 'kaṭha'는 야쥬르베다 계통에 있는 성자의 이름인데 와이샴빠야나(Vaiśampāyana)의 제자이기도 한 그의 이름을 빌어 본 우빠니샤드를 명명하였으며, '성자 까타와 관련된'이란 의미의 'kāṭhaka'를 사용하여 '까타까 우빠니샤드(Kāṭhaka Upaniṣad)'로도 이름한다. 그러므로 '까타 우빠니샤드'는 '성자 까타까의 이름으로 전하는 비밀스런 가르침'이란 의미이다.

• 제8책 쁘라스나 우빠니샤드
(Praśna Upaniṣad)

아타르와베다에 속하는 쁘라스나 우빠니샤드는 총 6장 67편의 글로 이루어져 있는데, 각 장은 성자 삡빨라다(Pippalāda)가 여섯 명의 제자들로부터 궁극적인 문제에 대한 질문을 받고 그에 하나하나 답하는 형식을 지니고 있다. 'praśna'는 '질문'을 의미하므로, '쁘라스나 우빠니샤드'는 '제자들의 질문을 통해 듣는 성자 삡빨라다의 비밀스런 가르침'이란 의미이다.

• 제9책 문다까 우빠니샤드
(Muṇḍaka Upaniṣad)

아타르와베다에 속하는 문다까 우빠니샤드는 총 3장 6절 64편의 글로 이루어져 있다. 본 우빠니샤드에서는 절대존재인 브라흐만에 대한 궁극적인 지혜와 감각적이고 경험적인 세계의 열등한 지혜간의 차이를 명확히 제시한다. 그리고 브라흐만에 닿게 하는 것은 희생의식이나 숭배 행위가 아닌 궁극적인 지혜에 의해서임을 밝히며, 그러한 궁극적인 지혜는 세속의 모든 것을 완전히 내려놓은 출가인(saṁnyāsin)에 의해서만 성취될 수 있음을 말하고 있다. 'muṇḍ'는 '수염 등을 깎다'란 의미를 지니고 있으므로, '문다까 우빠니샤드'는 '무지를 깎아 내는 비밀스런 가르침'이란 의미이다.

• 제10책 만두꺄 우빠니샤드
(Māṇḍūkya Upaniṣad)

아타르와베다에 속하는 만두꺄 우빠니샤드는 주요 우빠니샤드 가운데 가장 적은 분량인 총 12편의 글로 이루어져 있다. 샹까라의 스승은 고윈다(Govinda)이며 고윈다의 스승은 가우다빠다(Gauḍapāda)인데, 그는 이 우빠니샤드에 대한 독본 성격으로 역시 12개의 제법 긴 구절로 된 '만두꺄 까리까(Māṇḍūkya Kārikā)'를 남겼다. 샹까라는 만두꺄 우빠니샤드 자체는 물론 그의 선대 스승이 쓴 이 독본에 대해서도 상세한 주석을 남겼다. 베단따의 불이일원론不二一元論에 대한 최초의 체계적인 서술로서 가현설假現說(vivartavāda)과 환영론幻影論(māyāvāda) 등을 펼친 가우다빠다의 독본은 그의 후대 제자에 의해 복주석됨으로써 만두꺄 우빠니샤드의 중요성 제고에 큰 공헌을 하였다. 'maṇḍūka'는 성자의 이름이며 'māṇḍūkya'는 '성자 만두까와 관련된…'을 의미하므로, '만두꺄 우빠니샤드'는 '성자 만두까의 비밀스런 가르침'이란 의미이다.

• 제11책 쉬웨따스와따라 우빠니샤드
(Śvetāśvatara Upaniṣad)

흑黑야쥬르베다 계통의 따이띠리야(Taittirīya) 교파에 속해 있는 쉬웨따스와따라 우빠니샤드는 총 6장 113편의 글로 이루어져 있다. 절대존재인 브라흐만과 이 세상의 창조자일 뿐만 아니라 유지하기도 하는 물질적인 존재인 루드라(Rudra)를 동일시한다는 것은 그 성격이 다분히 유신론적이다. 그러한 유신론의 요소가 여타의 우빠니샤드에서 보이지 않는 것은 아니나 이 우빠니샤드에 와서 현저한 족적을 남기고 있다. 여기에서 강조되는 것은 어떠한 진화나 변화도 받아들여지지 않는 완벽성을 갖춘 절대적인 브라흐만이 아니라 전지전능하지만 모습을 드러낸 브라흐만으로서 인격적인 범신凡神(Īśvara)이다. 베딕 우빠니샤드로서는 다소 늦은 기원전 6세기경 이후에 쓰인 것으로 여겨지는 이 우빠니샤드에는 puruṣa · yoga · prakṛti · śiva · rudra 등 쌍캬학파와 요가학파 및 쉬와파 등의 용어가 등장하고 있지만 쌍캬학파의 뿌루샤(puruṣa)와 쁘라끄리띠(prakṛti)에 근거한 이원론二元論을 여기서는 오히려 극복하였다 할 만한 논리적인 체계를 엿볼 수 있다. 자연 또는 창조물(pradhāna)로 표현되는 것들은 독자적인 존재들이 아니라 신아神我(devātma-śakti)로서의 신성神性에 속해 있는 것으로 여기며, 환영력幻影力을 지닌 존재로서의 신은 환영(māyā)이라 일컫는 세상을 조성한 자로 여긴다. 그러한 논리를 통해 이 우빠니샤드가 말하고자 하는 것은 유일하고도 절대적인 진리 안에서의 정신과 물질의 일치성이다. 쉬웨따쉬와따라 우빠니샤드는 이것이 저작될 당시 팽배해 있던 철학적인 관점과 종교적인 관점의 차이에 대한 조화를 시도하고 있다. 'śvetāśvatara'는 이 우빠니샤드를 강론한 성자의 이름이니, '쉬웨따쉬와따라 우빠니샤드'는 '성자 쉬웨따쉬와따라로부터 전해 듣는 원융圓融의 비밀스런 가르침'이란 의미이다.

• 제12책 까우쉬따끼 우빠니샤드
　(Kauṣītakī Upaniṣad)

'까우쉬따끼 브라흐마나 우빠니샤드(Kauṣītakī Brāhmaṇa Upaniṣad)'로도 불리는 까우쉬따끼 우빠니샤드는 총 4장 49편의 글로 이루어져 있다. 본 우빠니샤드는 릭그베다 중 총 30장으로 된 동일한 이름의 'Kauṣītakī Brāhmaṇa' 혹은 'Kauṣītakī Āraṇyaka'라 불리는 것에서 형성된 것은 아니다. 샹까라가 직접 주석을 단 것이 발견되지는 않았으나 '브라흐만 쑤뜨라(Brahman Sūtra)'에 주석을 달며 본 우빠니샤드에 대해 몇 차례 언급한 내용이 전한다. 'kauṣītakī'는 이 우빠니샤드를 강론한 성자의 이름이므로, '까우쉬따끼 우빠니샤드'는 '성자 까우쉬따끼의 비밀스런 가르침'이란 의미이다.

• 제13책 마이뜨리 우빠니샤드
　(Maitrī Upaniṣad)

흑黑야쮸르베다 계통에 속하는 마이뜨리 우빠니샤드는 총 7장 73편의 글로 이루어져 있으며, 성자 마이뜨리가 이끄는 마이뜨라야니야 분파에 속하므로 '마이뜨라야니야 우빠니샤드(Maitrāyaṇīya Upaniṣad)'로도 불린다. 전체 7장 가운데 마지막 두 장은 상대적으로 근대에 저작된 것으로 여겨지며 그 앞부분 또한 여타의 베딕 우빠니샤드에 비해 비교적 후기에 쓰인 것으로 보이는데, 제4장 제5편에 등장하는 브라흐마(Brahmā)와 루드라(Rudra) 및 위쉬누(Viṣṇu)의 삼신사상과, 제5장 제2편에 언급되는 어둠(tamas)과 활력(rajas) 및 선(sattva)이라는 세 가지 속성(guṇa)의 개

넘 등이 그러한 흔적들이다. 가공된 성격으로 등장하는 다양한 세계世界의 형태를 비롯하여 자연현상을 지칭하는 찰나 등의 개념은 불교의 영향을 받았음을 알 수 있다. 'maitrī'는 성자의 이름이니, '마이뜨리 우빠니샤드'는 '성자 마이뜨리의 비밀스런 가르침'이란 의미이다.

• 제14책 쑤발라 우빠니샤드
(Subāla Upaniṣad)

흑黑야쥬르베다에 속하는 쑤발라 우빠니샤드는 총 16장 44편의 글로 이루어져 있다. 'subāla'는 성자의 이름이며 그가 브라흐마와의 대화를 통해 영적인 가르침을 받는 내용으로 되어 있다. 그러므로 '쑤발라 우빠니샤드'는 '성자 쑤발라와 창조신 브라흐마의 대화를 통해 전해 듣는 비밀스런 가르침'이란 의미이다.

• 제15책 자발라 우빠니샤드
(Jābāla Upaniṣad)

아타르와베다 계통에 속하는 자발라 우빠니샤드는 총 6편의 글로 이루어져 있다. 학문의 신 브리하스빠띠(Bṛhaspati)가 성자 야즈냐왈꺄(Yājñavalkya)에게 해탈에 대한 가르침을 주며 결국 모든 것을 완전히 내려놓음이 관건임을 밝히고 있다. 'jābāla'는 아타르와베다 교파의 이름이다. '자발라 우빠니샤드'는 '성자 야즈냐왈꺄를 통해 듣는 브리하스빠띠의 비밀스런 가르침'이란 의미이다.

• 제16책 빠잉갈라 우빠니샤드
(Paiṅgala Upaniṣad)

백白야쥬르베다에 속하는 빠잉갈라 우빠니샤드는 총 4장 54편의 글로 이루어

져 있다. 본 우빠니샤드에는 샹캬철학의 '근본물질(mūlaprakṛti)'과 '세 가지 속성(triguṇa)' 등의 용어와 베단따철학에서 언급되는 '오요소五要素 결합설(pañcīkaraṇa)', 그리고 '세 종류의 육신(triśarīra)' 및 '다섯 가지의 쌈지(pañcakośa)' 등은 물론 사람의 네 가지 의식 상태와 생해탈生解脫(jīvanmukti) 등 주요한 용어를 모두 다루고 있다. 'paiṅgala'는 성자의 이름이며 그의 스승인 야즈냐왈꺄(Yājñavalkya)에게 가르침을 받는 내용이니, '빠잉갈라 우빠니샤드'는 '성자 야즈냐왈꺄가 그의 제자 빠잉갈라에게 전해 주는 비밀스런 가르침'이란 의미이다.

• 제17책 까이왈야 우빠니샤드
(Kaivalya Upaniṣad)

아타르와베다 계통에 속하는 까이왈야 우빠니샤드는 총 25편의 글로 이루어져 있다. 성자 아쉬왈라야나가 창조의 신 브라흐마에게 모든 것이 하나인 유일함의 경지에 이르는 가르침을 받는 과정이 서술되어 있다. 'kaivalya'는 모든 것이 하나가 되어 오로지 하나만이 남는 경지를 말하므로, '까이왈야 우빠니샤드'는 '유일함의 경지에 이르는 비밀스런 가르침'이란 의미이다.

• 제18책 와즈라쑤찌까 우빠니샤드
(Vajrasūcikā Upaniṣad)

사마베다 계통에 속하는 와즈라쑤찌까 우빠니샤드는 총 9편의 글로 이루어져 있다. 본 우빠니샤드에서는 바람직한 사제 브라만의 모습이 어떤 것인지를 제시하고 있는데, 단지 태생에 의존한 계급 부

여를 배격하고 있다는 점에서 그 가치가 인정되고 있다. 'vajrasūcikā'의 'vajra'는 번개 또는 금강을 의미하고 'sūci'는 첨단을 의미하며, '와즈라쑤찌까 우빠니샤드'는 '바람직한 사제의 모습을 일러주는 비밀스런 가르침'이란 의미이다.

위쉬누(Viṣṇu)

'널리 퍼지다(√viṣ)'란 의미의 이름을 지닌 위쉬누는 창조신 브라흐마 및 파괴신 쉬와와 더불어 힌두교 3대 신의 하나로서 유지의 신으로 불린다. 그의 가장 큰 특징은 세상이 어려울 때마다 변화된 모습인 화신化身으로 지상에 출몰하는 것이니, 힌두교에서는 이를 "세상의 정의와 법(dharma)이 쇠퇴하고 불의와 비법(adharma)이 횡행하자 위쉬누 신이 화신으로 지상에 나타나 그것을 바로 잡았다."라고 표현한다. 어쩌면 화신으로서 더욱 본성을 드러내는 위쉬누의 열 가지 변화된 모습은 다음과 같다.

1. 꾸르마(Kurma, 거북)

– 우유 바다를 저을 때 만다라 산의 받침이 되어 준 거북

위쉬누의 책략으로 신족을 흥성시킬 수 있는 불로수 암리따(amṛta)를 구하기 위해 신족과 마족이 함께 모여 바다를 젓기로 하였다. 우선 바다에 온갖 나무의 수액과 약초의 진액을 넣은 다음에 위쉬누의 거처인 만다라(Maṇḍala) 산을 바다를 젓는 기둥으로 사용하고 지하세계 빠딸라(Pātāla)에 사는 뱀 무리의 왕 와수끼(Vāsuki)를 밧줄로 사용하였는데 정작 기

둥인 만다라 산을 받쳐 줄 만큼 튼튼한 것을 이 세상 어디에서도 찾을 수 없었다. 그래서 위쉬누가 거북으로 변신하여 그 산을 받치고, 신족과 마족이 마치 줄다리기하듯 바다를 저었다. 그러자 하얀 우윳빛으로 변한 바다에서 소원을 들어 주는 소[Kāmadhenu]를 비롯하여 다섯 그루의 여의목如意木 등 수많은 보물이 쏟아지고, 마지막으로 의신醫神 단완따리(Dhanvantari)가 '암리따'를 들고 나온다.

2. 맛스야(Matsya, 물고기)

– 대홍수에서 세상을 구한 물고기

브라흐마 신의 아들로 인류의 시조가 된 마누(manu)는 우연히 강물에서 물고기 한 마리를 구해 준다. 그리고 그 인연으로 키운 물고기가 점점 거대하게 자라 결국에는 바다에 놓아 주어야 할 만큼 커졌을 때 물고기는 자신이 위쉬누 신의 화신이라 밝히며 7일 후에 있을 대홍수에 대비해 세상의 모든 씨앗과 일곱 성인을 모시고 배를 타고 기다리라는 말을 남기고 바로 사라진다. 과연 세상을 뒤덮는 대홍수가 시작되어 그의 말대로 배를 타고 기다리자 머리에 커다란 뿔을 단 그 물고기가 나타났다. 이에 마누는 뱀의 왕 와수끼(Vāsuki)를 밧줄로 삼아 배를 그 물고기의 뿔에 연결하여 높이 올라갔고, 그 덕분에 인류를 비롯한 모든 생명체들이 살아남게 되었다.

3. 와마나(Vāmana, 난장이)

– 마족의 왕 발리를 굴복시킨 난장이

거인 마족의 왕인 발리(Bali)는 엄청난 고행을 통해 얻은 힘을 발휘하여 마군魔軍을

이끌고 인드라(Indra)가 사는 도시를 공격하였다. 그러자 인드라와 모든 신들은 도망치고 말았으며, 이에 발리 왕은 삼계의 지배자가 되었다. 이를 못마땅하게 여긴 신들의 어머니 아디띠(Aditi)는 위싀누 신에게 도움을 요청하였고, 위싀누 신은 아디띠의 난쟁이 아들 와마나(Vāmana)로 태어나 브라만 수행자로 가장하고 마왕 발리의 궁전으로 찾아갔다. 자신을 찬양하는 난쟁이 수행자를 보고 기뻐한 나머지 왕은 무엇이든 그의 소원을 들어주겠다고 말하였다. 그리고 성자 슈끄라의 경고에도 불구하고 "세 걸음에 밟을 수 있는 만큼의 땅을 주십시오."라는 그의 소원을 들어주었다. 그러자 갑자기 거인의 모습으로 변한 위싀누 신은 첫 걸음으로 모든 땅을 차지하고 두 번째 걸음으로 천계까지 차지한 뒤, 더 이상 발을 디딜 곳이 없자 세 번째 걸음으로 발리 왕의 머리를 밟아서 그를 지하세계로 보내 버렸다. 위싀누 신은 이렇게 해서 발리 왕으로부터 되찾은 세계를 다시 인드라 신에게 주어 다스리게 하였다.

4. 와라하(Varāha, 멧돼지)

– 물에 빠진 대지를 건져 낸 멧돼지
대홍수로 대지가 물에 모두 잠기자 머물 곳이 없어진 마누(manu)는 자신을 낳아 준 브라흐마 신에게 대지를 건져 줄 것을 부탁했다. 그러나 브라흐마도 그럴 만한 능력이 없는지라 브라흐마는 위싀누에게 부탁을 했다. 그는 멧돼지로 변신하여 물속으로 들어가 대지를 뻐드렁니로 물어 물 밖으로 들어올렸다.

5. 나라싱하(Narasimha, 반인반사자)

– 불멸의 적을 물리친 반인반사자
위싀누가 멧돼지로 변신해 대지를 들어올릴 때 거인 마족인 히란야꺄(Hiraṇyākṣa)가 기습했다가 위싀누에게 죽임을 당했었다. 이에 그의 동생인 히란야까쉬뿌(Hiraṇyakaśipu)는 힘을 길러 형의 복수를 하고자 혹독한 고행에 들어갔는데, 그 고행의 열기로 세상이 불길에 휩싸이게 되었다. 그러자 신들은 다시 브라흐마 신에게 부탁을 하였으며, 브라흐마는 '신과 인간 또는 어떤 무기에도 죽음을 당하지 않게 해달라'는 그의 요구를 들어줌으로써 고행을 멈추게 하였다. 불사신이 된 히란야까쉬뿌는 삼계를 정복하고 인드라의 궁전을 빼앗는 등 모든 악행을 저질러 세상을 파멸의 지경에 이르게 하였다. 위싀누에게 깊은 신앙심을 지닌 히란야까쉬뿌의 아들 쁘라흘라다(Prahlāda)의 도움으로 히란야까쉬뿌의 궁전으로 들어가게 된 위싀누는 아들의 배신에 분노한 히란야까쉬뿌가 걷어차서 갈라진 돌기둥에서 나와 신도 아니요 인간도 아닌 반인반사자의 몸으로 그를 처치하였다.

6. 라마(Rāma, 아요드야 국의 왕자)

– 성군의 표상이 된 라마 왕자 ☞ 좥 '마하바라따' 항목 참조

7. 빠라슈라마(Paraśurāma, 도끼를 든 라마)

– 무사계급을 섬멸한 도끼를 든 라마
무사계급인 끄샤뜨리야들이 오직 무력으로 이 세상을 지배하여 어지러워졌을 때 위싀누는 브리구(bhṛgu) 족의 성자 자맛아그니(Jamadagni)의 다섯 아들 가운데 막

내 빠라슈라마로 태어났다. 어느 날 자 맛아그니는 숲에서 만난 왕 까르따비르 야(Kārtavīrya)에게 소원을 들어 주는 소 [Kāmadhenu]로 공양을 대접하는데 왕은 그 소를 빼앗아 가 버린다. 이를 전해 들은 라마는 왕궁으로 쳐들어가 모든 군사를 물리치고 왕을 죽인 뒤 소를 찾아오게 되는데, 아버지는 왕을 죽인 죄를 물어 속 죄를 위한 성지순례를 명한다. 그 후 라마가 집에 없는 틈에 왕자들이 쳐들어와 아버지를 죽이는 사건이 발생하자 분노 한 라마는 21차례에 걸쳐 끄샤뜨리야 계 급을 섬멸시켜 지상에서 모두 사라지게 만들었다.

8. 끄리쉬나(Kṛṣṇa, 신성한 목동)

– 왕의 살해 위협을 피해 숨어 산 신성한 목동

위쉬누가 마투라 지역의 유목민 야다와 (yādava) 족의 족장 와수데와(Vasudeva)의 여덟 번째 아들로 밤중에 태어났을 때 검 은 신체를 가진 까닭에 끄리쉬나(Kṛṣṇa)란 이름을 가지게 되었다. 그런데 그 지역 의 왕 깜사(Kamsa)는 와수데와의 여덟 번 째 아들이 자신을 살해할 것이란 예언 때 문에 원래 와수데와의 아내를 죽이려 하 였으나 아이가 태어나는 대로 모두 바치 겠다는 약속에 살려 두었다. 그래서 일곱 번째 아들까지 모두 잃은 와수데와는 끄 리쉬나를 낳자마자 목동의 지도자인 난 다(Nanda)에게 맡겨 목동으로 크게 된다. 어린 시절 많은 장난기 어린 기적들을 행 하며 성장한 끄리쉬나는 야무나 강에 사 는 독룡毒龍을 처치하는 등 명성을 떨치

게 되는데, 이에 그의 정체를 알아차린 깜사 왕이 수차례 자객을 보냈지만 모두 실패한다. 그러자 깜사 왕은 도성에서 쉬 와 신에게 올리는 제례와 더불어 씨름대 회를 열어 그를 초대한 다음 군사를 동원 하여 죽이려 한다. 하지만 오히려 그 자 리에서 깜사 왕이 끄리쉬나에게 죽임을 당하게 되고, 끄리쉬나는 옥에 갇혀 있던 가족을 구해 마을로 돌아와 행복하게 살 게 되었다.

9. 붓다(Buddha, 불교의 창시자)

– 이교도를 더욱 이단으로 내몰아 멸망케 한 불교의 창시자

신족과의 싸움에서 힘이 부친 마족들은 이상한 교리들을 설립하여 힘을 점차 키 워 간다. 위쉬누는 석가족 정반왕의 아들 붓다로 태어나 마족들에게 '이단의 교리' 를 설파함으로써 그들로 하여금 더욱 브 라흐만의 진리와 멀어지게 하였다. 그리 고 그로 인해 결국 마족은 더욱 빠르게 멸망을 맞게 되었다.

10. 깔끼(Kalki, 미래 세계의 구세자)

– 종말의 세상에 나타나 미래 세계를 여 는 구세자

힌두교의 세계관에 따르면 세상은 주기 적으로 생성과 소멸을 반복하는데, 한차 례 생성되었다가 소멸되는 동안 '유가'라 고 불리는 네 주기로 나뉜다. 깔리유가의 말기에 위쉬누 신은 백마를 탄 기사의 모 습인 '깔끼'로 나타나 모든 악을 제거하여 다시 끄리따유가를 열게 하고는 하늘로 돌아간다고 한다.

– 끄리따유가(kṛtayuga, 172만 8천 년 동안 지속)

: 정법이 100퍼센트 잔존

- 뜨레따유가(tretāyuga, 129만 6천 년 동안 지속)

: 정법이 75퍼센트 잔존

- 드와빠라유가(dvāparayuga, 86만 4천 년 동안 지속) : 정법이 50퍼센트 잔존

- 깔리유가(kaliyuga, 43만 2천 년 동안 지속) : 정법이 25퍼센트 잔존

인도의 달력[月曆]

여섯 계절과 열두 달의 명칭. 다섯 계절로 구분할 때는 '헤만따(hemanta)'와 '쉬쉬라(śiśira)'가 하나로 합쳐진다.

1. 와산따 · vasanta(the spring, vernal season [caitra and vaiśākha]) – 봄

짜이뜨라(caitra) : 인도력印度曆의 첫 번째 달. 별자리 찌뜨라(citrā)에 보름달이 들어왔을 때이며, 양력 3월 보름에서 4월 보름까지에 해당한다.

바이샤카(vaiśākha) : 인도력의 두 번째 달. 별자리 위샤카(viśākhā)에 보름달이 들어왔을 때이며, 양력 4월 보름에서 5월 보름까지에 해당한다.

2. 그리쉬마 · grīṣma(hot, warm : the summer, the hot season) – 여름

즈야이쉬타(jyaiṣṭha) : 인도력의 두 번째 달. 별자리 즈에쉬타(jyeṣṭhā)에 보름달이 들어왔을 때이며, 양력 5월 보름에서 6월 보름까지에 해당한다.

아샤다(āṣāḍha) : 인도력의 두 번째 달. 뿌르와샤다(pūrvāṣāḍhā) 및 웃따라샤다(uttarāṣāḍhā)의 별자리에 보름달이 들어왔을 때이며, 양력 6월 보름에서 7월 보름까지의 시기에 해당한다.

3. 와르샤 · varṣā(the rainy season, the monsoon) – 우기雨期

쉬라와나(śrāvaṇa) : 인도력의 두 번째 달. 보름달이 별자리 쉬라와나(śravaṇa)에 들어왔을 때이며, 양력 7월 보름에서 8월 보름까지의 시기에 해당한다.

바드라빠다(bhādrapada) : 인도력의 두 번째 달. 보름달이 별자리 뿌르와바드라빠다(pūrvabhādrapadā) 및 웃따라바드라빠다(uttarabhādrapadā)에 들어왔을 때이며, 양력 8월 보름에서 9월 보름에 해당한다.

4. 샤랏 · śarad(the autumn) – 가을

아쉬위나(āśvina) : 인도력의 두 번째 달. 보름달이 별자리 아쉬위니(aśvinī)에 들어왔을 때이며, 양력 9월 보름에서 10월 보름까지의 시기에 해당한다.

까르띠까(kārtika) : 인도력의 두 번째 달. 보름달이 별자리 끄릿띠까(kṛttikā)에 들어왔을 때이며, 양력 10월 보름에서 11월 보름까지의 시기에 해당한다.

5. 헤만따 · hemanta(cold or winter season) – 초겨울

마르가쉬르샤(mārgaśīrṣa) : 인도력의 두 번째 달. 보름달이 별자리 므리가쉬라(mṛgaśīra)에 들어왔을 때이며, 양력 11월 보름에서 12월 보름까지의 시기에 해당한다.

빠우샤(pauṣa) : 인도력의 두 번째 달. 보름달이 별자리 뿌샤(puṣya)에 들어왔을 때이며, 양력 12월 보름에서 1월 보름까지의 시기에 해당한다.

6. 쉬쉬라 · śiśira(cool, cold : the cold season) – 한겨울

마가(māgha) : 인도력의 두 번째 달. 보름달이 별자리 마가(maghā)에 들어왔을 때이며, 양력 1월 보름에서 2월 보름까지의 시기에 해당한다.

팔구나(phālguna) : 인도력의 두 번째 달. 보름달이 별자리 뿌르와팔구니(pūrvaphālgunī) 및 웃따라팔구니(uttaraphālgunī)에 들어왔을 때이며, 양력 2월 보름에서 3월 보름까지에 해당한다.

인도의 목욕

목욕沐浴과 관정灌頂은 모든 문명과 종교에 채택된 대표적인 정화淨化의식인데, 인도의 힌두교 신자에게 목욕은 단순한 정화의식을 넘어 중요한 종교 관습 가운데 하나로 받아들여지고 있다. 인도의 목욕은 '정淨과 부정不淨'의 개념과도 상통한다. 예로부터 브라만은 아침에 일어나면 가까운 강이나 연못으로 가 아침을 맞는 의식으로 목욕을 한다. 우선 물에 들어가 상반신만 내놓은 상태에서 입을 헹구고 다시 양손으로 물을 담아 자기 앞에 뿌린 다음, 머리 위로 여덟 차례에 걸쳐 물을 부어 흘러내리게 한다. 그리고 세 번에 걸쳐 만뜨라를 암송하며 전신을 물속에 완전히 집어넣는다. 이제 막 떠오른 태양을 향해 합장한 뒤 물에서 나와 물가에서 좌정하며 눈을 감은 채 명상을 하는 것으로 하루를 연다.

인도의 수행자

– 브라만(brāhmaṇa) 사문(śramana) 비구(bhikṣu)

1. 브라만

브라만교의 사제司祭로서 브라흐만(brahman)을 닮고자 하는, 나아가 브라흐만이 되고자 하는 이라는 의미를 지닌다. 브라만은 학생기學生期와 가주기家住期를 거치며 일상에서 수행을 하며, 임주기林住期에 들어서야 출가의 형태를 취한 채 본격적인 수행 생활을 한다.

2. 사문

고생하는(√śram) 것(ana)이란 의미에서 고생을 감내하며 수행에 정진하는 이라는 의미이다. 전통적인 브라만교의 기조에서 벗어나 기존의 계급 제도를 비판하고 브라만 외의 계급 출신 수행자들이 신흥종교를 형성하며 이뤄진 집단을 가리킨다. 브라만교에서 주장하는 것처럼 정상적인 과정을 거쳐서 이른 수행자 집단이 아니기에 사회적으로 공양을 받지 못하는 등의 어려움에도 불구하고 수행을 감내하기에 생긴 명칭이다.

3. 비구

브라만교의 전통사상에 도전하는 사문의 다른 표현으로서, 출가하여 다만 구걸(√bhikṣ)에 의한 보시에 근거하여 생활하며 편력하는 수행자를 가리키는 말이다. 불교가 흥기하던 시기에는 여러 신흥종교에서 탁발하는 수행자의 일반적인 명칭으로 사용되었다. 불교에서 이 말이 협의로 사용될 때는 출가해 구족계를 받은 남자 수행자만을 지칭한다.

인도의 종교 축제

인도인의 생활은 종교와 밀접한 관계가

있으므로 대부분의 축제는 종교 축제의 성격을 지니며, 해당 축제일은 인도의 음력 또는 자체 종교력에 따른다. 현대 기준으로는 홀리와 두세라 및 디왈리를 3대 종교 축제로 간주하며, 인도 중부 도시 뿌나와 뭄바이를 중심으로 가네샤 축제 또한 성대히 치러진다.

1. 홀리(Holi)

홀리는 고대부터 전해진 축제로서 수확이 끝난 후 봄이 오는 것을 기념하기 위해 인도력 팔구나(phālguna, 2~3월)의 보름날에 행해진다. 축제 참가자들은 색깔이 있는 물이나 가루를 서로에게 뿌리는데, 이 날만은 계급이나 성별 또는 지위와 나이에 따른 일상적인 제약들이 무시된다. 간혹 일어나는 약간 심하거나 경박스런 행위까지 용인되는 까닭은 이 축제가 끄리스나(Kṛṣṇa)가 소 치는 사람들의 아내와 딸들을 희롱하는 장면을 흉내 낸 것이기 때문이다.

2. 두세라(Dussehra)

두세라는 고대 인도의 대서사시 『라마야나(Rāmāyaṇa)』에서 유래하였다. 라마(Rāma) 신이 악신 라와나(Rāvaṇa)를 물리치고 승리한 것을 기념하기 위해 인도력 아쉬위나(āśvina, 9~10월)에 열리는 축제이다. 축제의 마지막 날 라와나 신의 허수아비를 만들어 불태움으로써 축제가 끝난다. 악에 대항한 선의 승리를 의미한다.

3. 디왈리(Diwali)

디왈리는 겨울의 파종기를 맞이하는 제사이자 상인들에게는 신년의 제사이기도 하다. 인도력 까르띠까(kārtika, 10~11월) 초에 집집마다 양초나 등불을 켜 놓고 불꽃놀이를 하는 힌두교의 불빛 축제로서 상인들은 회계장부를 새로 만들고 사람들은 서로 선물을 교환한다. 이날은 끄리스나가 악귀 나라카슬라를 퇴치한 날, 라마(Rāma) 신이 악신인 라와나(Rāvaṇa)를 멸망시키고 수도로 귀환한 날, 위슈누(Viṣṇu)가 난쟁이로 변장하여 악귀의 왕 바리를 죽이고 미의 여신인 락슈미(Lakṣmī)를 구출한 날 등에서 유래했는데, 지방과 종파에 따라서 다양하게 축제가 행해진다.

4. 가네샤 차뚜르티(Gaṇeśa Chaturthi)

가네샤 차뚜르티는 코끼리의 머리를 가진 부의 신 가네샤의 탄생을 축하하는 축제로서 인도력 바드라빠다(bhādrapada, 8~9월) 기간에 열흘간 행해진다. 가네샤 신상을 흙으로 빚어 장식하고 축제 마지막 날에는 화려한 퍼레이드를 벌인 뒤 강에 가네샤 신상을 띄워 보냄으로써 축제를 마감한다.

5. 뽕갈 산끄란띠(Poṅgal Saṃkrānti)

뽕갈 산끄란띠는 인도 남부지방에서 1월 중순에 3일간 행하는 추수 축제이다. 소를 장식한 후 화환을 걸어 음악에 맞추어 행진시키기도 한다.

6. 락샤 반단(RakṣāBandhan)

락샤 반단은 우리말로 '오누이의 날'을 의미한다. 오빠와 누이동생이나 사촌 혹은 연인이 아닌 가까운 남녀 간의 축제로서 8월에 행해진다. 여자가 연상인 남자(오빠, 사촌오빠, 기타 가까운 사이)의 팔목에 실을 감아 주며, 남자는 여자에게 선물을 준다. 팔목에 실을 매어 주는 것은 힘든 상황에 처했을 때 남자에게 자신을 보호해 달라는 의미가 있다. 실을 맨 사이는 남매 혹은 의남매를 의미하므로 두 사람은 결혼할 수 없다.

7. 오남(Onam)

오남은 께랄라(Kerala) 지방에서 9월에 행해지는 추수감사제인데, 과거 께랄라 지방을 번성하게 했던 마하발리 왕을 기리는 의미도 담고 있다. 축제는 열흘간 지속된다.

8. 무하람(Muharram)

무하람은 이슬람교 정월에 행하는 신년 축제로서 태양력으로 10월 9일에서 10월 12일경에 해당한다. 예언자 무함마드(Muhammad)의 외손자 이맘 후사인(Imam Hussain)이 카르발라(Karbala)에서 순교한 것을 기념하기 위한 이슬람교 축제이다.

9. 바이사키(Baisakhi)

바이사키는 시크교의 가장 큰 축제 중 하나로 힌두력 기준 신년의 첫날인 4월경에 전국적으로 행해진다. 축제기간에는 새해를 축하하기 위해 목욕을 하고 사원을 방문하는데, 특히 암리차르(Amritsar)의 시크교 축제가 유명하다.

일곱 겹의 지하세계

『위쉬누 뿌라나』에 언급된 뿌라나의 세계관에 의하면 인간이 사는 지상地上인 부후르(Bhūr)를 중심으로 그 위의 공간에 여섯 겹의 천상세계가 존재하고 그 아래로 일곱 겹의 지하세계가 존재한다. 후기에 첨가된 관념에서는 지하세계 아래에 지옥地獄이 존재한다고 한다.

1. 지상을 포함하여 그 위로 일곱 개의 세계가 층을 이루며 존재한다. - 지상 7계

사뜨야(Satya) : 창조신 브라흐마가 거주하는 곳으로, 진실만이 존재하는 공간으로 묘사된다.

따빠스(Tapas) : 최상의 고행자 와이라긴(Vairāgin)이 거주하는 곳이다.

자나스(Janas) : 브라흐마의 아들 사낫꾸마라가 거주하는 곳이다.

마하르(Mahar) : 북극성 너머의 세계로서 브리구(Bhrgu)를 비롯한 많은 성인이 거주한다.

스와르(Svar) : 인드라가 거주하는 곳으로 태양과 북극성 사이의 세계이다.

부와스(Bhuvas) : 무니스(Munis) 등 많은 신이 거주하는 곳으로 지상과 태양 사이의 세계이다.

부후르(Bhūr) : 인간이 거주하는 지상을 말한다. 이 아래로 일곱 겹의 지하세계가 존재한다.

2. 인간이 거주하는 땅 아래로는 일곱 겹의 지하세계가 있다.

아딸라(Atala) - 비딸라(Vitala) - 쑤딸라(Sutala) - 라사딸라(Rasātala) - 딸라딸라(Talātala) - 마하딸라(Mahātala) - 빠딸라(Pātāla) - 딸라(Tala) : 일곱 겹의 지하세계 가운데 하나만을 대표적으로 들 때는 '빠딸라'를 언급한다.

3. 지하세계 아래에는 마지막으로 지옥이 있다.

지옥(Naraka) : 불교에서 개념이 발생하여 정착되었다. 또한 유사한 개념으로 사용되는 단어로는 '니라야(Niraya)'와 '라우라와(Raurava)' 등이 있다.

일상제례日常祭禮

집안에 불의 신을 모신 제화祭火의 단壇을 마련하고 매일 치르는 일상제례는 크게 일상예배日常禮拜(trisaṁdhyāvandanam)와 일상제례日常祭禮(karmapūjā)로 나누어진다.

1. 일상예배는 태양을 그 기준으로 하여 밤과 낮이 겹치는 동틀 무렵, 낮과 밤이 겹치는 해 질 무렵, 그리고 오전과 오후가 겹치는 정오 무렵 등 하루 세 차례에 걸쳐 태양에 대해 합장 예배하고 가야뜨리(gāyatri) 만뜨라를 낭송하여 경의를 표하는 것으로 모든 신들에게 정성을 바치는 것을 말한다.

〔새벽예배〕 쁘라따하 싼드야(prātaḥ-saṁdhyā)

〔사시예배〕 마드얀디나 싼드야(madhyaṁdina-saṁdhyā)

〔저녁예배〕싸얌 싼드야(sāyaṁ-saṁdhyā)

2. 일상제례는 자신의 주신主神에게 올리는 주신제례(devapūjā)와 조상신에게 올리는 조상제례(brahmayajñaḥ) 및 모든 신들에게 올리는 제신諸神제례(vaiśvadevam)로 나누어진다. 주신제례는 자신의 주신으로 모시는 신상에 대해 점심 직전에 올리는 일상제례로서 주신헌공主神獻供(devakarman)이라고도 한다. 하루 한 차례 이상 올릴 수 있으며, 사시巳時 이외의 시간에 예를 올릴 때는 그 내용을 공양 위주의 중요한 5가지(pañcopacāra)로 줄여서 올릴 수 있다. 주신헌공은 16차례의 순서에 따라 정성

을 올리는 것으로서, 그 상세 내용과 순서는 다소 차이가 있다.

16헌공獻供(ṣoḍaṣopacāra) : ① 신상神像(물질)에 주신主神(정신)을 초빙하기, ② 접신接神된 신상을 제자리에 모시기, ③ 신단神壇을 청소하기, ④ 신상을 목욕시키기, ⑤ 신상에 단목액檀木液으로 액상첨점額上添點하기, ⑥ 단목분말檀木粉末을 뿌려 신상을 정화하기, ⑦ 꽃공양 올리기, ⑧ 향공양 올리기, ⑨ 불공양 올리기, ⑩ 음식공양 올리기, ⑪ 후식(단 것)공양 올리기, ⑫ 합장공양 올리기, ⑬ ……, ⑭ ……, ⑮ ……, 기도祈禱(prārthana) 올리기.

3. 조상제례는 3대 조상(父, 祖父, 曾祖父)에 대해 점심 직전에 올리는 일상제례로서 조상헌공祖上獻供(pitṛpūjā 또는 pitṛyajña)이라고도 한다. 연이어 성인들에 대해 올리는 일상제례는 성인헌공聖人獻供(ṛṣipūjā)이라 한다.

4. 제신제례는 모든 신에 대해 저녁 식사 직전에 올리는 일상제례로서, 모든 신을 위해 화단火壇(kuṇḍa)의 불신火神(agni)에 제병祭餅(piṇḍa)을 올려 공양한다. 이때 사용되는 제화祭火를 '아와사트야아그니(āvasathyāgni)'라 일컫는다. 그리고 일부 제병은 문 밖에 조금 떼어 놓아둠으로써 잡신 및 만물에게 공양하는데 이를 까마귀밥(kākabali)이라 하며, 이를 별도로 발리제례(baliyajñaḥ)라고도 한다.

5. 또한 빈객접례賓客接禮(atithipūjā)라는 것이 있는데, 손님이 찾아왔을 때 그를 위해 발 씻을 물을 내어 오고, 마실 물을 내어 오는 등의 예를 갖추는 것을 말한다.

6. 집안에서 이루어지는 일상제례의 순서는 다음과 같다.

〔日出〕 일신영접日神迎接(prātaḥ-saṁdhyāvandanam)

〔午前〕 조상제례祖上祭禮(brahmayajñaḥ)

〔午前〕 주신공양主神供養(devapūjā) : 생략하거나 5가지 약식으로 진행한다.

〔中前〕 중일영접中日迎接(madhyaṁdina-saṁdhyāvandanam)

〔中前〕 조상제례祖上祭禮(brahmayajñaḥ)

〔中前〕 주신공양主神供養(devapūjā) : '소다소빠짜라(ṣoḍaśopacāra)'라는 16가지 정식 순서로 진행된다.

〔中前〕 제신제례諸神祭禮(vaiśvadevam) : 부수적으로 발리야즈냐(baliyajñaḥ)가 행해진다.

〔日中〕 빈객접례賓客接禮(atithipūjā)

〔日沒〕 일신환송日神歡送(saṁdhyāvandanam)

〔日後〕 주신공양主神供養(devapūjā) : 생략하거나 5가지 약식으로 진행한다.

일식日蝕과 월식月蝕

신의 무리와 마의 무리가 총동원되어 바다를 저어 얻어낸 무수한 보물들 가운데 가장 뛰어난 보물인 '암리따(amṛta, 不老水)'는 한 차례 마족의 수중에 들어가기도 하였으나 결국 신족의 차지가 되어 모든 신이 나눠 마시게 되었다. 그런데 마족 가운데 라후(Rāhu)와 께뚜(Ketū)가 신으로 변신하여 그 불로수를 얻어 마시려고 하였다. 그런데 그들이 불로수를 삼키려는 순간 태양신 수리야(Sūrya)와 달의 신 소마(Soma)가 그 사실을 눈치 채고 그들의 정체를 신들에게 알렸다. 이에 화가 난 위쉬누 신은 차크라를 던져 그 둘의 머리를 베어 버렸다. 그러나 불로수가 이미 목까지 이른 상태라 그 둘은 잘려진 목 위로는 영원히 죽지 않게 되었다. 그 후로 자신들을 고해 바친 태양과 달에게 앙심을 품은 그들은 태양과 달을 삼켜 버리는데, 목 위밖에 남아 있지 않은 까닭에 삼켜진 태양과 달이 목을 지나면 또 다시 밖으로 나오게 되었다. 이렇게 해와 달을 입으로 삼키고 목 아래로 내놓기를 반복하는 것이 곧 일식과 월식이다.

정淨과 부정不淨

인도에서 오른손은 깨끗함〔淨〕을 상징함과 동시에 식사를 직접 집어먹는 실질적인 역할과도 연결되어 있으며, 왼손은 더러움〔不淨〕의 상징과 아울러 뒷일을 처리하는 실생활의 역할을 가지고 있다. 한몸에 양손이 있듯이 인도의 모든 관념들은 정부정淨不淨은 물론 선악善惡과 시비是非 등의 이원二元을 모두 인정한다. 그리고 이것을 다시 일원화하여 브라흐만으로 귀결시키는 것으로 해탈의 방향을 삼는다.(일원화를 이루지 못한 이원의 상태에서 정과 부정을 분간하지 않는 것은 보다 큰 죄악으로 여겨진다.)

또한 제자리에 있거나 제자리를 지키고 있는 상태를 정淨으로, 제자리를 벗어났거나 제자리를 지키지 못한 상태를 부정不淨으로 여긴다. 삶이 제자리를 벗어나 발생한 죽음과 주검은 가장 부정한 것이며, 무엇이든 생명의 상태에서 떨어져 나가 존재하는 것들인 피와 신체의 모든 분비물 등을 부정한 것으로 여긴다.

의식儀式(쌍스까라 saṁskāra)

『가정경(Gṛhyasūtra, 家庭經)』에 따라 힌두교도가 한평생 치르는 12가지 주된 의식은 다음과 같다.

• 수태식受胎式(가르바다나 · garbhādhāna) : 결혼 4일째 되는 날에 행해진다. 수태식은 자신이 태어났음을 하나의 선물로 인식하여 축하하고 그에 대한 보답으로 자식을 가져야 하는 책무를 강조함으로써 새로운 인간의 수태를 신성시하도록 하는 의식이다.

• 생남식生男式(뿡사와나 · puṁsavana) : 임신 3개월째에 행해진다. 태아가 거룩한 존재임을 인식하고 남자 아이로 태어나서 가계가 지속되기를 기원한다.

• 분발식分髮式 : 임신 4개월째에 임산부 머리에 가르마를 만드는 의식.

• 탄생식誕生式 : 아이가 탄생하면 부친은 처음으로 신체 접촉을 하면서 아이 정수리의 냄새를 맡고, 귀에 대고 주문을 외움으로써 아이의 지성과 장수를 기원한다. 그리고 아이의 입에 꿀과 버터기름(ghee)으로 만든 경단을 넣는 의식을 거친 뒤에 어머니에게 건네주어 수유하도록 한다. 이것은 갓난아이의 수호여신인 샥띠(Śakti)에게 자식을 바치는 의식이기도 하다.

• 명명식命名式 : 생후 10일째나 12일째에 행해지는 의식. 사람의 이름은 다양한 방식으로 그의 행위를 결정한다고 여기는 까닭에 아이의 이름이 거룩한 의식을 통해 신성해지도록 하기 위한 의식이다.

• 초유식初遊式 : 생후 4개월째에 행해지는 의식이다. 아이가 자연과 갖게 되는 일체의 관계를 거룩하게 만들기 위해 모든 위대한 자연력의 상징적 구현인 태양에게 의례적으로 아이를 바치는 의식으로서 아침예배를 거행한다.

• 식초식食初式 : 생후 6개월째에 행해진다. 처음으로 굳고 단단한 음식물을 먹도록 함으로써 먹는다는 것 자체가 이 제의를 통해 신성한 행위가 된다.

• 결발식結髮式 또는 삭발식削髮式 : 생후 1년에서 3년 사이에 행해지며, 이를 통해 삶에 있어서 수련이 가지는 중요성이 강조된다.

• 입문식入門式(우빠나야나 · upanayana) : 스승에게 입문하여 학생기學生期로 들어가기 직전에 치러진다. 각 카스트에 따라 약간의 차이는 있으나 브라만은 8세 때 행해진다. 이때부터 세 가닥의 흰 실로 꼰 신성한 끈인 성사聖絲를 몸에 항상 지니게 된다. 생물학적으로 태어난 후 이때 영적으로 다시 태어남을 상징하므로 재생식再生式이라고도 한다.

• 귀가식歸家式 : 학생기를 마치고 집으로 돌아와 가주기家住期를 시작할 때 행하는 의식이다. 학습을 무사히 마쳤다는 의미와 함께 이제 가족생활의 책임을 떠맡을 수 있는 자격요건을 갖추었음을 나타내는 의식에 해당한다.

• 결혼식結婚式 : 결혼식은 가주기의 내적인 완성을 나타낸다. 부부는 아이를 가질 것, 베다에 규정된 제의祭儀를 충실히 이행할 것, 제화祭火의 신성한 불꽃이 끊이지 않도록 할 것, 가족에 속하는 모든 다르마를 완수할 것을 함께 서약한다.

꼬리 주석

• 장례식葬禮式(안뜨예스띠 · antyeṣṭī) : 임종을
맞았을 때 베풀어지는 장례식은 이 지상
의 여정을 마치고 선조 또는 그 너머 세
계로의 여정을 신성하게 한다.

참고서적

1. 기본서적

* 『THE PANCATANTRA』 The text in its oldest form
  Edited with an introduction by FRANKLIN EDGERTON, 1924.
  Publisher : Oriental Book Agency, POONA, M.H. INDIA. 1930.

2. 참고서적

* 『THE PANCATANTRA』 Oxford World's Classics
  A new translation by Patrick Olivelle,
  Publisher : OXFORD University Press, New York, U.S.A. 1997.
* 『THE PANCATANTRA』 Viṣṇu Śarma
  Translated with an introduction by CHANDRA RAJAN,
  Publisher : Penguin Books India (P) Ltd., New Delhi, INDIA. 1993.

3. 사 전

* 『THE PRACTICAL SANSKRITENGLISH DICTIONARY』
  Edited by Vaman Shivaram Apte, 1890.
  Publisher : Poona, INDIA. 1978.(Rep.)
* 『A SANSKRITENGLISH DICTIONARY』
  Edited by Monier Williams, 1899.
  Publisher : OXFORD University Press, New York, U.S.A. 1899.
  Reprinted by Motilal Banarsidass, New Delhi, INDIA. 1956.

• 현진玄津 스님

대한불교조계종 봉선사 월운스님을 은사로 출가했다. 중앙
승가대학 역경학과를 졸업하고 인도 뿌나(대학)에서 산스
끄리뜨 및 빠알리어를 수학했다.
현재 대한불교조계종 봉선사 범어연구소 소장, 대한불교조
계종 교육원 교육아사리, 대한불교조계종 봉선사 능엄승가
대학원 전임교수로 활동하고 있다.
편역서로는 『중국정사조선열국전』(동문선), 『치문경훈』(시
공사) 등이 있다.

다섯 묶음으로 된 왕자 교과서

빠짜딴뜨라

초판 1쇄 펴냄   2017년 4월 24일

옮긴이. 현진
발행인. 이자승   편집인. 김용환
출판부장. 이상근   편집. 이송이, 김재호, 김소영
디자인. 이연진   마케팅. 김영관

펴낸곳. 아름다운인연
출판등록. 제300-2003-120호(2003.07.03.)
주소. 서울시 종로구 삼봉로 81 두산위브파빌리온 230호
전화. 02-720-6107~9 팩스. 02-733-6708
홈페이지. www.jogyebook.com

ISBN 979-11-955228-6-6   03890
값 20,000원